Zum Buch:

Ella hat eine ganz klare Regel: Mit Männern aus ihrem Heimatort Lichterhaven lässt sie sich grundsätzlich nicht ein! Das gibt nur Probleme. Doch seit nach dem Tod ihrer Großmutter deren junger Bearded Collie Barnabas bei Ella eingezogen ist, herrscht in ihrem Leben Chaos. Trotzdem muss sie es schaffen, während der Vorbereitungen auf das Jubiläumsfest der Lichterhavener Feuerwehr einen kühlen Kopf zu bewahren. Besonders, da sie dafür eng mit Jörn Paulsen zusammenarbeiten muss und die Stimmung zwischen ihnen ziemlich feurig ist. Dabei kennen sie sich schon seit der Schule, und Jörn ist ohne Frage tief verwurzelt in Lichterhaven – und passt damit absolut nicht zu Ellas Prinzipien.

Zur Autorin:

Seit Petra Schier 2003 ihr Fernstudium in Geschichte und Literatur abschloss, arbeitet sie als freie Autorin und Lektorin. Neben ihren zauberhaften Liebesromanen schreibt sie auch historische Romane. Sie lebt heute mit ihrem Mann und einem Deutschen Schäferhund in einem kleinen Ort in der Eifel.

Lieferbare Titel:

Körbchen mit Meerblick
Vier Pfoten am Strand
Strandkörbchen und Wellenfunkeln
Die Liebe gibt Pfötchen

Petra Schier

Vier Pfoten im Sommerwind

Roman

HarperCollins

1. Auflage 2021
Originalausgabe
Copyright © 2021 by HarperCollins in der
HarperCollins Germany GmbH, Hamburg
Umschlaggestaltung: Nele Schütz Design, München
Umschlagabbildung: shutterstock/CynoclubPawel Kazmierczak,
Diane Diederich, Sina Ettmer Photography
Gesetzt aus der Stempel Garamond
von GGP Media GmbH, Pößneck
Druck und Bindung von CPI books GmbH, Leck
Printed in Germany
ISBN 978-3-7499-0004-6
www.harpercollins.de

1. Kapitel

»Moin, Holger.« Mit Schwung öffnete Jörn Paulsen die Türen des kleinen Kühltransporters mit dem Aufdruck:

Paulsen & Paulsen
Leckerer Fisch und mehr

Gleichzeitig hob er die Hand, um seinem Kollegen und Stellvertreter auf dem familieneigenen Krabbenkutter *Paulsen 1* grüßend zuzuwinken. Danach zog Jörn einen Stapel Kunststoffkisten aus dem Inneren des Transporters und trug sie die wenigen Schritte bis zum Anlegeplatz des Kutters.

Inzwischen war Holger, ein kräftiger dunkelhaariger Mann Ende dreißig, von Bord gekommen und übernahm die Kisten, um sie gleich darauf dem Matrosen und Lehrling Christian weiterzureichen. »Moin, Jörn. Alles senkrecht unterm Bambusröckchen? War ja ein ganz schöner Regen gestern Abend. Greta hatte schon Angst, dass unser Garten weggeschwemmt wird.«

»Zwölf Liter innerhalb einer halben Stunde.« Jörn trug bereits die nächsten Kisten heran, in denen während der Fangfahrt später die gekochten Krabben im Kühlraum des Kutters transportiert werden würden. »Ich wollte schon die Feuerwehrtruppe in Alarmbereitschaft setzen. Aber das Unwetter war so schnell wieder weg, wie es gekommen ist. Zum Glück sind keine Keller vollgelaufen, und die Bäche haben die Wassermassen auch verkraftet.« Prüfend blickte er zum nun strahlend blauen Himmel hinauf und nickte zufrieden. »Hoffen wir, dass es heute so bleibt. Ein bisschen Sonne tut dem Geschäft gut.«

»Dem Geschäft mit den Touristen allemal.« Holger reichte weitere Kisten zu Christian hinüber. »Den Krabben ist es ziemlich egal, ob es regnet oder die Sonne scheint.«

Jörn nickte grinsend. »Die Touristen sind es aber, die uns im Zweifelsfall über Wasser halten. Auch wenn wir zuletzt gute Fangraten hatten, weiß man doch nie, wohin die Reise geht. Jetzt, da die Urlaubssaison anläuft, steigen die Preise für Krabben und Fisch auch wieder, aber ohne unsere beiden alten Schätzchen stünden wir nicht so gut da.«

»Weiß ich doch, weiß ich doch.« Gutmütig, aber doch mit einem Anflug von Grimm grinste nun auch Holger. »Die Fischerei durchlebt harte Zeiten. Nützt aber nix, wir müssen gleich los. Waren das alle Kisten?«

»Ja.« Energisch schloss Jörn die Türen des Transporters wieder. »Ich muss auch gleich los. Die erste Tour mit der *Fischerin* beginnt in einer knappen halben Stunde.«

»Dann bis später.« Holger ging wieder an Bord. »Wir machen jetzt gleich die Leinen los.«

»Ja, bis später.« Noch einmal hob Jörn zum Gruß die Hand und klemmte sich gleich darauf hinter das Steuer des Transporters, um ihn in die kleine Lagerhalle der Firma Paulsen & Paulsen neben der Werft westlich vom Hafen zu fahren. Danach musste er sich beeilen, damit er die *Fischerin*, einen restaurierten Fischkutter aus dem Jahr 1852, pünktlich erreichte.

Jörn war Fischer in siebter Generation – zumindest offiziell. Vermutlich reichte die Geschichte dieses Berufs in seiner Familie aber noch deutlich weiter in die Vergangenheit zurück. Hinweise darauf gab es zumindest im Lichterhavener Stadtarchiv, wo er vor Jahren einmal Ahnenforschung betrieben und herausgefunden hatte, dass die Paulsens bereits im frühen 14. Jahrhundert namentlich erwähnt wurden. Nach und nach hatte er eine fast vollständige Ahnenreihe zusammenstellen können.

Die Fischerei lag ihm also im Blut, das, wie sein Vater und Großvater oft scherzhaft betonten, zu mindestens fünfzig Prozent aus Nordseewasser bestand. Dies galt für fast die gesamte Sippe der Paulsens, die bis auf wenige Ausnahmen alle irgendwie in der Firma Paulsen & Paulsen tätig war, sei es auf den beiden Kuttern, von denen einer für den Fischfang, der andere für den Krabbenfang genutzt wurde, auf den beiden alten, liebevoll restaurierten Schiffen, mit denen Touristenfahrten angeboten wurden, oder im familieneigenen Fischfachgeschäft in der Lichterhavener Hauptstraße. In Letzterem schwang federführend Jörns Mutter Inette das Zepter, unterstützt von ihrer Nichte Nelly und diversen weiteren Verwandten, die im Wechsel entweder im Laden oder auf den Kuttern aushalfen.

Anfangs, gleich nach seiner Ausbildung zum Fischwirt der Küstenfischerei und danach zum Kapitän, war Jörn ausschließlich tagaus, tagein mit der *Paulsen 1* auf Krabbenfang gegangen. Nach einigen Jahren, in denen die wirtschaftliche Situation der Fischer schwieriger geworden war, hatte er zuerst seinem Vater, dann der gesamten Familie den Vorschlag gemacht, die beiden alten Fischkutter, die bereits seit ihrem Bau Mitte des 19. Jahrhunderts in Familienbesitz waren, restaurieren zu lassen, um sie dem Lichterhavener Tourismus zur Verfügung zu stellen. Auch wenn die Investition immens gewesen war, hatten alle Familienmitglieder zugestimmt. Jetzt, mit zweiunddreißig, hatte er diesen

Geschäftszweig so gut wie vollständig übernommen, und er fuhr auch regelmäßig selbst als Kapitän mit einem der beiden historischen Kutter, meistens der *Fischerin*, Horden von Lichterhaven-Touristen hinaus auf die Nordsee, um ihnen die Schönheit des Wattenmeers, sowie seiner Artenvielfalt, die ökologische Fischerei und natürlich die örtlichen Attraktionen wie das Vogelschutzgebiet und die Seehundbänke näherzubringen.

Alle zwei bis drei Wochen ging er jedoch auch immer noch auf Fangfahrt mit der *Paulsen 1* und wechselte sich mit Holger ab, der dann wiederum die Touristenfahrten übernahm.

In der Lagerhalle schlüpfte Jörn rasch in seine Kapitänsmontur, die passend zu dem uralten Kutter auf das 19. Jahrhundert getrimmt war, und nahm sich die obligatorische Kapitänsmütze der *Fischerin*. Heute war er ein bisschen spät dran, weil er am frühen Morgen noch alle Unterlagen für die am Abend anberaumte gemeinsame Sitzung von Vertretern des Stadtrats und dem Vorstand des Kameradschaftsvereins der freiwilligen Feuerwehr vorbereitet hatte. Als Wehrführer war er gleichzeitig Vorsitzender des Vereins, und das bedeutete eine Menge Arbeit. Besonders in diesem Jahr türmten sich geradezu Berge von Aufgaben vor ihm und seiner Truppe, weil das hundertfünfzigjährige Bestehen der Freiwilligen Feuerwehr Lichterhaven anstand und gleichzeitig mit dem großen Stadtfest Mitte Juli gefeiert werden würde.

Nach einem sportlichen Sprint erreichte er die *Fischerin* aber noch rechtzeitig, setzte die Kapitänsmütze auf, bevor er an Bord ging, und machte seinen gewohnheitsmäßigen Rundgang über das Deck, um überall nach dem Rechten zu sehen, bevor er das Steuerhaus betrat.

Am Kai tummelten sich bereits rund zwanzig Männer, Frauen und Kinder, die darauf warteten, dass Enno, der erste Matrose der *Fischerin*, sie an Bord ließ.

Jörn sah sich auch im Steuerhaus eingehend um, verließ es dann aber noch einmal, um nach seinem Lieblingsfahrgast Ausschau zu halten. Als die zwanzigjährige Ilka, seine heutige zweite Matrosin, aus der Kombüse heraufkam, hielt er sie kurz auf. »Ist Carlotta noch nicht da?«

Ilka schüttelte den Kopf, sodass ihr blonder Pferdeschwanz fröhlich hin und her wippte. »Nein, ich habe sie noch nicht gesehen. Wollte sie heute wieder mitfahren? Zusammen mit Barnabas?«

»Na klar, heute ist Dienstag.« Jörn lachte. »In der Hinsicht ist sie ein Gewohnheitstier. Am Sonntagnachmittag habe ich sie drüben an der Eisdiele *Eisträume* getroffen, und sie meinte noch, dass sich hoffentlich das Wetter bald bessert, damit uns nicht die Fahrgäste ausbleiben. Ihr selbst hat der Regen ja nie etwas ausgemacht.«

»Stimmt.« Ilka lachte ebenfalls. »Die alte Dame ist wirklich alles andere als aus Zucker. Und fit wie ein Turnschuh. Ich bewundere so was ja und hoffe, dass ich mit siebenundachtzig auch noch so fidel rumhüpfen werde.«

»Achtundachtzig.« Jörn ließ seinen Blick noch einmal über den Kai wandern. »Am Sonntag hatte sie Geburtstag.«

»Oh, dann muss ich ihr unbedingt noch gratulieren!« Ilka setzte sich eine Schirmmütze mit dem Logo der *Fischerin* auf und zog ihren Zopf durch den Riemen. »Jetzt muss ich aber weitermachen. Enno winkt schon. Er will die Leute an Bord lassen.«

Jörn trat einen Schritt zur Seite, um Ilka vorbeizulassen. Er musste ebenfalls zurück ins Steuerhaus, weil die Rundfahrt in wenigen Minuten beginnen würde. Nach wie vor war von Carlotta Jensen und ihrem jungen Bearded Collie Barnabas nichts zu sehen. Das war ungewöhnlich, denn normalerweise war sie immer schon mindestens eine halbe Stunde vor Beginn der Fahrt da, um ein bisschen an Bord zu helfen. Aber vielleicht war ihr auch einfach etwas dazwischengekommen. So etwas kam schon mal vor, wenn auch selten. Normalerweise fuhr sie jeden Dienstag und jeden zweiten Freitag auf der *Fischerin* mit.

Da Enno inzwischen die ersten Fahrgäste an Bord ließ, riss sich Jörn von seinen Überlegungen los. Er trat neben den Eingang des Steuerhauses und grüßte hier und da mit dem obligatorischen »Moin, Moin«, das er absichtlich und fast schon übertrieben im Lichterhavener Platt betonte. Normalerweise sprach er lieber Hochdeutsch, doch die Touristen erwarteten natürlich so viel Authentizität und Lokalkolorit wie nur möglich.

Als alle Gäste schließlich an Bord waren und einen Sitzplatz auf den extra eingebauten Bänken an Deck gefunden hatten, ließ Jörn den Dieselmotor an und wartete, bis Enno und Ilka die Leinen gelöst hatten. Ruhig lenkte er den alten Kutter durch das Hafenbecken und genoss dabei das Gefühl von Zufriedenheit und Freiheit, das ihn stets ergriff, wenn er hinaus auf seine geliebte Nordsee fuhr.

Erst als sie das Hafenbecken hinter sich gelassen und die Fahrgäste sich ein wenig beruhigt hatten, schaltete er das Mikrofon ein und begann mit seiner Begrüßung und einem kleinen Vortrag über den Lichterhavener Hafen im Allgemeinen und die *Fischerin* und ihre Geschichte im Besonderen.

✳✳✳

»Mensch, Ella, willst du das wirklich durchziehen? Du brauchst das nicht zu tun. Caro und ich schaffen das auch alleine.« Hannah legte Ella Jensen sanft eine Hand auf die Schulter. »Du bist ganz weiß im Gesicht und siehst aus, als würdest du gleich umkippen.«

»Nein, schon gut.« Ella reckte ihr Kinn und straffte die Schultern. Sogar ein Lächeln rang sie sich ab, obwohl es ihr schwerfiel. »Ich hab uns da reingeritten, also werde ich jetzt nicht kneifen.«

»Reingeritten, so ein Quatsch!« Caroline, die auf Ellas anderer Seite am rechteckigen Tisch im Sitzungssaal des Lichterhavener Rathauses saß, stieß sie sachte mit dem Ellenbogen an. »Wir waren alle damit einverstanden, an dieser Ausschreibung teilzunehmen. Dass wir jetzt den Zuschlag erhalten haben, wird unserem Geschäft noch mal richtig Auftrieb geben.«

»Und uns allen Arbeit bis zum Anschlag verpassen.« Hannah streichelte Ella noch einmal kurz über den Rücken. »Bist du dir wirklich sicher, dass du das heute schaffst?«

»Jaja, nun lasst mich mal in Ruhe.« Ella atmete mehrmals tief durch. Sie sah noch, dass Hannah und Caroline einander einen besorgten Blick zuwarfen. Da jedoch in diesem Moment der Bürgermeister, Ingolf Rütther, den Saal betrat, dicht gefolgt von Jörn Paulsen und dem restlichen Vorstand des Kameradschaftsvereins der freiwilligen Feuerwehr, verstummten die Gespräche der bereits anwesenden Stadtratsmitglieder.

Ella bemühte sich um eine ausdruckslose Miene und schob alle Gedanken, die nichts mit dem bevorstehenden Stadtfest zu tun hatten, so weit wie möglich von sich. Als Jörn sich mit seinen Vorstandsmitgliedern auf der anderen Seite des Tisches niederließ, traf sie kurz sein Blick, der aber gleich darauf zu ihren beiden Freundinnen und Kolleginnen weiterwanderte. Innerlich wappnete sie sich. Seiner Miene war zu entnehmen, dass er bereits ahnte, was ihre Anwesenheit zu bedeuten hatte, und dass er davon nicht unbedingt begeistert war. Das konnte ja heiter werden.

»Guten Abend zusammen.« In seiner jovialen, stets heiteren Art blieb der Bürgermeister an seinem Platz stehen und nickte in die Runde. Erst als alle Blicke auf ihn gerichtet waren, setzte er sich ebenfalls. »Ich begrüße euch alle herzlich zur heutigen gemeinsamen nicht öffentlichen Sitzung des Festausschusses der Stadtverwaltung sowie des Vorstands des Kameradschaftsvereins der Freiwilligen Feuerwehr Lichterhaven. Wie ihr wisst, steht heute nur ein einziger Punkt auf der Tagesordnung: unser Stadtfest, das in diesem Jahr gleichzeitig Schauplatz der Feierlichkeiten anlässlich des hundertfünfzigjährigen Bestehens unserer Feuerwehr sein wird. Die Planungen sind ja nun mittlerweile weitgehend abgeschlossen und gehen jetzt in die heiße Phase der Umsetzung über.« Er nickte seiner Stellvertreterin Ulrike Liebenstein zu, die rechts neben ihm Platz genommen hatte. »Ulrike wird euch später genauer sagen, welche Fragen noch offen und zu klären sind. Zuvor möchte ich jedoch auf einen der wichtigsten Punkte zu sprechen kommen, nämlich das Catering. Wie ihr alle wisst, hat der Stadtrat eine Ausschreibung veranlasst, deren Ergebnis morgen auf der öffentlichen Stadtratssitzung verkündet wird. Ihr dürft es aber selbstverständlich heute schon erfahren, denn da wir nur noch sieben Wochen vom Beginn der Festlichkeiten entfernt sind, zählt nun jede Minute, um alles in die gewünschten Bahnen zu lenken.« Bedeutungsvoll blickte Ingolf Rütther in die Runde und lächelte dann Ella, Hannah und Caroline zu. »Die Ausschreibung enthielt recht genaue Vorgaben, was Menge und Art der Bewirtung angeht, wobei wir natürlich berücksichtigen, dass es, wie sonst auch, eine ganze Menge externe und zusätzliche Anbieter von überwiegend Jahrmarkts-Imbissständen geben wird. Ganz zu schweigen von unseren ortsansässigen Geschäften, Cafés und Restaurants, die selbstverständlich in unser Verpflegungskonzept eingebunden sind. Hauptsächlich bezog sich die Ausschreibung auf die Bewirtung bei den diversen Veranstaltungen im Festzelt, also zum Beispiel dem Festkommers und dem Empfang der auswärtigen Gäste und Feuerwehren sowie im und um das Feuerwehrhaus herum bei den dortigen vielfältigen Aktivitäten.« Wieder traf Ella sein wohlwollender Blick. »Es gab im Ganzen vier Bewerber, von denen jedoch nur einer aus Lichterhaven kam. Da genau dieser Bewerber zudem noch das umfassendste und zudem günstigste Konzept vorgestellt hat, fiel uns die Entscheidung nicht schwer.« Sein Lächeln wurde noch eine Spur breiter. »Die drei jungen Frauen der Firma *Die Foodsisters* sind bereits anwesend, also habt ihr euch vermutlich schon gedacht, dass sie das Rennen gemacht haben. Wir freuen uns sehr auf die Zusammenarbeit. Normalerweise würde Martina Clausen, Verzeihung, Brunner, als Vorsitzende des Festausschusses nun das Wort übernehmen und euch alles Weitere berichten, doch wie wir alle wissen, sind sie und ihr frischgebackener Ehemann Thorsten gerade in den Flitterwochen. Deshalb wird Ulrike diese Aufgabe nun vertretungsweise übernehmen.« Er nickte seiner Stellvertreterin kurz zu.

Ulrike, eine energische Endvierzigerin mit kurzen braunen Haaren und Brille, richtete sich in ihrem Stuhl auf und lächelte ebenfalls in die Runde. »Viel gibt es da eigentlich gar nicht zu erzählen. Martina hat vor ihrer Hochzeit alles generalstabsmäßig geplant und bereits so gut wie alles in die

Wege geleitet, sodass mir im Grunde nur die Aufgabe zufällt, alle Vorbereitungen zu überwachen, bis sie wieder da ist.« Sie blickte zu Jörn hinüber. »Was das Catering, speziell das für die Feuerwehrfestlichkeiten, angeht, soll ich dir, Jörn, diesen Fragebogen überreichen. Ich weiß, ihr hattet bereits ganz grob eure Wünsche und Vorschläge umrissen, damit wir die Ausschreibung entsprechend gestalten konnten, doch nun geht es, wie Martina sagen würde, ans Eingemachte. Deshalb soll bitte auch Ella Jensen einen Durchschlag des Fragebogens erhalten, am besten per E-Mail. Die Adresse steht in der Fußzeile. Auf der Grundlage dieses Fragebogens können die *Foodsisters* dann ein ganz konkretes Angebot mit allen Details erstellen.«

Jörn nahm den Bogen entgegen, überflog ihn kurz und schlug dann die rote Mappe auf, die er vor sich auf dem Tisch abgelegt hatte. »Das können wir abkürzen.« Er zog zwei Blätter aus der Mappe und reichte eines davon Ulrike, das andere schob er Ella über den Tisch. »Auch wenn ich bis eben noch nicht wusste, wer das Catering übernehmen würde, haben wir uns im Vorstand trotzdem schon viele Gedanken darüber gemacht, wie es genau aussehen soll. Ich habe unsere Ideen hier mal zusammengefasst. Das dürfte in etwa alle Punkte des Fragebogens abdecken.«

»Ah, sehr schön.« Ulrike schob das Papier gleich in ihren Aktenordner. »Wegen der Details setzt ihr euch dann am besten mit den *Foodsisters* persönlich in Verbindung, nicht wahr, Ella?« Sie lächelte Ella warm zu. »Das heißt, wenn das gerade für dich in Ordnung ist. Ich meine, du bist ja für die Organisation bei euch zuständig, aber falls es dir im Augenblick zu viel sein sollte, macht einfach einen späteren Termin aus. Ein kleines bisschen Zeit ist ja noch. Oder vielleicht springen einfach Caroline und Hannah diesmal für dich ein?«

»Nein, nein, schon okay.« Ella überflog die Stichpunkte, die Jörn zusammengetragen hatte, doch es fiel ihr schwer, sich darauf zu konzentrieren. »Wir können das gerne jederzeit besprechen. Ich … schaffe das schon.«

Jörn richtete seinen Blick verwundert auf Ella. »Was gibt es daran zu schaffen? Das sind nur ein paar Details mehr als auf der Ausschreibung. Das dürfte doch wohl kein großer Mehraufwand sein. Immerhin war klar, dass wir noch an den Feinheiten arbeiten müssen.«

Ruckartig hob Ella den Kopf, brachte jedoch, ganz untypisch für sie, kein Wort heraus. Ihre Kehle schnürte sich zu, und sie schluckte hart.

»Also wirklich.« Caroline neben ihr richtete sich auf und starrte Jörn erbost an. »Geht es vielleicht noch unsensibler? Was ist denn los mit dir?«

Hannah legte Ella tröstend einen Arm um die Schultern. »Schon gut, bestimmt hat er es nicht so gemeint.« Auch sie warf Jörn einen wütenden Blick zu. »Das will ich jedenfalls hoffen. Du bist doch sonst nicht so ein ungehobelter Klotz.«

Irritiert runzelte Jörn die Stirn. »Was ist denn hier los? Ich habe doch bloß angemerkt …«

»Vergiss es.« Ella atmete tief durch. »Ich melde mich bei dir.«

»Okay …« Immer noch befremdet schüttelte Jörn den Kopf. »Von mir aus.«

»Sag mal, weißt du es noch gar nicht?« Caroline musterte ihn mit zusammengekniffenen Augen.

Erneut merkte Jörn auf und sah seine Cousine fragend an. »Was weiß ich noch nicht?«

Caroline ergriff Ellas Hand und drückte sie. »Ellas Großmutter ist heute Nacht gestorben.«

»Was?« Entgeistert fuhr Jörn auf. »Carlotta ist ...« Er blickte zu Ella, dann sank er zurück in seinen Stuhl. »Oh, Scheiße. Das wusste ich wirklich nicht. Ich bin von der letzten Tour mit der *Fischerin* vorhin gleich nach Hause gefahren, hab mich umgezogen und bin hierhergekommen.« Geräuschvoll stieß er die Luft aus. »Tut mir leid, Ella.«

»Schon gut.« Ella hob die Schultern, wich seinem Blick jedoch aus.

»Wenn du noch ein paar Tage Zeit brauchst ...«

»Nein, schon gut, verdammt noch mal.« Verärgert blickte sie ihm nun doch ins Gesicht. »Niemand muss mich mit Samthandschuhen anfassen. Ich melde mich übermorgen bei dir, dann können wir über das hier reden.« Sie deutete vage auf das Blatt Papier und wandte sich dann entschlossen an Ulrike. »Wir haben übrigens auch schon die ersten konkreten Vorschläge für die Dekoration. Martina hatte uns ja zusätzlich zur Ausschreibung eine Vorschlagsliste zukommen lassen. Ich könnte euch dazu bis Ende der Woche ein konkretes Konzept vorlegen, das sich an euren Ideen für das diesjährige Motto *Lichterhaven im neunzehnten Jahrhundert* orientiert. Für die Feuerwehr werde ich dann noch einen separaten, aber darauf aufbauenden Plan erstellen, der natürlich auch die hundertfünfzigjährige Geschichte der Truppe berücksichtigt. Ich hatte an ein etwas verspielteres Konzept gedacht.«

»Verspielt?« Skeptisch musterte Jörn sie. Seiner Miene war immer noch anzusehen, dass er von der Nachricht vom Tod ihrer Großmutter schockiert war, doch sein Ton verriet, dass er zugleich von ihrer Wortwahl alles andere als begeistert war.

»Man könnte es auch leicht und witzig nennen.« Sie hielt seinem Blick zwar stand, jedoch nur mit Mühe. Heute fehlte ihr die Kraft, sich mit ihm auseinanderzusetzen – oder mit irgendjemandem. Besonders, wenn es um ein leichtes und witziges Thema ging, während sie gerade nichts lieber getan hätte, als sich auf ihrem Bett zusammenzurollen und zu weinen.

»Leicht und witzig, aha.« Er schien protestieren zu wollen, entschied sich jedoch dagegen und schwieg.

Ella wusste nicht, ob sie froh darüber sein oder sich ärgern sollte. Sie wollte kein Mitleid, das würde sie nur noch trauriger machen. Zugleich wäre sie jedoch einem Wortgefecht mit Jörn Paulsen heute ganz sicher nicht gewachsen. Normalerweise ging sie einer Konfrontation nicht aus dem Weg. Sie provozierte ihn gern und legte es darauf an, ihn auf die Palme zu bringen. Wobei sie zugeben musste, dass das gar nicht so einfach war, denn Jörn hatte ein ziemlich dickes Fell und ignorierte sie meist eher, als dass er sich von ihr zu einer Diskussion verleiten ließ. Er ruhte auf manchmal geradezu ärgerliche Weise in sich, während Ellas Temperament gerne mal mit ihr durchging. Wenn sie doch einmal aneinandergerieten, dann meistens, weil er sie mit seiner ruhigen, knappen Art in die Schranken verwies. Doch nicht einmal das tat er heute.

Dennoch wusste sie, dass die nächsten Wochen nicht einfach werden würden. Wirklich gut miteinander ausgekommen waren sie noch nie, dazu waren sie zu verschieden. Da Jörn knapp drei Jahre älter war als sie, hatten sie sich in der Schule erfolgreich und ohne großen Aufwand aus dem Weg gehen können. Allerdings hatten sie trotz des Altersunterschiedes immer derselben Clique angehört, und auch später hatten sich ihre Wege immer wieder gekreuzt. In einer kleinen Stadt wie Lichterhaven war das nur natürlich, da sie nach wie vor zum großen Teil denselben Freundeskreis besaßen. Doch zumeist hielten sie sich, wie Ella es für sich beschrieb, an gegenüberliegenden Enden dieser überschaubaren Gruppe von Leuten auf, sodass seine gelegentliche Missbilligung sie nur selten streifte und sie auch nur gelegentlich in Versuchung geriet, ihn aus seinem Schneckenhaus zu locken. Es gab einfach zu viele andere lohnende Ziele ihrer Aufmerksamkeit.

Indes hatte der Bürgermeister erneut das Wort ergriffen. »… hört sich doch schon recht vielversprechend an. Dann bleiben jetzt im Grunde nur noch ein paar Kleinigkeiten zu klären, wie zum Beispiel der zeitliche Ablauf am Eröffnungstag und am Festsamstag, damit wir alle Beteiligten entsprechend instruieren können.«

Ella riss sich zusammen und richtete ihre Aufmerksamkeit wieder auf das Hier und Jetzt.

2. Kapitel

Obwohl bereits zwei Tage vergangen waren, ärgerte Jörn sich noch immer über sich selbst. Doch woher hätte er wissen sollen, dass Carlotta Jensen verstorben war? Niemand hatte es ihm in den Pausen zwischen den Fahrten mit dem Ausflugskutter erzählt. Natürlich hatte er sich gewundert, dass sie den gesamten Dienstag über nicht aufgetaucht war, aber mit dem Schlimmsten hatte er deshalb nicht gerechnet. Dazu war Carlotta Jensen viel zu fit und agil gewesen. Seit Jahren war sie regelmäßig auf der *Fischerin* mitgefahren, hatte meist sogar ausgeholfen, wenn es um die Betreuung der Fahrgäste ging, und Geschichten erzählt oder kleine Vorträge gehalten. Eine Bezahlung hatte sie dafür immer abgelehnt, weil sie diese Beschäftigung einfach mit großer Freude erfüllt hatte.

Auch zu Land war sie stets flott unterwegs gewesen, hatte sich viel draußen aufgehalten, ob nun in ihrem Garten oder wenn sie mit ihrem jungen Bearded Collie Barnabas durch den Wald gestreift oder an der Küste entlanggewandert war.

Manch einer hatte den Kopf geschüttelt, als sie vor etwas mehr als einem Jahr trotz ihres hohen Alters noch einen Welpen bei sich aufgenommen hatte, doch sie hatte immer einen Hund besessen und war nach dem Tod des letzten ohne einen vierbeinigen Begleiter einfach nicht glücklich gewesen. Deshalb hatte sie sich entgegen aller Vernunft für Barnabas entschieden.

Jörn kannte Barnabas gut, denn dieser hatte Carlotta bei

jedem ihrer Ausflüge aufs Wasser und zu Land begleitet. Was nun wohl aus dem Hund werden würde? Wahrscheinlich würde sich eines der Familienmitglieder um das Tier kümmern, zumindest bis ein neues Herrchen oder Frauchen gefunden war.

Während Jörn die Unterlagen sortierte, die er ins Feuerwehrhaus mitgebracht hatte, warf er immer wieder einen Blick durch eines der Fenster des Seminar- und Übungsraums hinaus zur Straße. Ella hatte ihm eine kurze Nachricht auf seiner Mailbox hinterlassen, dass sie am heutigen Donnerstag gegen neunzehn Uhr Zeit hätte, mit ihm seine Vorschläge fürs Catering zu besprechen. Inzwischen war es zehn nach sieben, doch von Ella war weit und breit nichts zu sehen.

Ob sie das Treffen schon wieder vergessen hatte? Das wäre ärgerlich, denn er hatte sich nach seiner letzten Fahrt mit der *Fischerin* extra beeilt, um rechtzeitig im Feuerwehrhaus zu sein. Bedingt durch die tägliche leichte Verschiebung der Gezeiten, änderten sich auch stets die Abfahrts- und Ankunftszeiten der Ausflugsschiffe, und heute waren sie erst um kurz vor halb sieben im Hafen eingelaufen. Bis alle Gäste von Bord gegangen waren und er sich um alles Wichtige auf dem Kutter gekümmert hatte, war es dann schon reichlich knapp geworden. Deshalb hatte er sich auch noch nicht umgezogen, sondern suchte sich nun, da er seine Unterlagen noch einmal durchgegangen war, aus seinem Spind Jeans heraus, die er stets zum Wechseln dort aufbewahrte, sowie ein schwarzes T-Shirt. Er schloss gerade die Knöpfe der Jeans, als er von draußen eine verärgerte weibliche Stimme vernahm.

***

»Verdammt noch mal, so warte doch! Ich habe nur zwei Beine und nicht vier. Ich kann nicht so schnell rennen wie du!«

Ist nicht mein Problem. Ich hab's halt eilig. Na gut, eigentlich ist es schon mein Problem, weil du mich echt nervig ausbremst. Würdest du mir mal diese blöde Leine abnehmen, könnte ich viel schneller rennen. Mein Frauchen nimmt mich fast nie an die Leine, außer wir gehen durch die Stadt, wo man das wohl muss oder wo viele fremde Leute sind, die mich nicht kennen.

Überhaupt: Wo ist mein Frauchen? Ich hab sie schon seit zwei Tagen nicht mehr gesehen und vermisse sie. Oder ... Moment mal. Ach ja, stimmt, sie ist ja gestorben. So habt ihr das genannt. Sie lag neulich morgens ganz, ganz still in ihrem Bett und hat sich nicht gerührt und auch gar nicht mehr geatmet. Ich wusste gleich, dass da was nicht stimmt, und hab gebellt und gejault, bis jemand gekommen ist. Dann haben plötzlich alle geweint. Ich auch. Aber ... Kommt sie jetzt wirklich nicht mehr wieder? Niemals? Das ist echt schlimm. Was soll ich denn ohne sie machen? Sie war doch mein geliebtes Frauchen. Und jetzt bin ich dauernd bei dir, Ella.

Du bist zwar auch nett, aber mal ehrlich, du hast überhaupt keine Ahnung von Hunden. Von mir ganz speziell schon mal gar nicht. Und du bist schrecklich langsam, auch wenn du viel jünger bist als mein Frauchen. Vielleicht liegt es aber auch nur daran, dass du mich ständig anleinst und anbindest. Da kann man ja keine Geschwindigkeit aufnehmen. Einfach unmöglich. Außerdem schimpfst du immer gleich, wenn dir was nicht passt. So was kann ich ja gar nicht vertragen. Da schalte ich die Ohren auf Durchzug, jawohl. Wo gehen wir jetzt eigentlich hin? In das große weiße Haus mit dem riesigen Rolltor etwa? Frauchen hat es immer das

Feuerwehrhaus genannt. Was auch immer das bedeuten mag. Bin ja mal gespannt, was wir da machen.

»Mensch, endlich wirst du mal langsamer.« Mit einem Schnaufen blieb Ella neben Barnabas stehen und wischte sich rasch ein paar Schweißperlen von der Stirn. Hoffentlich versaute sie sich damit nicht ihr Make-up, obwohl … Nach dem langen Tag war es vermutlich eh so gut wie hinüber. Sie hatte auch nur ein bisschen mehr davon als sonst aufgelegt, um ihre Blässe und die Ringe unter den Augen zu kaschieren. Normalerweise brauchte sie bloß einen Hauch Puder für ihren leicht dunklen Teint, um den viele Frauen sie beneideten. Doch seit sie vom Tod ihrer geliebten Großmutter erfahren hatte, fühlte sie sich wie erschlagen vom vielen Weinen und ihrem schmerzenden Herzen. Ganz zu schweigen von dem Stress, den sie jetzt hatte, weil Oma Carlotta doch tatsächlich ein Schriftstück in ihrem Notfallaktenordner aufbewahrt hatte, in dem sie im Falle ihres Ablebens Ella als neues Frauchen für Barnabas eingesetzt hatte. In dem Schreiben stand auch, dass sie dies auch in ihrem Testament verfügt habe, das aber natürlich jetzt noch nicht verlesen wurde, sondern erst nach der Trauerfeier und Beisetzung.

Ella wusste nicht recht, was sie davon halten sollte. Oma Carlotta hatte ihr nie etwas darüber gesagt, dass sie ihr Barnabas vererben wollte. Der Bearded Collie war fünfzehn Monate alt, und ihre Großmutter hatte ihn bereits als Welpen übernommen und sich liebevoll um ihn gekümmert. Angeblich gehorchte Barnabas auch aufs Wort und war ein wunderbarer, treuer Gefährte. Zumindest hatte Oma Carlotta das immer behauptet. Ella hatte auch nie daran gezweifelt, denn in Gegenwart ihrer Großmutter hatte sich der Hund stets mustergültig verhalten. In dem Schreiben hatte Carlotta in ein paar persönlichen Worten an Ella erwähnt, dass sie sich sicher sei, Ella und Barnabas würden schnell Freunde, und dass Ella ganz sicher das beste Frauchen überhaupt für die hübsche Fellnase werden würde.

Im Augenblick haderte Ella jedoch eher mit ihrem Schicksal, denn Barnabas hörte mitnichten aufs Wort – oder überhaupt auf irgendetwas, was sie von sich gab. Ihre Eltern hatten sie getröstet, dass der Hund vermutlich nur verwirrt sei und um sein Frauchen trauere. Das konnte Ella sogar gut verstehen. Doch manchmal kam es ihr so vor, als ignoriere Barnabas sie absichtlich und wolle sie ärgern, indem er seine Ohren auf Durchzug stellte und einfach tat, was er wollte. Zum Beispiel Ella wie ein Fähnchen im Wind hinter sich her durch Lichterhaven ziehen. Sie hatte Schwierigkeiten gehabt, ihn dazu zu bewegen, ihr zu folgen und nicht aus Trotz über ihre Richtungswechsel an jedem Grashalm stehen zu bleiben und mehr als ausgiebig zu schnüffeln oder einfach in eine andere Richtung loszurasen. Zweimal war er ihr sogar beinahe entwischt, weil er sich so in die Leine geworfen hatte, dass diese ihr fast entglitten wäre.

Nun war sie erleichtert, endlich – aber leider fast eine Viertelstunde zu spät – an ihrem Ziel angekommen zu sein. Hinter einem der Fenster bemerkte sie eine Bewegung und sah gleichzeitig, dass die Eingangstür des Feuerwehrhauses nicht verschlossen war, sondern einen Spaltbreit offen stand. Entschlossen rückte sie den Riemen ihrer roten Umhängetasche auf ihrer Schulter zurecht und nahm die Leine etwas kürzer. »Komm, Barnabas, hier entlang.«

Was? Wohin? Da rein? Echt jetzt? Was sollen wir denn da? Ich würde viel lieber hier draußen herumschnüffeln oder runter ans Wasser. Da ist es viel schöner. Hey, zerr doch nicht so an der Leine! Ich komme ja schon. Du liebe Güte, bist du schlecht gelaunt!

»Nun komm schon, ich bin eh schon viel zu spät dran!« Leicht genervt betrat sie das Feuerwehrhaus, in dem es nach Zitrusreiniger, Motoröl und Kaffee roch, und schloss die Tür hinter sich. Zielstrebig steuerte sie auf den großen Seminar- und Übungsraum 1 zu, dessen Tür ebenfalls nur angelehnt war und sich nur wenige Schritte vom Eingang entfernt befand. Als sie eintrat, blieb sie für einen Moment wie angewurzelt stehen. Jörn Paulsen stand nur knapp zwei Meter von ihr entfernt an der kleinen Küchenzeile und hantierte mit der Kaffeemaschine herum. Er drehte ihr den Rücken zu – den nackten Rücken. Über seiner Schulter hing ein schwarzes T-Shirt.

Für eine oder zwei Sekunden erlaubte sie sich, seine schmalen Hüften und den muskulösen Oberkörper zu bewundern, wie es wohl jede Frau getan hätte, die über einen funktionierenden Puls verfügte. Dann jedoch schoss Barnabas mit einem freudigen Bellen an ihr vorbei auf Jörn zu und sprang ihn übermütig an.

Hallo, hallo, hallo. Da ist ja mein Kumpel Jörn. Wie schön, dich zu sehen!

»Halt, stopp! Barnabas, wirst du wohl aufhören!« Hilflos versuchte Ella, den Hund zurückzuziehen, doch es gelang ihr nicht.

Nö, jetzt gerade nicht. Ich muss doch Jörn begrüßen. Das ist mein allerbester guter Kumpel. Den mag ich gern! Hallo, Jörn, wie geht es dir?

Ella verstummte, weil sie einsah, dass der Hund nicht auf sie hörte, und weil Jörn sich in diesem Moment zu ihr umdrehte und ihr auch noch Gelegenheit gab, seinen nicht minder muskulösen und wohldefinierten Brustkorb zu betrachten. Und die verdammt tief sitzenden Jeans. Wenn sie nicht gerade so gestresst gewesen wäre und Jörn zudem grundsätzlich nicht ihr Typ, wäre ihr geradezu heiß geworden. Seelenruhig begrüßte er den Hund, der sich daraufhin schnell wieder beruhigte.

Um sich ihren Ärger nicht anmerken zu lassen, legte Ella mit einem feinen, mit leichtem Spott unterlegten Lächeln den Kopf schräg. »Sieh mal einer an. Wird man hier im Feuerwehrhaus immer mit einem Striptease begrüßt? Gehört das zu eurer neuen Werbemasche, oder übst du schon mal für den nächsten Feuerwehrkalender?«

Jörns Augenbrauen wanderten in die Höhe, als er sie musterte. »Weder noch. Ich bin bloß noch nicht dazu gekommen, mich umzuziehen. Wenn ich gewusst hätte, dass du so spät kommst ... Wir hätten das Treffen auch auf halb acht legen können.«

»Ich wollte ja pünktlich hier sein.« Mit einem Anflug von Missmut blickte sie auf Barnabas, der sich neben Jörn gesetzt hatte und ihn anhimmelte, während dieser dem Hund sanft durch das Fell wuschelte. »Barnabas hat mir einen Strich durch die Rechnung gemacht.«

»Inwiefern?«

Sie zuckte mit den Achseln. »Egal. Jetzt bin ich ja hier.« Unschlüssig blickte sie sich um. »Kann ich Barnabas hier irgendwo anbinden?«

»Wozu?« Verwundert richtete Jörn sich wieder auf und zog nun endlich sein T-Shirt an.

»Damit er nicht überall rumschnüffelt oder wegläuft.«

»Wohin soll er denn laufen? Die Tür ist doch zu.« Noch während Jörn sprach, löste er die Leine von Barnabas' Geschirr und reichte ihr das lose Ende.

Oh, danke sehr! Schon viel besser ohne dieses lästige

Ding. Eigentlich habe ich gar nichts gegen Leinen, aber Ella übertreibt es wirklich. Ständig hält sie mich kurz oder bindet mich an. So als wäre ich ein Schwerverbrecher. Fröhlich wedelte Barnabas mit der Rute und machte sich mit erhobener Nase auf einen Rundgang durch das Feuerwehrhaus.

»Halt, bleib hier!« Ella wollte ihm schon folgen, hielt jedoch inne, als sie Jörns amüsierte Miene sah. »Was?«

»Lass ihn doch. Er kann hier drinnen nichts falsch machen. Möchtest du auch einen Kaffee?«

»Um die Uhrzeit noch?« Rigoros schüttelte sie den Kopf. »Dann schlafe ich die halbe Nacht nicht.«

»Sonst etwas? Cola? Wasser? Steht beides im Kühlschrank. Öffner liegt auf dem Tisch.« Seelenruhig wandte Jörn sich wieder der Kaffeemaschine zu, der inzwischen intensiver Duft entstieg. Er goss sich einen Kaffee ein, gab einen Würfel Zucker dazu und trug die Tasse hinüber zu einem der länglichen Tische, die aneinandergeschoben worden waren, um eine zusammenhängende Fläche zu bilden, um die herum fünfundzwanzig Stühle verteilt waren.

Rasch holte Ella sich eine Flasche Wasser aus dem Kühlschrank und setzte sich damit Jörn schräg gegenüber. Während sie die Flasche öffnete, klappte Jörn bereits den Ordner auf, den er bereitgelegt hatte und in dem er säuberlich mit Trennblättern unterteilt seine Unterlagen für das Jubiläumsfest abgeheftet hatte. Auch Ella entnahm ihrer Tasche einen Ordner und schlug ihn auf. Zuoberst hatte sie Jörns Blatt mit dem Brainstorming geheftet, auf das sie mit roter und grüner Farbe unzählige Anmerkungen gekritzelt hatte.

»Was ist das denn?« Jörns Blick war prompt auf ihren Notizen gelandet. »Das sieht ja aus wie eine korrigierte Klassenarbeit.«

Sie lächelte leicht. »Wenn deine Klassenarbeiten nach der Korrektur so aussahen, wundert es mich ehrlich gesagt, dass du das Abitur geschafft hast – von allem anderen ganz zu schweigen.«

Wieder wanderten seine Augenbrauen ein wenig in die Höhe. »Ich meine ja bloß. Was hast du denn da alles hingekritzelt? Meine Vorschläge waren doch ziemlich eindeutig.«

»Vorschläge, das ist das Stichwort.« Sie zog einen Kugelschreiber aus ihrer Tasche und tippte damit auf die ersten Zeilen. »Es sind doch bloß Ideen und Anregungen, nicht wahr? Und ich habe dazu die Alternativen notiert, von denen ich überzeugt bin, dass sie noch besser passen würden.«

»Alternativen?« Seine Brauen erreichten jetzt fast seinen dichten, dunkelblonden Haaransatz. »Wir hatten im Vorstand bereits alles genau besprochen und darüber abgestimmt.«

»Dann stimmt ihr eben noch mal ab.« Unbekümmert ließ Ella den Kugelschreiber klicken. »Ich habe mir eure Vorschläge«, sie betonte das Wort beiläufig und doch mit Nachdruck, »sehr genau angesehen. Grundsätzlich seid ihr auch schon auf dem richtigen Weg, aber wenn wir hier und da ein wenig an den Stellschrauben drehen, wird das Catering für euer Jubiläum einfach umwerfend gut.«

»Ach. Und was wäre es, wenn wir nicht an den Stellschrauben drehen?«

»Ganz okay, aber leider kein bisschen besonders.« Sie strahlte ihn mit siegessicherer Miene an, weil sie genau wusste, dass sie recht hatte. »Ihr wollt doch bestimmt alle, dass den Leuten euer Jubiläum im Gedächtnis bleibt, oder? Also mindestens bis zum nächsten Jubelfest in vermutlich fünfundzwanzig Jahren. Also müssen wir uns ein bisschen ins Zeug legen.«

»Ich dachte, das hätten wir bereits getan.« Jörns Miene verriet, dass er alles andere als froh über den Gedanken war, dem Vorstand des Kameradschaftsvereins ein neues Konzept vorlegen zu müssen.

»Im Rahmen eurer Möglichkeiten habt ihr das bestimmt.« Obwohl sie wusste, dass sie Jörn damit provozierte, behielt sie ihren beiläufigen, überlegenen Ton bei. Das geschah ganz automatisch, weil sie wusste, dass er darauf allergisch reagierte. Sie meinte es gar nicht böse, sondern hatte einfach nur Spaß daran, ihn ein bisschen zu ärgern. »Aber Hannah, Caroline und ich sind die Profis und deshalb ja auch engagiert worden ...«

»Nicht von mir!«

»... um euch bei diesen Dingen unter die Arme zu greifen und mit Rat und Tat zur Seite zu stehen. Du wirst sehen, wenn wir mit der Planung fertig sind, haben wir ein unvergessliches Fest gezaubert. Na ja, zumindest die Bewirtung wird unvergesslich sein. Und die Dekoration. Für alles Übrige seid ihr selbst verantwortlich.«

***

Jörn wusste nicht, ob er lachen oder Ella erwürgen sollte. Er hatte geahnt, dass es nicht ganz einfach werden würde, mit ihr zusammenzuarbeiten. Doch ihre frech-überhebliche Art, gepaart mit ihrem Strahlelächeln, das sie bereits mit süßen fünfzehn oder sechzehn perfektioniert hatte, machte ihm nun erst richtig deutlich, auf was er sich da eingelassen hatte. Oder vielmehr, was man ihm aufgezwungen hatte.

Freiwillig hätte er die *Foodsisters* wahrscheinlich nicht engagiert. Oder vielleicht doch, weil seine Cousine Caroline diesem zugegebenermaßen inzwischen recht erfolgreichen

Trio angehörte. Wenn er mit ihr hätte verhandeln müssen, wäre es auch bestimmt etwas anderes gewesen, doch Ella war ein ganz anderes Kaliber als Caroline. Energisch, selbstbewusst, zielstrebig und – ja – auch ein wenig überheblich. Zumindest ihm gegenüber. Zusammen mit ihrer unbestrittenen Klugheit eine herausfordernde Mischung. Da half auch das Wissen wenig, dass sie ihr Metier wirklich verstand. Ella war anstrengend, und wie man es drehte und wendete, die kommenden Wochen würden nervenaufreibend werden. Normalerweise versuchte er, Ella zu ignorieren, wenn sie ihm auf den Geist ging, oder er ging ihr aus dem Weg. Sie war schon während ihrer Schulzeit die erklärte Partyqueen von Lichterhaven gewesen, quirlig, frech, offen und stets gut gelaunt. Und bildhübsch. Lange schwarze Haare, strahlend blaue Augen, leicht getönter Teint, volle Lippen. Dazu war sie schlank, aber nicht zu sehr. Die Natur hatte ihr genau an den richtigen Stellen Rundungen verpasst, die kaum einem männlichen Wesen entgehen konnten. Da sie dies genau wusste, betonte sie ihre Vorzüge stets mit engen Tops, raffinierten Ausschnitten, engen Jeans oder farbenfrohen und meist kurzen Röcken oder Kleidern. Auch heute trug sie eine hautenge, mit Rosen bestickte dreiviertellange Jeans, rote Riemchensandalen und eine taillierte, ärmellose Bluse, deren oberste drei Knöpfe offen standen und den Blick geradezu auf ihr Dekolletee lenkten – und auf das spitzenbesetzte schwarze Top, das sie unter dem roten Blüschen trug und das mitnichten den sexy Eindruck schmälerte.

Rein optisch hätte er sich ohne Frage von ihr angezogen fühlen können, doch ihre Persönlichkeit war ihm zu nervenaufreibend. Zwar mochte er durchaus selbstbewusste Frauen, liebte zugleich aber auch seine Seelenruhe. In Ellas Gegenwart kam ihm die jedoch regelmäßig abhanden. Auch jetzt zerrte sie bereits leicht an seinen Nerven, obgleich sie sich noch gar nicht lange in einem Raum aufhielten. Vielleicht lag es an ihrem geradezu selbstgefälligen Lächeln, als sie ihm nun das Blatt mit ihren bunten Kritzeleien hinschob.

»Sieh mal hier. Ich habe eure Ideen ein bisschen erweitert und angepasst. Modernisiert könnte man auch sagen.«

»Hältst du uns für altmodisch?« Jörn versuchte angestrengt, die krakelige Schrift zu entziffern.

»Ganz ehrlich?« Ella grinste. »Ja. Ziemlich. Vielleicht liegt es daran, dass deine Vorstandsmitglieder alle deutlich älter sind als du und du dich ihrer Sicht angepasst hast.« Sie legte den Kopf schräg. »Na ja, du selbst bist auch eher der konservative Typ und merkst deshalb nicht, dass euer Konzept ein wenig altbacken rüberkommt.«

»Altbacken?« Hüstelnd griff Jörn nach seiner Kaffeetasse und nahm einen großen Schluck. »Übrigens ist Thorsten nicht viel älter als ich und seit Kurzem unser Beirat. Wir haben ihn extra für die Festplanung in den Vorstand berufen.«

»Mag sein, trotzdem steht es immer noch zwei gegen vier, denn wenn ich mich nicht verzählt habe, sind zwei weitere Beiräte, der Schriftführer und die Schatzmeisterin bereits weit jenseits der fünfundfünfzig. Vielleicht solltet ihr euch in absehbarer Zeit mal ein bisschen verjüngen.«

»Das ist frühestens zur nächsten Wahl geplant, wenn die entsprechenden Leute weitere Kurse belegt und dann hoffentlich mehr Zeit für den Vorstand haben.«

»Meinetwegen.« Ella zuckte mit den Achseln. »Soweit ich es sehe, fehlt uns bei eurem Konzept einfach die Innovation. Zum Beispiel habt ihr zwar an die Vegetarier und Veganer gedacht, aber ihnen nur ziemlich langweilige Alternativen geboten. Mit ein bisschen Fantasie kann man diese aber durch Sachen ersetzen, die so toll und irre lecker sind, dass wir am besten gleich die dreifache Menge herstellen, damit sie nicht von der Fleischliebhaberfraktion weggefuttert werden. Guck nicht so, das ist schon passiert.«

»Und was für Fantasien hast du bezüglich der Veganerversorgung?«

»Oh, so einige.« Rasch schlug Ella ihren Ordner zu, schob ihn beiseite und zog stattdessen eine Mappe mit unzähligen Fotos und Menüvorschlägen aus ihrer Tasche hervor. »Schau mal hier ...« Sie zuckte heftig zusammen, als es in der Fahrzeughalle laut klapperte. Gleich darauf bellte Barnabas empört. »Oh Gott, jetzt hat er doch was kaputt gemacht!« Erschrocken sprang Ella auf und rannte zur Tür.

»He, warte doch mal.« Kopfschüttelnd und ganz und gar nicht eilig erhob Jörn sich und folgte ihr in die Halle, in der die drei Feuerwehrfahrzeuge mit unterschiedlicher Ausstattung geparkt waren. Auf der rückwärtigen Seite befanden sich offene Spinde, in denen die Feuerwehrmonturen der Mitglieder aufbewahrt wurden. Über jedem Spind war eine Halterung für den Helm angebracht. Dahinter befanden sich die Umkleideräume, Duschen und Toiletten.

»Barnabas, du liebe Zeit, was hast du denn da angestellt?« Ellas Stimme klang erschrocken und auch ein wenig hektisch. »Du darfst doch hier nichts kaputt machen. Am Ende muss ich das noch bezahlen.«

»Was hat er denn kaputt gemacht?« Jörn ging auf den immer noch empört bellenden Barnabas zu und musste dabei das Einsatzleiterfahrzeug umrunden. Danach erst sah er die Ursache für den Aufruhr. Auf dem Boden lag eine mannsgroße Puppe. Ein fast lebensechter Dummy, mit dem sie häufig bei Übungen arbeiteten. »Ach Gottchen, wie hast du denn unseren Ottokar von seinem Platz geholt?« Normalerweise stand die Puppe neben einer weiteren, weiblichen in der Ecke der Halle an der Wand und war an einem Haken befestigt, damit sie nicht umkippte.

Ottokar? Ottokar? Wer ist das? Dieses Ding hier? Sieht aus wie ein Mensch, ist aber keiner. Ich dachte aber erst, das Ding wäre ein echter Mann. Sieht ja fast so aus. Aber es riecht nicht so. Und als ich dran hochgesprungen bin, kam es mir einfach entgegengeflogen. Da muss man sich doch erschrecken, oder nicht? Ich dachte, ich hätte einen Menschen umgeschmissen. Noch einen, der sich nicht mehr rührt und nicht mehr atmet. Und jetzt sehe ich erst, dass es gar kein echter Mensch ist. Herrje, ich weiß gar nicht, wohin mit mir vor Schreck.

»Ottokar?« Ella war neben der Puppe in die Knie gegangen und versuchte, sie umzudrehen. »Ganz schön schwer.«

»Lass liegen. Das Ding wiegt fast neunzig Kilo.« Jörn achtete nicht weiter auf die Puppe, sondern ging neben Barnabas in die Hocke. »Na, mein Freund, da hast du dich aber ordentlich erschreckt, was?«

Barnabas hörte auf zu bellen, wedelte aber immer noch hektisch mit der Rute. *Und wie! Aber jetzt, da du mich so streichelst, werde ich doch langsam wieder ruhiger. Danke sehr.* Barnabas setzte sich laut hechelnd auf sein Hinterteil.

»Ganz ruhig. Schau, das ist bloß unsere Übungspuppe Ottokar, der anscheinend nicht richtig am Haken befestigt war.« Jörn deutete auf die Schlaufe auf dem Rücken der Puppe. Daneben klaffte ein großes Loch im gestreiften Hemd. Rasch erhob Jörn sich und trat an die weibliche Puppe heran, um ihre Befestigung zu prüfen. »Nein, die gute Mary ist okay, da passiert nichts.«

»Hat Barnabas das Ding kaputt gemacht?« Ella zupfte an dem zerfetzten Hemd herum. »Ich bezahle das. Oder besser noch, ich flicke es. Oder besorge ein neues Hemd. Tut mir echt leid. Deshalb wollte ich ihn anbinden. Dauernd stellt er etwas an.«

Also, dauernd ist dann doch ein bisschen übertrieben. Barnabas brummelte beleidigt. *Ich mache nie etwas absichtlich kaputt. Kann ich wissen, dass das nur Puppen sind? Ich habe mich erschreckt. Erschreckt, hörst du? So was kann jedem Mal passieren. Schnüff.*

»Kein Grund zur Aufregung.« Betont ruhig wandte Jörn sich Ella wieder zu. Sie vibrierte geradezu vor Energie – negativer Energie in diesem Fall. »Ist doch bloß ein Dummy.«

»Ja, aber jetzt ist er kaputt, und Barnabas ist schuld. Ich weiß gar nicht ...«

»Ella.« Kopfschüttelnd blickte er auf sie hinab. Ella war einen ganzen Kopf kleiner als er und wirkte im Augenblick wie ein aufgeregtes Vögelchen. »Krieg dich wieder ein. Barnabas hat sich wahrscheinlich nur vor den Puppen erschreckt, weil sie ziemlich lebensecht aussehen. Dann hat er die eine angesprungen, und sie ist runtergekracht. Das ist aber nicht seine Schuld und deine schon mal gar nicht. Wer auch immer Ottokar aufgehängt hat, hat ihn am Hemd anstatt an der Schlaufe befestigt.«

»Ja, und jetzt ist es kaputt, weil Barnabas dagegen gesprungen ist.« Ella beruhigte sich wieder, blickte aber weiterhin unschlüssig auf das zerrissene Hemd. »Ich repariere das, okay?« Wieder ging sie in die Hocke und versuchte, die Puppe zu drehen. Nach zwei Versuchen schaffte sie es schließlich und knöpfte das Hemd eilig auf.

Jörn sah ihr dabei zu und entschied sich, über ihren Eifer zu grinsen. »Das machst du ziemlich routiniert. Anscheinend hast du eine Menge Übung darin, Männer von ihren Klamotten zu befreien.«

Ruckartig hob Ella den Kopf. Erst runzelte sie die Stirn,

dann grinste sie ebenfalls. »Ein bisschen. Warum auch nicht? Außerdem ist es einfacher, wenn sich das Objekt, das man entkleiden will, nicht wehrt.«

Jörn prustete. »Welcher Mann hätte sich gegen dieses Ansinnen deinerseits denn jemals gewehrt?«

»Vielleicht ist wehren der falsche Ausdruck.« Energisch zerrte Ella dem Dummy das Hemd über die Schulter. »Im Eifer des Gefechts kann es schon mal kompliziert werden.«

»Wenn du das sagst.« Jörn erbarmte sich und fasste mit an. Er richtete Ottokar ein wenig auf, damit Ella das Hemd von den Armen der Puppe streifen konnte. »Es ist aber wirklich nicht notwendig, dass du das Hemd reparierst. Das kriege ich schon hin.«

»Tut mir leid, aber das muss jetzt sein. Ich bin für Barnabas verantwortlich. Wenn er etwas kaputt macht, selbst wenn es keine Absicht war, komme ich für den Schaden auf.«

»Na gut, wie du meinst.« Er zögerte. »Du bist für ihn verantwortlich? Heißt das, du hast Barnabas adoptiert?«

Ella faltete das Hemd unordentlich zusammen. »Ja, sozusagen. Nicht ganz freiwillig. Oma Carlotta hat testamentarisch verfügt, dass ich sein neues Frauchen werden soll. Ich wusste gar nichts davon. Im Grunde habe ich zwar nichts gegen Hunde und mag Barnabas eigentlich auch ganz gern …«

»Eigentlich?« Er neigte den Kopf leicht zur Seite.

Ella hob die Schultern. »Bei Oma Carlotta war er immer ein Musterhund. Lieb und brav und alles. Aber seit er bei mir ist, ist er ziemlich ungezogen.«

Ungezogen? Ich? Stimmt doch gar nicht. Okay, ich bin ein bisschen durcheinander, aber du bist es doch, die wegen jeder Kleinigkeit gleich schimpft und mich anbindet und alles. Das mag ich halt nicht. In einem fast schon beleidigten

Tonfall brummelte Barnabas vor sich hin und blickte anklagend zu Ella auf.

Jörn musterte den Bearded Collie eingehend und hockte sich vor ihn hin. »Ist das wahr, Barnabas? Benimmst du dich bei Ella ungezogen?«

Nein, wie gesagt, gar nicht. Oder ... na ja. Aber sie ist selbst schuld! Mit Unschuldsmiene erwiderte der Hund Jörns Blick und wedelte leicht mit der Rute.

»Bürsten lässt er sich auch nicht, dabei hätte er es dringend nötig.« Ella seufzte unterdrückt. »Ich glaube, er kann mich nicht leiden.«

Doch, kann ich wohl. Wenn du mal nicht herummeckerst.

»Das ist doch Unsinn. Ihr seid doch bisher auch gut miteinander ausgekommen. Oder etwa nicht?« Fragend blickte Jörn zu Ella auf und kraulte Barnabas dabei hinter den Ohren.

»Ja, wie gesagt, da war Oma Carlotta auch immer dabei, und Barnabas hat ihr aufs Wort gehorcht. Bei mir hört er nicht mal auf ein einfaches Sitz.«

Eingehend musterte Jörn erneut den Hund. »Ich glaube, du musst ihm ein bisschen Zeit geben. Immerhin hat er gerade sein Frauchen verloren. Bestimmt ist er ganz verwirrt und trauert. Genau wie du ... und wir alle.«

Ella ließ die Schultern hängen. »Kann sein, ja, aber muss er deshalb alle guten Manieren vergessen?«

»Keine Ahnung.«

Jörn richtete sich wieder auf. »Lass uns zurück an die Arbeit gehen.« Er hob den Dummy an und setzte ihn unter Mary in die Ecke. »Komm, Barnabas, wir suchen dir mal eine Schale, die wir mit Wasser füllen können.« Er machte eine beiläufige Geste mit der Hand, die er sich bei Carlotta abgeschaut hatte.

Oh, Wasser? Das klingt gut. Ich habe nämlich Durst nach der ganzen Aufregung. Ohne Weiteres folgte Barnabas Jörn hinüber zu der Küchenzeile im Übungsraum 1. Auf ein weiteres Handzeichen hin ließ er sich brav auf sein Hinterteil sinken und wartete geduldig, bis Jörn eine Metallschüssel mit Wasser gefüllt und vor ihm abgestellt hatte.

»Moment, warte.« Jörn gab ein weiteres Handzeichen, woraufhin Barnabas sich erneut setzte und ihn erwartungsvoll ansah. »Alles klar, jetzt darfst du trinken.« Er deutete auf die Schüssel, und Barnabas tauchte sogleich seine Nase in das kühle Nass.

Bedeutsam blickte Jörn Ella an, die in der Tür stehen geblieben war und ihnen mit großen Augen zugesehen hatte. »Wo liegt das Problem? Gib ihm klare Ansagen, dann macht er alles, was du willst.«

»Haha. Als hätte ich das nicht längst versucht.«

»Vielleicht bist du ihm ein bisschen zu hektisch.« Seelenruhig nahm Jörn wieder Platz auf seinem Stuhl. »Lass uns jetzt mit diesem Menüplan weitermachen. Ich will nicht den ganzen Abend hier sitzen.«

3. Kapitel

Nachdem Ella mit Barnabas das Feuerwehrhaus eine Stunde später wieder verlassen hatte, brummte Jörn der Schädel. Er räumte rasch noch ein wenig auf, klemmte sich seinen Aktenordner unter den Arm und machte sich auf den Weg nach Hause. Er wohnte in einer ruhigen Seitenstraße, nicht allzu weit vom Feuerwehrhaus und nur rund hundert Meter vom Deich entfernt.

Am besten, so überlegte er, während er einen flotten Schritt vorlegte, würde er nachher noch einen kleinen Spaziergang ans Wasser machen. Er musste wieder zur Ruhe kommen und über all die neuen Vorschläge nachdenken, die Ella ihm unterbreitet hatte. Sie hatten sich mehrfach die Köpfe heißgeredet, weil er ihre Ideen hier und da doch etwas zu gewagt fand. Vor allem ihr Konzept, die ganze Deko im Stil witziger Karikaturen zu gestalten – als Kontrast zum und gleichzeitig angepasst an das Programm und die Deko des historischen Stadtfestes. Ob sein Vorstand damit einverstanden sein würde, war sehr fraglich. Er selbst war ja schon ein bisschen überrumpelt, wenn auch nicht vollends abgeneigt. Aber Ella hatte schon recht, das Vorstandsteam bestand bis auf ihn und Thorsten aus deutlich älteren Personen, und das merkte man an der Art, wie sie die Pläne für die Jubiläumsfeier angingen.

Es würde also noch ein gutes Stück Überzeugungsarbeit vor ihm liegen, gepaart mit der Aussicht auf etliche weitere Besprechungen der heutigen Art. Denn auch wenn Ella einige gute Ideen gehabt hatte, wollte er doch seine Ansichten dazu weiterhin in die Waagschale werfen. Ganz altmodisch war er nun auch wieder nicht. Konservativ in mancherlei Hinsicht schon, das stimmte. Aber schließlich musste er auch darauf achten, dass alle Mitglieder der Feuerwehr gehört und dass die älteren Gäste beim Jubiläum nicht von zu viel ausgeflippten Ideen abgeschreckt wurden. Er behielt gerne das große Ganze im Auge und war daran gewöhnt, ausgleichend auf seine Mitmenschen, insbesondere innerhalb der Feuerwehrtruppe, einzuwirken, um den Frieden zu wahren. Bei Ella gelang ihm das eher selten, denn sie hatte nun mal ihren eigenen Kopf – und zwei Freundinnen und Kolleginnen, die mit Sicherheit hinter ihr standen und ebenfalls auf die flippige Variante standen.

Was den Zwischenfall mit Barnabas anging, so wunderte er sich noch immer, wie wenig souverän Ella damit umgegangen war. Normalerweise ließ sie sich von Kleinigkeiten nicht aus der Ruhe bringen. Deshalb und weil sie ein Organisationstalent war, hatten Hannah und Caroline sie zur Sprecherin und Frontfrau der *Foodsisters* ernannt. Mit ihrer selbstsicheren und stets freundlichen und fröhlichen Art hielt Ella die Zügel im Allgemeinen fest in der Hand. Zumindest hatte Jörn bisher diesen Eindruck von ihr gewonnen. Doch was Barnabas anging, schien sie ein wenig aus der Bahn geraten zu sein. Allerdings musste er zugeben, dass der Hund anscheinend wirklich beschlossen hatte, nicht auf sein neues Frauchen zu hören. Jörn konnte ein Schmunzeln nicht unterdrücken, als er sich daran erinnerte, wie Barnabas, nachdem Ella ihm die Leine wieder angelegt hatte, wie ein Torpedo zur Tür hinausgeschossen war und Ella hinter sich hergezerrt hatte.

Auf der kurzen Strecke zu seinem Haus im Sandkornweg wanderten seine Gedanken rasch wieder zu den

Aufgaben, die sich vor ihm auftürmten. Nicht nur musste er dem Vorstand schonend beibringen, dass die *Foodsisters* fast alle bisherigen Ideen für unmodern hielten, sondern er musste auch noch die Helferlisten erstellen und ausdrucken, damit er sie bei der nächsten Übung am Sonntagvormittag im Feuerwehrhaus auslegen konnte. Bei der Gelegenheit würde er noch einmal sehr eindringlich darauf pochen müssen, dass wirklich alle Mitglieder der Truppe – und auch deren Partner und Partnerinnen – sich fleißig beteiligen mussten, damit alles so klappte, wie sie sich das vorstellten. Dass das Catering wegen der Kooperation mit dem Stadtfest teilweise aus ihren Händen genommen war, erleichterte die Planung, zumindest theoretisch, und wenn Jörn nicht über den Stress nachdachte, den er dafür mit Ella haben würde, war er dafür sogar dankbar. Von früheren Feuerwehrfesten war nur allzu bekannt, dass gerade die Helferjobs bei Essensausgabe und Getränkeausschank schwierig zu besetzen waren.

Dieses Jahr würden die *Foodsisters* von der Stadt bezahlte Aushilfen stellen, sodass Jörn seine eigenen Leute anderweitig einsetzen konnte. Zumindest ein paar davon. Manche würden sicherlich dennoch bei der Getränke- und Speisenausgabe mithelfen müssen. Und an der guten alten – ja, auch altmodischen – Sektbar. Von deren Betrieb, obgleich sie eigentlich eher in die Neunzigerjahre passte, wollte er sich nicht abbringen lassen. Nach kurzem Hin und Her hatte Ella ihm schließlich sogar zugestimmt und wollte jetzt auch dafür ein neues Konzept ausarbeiten. Hoffentlich kein zu kompliziertes oder abgehobenes.

Eine weitere Liste für Kuchenspenden musste ebenfalls erstellt werden, denn auch wenn seine Cousine Caroline eine wahnsinnig tolle Bäckerin und Konditorin war, würden sie doch nicht auf die traditionellen, selbst gebackenen Kuchen verzichten.

Am Sonntagnachmittag war dann noch ein Treffen derjenigen anberaumt, die dieses Jahr halfen, den Festwagen zu bauen. Zwar hatten sie aus dem vergangenen Jahr bereits einen riesigen Wagen, der einem modernen Feuerwehrauto nachempfunden war und von einem Traktor gezogen werden konnte, doch Jörn hatte mit seinem Vorschlag, auch das eine oder andere historische Fahrzeug nachzubauen, großen Anklang bei der Truppe gefunden. Sie hatten sich inzwischen auf zwei Wagen geeinigt, die bereits in unterschiedlichen Stadien der Entstehung begriffen waren. Beide Entwürfe kamen von Lars Verhoigen, der mit seinem Bruder Thorsten die alte Werft am Hafen wiedereröffnet hatte. Jetzt bauten sie dort kleine Jachten und Motorsportboote. Als Konstrukteur von Festwagen war Lars mittlerweile sehr begehrt. Soweit Jörn wusste, hatten sich auch schon andere Vereine mit der Bitte um Baupläne an ihn gewandt.

Im Geiste ging Jörn auf den letzten Metern zu seinem Haus auch noch die Materialbestellungen durch, die er online oder telefonisch morgen tätigen musste. Auch beim Baumarkt würde er dringend vorbeifahren müssen, am besten gleich mit dem großen Anhänger. Hoffentlich fand sein Bruder Max Zeit, ihm zu helfen.

An seinem Ziel angekommen, blieb Jörn für einen Moment an der hüfthohen Gartenpforte stehen. Jedes Mal, wenn er sie sah, wurde er daran erinnert, dass sie samt Zaun dringend gestrichen werden musste. Auch der Vorgarten verlangte nach einer ordnenden Hand, denn nach den Regenfällen der letzten Tage spross das Unkraut an allen Ecken und Enden. An den großen Garten hinter dem Haus wollte Jörn gar nicht erst denken. Meistens schaffte er es gerade so, den Rasen zu mähen und auch dort das Unkraut einigermaßen in Schach zu halten. Doch die großen Blumen- und Gemüsebeete lagen seit seinem Einzug brach, auch das Gewächshaus war bisher ungenutzt geblieben.

Nachdem seine Eltern vor drei Jahren beschlossen hatten, dass es an der Zeit war, ihren beiden Söhnen einen kleinen finanziellen Anschub für ihre jeweiligen Lebensentwürfe zu geben, hatten sie Jörn und seinen um vier Jahre jüngeren Bruder Maximilian gebeten, sich vorzeitig über ihr Erbe – zumindest einen großen Teil davon – einig zu werden.

Maximilian, der bereits verheiratet und Vater zweier Kinder war, bewirtschaftete seither den Bauernhof der verstorbenen Großeltern mütterlicherseits und hatte begonnen, den Betrieb auf ökologische Landwirtschaft umzustellen. Das war seine Hälfte des Erbes. Eric Paulsen, Jörns und Max' Vater, half dort häufig aus, wenn er nicht gerade auf einem der Fischkutter rausfuhr, und wenn Inette Paulsen nicht gerade den Fischladen in der Lichterhavener Hauptstraße führte, hütete sie mit Begeisterung ihre beiden Enkelkinder.

Da auch Erics Eltern vor einigen Jahren verstorben waren, hatte Jörn nun deren Wohnhaus samt Garten übernommen und kümmerte sich in jeder freien Minute um die Renovierung und Modernisierung des in den frühen Siebzigerjahren erbauten Gebäudes.

Für einen Mann alleine war das Haus viel zu groß – immerhin hatten seine Großeltern es für eine sechsköpfige Familie gebaut. Doch er mochte es, sich ganz und gar überall ausbreiten zu können. Küche und Wohnzimmer hatte er inzwischen mittels Wanddurchbruch und Stahlträgern zu einem großen Raum verbunden. Nur die neue

Kücheneinrichtung ließ noch auf sich warten. Bisher hatte er weder Zeit noch Geduld gehabt, sich in ein Küchenstudio zu begeben. Da er auch nur selten kochte, sondern sich meistens von mitgebrachtem oder geliefertem Essen – oder einfach frischem Brot mit Butter und Wurst oder Käse – ernährte, hatte er bislang auch noch keinen Anlass gehabt, sich in das Abenteuer Küchenplanung zu stürzen. Stattdessen hatte er die Fassade des Hauses von außen isoliert, neue Fensterbänke anbringen lassen und die Heizung im ganzen Haus erneuert. Auch sein Schlafzimmer und das ehemalige Bastel- und Nähzimmer seiner Großmutter hatte er bereits renoviert. Letzteres lag gleich neben dem Wohnzimmer und beherbergte jetzt sein Arbeitszimmer sowohl für Belange der Fischerei und des Ausflugsgeschäfts als auch für alles, was seinen Posten als Wehrführer betraf.

Dieser Raum war auch am ordentlichsten von allen. Regale mit Glastüren und verschließbare Aktenschränke säumten zwei Wände. Auf dem großen Schreibtisch stand sein Computer, daneben stapelten sich mehrere Ordner, säuberlich nach Geschäft und Feuerwehr getrennt. Über einem halbhohen Schiebeschrank neben der Tür hingen diverse gerahmte Farb- und Schwarz-Weiß-Aufnahmen vom Lichterhavener Hafen, von den familieneigenen Kuttern, den jeweiligen Besatzungen und natürlich auch ein paar Schnappschüsse aus dem Laden.

Wenn er von seinem Schreibtisch aus nach rechts blickte, konnte er durch das große, zweiflüglige Fenster hinaus auf die Wiese sehen, hinter der der Deich aufragte. Hin und wieder grasten dort Schafe.

Jörn liebte diesen beschaulichen Ausblick. Heute jedoch achtete er gar nicht darauf. Er legte nur die Tasche mit seinen Akten zu den Ordnern auf dem Schreibtisch und zog die Tür des Arbeitszimmers gleich wieder hinter sich zu. Erst einmal wollte er seine innere Ruhe wiederfinden, und das ging am allerbesten, wenn er sich an die frische Luft begab.

Obwohl der Sommer gerade erst begonnen hatte, waren die Temperaturen heute bereits ungewöhnlich hoch gewesen. Inzwischen war zwar die leichte Brise, die ihn auf dem Kutter begleitet hatte, etwas aufgefrischt, dennoch reichte ihm die dünne dunkelblaue Windjacke mit dem Aufdruck der Lichterhavener Feuerwehr auf dem Rücken und auf der Brusttasche. Er warf sie sich über, schnappte sich sein Handy und seinen Schlüssel und befand sich nur wenig später bereits auf dem Schotterweg, der geradewegs auf den Deich zuführte.

Obwohl es inzwischen fast neun Uhr abends war, zwitscherten noch vereinzelt Vögel, und auch Möwen, Krähen und Elstern schossen auf der Suche nach einem späten Snack über ihn hinweg. Etwa alle hundert Meter führte eine steinerne Treppe den Deich hinauf und auf der anderen Seite wieder hinab. Jörn nahm die dem Schotterweg am nächsten gelegene und sprintete nach oben auf die Deichkuppe. Dort führte ein asphaltierter Weg entweder nach links auf das Lichterhavener Zentrum und den Hafen zu oder nach rechts, an der noch ganz neuen, künstlich angelegten Badebucht vorbei und auf den Leuchtturm zu. Dahinter befand sich in einiger Entfernung die sogenannte Piratenbucht, seit Generationen ein Abenteuerspielplatz für die Lichterhavener Kinder und Partyort für die Jugendlichen. Zugänglich war die Bucht jedoch nur bei Ebbe, was bedeutete, dass sich dort jetzt niemand aufhalten konnte. In einer knappen halben Stunde würde die Flut ihren Höchststand erreichen.

Fast war Jörn versucht, noch einmal umzukehren und

seine Badesachen zu holen. Auch wenn das Nordseewasser jetzt Anfang Juni noch ziemlich kalt war, liebte er es, sich hin und wieder in die Fluten zu stürzen und den Tagesstress vom Seewasser hinforttragen zu lassen.

Das Knurren seines Magens ließ ihn die Idee allerdings verwerfen. Er würde sich unten am Wasser ein bisschen die Seeluft um die Nase wehen lassen und dann rüber zum Hafen gehen und sich ein Fischbrötchen holen. Oder einen Krabbensalat zum Mitnehmen aus dem *Möwennest*. Oder eine Pizza aus dem *Alibaba*. Die Auswahl war groß, denn da Lichterhaven überwiegend vom Tourismus lebte, fanden sich im Zentrum des kleinen Städtchens jede Menge Restaurants und Cafés, die auch um diese Zeit noch ihre Küche geöffnet hatten.

In lockerem Schritt trabte Jörn die Treppe hinab, überquerte die sauber gemähte Liegewiese und erreichte gleich darauf den Gehweg, der direkt an der Ufermauer entlangführte. Dort blieb er ganz still stehen und ließ den Anblick des heranplätschernden Wassers auf sich wirken. Auch hier schossen kreischend Möwen über ihn hinweg und fingen sich ihr Abendessen aus den salzigen Fluten. Hinter ihm knatterte eine Wetterfahne im Wind, ansonsten herrschte himmlische Ruhe, sah man einmal von dem Motorsegler ab, der noch eine späte Runde über Lichterhaven drehte.

Ein warmes Wohlgefühl durchfloss Jörn stets, wenn er der See so nahe war. Er roch das Salzwasser und die würzige Luft, lauschte der vertrauten Stille, die im Grunde gar keine war, weil Wind und Wasser stets für ein Hintergrundrauschen sorgten, und wurde eins mit der Welt. Ganz allmählich fielen der Stress und die Anspannung des Tages von ihm ab, und auch die kleineren oder größeren Ärgernisse begannen sich zu verflüchtigen.

Auf diesem etwas abgelegenen Stück des Ufers war er im Moment vollkommen allein. Da es hier keinerlei Touristenattraktionen gab, und auch keine Strandkörbe oder Gastronomie, verirrten sich die Touristen eher selten hierher. Die meisten Urlauber tummelten sich lieber in Zentrumsnähe, was auch sicherer war, da die Strände und Liegewiesen dort bewacht waren. Dieser Küstenabschnitt hier im Osten von Lichterhaven wurde mehr von den Einheimischen besucht. Um diese Uhrzeit jedoch war die Chance groß, dass man niemandem mehr begegnete. Jörn war dies nur recht. Er hatte den ganzen Tag mit Menschen zu tun gehabt, sodass er die Ruhe und das Alleinsein jetzt in vollen Zügen genoss.

Das zunehmend aufdringliche Knurren seines Magens veranlasste ihn schließlich aber doch, den Weg zum Hafen einzuschlagen. Da der Wind hier direkt am Wasser noch frischer war, schloss er seine Windjacke und legte einen flotten Schritt vor. Die Sonne stand bereits tief und würde bald untergehen. Im Augenblick zeichnete sich jedoch ein herrlicher Sonnenuntergang ab, dessen Farben im Moment zwar noch blass waren, in wenigen Minuten jedoch in allen Schattierungen von Rosa über Dunkelrot bis Violett erstrahlen würden. Ein Naturschauspiel, von dem er spontan beschloss, es zu genießen, bevor er sich etwas zu essen suchte. Deshalb verlangsamte er seinen Schritt wieder etwas und hielt nach einer bequemen Sitzgelegenheit Ausschau. Er war jetzt nur noch ungefähr zweihundert Meter vom Hafen entfernt, doch auch hier waren weit und breit keine Menschen mehr zu sehen – bis auf eine einzelne Person, die in etwa fünfzig Metern Entfernung in sich zusammengesunken auf einer der Steinbänke am Rand der Liegewiese saß. Die feuerrote Bluse und das lange, schwarze Haar verrieten Jörn sofort, um wen es sich handelte.

Unwillkürlich blieb er stehen. Auch wenn er gerade nicht auf Gesellschaft aus war – und auf diese spezielle schon mal gar nicht –, Ellas Haltung verriet ihm, dass etwas nicht in Ordnung war. Nur einen winzigen Augenblick rang sein Pflichtgefühl mit dem Verlangen, weiterhin das Alleinsein zu genießen. Entschlossen setzte er sich wieder in Bewegung.

Je näher er kam, desto eindeutiger war zu erkennen, dass Ella nicht hier war, um den Sonnenuntergang zu genießen. Als er sie schließlich erreicht hatte, erkannte Jörn zu seinem Schrecken, dass sie den Kopf nicht nur einfach in die Hände gestützt hatte. Nein, sie weinte! Dennoch schien sie ihn bereits erkannt zu haben.

»Geh weg!« Ihre Stimme klang hohl.

»Ella, was ist denn los?« Besorgt trat Jörn näher an die Bank heran.

»Nichts. Hau ab!«

»Du weinst doch.« Ihre harsche Zurückweisung ignorierend ließ er sich neben ihr auf der Bank nieder.

»Na und? Lass mich einfach.« Sie hob nicht einmal den Kopf. »Kann man hier nicht mal in Ruhe heulen?«

Prüfend blickte Jörn sich um. Zwar waren heute keine Touristen mehr unterwegs, doch normalerweise war dies kein Platz, an dem man seine Privatsphäre hatte, auch um diese Uhrzeit nicht. »Wenn du in Ruhe heulen willst, solltest du das nicht an einem öffentlichen Strand tun.« Als sie nicht reagierte, sondern nur schniefte und offenbar versuchte, sich wieder zu beruhigen, stieß er sie leicht mit dem Ellenbogen an. »Was ist denn los? Ist es wegen deiner Oma?«

»Und wenn? Was dann?« Nun klang sie leicht aggressiv, was ihn stutzig machte.

»Dann würde ich das verstehen. Ihr standet euch nahe, nicht wahr? Da ist es doch nur natürlich ...«

»Nein.«

Verwundert musterte er Ella von der Seite. »Ihr standet euch nicht nahe?«

Sie stieß einen ungehaltenen Laut aus. »Doch, aber deswegen heule ich nicht. Verdammt, ich sollte überhaupt nicht heulen. Aber es ist zum Verrücktwerden.« Endlich ließ sie die Hände sinken, in denen sie ihr Gesicht verborgen hatte. Ihre Augen waren gerötet, und die Tränenspuren auf ihren Wangen verrieten, dass sie schon eine Weile hier gesessen und geweint haben musste. Dabei war sie doch vor Kurzem erst bei ihm im Feuerwehrhaus gewesen. Was war in der Zwischenzeit passiert? Suchend sah er sich noch einmal um. »Wo ist Barnabas?«

Prompt schniefte Ella wieder und wandte das Gesicht ab. »Weg.«

Irritiert runzelte Jörn die Stirn. »Wie weg?«

»Na, weg eben.« Erneut schlug Ella die Hände vors Gesicht und stieß dabei einen wütenden Laut aus. »Er ist mir abgehauen. Hat sich losgerissen und ist ...«

»Weg.« Alarmiert sah Jörn sich um. »In welche Richtung ist er denn gelaufen?«

»Keine Ahnung.« Kraftlos ließ Ella die Hände in den Schoß sinken. »Da rüber.« Vage wies sie nach Osten.

»Mir ist er nicht entgegengekommen.« Jörn überlegte scharf, ob er den Bearded Collie irgendwie übersehen haben könnte, doch er schüttelte den Kopf. »Dann muss er über eine der Deichtreppen zurück in den Ort gelaufen sein.«

»Ja, wahrscheinlich.« Dumpf starrte Ella auf ihre Hände. »Alles geht schief. Vor ein paar Tagen war noch alles in Ordnung, und dann ... Plötzlich habe ich Barnabas, aber er will gar nicht bei mir sein. Er zickt nur herum und tut nichts – rein gar nichts, was ich ihm sage. Und jetzt ist er auch noch weggelaufen.«

»Was habt ihr denn vorher gemacht? Habt ihr euch gestritten?«

Befremdet blickte Ella ihn an. »Mit einem Hund kann man doch nicht streiten.«

Jörn lächelte leicht. »Natürlich kann man das. Er wollte in die eine Richtung, du in die andere. Ihr habt beide euren Sturkopf durchgesetzt, und das Ende vom Lied ist, dass er abgedampft ist. So in etwa?«

»Ich ... habe mit ihm geschimpft, weil er ständig so an der Leine gezogen hat und weil er so gar nicht auf mich gehört hat. Da hat er mich angeknurrt und ist losgeprescht, und weg war er. Ich bin ihm noch hinterhergelaufen, aber er war so schnell verschwunden ...« Bedrückt senkte Ella erneut den Blick. »Was, wenn ihm etwas passiert? Wenn er angefahren wird oder so? Oma Carlotta wollte, dass ich mich um Barnabas kümmere, warum auch immer. Ich dachte, das wird ganz leicht, aber jetzt ...«

»Wie hast du denn mit ihm geschimpft?« Jörn verkniff sich die Bemerkung, dass Schimpfen wohl die denkbar schlechteste Reaktion auf das Verhalten des Hundes war. »Laut? Hektisch?«

Verständnislos zuckte Ella die Schultern. »Wie man halt schimpft.«

»Viel Ahnung von Hunden hast du nicht, oder?«

»Du aber schon, Mr. Alleswisser?« Nun schwang deutlich Aggression in ihrem Tonfall mit.

Jörn ignorierte es. »Kann ich nicht behaupten. Ich hatte nie einen Hund. Aber ich kenne Barnabas ziemlich gut, weil deine Oma so oft mit ihm auf der *Fischerin* mitgefahren ist.

Sie ist immer ganz ruhig, aber konsequent mit ihm umgegangen und hatte nie Probleme mit ihm.«

»Ich weiß.« Wütend schob Ella das Kinn vor. »Auf dich hört er ja auch perfekt. Nur ich bin die Gelackmeierte, weil ich anscheinend keine Hundeflüsterin bin.«

»Man muss kein Hundeflüsterer sein, um mit einem Hund zu kommunizieren.«

»Was denn dann?« Ein zorniges Funkeln war in Ellas Augen getreten. Ihre Stimme hingegen klang verzweifelt. »Du hast gut reden, du bist ja schon einer. Aber ich? Was soll ich denn machen, wenn Barnabas überhaupt nicht auf mich hört? Er ignoriert mich die meiste Zeit. Dabei war es früher mit ihm immer total nett. Aber jetzt ... Irgendwas mache ich falsch, aber ich weiß nicht, was.«

»Und das wurmt dich.«

»Natürlich wurmt mich das!« Ihr Blick wurde noch finsterer. »Was denkst du denn? Glaubst du, ich will mich den Rest meines Lebens mit einem starrsinnigen Hund herumschlagen, der alles tut, nur nicht das, was er soll?«

Fast hätte Jörn gelacht. »Also zunächst einmal wäre es nicht der Rest deines Lebens, sondern seines. Es sei denn, du hast vor, innerhalb der kommenden zehn, zwölf Jahre das Zeitliche zu segnen.«

Ein wütendes Blitzen aus ihren strahlend blauen Augen traf ihn. »Mach dich nicht über mich lustig, sonst kannst du gleich wieder verschwinden. Hatte ich dich nicht sowieso dazu aufgefordert, mich allein zu lassen?«

Obwohl nun auch eine Spur Ärger in ihm aufstieg, blieb Jörn äußerlich gelassen. Er musterte Ella, deren Wangen leicht gerötet und immer noch von den Tränenspuren verunziert waren. Dennoch sah sie unglaublich gut aus. Sie war und blieb auf der Liste der Stadtschönheiten ganz weit oben.

Seiner Meinung nach sogar auf dem ersten Platz. Daran änderten weder Tränen noch ihre zornige Miene etwas. Er wusste, er begab sich in Teufels Küche, wenn er sie weiter reizte, doch was gesagt werden musste, musste gesagt werden. »Und des Weiteren«, nahm er deshalb den Faden von zuvor wieder auf, »solltest du mal runterkommen und dich entspannen. Gib euch ein bisschen Zeit. Du hast gerade deine Oma verloren und Barnabas sein Frauchen. Meiner Meinung nach solltet ihr irgendwo *zusammen* hocken und heulen.«

»Ein Hund kann doch gar nicht heulen. Also jedenfalls nicht ... so.«

»Bist du dir da sicher?« Jörn erhob sich und streckte die Hand aus. »Los, komm.«

Argwöhnisch blickte Ella zu ihm auf. »Wohin?«

»Ich helfe dir, Barnabas zu suchen.« Auffordernd wackelte er mit den Fingern.

Ella zögerte. Zögerte noch einen weiteren Moment. Dann ergriff sie seine Hand und ließ sich von ihm hochziehen. Er ließ sie gleich wieder los, dennoch war ihm, als habe diese kurze Berührung ein leichtes Kribbeln bei ihm ausgelöst. So ähnlich wie ganz leicht fließender Strom. Vielleicht spielte ihm auch nur der Hunger einen Streich. Sein Magen knurrte noch immer, doch er ignorierte ihn. Barnabas war jetzt wichtiger.

※※※

Beinahe hätte Ella ihre Hand ruckartig zurückgezogen, doch da hatte Jörn sie bereits losgelassen. Was war das für ein seltsames Gefühl gewesen, als ihre Hände sich berührt hatten? Fließender Strom? Oder wurde sie jetzt schon komplett verrückt? Ja, wahrscheinlich, und das war nach dem Stress der vergangenen Tage bestimmt kein Wunder. »Wo willst du denn suchen?« Unschlüssig blickte Ella in die Richtung, in die Barnabas vor gut einer Viertelstunde verschwunden war. »Er kann doch inzwischen überall sein.«

Prüfend blickte Jörn sich um. »Wahrscheinlich ist er einfach nach Hause gelaufen.«

»Quer durch ganz Lichterhaven?« Ihre latente Sorge um den Hund steigerte sich zu massivem Unwohlsein. »Da kann ihm alles Mögliche passieren. Ich hätte ihm gleich folgen sollen. Aber ich konnte einfach nicht mehr.« Verlegen blickte sie zur Seite. Dass sie ausgerechnet Jörn ihr Herz ausschüttete, fühlte sich irgendwie surreal an.

»Nicht zu dir.« Jörn ging einfach los und winkte ihr, ihm zu folgen. »Zu seinem alten Zuhause.«

Eilig schloss Ella zu ihm auf. »Du meinst, er ist zu Oma Carlottas Haus gelaufen?«

»Könnte doch sein, oder? Vielleicht sucht er sie dort.«

Der Gedanke versetzte Ella einen Stich. Auch wenn Barnabas sie in den vergangenen Tagen einiges an Nerven gekostet hatte, tat er ihr nun leid. »Das ist zumindest nicht ganz so weit weg von hier. Meine Wohnung liegt gut zwei Kilometer entfernt.«

»Auf der anderen Seite von Lichterhaven, ich weiß.« Sie hatten die nächstgelegene Deichtreppe erreicht, und Jörn ließ ihr den Vortritt. »Du wohnst in einem Ferienhäuschen im Platanenweg.«

»Ja, genau.« Auf der Deichkuppe blieb Ella stehen und sah sich um. Doch natürlich war von Barnabas weit und breit nicht die Spur zu sehen. »Matilda Lindholm hat es mir dauerhaft vermietet. Für mich ist das Häuschen gerade groß genug. Ich bin eh dauernd auf Achse, da brauche ich keinen

Palast. Nur ein größerer Garten wäre schön. Wenn ich auch nicht viel Freizeit habe, aber die, die mir bleibt, würde ich gerne in einen schönen Blumen- und Gemüsegarten stecken.« Ella räusperte sich verlegen. »Entschuldige, dass ich dich mit diesem Blödsinn vollquatsche. Das interessiert dich wahrscheinlich nicht die Bohne. Ich bin nur gerade ...«

»Nervös?«

Ella schluckte. »Nein.« Doch! Sie fühlte sich ohne ersichtlichen Grund plötzlich gehemmt und, ja nervös. Und alles bloß wegen Barnabas. Ganz sicher nicht wegen dieses seltsamen Gefühls vorhin. Das war doch albern!

»Du wirkst aber nervös.« Jörn übernahm wie selbstverständlich die Führung, als sie den Weg einschlugen, der in den Ort hineinführte. »Wir werden Barnabas schon finden.«

Erleichtert, dass er ihren Gemütszustand nur auf den Hund oder vielmehr dessen Verschwinden schob, nickte Ella. »Wahrscheinlich bin ich einfach kein Hundemensch. Ich hatte früher mal eine Katze.«

»Ich auch. Katzen sind toll.« Jörn grinste. »Hunde sind aber auch nicht ohne. Nur ganz anders als Katzen. Ihr werdet euch schon noch anfreunden.«

»Fragt sich nur, wie.« Inzwischen hatten sie bereits die Häuser am Rande des Ortskerns erreicht und bogen in die Seesterngasse ab. Dieser Bereich Lichterhavens gehörte noch zum ganz alten, historischen Stadtkern. Oma Carlotta hatte in einem winzigen Fachwerkhäuschen gelebt, das unter Denkmalschutz stand und das sie wahrscheinlich dem örtlichen Heimatverein vermacht hatte. Zumindest war das zu Lebzeiten ihr Wunsch gewesen. Sie hatte immer davon geträumt, ein kleines Museum aus dem über fünfhundert Jahre alten Haus zu machen, dem Hexenhäuschen, wie sie es stets genannt hatte, weil dort angeblich einst eine waschechte Hexe gelebt hatte. Eine, die sogar zum Tode auf dem Scheiterhaufen verurteilt worden, dem Tode jedoch irgendwie entronnen war. Angeblich war sie eine Vorfahrin von Ella und Carlotta.

Als sie sich dem Häuschen näherten, erblickten sie tatsächlich Barnabas, der sich auf der obersten der drei Stufen vor der Eingangstür zusammengerollt hatte und ihnen aus großen, traurigen Augen entgegenblickte. Als sie sich näherten, wedelte er schwach mit der Rute.

Ach, Ella. Und Jörn. Was macht ihr denn hier? Ich warte gerade auf mein Frauchen. Hier riecht es ein bisschen nach ihr. Aber sie kommt, glaube ich, nicht mehr. Sie ist ja gestorben. Aber trotzdem wollte ich unbedingt hierherkommen und nachsehen, ob sie nicht doch wieder da ist. Schimpfst du jetzt wieder mit mir, Ella?

»Da bist du ja!« Teils erleichtert, teils aufgebracht, strebte Ella auf den Hund zu, doch Jörn hielt sie am Handgelenk fest.

»Warte mal.«

»Was denn?« Sie wirbelte verärgert zu ihm herum und prallte unsanft gegen seine Brust. Der Aufprall fühlte sich an, als habe sie Bekanntschaft mit einem Stahlklotz gemacht, was sie daran erinnerte, dass dieser Mann durch und durch aus Muskeln bestand.

»Beruhige dich erst mal. Wenn du dich so hektisch auf ihn stürzt, läuft er womöglich wieder weg.«

»Ich bin nicht hektisch.« Merkwürdigerweise war ihr Herzschlag in diesem Moment ganz anderer Ansicht. Er hatte sich zu einem wilden Stakkato beschleunigt, das sie zunehmend irritierte.

»Du wirkst aber so.« Jörn hielt sie noch immer am Handgelenk fest und blickte ihr ruhig und unverwandt in die

Augen. »Entspann dich, Ella. Dann siehst du auch, dass es Barnabas gerade gar nicht gut geht.«

Sie sah überhaupt nichts – abgesehen von Jörns haselnussbraunen Augen, und das war nicht gut, auch wenn sie nicht genau wusste, warum. Das eigentümliche Kribbeln von vorhin kehrte auch wieder zurück; es ging von seiner Hand auf ihren Arm über und verwandelte sich in ein alarmierendes Knistern.

Ehe sie sich mit irgendeiner irrationalen Handlung lächerlich machen konnte, wandte sie sich entschlossen ab und entzog ihm ihr Handgelenk. »Was ist denn mit ihm?« Noch während sie die Worte aussprach, sah sie selbst, was er meinte. Normalerweise hüpfte Barnabas fröhlich um sie herum, wenn er sie sah. Er begrüßte sie freundlich, auch wenn er ansonsten nicht auf sie hörte. Doch jetzt blieb er ganz still vor der Eingangstür liegen und blickte aus traurigen Augen zu ihnen auf. Ihr Ärger über sein Weglaufen war sofort verflogen und machte einer Welle von Mitleid Platz. Deutlich ruhiger ging sie auf Barnabas zu und setzte sich neben ihn auf die zweite Treppenstufe. »Hey, Süßer, was machst du denn hier?«

Na, was schon? Ich warte und warte. Aber das bringt nichts, oder? Ich bin umsonst hergekommen. Mein Frauchen ist für immer weg.

Das leise Winseln, das Barnabas ausstieß, trieb Ella erneut die Tränen in die Augen. Diesmal jedoch nicht vor Zorn auf ihn – oder sich selbst. Sie blinzelte heftig und berührte den Hund sanft am Kopf. »Du vermisst sie, nicht wahr?«

Mein Frauchen? Ja, klar. Ich hab sie doch so lieb gehabt. Und jetzt ist sie einfach weg und kommt nicht wieder. Alles war in schönster Ordnung, und dann lag sie plötzlich morgens da ... in ihrem Bett und hat nicht mehr geatmet.

Ella schnürte sich die Kehle zu. Obwohl ihr die Tränen erneut über die Wangen rannen, blickte sie ratlos zu Jörn auf. »Was mache ich denn jetzt mit ihm?«

»Keine Ahnung.« Jörn ging vor ihnen in die Hocke und kraulte Barnabas hinter den Ohren. »Na, Kumpel, was sollen wir machen?«

Machen? Wir? Warum? Barnabas hob den Kopf und wedelte verunsichert mit der Rute.

Ella hatte sicherheitshalber rasch ihre Hand zurückgezogen, um nicht erneut mit der von Jörn in Kontakt zu kommen. »Hierzubleiben ist, glaube ich, keine gute Idee.«

»Wahrscheinlich nicht.« Mit einer geschmeidigen Bewegung erhob Jörn sich wieder. »Hey, Barnabas, was ist? Hast du vielleicht Hunger?«

Barnabas spitzte die Ohren. *Hunger? Ich? Also ... Na ja, ein bisschen vielleicht schon. Kommt darauf an, was es zu fressen gibt.*

»Mir hängt der Magen bis in die Kniekehlen. Warum gehen wir nicht alle zusammen runter zum Hafen und beschaffen uns etwas Essbares?«

An den Hafen? Kriege ich ein Fischbrötchen? Wuff? Deutlich weniger bedrückt sprang Barnabas auf und schüttelte sich.

»Huch!« Ella prallte zurück und wäre beinahe seitlich von der Treppe gepurzelt, wenn Jörn sie nicht geistesgegenwärtig an der Schulter gepackt hätte. Hastig rappelte sie sich auf. »Danke.« Sie wich seinem Blick aus, weil sie nicht ganz sicher war, wie sie das Auf und Ab ihrer Emotionen in seiner Gegenwart einordnen sollte. Ihr Herzschlag hatte sich schon wieder eine Spur beschleunigt. »Essen klingt gut.« Hauptsache, Barnabas guckte nicht mehr so todtraurig!

»Dann mal los.« Jörn hatte die Leine aufgehoben, die

Barnabas bis hierher mitgeschleift hatte, reichte sie jedoch nicht Ella, sondern behielt sie selbst in der Hand. Prompt passte Barnabas sich wie selbstverständlich seinem Schritt an, als sie den kürzesten Weg durch die Altstadt hinunter zum Hafen nahmen.

Ella registrierte es mit einem innerlichen Seufzen.

4. Kapitel

Jörn war sich nicht ganz sicher, ob sein Vorschlag, mit Ella und Barnabas etwas essen zu gehen, nicht auf eine kurzzeitige geistige Umnachtung zurückzuführen war. Ausgerechnet Ella, die ihm meist schon nach fünf Minuten den letzten Nerv raubte – oder es zumindest versuchte. Vermutlich würde es nicht mehr lange dauern, bis sie, wie üblich, aneinandergerieten. Obgleich ihm ein Wortgefecht im Augenblick deutlich lieber gewesen wäre als die Tränen, die ihr eben schon wieder gekommen waren. Sie weckten sein Mitgefühl und einen in ihrer Gegenwart vollkommen ungewöhnlichen Beschützerinstinkt. So ganz war er sich nicht im Klaren darüber, was er davon halten sollte.

Ella benötigte keinen Beschützer, das hatte sie noch nie. Sie war selbstbewusst und geradeheraus und nahm darüber hinaus nur ungern Hilfe oder Ratschläge an. Allerdings schien es ihm, als würde ihr der eine oder andere Fingerzeig, was ihren vierbeinigen Gefährten anging, nicht schaden.

»Du könntest mit Barnabas einen Kurs in Christinas Hundeschule belegen«, schlug er beherzt vor.

»Vielleicht sollte ich mit Barnabas in die Hundeschule gehen«, sagte Ella im selben Moment.

Verblüfft sahen sie einander an.

Jörn grinste. »Gute Idee.«

»Reine Verzweiflungstat.« Ella richtete ihren Blick wieder geradeaus. »Oma Carlotta war nie mit ihm in einer

Hundeschule, und ihr hat er immer aufs Wort gehorcht.« Sie schielte auf Barnabas, der nach wie vor brav neben Jörn herlief. »So wie dir. Wie machst du das?«

Nachdenklich blickte Jörn auf den Hund, dann zu Ella. »Ich mache gar nichts.«

»Haha.«

»Nein, im Ernst. Du bist wahrscheinlich zu ungeduldig mit ihm. Du musst dich entspannen.«

»Ich bin entspannt!« Aufgebracht funkelte sie ihn an.

»Ja, klar, und wie.« Schmunzelnd hielt er am oberen Ende der Lichterhavener Hauptstraße an. »Du stehst doch ständig unter Strom.« Der anscheinend vorhin sogar auf ihn übergeflossen war. Das könnte eine Erklärung für das Knistern zwischen ihnen sein! »Wie ein Wirbelwind.«

»Wie ein was?« Ungläubig lachte Ella.

»Bleib einfach mal ganz ruhig stehen. Erde dich.« Jörn zeigte ihr, was er meinte, indem er still dastand und sich vollkommen entspannte. Nun ja, fast vollkommen. In ihrer Nähe litt seine innere Ruhe auf bedenkliche Weise. »Atme einfach, nichts weiter.«

»Soll ich mitten auf der Straße meditieren?« Obgleich ihr Ton spöttisch war, versuchte sie es ihm gleichzutun. »Und was jetzt?«

»Du kannst nicht eine Minute am Stück entspannen, Ella.« Kopfschüttelnd setzte er sich wieder in Bewegung. »Pizza, Fisch oder Fleisch?«

Fleisch, wenn du mich fragst. Barnabas schnaubte hörbar und drängte sich gegen Jörns Bein. *Kriege ich was?*

Rasch schloss Ella wieder zu ihm auf. »Pizza. Mit Meeresfrüchten.«

»Alles klar.« Jörn steuerte die Pizzeria *Alibaba* an, vor deren Eingang mehrere Tische im Freien standen. Alle waren noch voll besetzt, und auch im Inneren des Restaurants herrschte Hochbetrieb. »Ich lade dich ein.«

»Nein, tust du nicht.«

Erstaunt musterte er sie von der Seite. Ella war bereits dabei, einen zusammengefalteten Zwanzigeuroschein aus ihrer Gesäßtasche zu ziehen. »Warum nicht?«

Sie warf ihm einen beredten Blick zu. »Weil ich mich grundsätzlich nicht von eingeborenen Männern einladen lasse.«

»Von eingeborenen …?«

»Eine meiner Regeln, das müsste dir doch inzwischen bekannt sein.« Während sie sprach, trat sie bereits an das breite Fenster, über das Pizza zum Mitnehmen erhältlich war. »Guten Abend, Francesca! Was machst du denn hier? Du bedienst doch sonst nie, zumindest nicht um diese Uhrzeit.«

Francesca Hayderoglu, die Ehefrau des Seniorchefs des *Alibaba*, lächelte breit. »Guten Abend, Ella-Schätzchen. Du hast recht, normalerweise ist das nicht mehr meine Zeit, aber Mutlu musste mit der armen Loukia nach Hause fahren. Ihr war schrecklich übel, du weißt schon. Sie erwartet ja wieder ein Kind, und da wird es ihr oft abends schlecht. Seltsam, oder? Die meisten Frauen haben mit Morgenübelkeit zu tun, aber Loukia leidet abends. Bis Mutlu wieder hier ist, habe ich die Bedienung des Fußvolks übernommen.« Ihr Blick wanderte zu Jörn, der neben Ella getreten war, dann wieder zu Ella. Ihre Augen funkelten vergnügt. »Was kann ich euch beiden Hübschen denn anbieten?«

»Für mich eine doppelte Pizzaecke mit Meeresfrüchten und eine Cola, bitte.«

Francesca nickte ihr zu. »Light?«

»Nein, igitt!« Ella schüttelte sich. »Mit Zucker. Ganz viel Zucker!«

Jörn hüstelte. »Kein Wunder, dass du so aufgedreht bist. Für mich bitte eine ganze Pizza Spezial und ebenfalls eine Cola.«

Ella runzelte die Stirn. »Warum sollte mich eine Cola aufdrehen, dich aber nicht?«

Jörn grinste. »Weil ich von Natur aus tiefenentspannt bin. Mir kann der Zucker nichts anhaben. Bei dir treibt er den überdrehenden Motor noch weiter an.«

»So ein Quatsch!«

»Na, na, ihr werdet euch doch bei eurem Date nicht zanken!« Mahnend hob Francesca den Zeigefinger.

»Wir haben kein Date!« Ella schüttelte energisch den Kopf.

»Stimmt, haben wir nicht«, bestätigte Jörn.

»Ach. Nicht?« Mit unschuldiger Miene musterte Francesca sie abwechselnd. »Ich dachte nur …«

»Ich habe nie Dates mit Männern aus Lichterhaven. Und ich lasse mich von ihnen auch nicht einladen.« Zum Beweis schob Ella den Geldschein über die kleine Theke. »Ich zahle für mich selbst.«

»Gut, wie du meinst.« Schmunzelnd reichte Francesca ihr das Wechselgeld. »Weißt du denn, was dir alles entgeht?«

Ella schob das Geld in ihre Tasche. »Wobei entgeht?«

»Na, wenn du die Lichterhavener Männer so rigoros aus deinem Dating-Pool ausschließt.«

»Dating-Pool?« Jörn hustete. Er hatte nicht gewusst, dass Francesca, die etwa im Alter seiner Mutter war, ein solches Wort überhaupt kannte, geschweige denn benutzte.

Ella zuckte nur mit den Achseln. »Ich beschmutze nun mal nicht das eigene Nest. Es lebt sich so viel unkomplizierter, wenn man nicht an jeder Ecke einen Ex trifft.«

»Nun ja, das mag vielleicht stimmen.« Während sie

sprach, kassierte Francesca auch von Jörn und begann, die beiden Bestellungen in passende Pizzakartons zu packen. »Aber ich bin der Ansicht, dass diese Einstellung recht kurzsichtig ist. Wozu in die Ferne schweifen, wenn das Gute so nah liegen könnte?«

Wieder hob Ella die Schultern. »Mir ist noch nichts übermäßig Interessantes an unserem Lichterhavener Urgestein aufgefallen. Deshalb schaue ich mich anderweitig nach Spaß um. Es gibt doch so viele Männer auf der Welt ... Und wer weiß, vielleicht bleibt ja irgendwann mal einer pappen. Wenn mir danach sein sollte.«

»Was aber nicht der Fall ist.« Jörn warf ihr einen scheelen Blick zu und nahm gleichzeitig seinen Pizzakarton entgegen. »Danke, Francesca.«

Auch Ella nahm ihren kleinen Karton entgegen. »Ganz genau. Außerdem muss ich doch erst mal die Vielfalt kennenlernen, um überhaupt feststellen zu können, was gut ist und was nicht.« Sie grinste breit. »Und gerade dieser Sommer wird besonders spannend, weil neben den üblichen Touristen noch die Gäste des Feuerwehrjubiläums hinzukommen. Mengen und Mengen von netten Feuerwehrmännern stehen uns bevor. Wer könnte da schon widerstehen?«

Francesca kicherte und warf Jörn einen halb amüsierten, halb mitleidigen Blick zu. »Da hast du dir ja was eingefangen, du Ärmster.«

»Was?« Ella starrte die ältere Frau entsetzt an.

Jörn hustete. »Ich habe gar nichts eingefangen. Wir sind uns vorhin nur zufällig begegnet.«

»Ja, genau.« Ella nickte heftig. »Weil Barnabas abgehauen war.«

»Der süße Barnabas?« Sofort war Francesca abgelenkt

und blickte auf den Hund hinab, der still und brav neben Jörn saß und nun freundlich zu wedeln begann.

Redest du mit mir? Hallo, Francesca. Dich mag ich. Du gibst mir fast immer Leckerchen.

»Was muss ich denn da hören?« Francesca griff unter die Theke. »Du rennst deinem neuen Frauchen einfach weg?«

»Er ist zu Oma Carlottas Haus gelaufen. Dort haben wir ihn gefunden.« Ella blickte ebenfalls zu Barnabas hinab. »Anscheinend hat er sie dort gesucht.« Ihr Lächeln war verschwunden, und ihre Stimme zitterte wieder leicht.

»Ach je, der Arme.« Mitgefühl zeichnete sich in Francescas Miene ab. »Schau mal, Barnabas, magst du ein Stückchen Salami?« Sie wandte sich an Ella. »Darf er das haben? Carlotta hatte nie etwas dagegen.«

Ella nickte. »Klar, warum nicht?«

»Hier, bitte sehr.« Francesca reichte ihr das Wurstende, und Ella gab es an Barnabas weiter.

Oh, für mich? Mjam! Danke sehr. Mit einem freundlichen Wedeln nahm Barnabas die Leckerei an und kaute genüsslich darauf herum.

»Dann macht euch mal wieder auf den Weg, ihr drei. Leider kann ich euch gerade keine Sitzgelegenheit anbieten.« Lächelnd deutete Francesca auf die voll besetzten Tische. »Und da kommt noch mehr Kundschaft. Also, bis bald!«

Jörn nickte ihr noch einmal zu und stieß Ella sachte mit dem Ellenbogen an. »Gehen wir runter zum Hafen. Irgendwo wird sich wohl noch ein freies Plätzchen finden.«

»Okay.« Es sah aus, als wolle Ella noch etwas hinzufügen, doch sie schwieg, während sie die Hauptstraße hinab in Richtung Hafen gingen. Auch wenn die Saison erst begonnen hatte, war der Ortskern bereits sehr belebt. Grüppchen von jungen Leuten wechselten sich mit jungen Paaren ab, mit älteren Paaren, Paaren mit Kindern, die quengelten, weil ihre Zubettgehzeit längst überschritten war.

Stimmengewirr und Gelächter mischten sich mit den Schreien der Möwen, die auch hier überall zugegen waren, um etwaige weggeworfene Leckerbissen zu ergattern. Aus dem kleinen Irish Pub klang muntere irische Musik nach draußen, und aus den beiden Kneipen am Hafen drang ein Gemisch aus Bryan Adams und den Pet Shop Boys.

»Ganz schön was los heute.« Auch wenn Jörn gern seine Ruhe hatte, konnte er dem bunten Gewusel etwas abgewinnen. Es zeigte, dass es seiner Heimatstadt gut ging. Die Geschäfte liefen trotz aller Unwägbarkeiten, und die Touristen fühlten sich hier wohl. Aus reiner Gewohnheit suchte er mit Blicken die Umgebung nach möglichen Verstößen gegen die Brandschutzverordnung und nach Gefahrenpunkten ab – heute zum Glück erfolglos.

»Stimmt etwas nicht?« Ella hatte kurz den Deckel ihres Kartons angehoben und an ihrer Pizza geschnuppert. Nun klappte sie ihn wieder zu und folgte seinem Blick. »Du guckst so komisch.«

»Nicht komisch, sondern aufmerksam. Vor einiger Zeit musste ich ein paar Ladenbesitzer auf die bestehende Brandschutzverordnung hinweisen, deshalb achte ich jetzt darauf, ob sie inzwischen eingehalten wird.«

»Ständig im Einsatz, was?«

»Als Feuerwehrmann? Ja, irgendwie schon.«

Ella musterte ihn von der Seite. »Das stelle ich mir anstrengend vor.«

»Nicht wirklich. Ich schätze, es ist mir einfach in Fleisch und Blut übergegangen.« Da sie fast am Hafen angelangt waren, kam ihm eine Idee. »Ich weiß, wo wir uns hinsetzen können.« Er bedeutete ihr mit Handzeichen, ihm zu folgen, und steuerte auf den rechten Teil der Hafenanlagen zu, wo die Ausflugsschiffe in einem separaten Becken ankerten und wo sich auch der kleine Museumshafen befand.

»Was hast du vor?« Erstaunt blieb Ella neben ihm stehen, als er vor der *Fischerin* anhielt.

»Wir können es uns an Deck bequem machen.« Schon hatte er die Bordklappe geöffnet und die Zugangsbrücke ausgezogen. »Bitte sehr, nach euch!«

Oh, wuff, fahren wir mit dem Schiff? Wie lustig, da bin ich dabei! Barnabas war der Erste, der den Ausflugskutter betrat. Jörn ließ die Leine los, weil der Hund sofort voranpreschte.

»Halt, Barnabas, nicht so schnell!« Erschrocken folgte Ella dem Hund und wollte ihn wieder einfangen.

Rasch fasste Jörn sie wie vorhin am Handgelenk und hielt sie zurück. »Nein, Ella. Lass ihn doch. Er kann hier nichts kaputt machen und abhauen auch nicht.« Zum Beweis schloss er die Klappe hinter sich wieder.

»Das hast du vorhin im Feuerwehrhaus auch gesagt, und dann hat er die Puppe gemeuchelt.«

»Ottokar geht es gut.« Jörn schmunzelte. »Du musst wirklich lernen, dich zu entspannen. Du bist ja ein Nervenbündel.«

Ellas Miene verfinsterte sich. Ihr Blick heftete sich auf seine Hand, die ihren Arm immer noch umfasst hielt. »Vielleicht liegt das daran, dass du mich dauernd in meiner Bewegungsfreiheit einschränkst.«

»Ich tue was?« Erheitert hob er ihren Arm ein wenig an. Dabei wurde ihm bewusst, dass er schon wieder dieses eigentümliche Kribbeln verspürte. Womöglich floss tatsächlich so etwas wie elektrische Energie von ihr auf ihn über. Höchst merkwürdig – und alarmierend. »Seit wann lässt du dich so ungern anfassen?« Um sie nicht weiter zu verärgern, ließ er sie wieder los.

»Normalerweise entscheide ich, wen ich anfasse – oder wer mich anfassen darf.« Hoch erhobenen Hauptes ging sie übers Deck und sah sich um.

»Setz dich, wo du möchtest.« Jörn ging zu einer der Holzbänke, die sich auf beiden Seiten des Kutters an den Außenwänden entlangzogen. Er wählte die Steuerbordseite, weil diese dem Kai abgewandt war und weil man von hier aus über das Hafenbecken auf die Museumsschiffe blicken konnte.

Zögernd folgte Ella ihm und setzte sich neben ihn. »Ich war schon ewig nicht mehr auf einem Kutter. Als ich noch ein Kind war, ist Oma Carlotta oft mit mir auf einem der städtischen Ausflugsschiffe rausgefahren.« Vorsichtig legte sie ihre Pizzaschachtel neben sich auf die Bank und klappte den Deckel hoch. »Damals fand ich das total spannend. Vor allem die Seehundbänke.«

»Jetzt nicht mehr?« Auch Jörn legte seine Schachtel ab und öffnete sie. Der verführerische Pizzaduft ließ ihm das Wasser im Mund zusammenlaufen.

»Doch, schon, schätze ich.« Ella biss in eine ihrer beiden Pizzaecken und schloss für einen kurzen Moment genießerisch die Augen. »Meine Güte, ich merke jetzt erst, wie ausgehungert ich bin!« Als sie die Augen wieder öffnete, sah sie sich neugierig um. »Auf der *Fischerin* war ich überhaupt noch nicht. Ihr habt sie toll restauriert.«

»Restaurieren lassen trifft es wohl eher.« Auch Jörn biss in ein Stück Pizza und schlang es gleich darauf in Rekordgeschwindigkeit hinunter. »Ein teurer Spaß, weil wir alles so authentisch wie möglich belassen wollten, genau wie auf der *Lichterhavener Sonne*. Aber die Touristen mögen es.«

»Kann ich mir vorstellen.« Aufmerksam musterte Ella jedes Detail an Deck, dann wanderte ihr Blick hinüber zum Hafen, wo nach wie vor munteres Treiben herrschte. »Nicht schlecht, die Idee, sich hierhin zurückzuziehen. Man kann alles beobachten, ist aber nicht mitten im Trubel.« Sie grinste. »Und ein paar Frauen beneiden mich jetzt wahrscheinlich um den bequemen Sitzplatz in Gesellschaft des verwegenen Kapitäns.«

Beinahe hätte Jörn sich verschluckt. »Bitte was?«

Das Grinsen auf ihren Lippen wurde noch breiter. »Du willst mir doch wohl nicht weismachen, dass du mit der Masche noch nie eine willige Touristin aufgerissen hast, oder?«

Jörn hüstelte. »Nicht als Kapitän. Da käme ich mir ziemlich albern vor.«

»Dann als Feuerwehrmann?«

Er verdrehte die Augen. »Wenn ich meine Feuerwehrmontur trage, bin ich im Einsatz, da habe ich keine Zeit, Frauen kennenzulernen.«

»Aber manchmal trägst du auch die schicke Uniform. Viele Frauen stehen auf Männer in Uniform.« Übertrieben klimperte Ella mit den Wimpern.

»Du musst es ja wissen.« Jörn nahm sich ein weiteres Stück Pizza. »So viele Singlefrauen, die hier Urlaub machen, treffe ich gar nicht.«

»Na, na, als Mönch lebst du aber bestimmt auch nicht.« Auch Ella knabberte inzwischen an ihrer zweiten Pizzaecke herum. »Caroline hat erzählt, dass man dich durchaus hin und wieder mit einer hübschen Blondine oder Brünetten durch Lichterhaven ziehen sieht. Allerdings sind das nie Frauen aus dem Ort, sondern von anderswo. Insofern scheint es, als würdest du meine Regel ebenfalls befolgen.«

»Ich halte mich nicht an Regeln, wenn ich jemanden

kennenlerne.« Mit einem Schluck Cola spülte Jörn den nächsten Bissen Pizza hinunter und richtete seinen Blick auf das Gewusel am Hafen. »Entweder mir gefällt eine Frau oder eben nicht. Wo sie wohnt, ist dabei eher zweitrangig.«

»Wie du meinst.« Auch Ella ließ ihren Blick wieder hinüber zum Hafen wandern. »Tut mir übrigens leid, dass Francesca uns schon als neues Pärchen am Lichterhavener Liebeshimmel gesehen hat. Sie liebt es, Leute zu verkuppeln oder zumindest über die Möglichkeit zu reden.«

»Ich weiß.«

»Dass wir beide überzeugte Singles sind, scheint sie dabei geflissentlich zu übersehen.«

Darauf gab Jörn keine Antwort. Dass Ella ein überzeugter Single war, stand außer Frage. Sie flirtete gern und war dafür bekannt, sich immer mal wieder auf lockere Urlaubsbekanntschaften einzulassen, die regelmäßig mit dem Ferienende des betreffenden Mannes endeten – oder sogar noch schneller. Sich selbst als überzeugten Single darzustellen widerstrebte Jörn hingegen. Natürlich traf auch er sich ab und an mit einer Frau, die ihm gefiel, doch nicht etwa, um, wie Ella es ausdrücken würde, die wunderbare Vielfalt zu genießen. Er wünschte sich eine Familie. Eine Frau, die er liebte und die ihn wiederliebte, Kinder, einfach alles, was dazugehörte. Wenn eine Frau ihm auf den ersten Blick gefiel, dann wollte er herausfinden, ob dieses Gefallen auch auf den zweiten und dritten Blick anhielt. Ob die Chemie stimmte. Ob es eine Zukunft geben könnte. Bisher war ihm die Richtige einfach noch nicht begegnet.

»Worüber meditierst du denn jetzt schon wieder?«, unterbrach Ella die nachdenkliche Stille, die zwischen ihnen entstanden war.

Jörn lenkte seine Aufmerksamkeit wieder auf das Hier

und Jetzt. »Ich meditiere nicht. Mir fällt nur mal wieder auf, wie unterschiedlich unsere Ansichten sind, das ist alles.«

»Das ist ja nichts Neues. Wir sind eben inkompatibel.« Lässig streckte Ella die langen Beine aus und legte ihren Kopf in den Nacken. »Was meinst du, wann können wir mit der Planung des Caterings ins Detail gehen?«

Schon wieder hätte Jörn sich beinahe an seiner Pizza verschluckt. »Noch mehr ins Detail? Ich dachte, das hätten wir heute schon getan.«

»Du hast ja keine Ahnung.« Ella wandte ihm wieder das Gesicht zu und lächelte fein. »Erst mal musst du das Konzept in deinem Vorstand durchboxen, dann müssen wir uns noch mal alle zusammensetzen und die Einzelheiten durchsprechen.«

»Du lieber Himmel, das artet ja in Stress aus!« Auch Jörn streckte die Beine aus und überkreuzte sie an den Knöcheln. »Am Sonntag sehe ich einen Großteil der Truppe zur Übung und hinterher beim Bau der Festwagen. Da kann ich schon mal vorfühlen. Für kommende Woche Dienstag steht dann eine Vorstandsbesprechung an, in der wir über deine Vorschläge abstimmen werden.«

»Soll ich auch hinkommen? Vielleicht hilft es, wenn ich persönlich meine Vorschläge unterbreite.«

Er warf ihr einen abschätzenden Seitenblick zu. »Glaubst du, dazu bin ich allein nicht fähig?«

Ella grinste. »Vielleicht bringst du nicht die erforderliche Begeisterung auf.«

Spöttisch verzog er die Lippen. »Von mir aus kannst du gerne zur Sitzung kommen, wenn du scharf darauf bist.«

»Das war lecker.« Sorgsam verschloss Ella ihre leere Pizzaschachtel und schielte zu der seinen. »Allerdings ein bisschen zu wenig …«

Seufzend schob er seine Pizza näher an sie heran. »Bedien dich.«

»Danke.« Schon wollte Ella zugreifen, doch mitten in der Bewegung hielt sie inne. »Sag mal, wo steckt eigentlich Barnabas?« Bereits während sie sprach, sprang sie auf. Jörn bekam sie gerade noch an der Hand zu fassen und zog sie zurück auf die Bank.

»Ella, du meine Güte. Nicht immer gleich von null auf hundert.«

Verärgert starrte sie erst ihn, dann seine Hand an, die ihre immer noch festhielt. »Ich bin nicht auf hundert. Aber ich werde es gleich sein, wenn du nicht aufhörst, mich ständig festzuhalten.«

Normalerweise hätte er diese Drohung zum Anlass genommen, sich vorzusehen. So nett und fröhlich Ella auch sein konnte – ihr Zorn war berüchtigt. Doch hier ging es um ein grundsätzliches Problem, das sie mit Barnabas zu haben schien, deshalb ignorierte er das feurige Blitzen in ihren Augen und behielt ihre Hand weiterhin in seiner. »Ein bisschen Meditation täte dir wirklich ganz gut. Ich sagte doch, dass Barnabas hier nicht wegkann. Und kaputt machen kann er auch nichts. Wahrscheinlich ist er auf seinem Rundgang über Deck auf einen gemütlichen Ort gestoßen und macht ein Nickerchen.«

»Aber ...« Sie zögerte, schielte erneut leicht gereizt auf ihre Hand in seiner. »Bist du dir ganz sicher, dass er hier nichts falsch machen kann?«

Er erwiderte ihren Blick mit betonter Ruhe. »Bleibst du ruhig sitzen, wenn ich dir beweise, dass mit ihm alles in Ordnung ist?«

Fast trotzig schob sie die Unterlippe vor, ließ sich aber wieder gegen die Bordwand sinken.

Mit einem beifälligen Nicken ließ er ihre Hand los. »Barnabas, Kumpel, komm mal her!«

Es dauerte einen Augenblick, dann erschien der Hund neben dem Steuerhaus. Er gähnte und streckte sich ausgiebig.

Was ist denn? Ich war gerade so schön eingeschlafen und habe von einer Salami geträumt.

Jörn bedachte Ella mit einem vielsagenden Blick, winkte den Hund aber zu sich. »Komm her, Barnabas, und zeig deinem Frauchen, dass du okay bist und niemanden gekillt hast.«

Ella stieß ein leises Zischen aus.

Klar, von mir aus. Gekillt? Was bedeutet das denn? Keine Ahnung, was das heißen soll. Barnabas kam noch näher und setzte sich direkt vor Jörn hin. *Und was meinst du mit Frauchen? Mein Frauchen ist doch gestorben. Oder meinst du Ella? Sie ist doch gar nicht ... Oder, warte mal, ich wohne ja jetzt bei ihr. Bedeutet das, sie ist mein neues Frauchen? Aber sie kapiert doch gar nichts und hat null Ahnung von Hunden. Das kann ja heiter werden.*

»Siehst du, alles in Butter.« Lächelnd kraulte Jörn den Hund hinter den Ohren, wo sein wuscheliges Fell besonders weich war. Dabei ertastete er einen kleinen Knubbel. »Oha, was haben wir denn da? Eine verfilzte Stelle?«

»Wo?« Sofort beugte Ella sich zu ihnen herüber. »Hinter dem Ohr? Ach Mensch, wie blöd. Ich habe schon dauernd versucht, ihn zu bürsten, aber er hat sich wie wild gesträubt. Zeig mal her.« Sie streckte die Hände aus, und prompt wich Barnabas zurück.

Hey, was hast du vor?

Jörn legte seine Hand auf ihren Arm und schob ihn beiseite. »Beweisstück A.« Er deutete auf ihre angespannte

Haltung. »Viel zu hektisch und zu forsch. Du erschreckst den armen Barnabas doch.«

Ja, stimmt, irgendwie schon, und wenn ich mich dann zurückziehe, schimpft sie mit mir. Wuff.

»Ich bin überhaupt nicht hektisch.« Beleidigt verschränkte Ella die Arme vor der Brust. »Soll ich mich denn nur noch in Zeitlupe bewegen, damit Sir Barnabas seine Ruhe hat?«

»Davon war nicht die Rede.« Kopfschüttelnd winkte er den Hund wieder zu sich heran und schob die Pizzaschachtel ein wenig zur Seite. »Rutsch mal näher.«

»Was?« Argwöhnisch kniff sie die Augen zusammen.

»Näher zu mir!« Er verdrehte die Augen. »Ich beiße nicht.«

Plötzlich grinste sie. »Bist du dir sicher?«

Einen Moment runzelte er irritiert die Stirn, dann grinste er ebenfalls. »An dir würde ich mir die Zähne ausbeißen, also spare ich mir den Versuch.«

»Zu schade. Damit könnten wir den Mädels da vorne, die heimlich herübergaffen, eine hübsche Schau bieten.« Sie wies unauffällig mit dem Kinn zu einer kleinen Gruppe Mädchen von vielleicht sechzehn bis achtzehn Jahren hinüber, die alle zu seiner Anfängergruppe in der Feuerwehr gehörten. Sie tuschelten miteinander und blickten immer wieder neugierig zu ihnen herüber. Ella gluckste. »Dein Fanclub?«

»Sehr witzig.« Er hatte schon früher bemerkt, dass ein paar der Mädchen öfter als nötig seine Nähe suchten und ihn wohl auch ein bisschen anschmachteten. Normalerweise ignorierte er das einfach, um ihren Jungmädchenfantasien nicht noch Vorschub zu leisten. Die meisten von ihnen kannte er, seit sie auf der Welt waren, und er ging davon aus, dass diese Phase, in der sie ihn anhimmelten, bald vorübergehen würde.

»Ich könnte dich knutschen, dann sind sie bestimmt ganz schnell wieder weg – und ihre Herzen gebrochen.« In Ellas Augen funkelte es schalkhaft.

Überrascht musterte er sie. »Würdest du damit nicht gegen deine heiligen Regeln verstoßen?«

Sie legte den Kopf schräg. »Nö. Es wäre ja nur ein kleiner Freundschaftsdienst. Nicht weil ich an dir interessiert bin.«

»Ach so.« Er fragte sich, ob er lachen oder beleidigt sein sollte. Er entschied sich für die unkompliziertere Alternative und schmunzelte. »Was glaubst du, wie lange es dauern würde, bis die Mädels das Gegenteil in Lichterhaven herumposaunt haben?« Er wackelte vielsagend mit den Augenbrauen. »Wir zwei, allein auf der *Fischerin* bei einem romantischen Date …«

»Wir haben kein Date! Und ein romantisches schon gar nicht.«

Amüsiert wies nun Jörn mit dem Kinn in Richtung der Mädchen, zu denen sich jetzt auch noch ein paar junge Männer gesellt hatten. »Ich fürchte, das Gerücht macht so oder so bereits die Runde.«

»So ein Quatsch!« Rigoros schüttelte Ella den Kopf. »Das ist doch vollkommener Unsinn! Ich habe schon oft mit Bekannten ein Stück Pizza gegessen, und noch nie hat jemand daraus ein Gerücht gedreht.«

»Hast du dabei auch mit der betreffenden Person ganz allein auf einem Fischkutter gesessen, mitten im schwindenden Abendrot?« Er wies auf den dunkler werdenden Himmel. Im Westen, wo die Sonne hinter dem Horizont verschwunden war, zeigte sich der Himmel tatsächlich immer noch rot und violett getönt.

»Nein, aber ...« Sie runzelte die Stirn. »Sag mal, war das Absicht?«

»Was soll Absicht gewesen sein?«

Sie legte den Kopf schräg. »Na, dass du mich hierhergebracht hast.«

Er erwiderte ihr Haifischlächeln. »Klar war das Absicht. Ich habe ja auch nichts Besseres zu tun, als zu versuchen, die anstrengendste und nervtötendste Frau in ganz Lichterhaven aufzureißen, um mit ihr ein trautes Tête-à-Tête abzuhalten. Für wie verzweifelt hältst du mich eigentlich?«

»Von verzweifelt war ja gar nicht die Rede.«

»Sondern?«

Sie zuckte mit den Achseln. »Ich meine ja nur.«

Er lachte trocken. »Du hältst dich wohl für unwiderstehlich.« Interessanterweise wirkte sie im schwindenden Tageslicht tatsächlich so. Wunderschön, ein bisschen geheimnisvoll – und ja, unwiderstehlich. Den Gedanken schob er rasch wieder beiseite.

»Man hat mich bereits hin und wieder so bezeichnet.« Sie kniff die Augen zusammen. »Allerdings noch nie als nervtötend oder anstrengend.« Sie beugte sich so weit zu ihm hinüber, dass ihre Nasenspitzen sich fast berührten. »Du magst mich also gar nicht?«

Sein Puls stieg ungebührlich an, als er ihren warmen Atem auf dem Gesicht spürte, doch er behielt sein halb grimmiges, halb spöttisches Lächeln stoisch bei. »Du mich doch auch nicht.«

Ihm war, als läge ein seltsames, nicht ungefährliches Knistern in der Luft, als sich ihre Blicke für einen Moment ineinander verhakten. Dann zog Ella sich jedoch rasch wieder zurück und pustete sich eine Haarsträhne aus dem Gesicht.

»Stimmt.« Sie lächelte wieder, diesmal herausfordernd. »Ich

wollte nur sichergehen. Man kann ja nie wissen, was sich in einem Männerkopf so alles abspielt.« Wieder klimperte sie mit den Wimpern.

Jörn musterte sie leicht argwöhnisch. »Flirtest du mit mir?«

Lachend strich sie sich die widerspenstige Strähne hinters Ohr. »Wer hält sich jetzt für unwiderstehlich?« Rasch wandte sie den Blick ab. »Was ist denn nun mit Barnabas' Ohr?«

Auf seltsame Weise erleichtert und verunsichert zugleich streichelte Jörn dem Hund über den Kopf und ließ seine Finger dann hinter das linke Ohr wandern. Er tastete, bis er die verfilzte Stelle gefunden hatte. »Hier.«

Diesmal beugte Ella sich nicht so hastig über den Hund, sondern langsam und vorsichtig, und tastete ebenfalls. Als sich ihre Finger berührten, war es Jörn wieder, als fließe leichter Strom zwischen ihnen, doch er zog die Hand nicht weg, und auch Ella zuckte nicht zurück, sondern konzentrierte sich nur auf den Hund. »Ich hab's.« Seufzend richtete sie sich wieder auf. »Sehen kann ich bei dem wenigen Licht nicht mehr genug, aber das brauche ich auch nicht, um zu wissen, dass Barnabas endlich die richtige Fellpflege braucht.«

»Du könntest ihn zu Nina Staller bringen. Sie hilft oft bei Christina aus, und manchmal auch bei Luisa in der Tierarztpraxis. Soweit ich gehört habe, bietet sie inzwischen auch so etwas wie Friseurdienste für Hunde an. Nur nebenher natürlich. Sie geht ja noch zur Schule.«

»Das könnten wir versuchen.« Nachdenklich betrachtete Ella den Hund, der ganz ruhig vor ihnen saß.

Was denn? Warum guckt ihr beide so? Ich habe nichts angestellt. Zaghaft wedelte Barnabas mit der Rute.

»Oma Carlotta hat das immer alleine geschafft.«

Jörn hob die Schultern. »Sie hatte ihn ja auch von klein auf. Ihr beide müsst euch erst aneinander gewöhnen.«

»Was nicht funktioniert, weil ich ja so hektisch bin.« In Ellas Stimme schlich sich ein defensiver Ton, der verriet, dass sie kurz davor war, wieder zum Angriff überzugehen.

Jörn seufzte innerlich. Ihr Temperament konnte wirklich anstrengend sein. »Du könntest lernen, ruhiger zu werden.«

»Indem ich meditiere?«

»Zum Beispiel.«

»Er hört aber auch dann nicht auf mich, wenn ich ganz ruhig mit ihm rede.« Sie verzog leicht die Lippen. »Er hört überhaupt nicht auf mich.«

»Das glaube ich nicht. Er schaut dich doch dauernd aufmerksam an.« Mit dem Kinn wies Jörn auf Barnabas, der Ella tatsächlich gerade intensiv ansah.

Klar gucke ich Ella an. Du hast gerade gesagt, dass sie mein Frauchen ist. Ich muss herausfinden, wie mir das gefällt.

»Gib ihm doch mal ein Kommando«, schlug Jörn vor.

»Jetzt?« Sie runzelte die Stirn. »Wenn du meinst.« Nach kurzem Überlegen sagte sie: »Platz.«

Barnabas sah sie nur unverwandt an.

Sie verdrehte die Augen. »Platz!«

Jörn beobachtete sie genau und bemerkte, wie sie sich bereits wieder anspannte. Barnabas rührte sich nicht. Beim dritten »Platz« machte Jörn unauffällig die dazugehörende Handbewegung. Sogleich legte Barnabas sich hin.

»Bitte sehr.« Jörn lächelte.

Ella funkelte ihn an. »Von wegen! Ich habe genau gesehen, dass du ihm ein Zeichen gegeben hast.«

»Versuch es doch auch mal damit.« Er wandte sich

Barnabas zu. »Steh auf.« Gleichzeitig machte er wieder die entsprechende Bewegung mit der Hand, die er sich von Carlotta abgeschaut hatte.

Barnabas gehorchte sofort. *Was denn nun? Hinlegen oder aufstehen? Hab ich was verpasst? Was habt ihr vor?* Aufmerksam blickte er von Jörn zu Ella.

»Jetzt du.«

Ella seufzte. »Sitz!« Gleichzeitig hob sie den rechten Zeigefinger.

Barnabas zögerte kurz und legte den Kopf schräg, dann ließ er sich auf sein Hinterteil sinken. *Keine Ahnung, was das werden soll. Kann mich mal jemand aufklären?*

»Na bitte, geht doch.« Zufrieden nickte Jörn.

Ella kräuselte leicht die Lippen. »Platz!« Wieder ließ sie die entsprechende Handbewegung folgen.

Das wird aber jetzt allmählich blöd. Aber okay, wenn es sein muss. Barnabas legte sich hin.

Ein wenig von der Anspannung schien von Ella abzufallen. »Das ist das erste Mal, dass er auf mich hört.«

Weil du gerade nicht so rumflippst und auch nicht schimpfst!

Sie zögerte. »Wie geht noch mal das Handzeichen zum Aufstehen?«

Jörn zeigte es ihr, und prompt gehorchte Barnabas, noch ehe Ella ein Wort sagen konnte.

Mit einem schmalen Lächeln sah sie Jörn an. »Ich kenne gar nicht alle Zeichen. Nur *Sitz* und *Platz* und jetzt das für *Steh auf*. Gibt es da noch mehr?«

»Ja, ziemlich viele.« Jörn lächelte. »Alle kenne ich auch nicht. Da musst du Christina fragen, die kennt sich damit aus.«

»Aber Oma Carlotta war nie bei Christina in der

Hundeschule. Was, wenn sie ganz andere Handzeichen oder Kommandos verwendet? Dann bin ich aufgeschmissen.«

»Ach was, dann lernt ihr zusammen neue Zeichen.«

Ella stieß ein leicht verzweifeltes Lachen aus. »Mal eben so?«

»Ein bisschen Zeit musst du dir dafür natürlich nehmen.« Er hielt kurz inne, was aber nicht ausreichte, um abzuwägen, ob er einen Fehler beging oder nicht. »Die Zeichen, die ich kenne, kann ich dir ja zeigen.«

Erstaunt hob sie den Kopf. »Ist das dein Ernst?«

Er zuckte mit den Achseln. »Barnabas ist mein Kumpel. Ich will eben nicht, dass er sich mit seinem neuen Frauchen nicht versteht, weil ihr beide nicht dieselbe Sprache sprecht, das ist alles.«

Ella schwieg und schien das Für und Wider gegeneinander abzuwägen. Ihr war anzusehen, dass sie sich nicht wohl bei der Sache fühlte. Vermutlich war es ihr peinlich, dass sie mit dieser Angelegenheit nicht alleine fertigwurde. »Danke. Das ist nett von dir.« Argwöhnisch runzelte sie die Stirn. »Du bist sonst nie nett zu mir.«

»Was wiederum auf Gegenseitigkeit beruht.« Er schob ihr die Pizzaschachtel wieder hin. »Wolltest du nicht noch etwas essen?«

5. Kapitel

Nachdem sie gemeinsam die Pizza gegessen hatten, erhob Ella sich und trat an die dem Kai zugewandte Backbordseite der *Fischerin*. Es war inzwischen dunkel geworden, doch noch bis Mitternacht wurden die Hafenanlagen von Straßenlaternen erhellt. »Ich schätze, ich sollte allmählich nach Hause gehen.« Kurz warf sie einen Blick über die Schulter und erschrak ein wenig, weil Jörn geräuschlos hinter sie getreten war und über ihre Schulter blickte. »Es ist schon spät, und ich muss morgen früh raus.«

»Ich auch.« Er hatte die Pizzaschachteln und Barnabas' Leine in der einen Hand und öffnete mit der anderen die Bordklappe, während der Hund ein wenig verschlafen neben ihm saß und zusah. »Bevor die erste Tour morgen losgeht, muss ich mit Katrin von der Touristeninfo noch die neuen Anfahrtszeiten für kommende Woche besprechen und bei meiner Mutter im Laden vorbeifahren, um leere Fischkisten abzuholen und rüber zur *Paulsen 2* zu bringen. Normalerweise übernimmt Nelly das, aber ihr Auto ist in der Werkstatt, und da Mama ab sieben schon die örtliche Gastronomie beliefert, muss ich die Extratour übernehmen.«

»Tja, dann …« Ella ging über die kleine Brücke auf den Kai und wartete, bis Jörn die Brücke zusammengeschoben und die Klappe wieder geschlossen hatte. »Dann mach's mal gut. Ich …« Sie schluckte. »Wir sehen uns dann wohl am Samstag … auf … der Beerdigung.«

»Ja, klar.« Seine Miene war ernst geworden. »Du schaffst

das schon. Deine Oma hätte bestimmt nicht gewollt, dass du lange trauerst.«

»Kann sein, aber das macht es gerade auch nicht leichter.« Sie nahm ihm die Leine aus der Hand und ging, Barnabas an ihrer Seite, in Richtung Deich. »Danke, dass du deine Pizza mit mir geteilt hast. Bis dann.«

»Warte mal.« Mit wenigen Schritten hatte er sie eingeholt. »Ich bringe dich nach Hause.«

»Was?« Verblüfft hob sie den Kopf. »Nein, das brauchst du nicht.«

»Doch. Nach Einbruch der Dunkelheit lasse ich keine Frau mehr alleine nach Hause laufen. Schon gar nicht, wenn ich zuvor meine Pizza mit ihr geteilt habe.«

Sie verzog verärgert die Lippen. »Das war trotzdem kein Date.«

»Habe ich ja auch nicht behauptet, oder?«

»Ich brauche keine Begleitung. Wir sind hier in Lichterhaven!«

»Na und?« Stirnrunzelnd erwiderte er ihren Blick. »Es sind viele Fremde hier, und dass die sich alle benehmen können, ist nicht gesagt.«

»Aber es sind gut zwei Kilometer bis zu mir. Willst du den ganzen Weg nachher wieder zurücklaufen?«

»Nein.« Er lächelte schmal. »Wir gehen zu mir, holen mein Auto, und ich fahre dich und Barnabas nach Hause.«

»Da ist doch ein riesiger Umstand!« Ella wusste nicht genau, warum sie sich so sträubte. Normalerweise hatte sie nichts dagegen, wenn ein zuvorkommender Mann ihr seine Begleitung anbot. Gerade wenn sie ihn praktisch ihr Leben lang kannte. »Das ist wirklich nicht nötig. Ich kann schon auf mich selbst aufpassen. Außerdem habe ich ja Barnabas als Wachhund …«

Ja, genau. Moment, was? Wachhund? Was muss ich denn da machen? Also ... bewachen, ja, klar. Aber was, wenn mir selbst unheimlich zumute wird? Wuff?

Jörn schüttelte den Kopf, als Barnabas ein kurzes Bellen ausstieß. »Darüber diskutiere ich nicht mit dir, Ella. Nenn mich meinetwegen altmodisch, aber nach Hause bringen werde ich dich trotzdem.«

»Von altmodisch habe ich doch gar nichts gesagt.« Da er bereits die Richtung eingeschlagen hatte, in der sein Haus lag, fügte sie sich seufzend und schloss zu ihm auf.

»Aber gedacht.« Er warf ihr einen kurzen Seitenblick zu. »Aus meiner Sicht kommt die Sicherheit einer Frau nie aus der Mode.«

»Wie du meinst.« Sie wusste nicht recht, was sie von seinem barschen Tonfall halten sollte. »Ich sag ja schon nichts mehr.«

Jörn atmete hörbar ein und wieder aus, dann entspannte er sich. »Ich bin nun mal so erzogen worden, Ella. Es ist schon spät, das Tageslicht weg, und unter solchen Umständen lasse ich eine Frau nicht mehr alleine durch die Stadt rennen. Selbst für einen Mann ist das nicht wirklich angebracht. Auch nicht mit Wachhund.« Er schielte zu Barnabas, der brav neben Ella herging. Dass der Bearded Collie das auch getan hätte, wenn sie alleine mit ihm gegangen wäre, bezweifelte sie.

Der Weg bis zu seinem Haus war nicht sehr weit, und sie legten ihn schweigend zurück. Normalerweise war Ella nicht auf den Mund gefallen, doch jetzt fiel ihr partout nichts ein, was sie hätte sagen können, um die angespannte Stimmung wieder etwas aufzulockern. Sie sah sich als unabhängige Frau, die mit allem allein klarkam. Hilfe lehnte sie normalerweise ab, wenn sie nicht überzeugt davon war, dass etwas ihre Fähigkeiten überstieg. Einen Beschützer brauchte sie schon gar nicht. Vor allem nicht Jörn Paulsen, der in Lichterhaven als Prototyp des gut aussehenden Helden galt. Diesen Status hatte er erlangt, als er vor einigen Jahren die ziemlich mickrige und nur teilweise auf dem neuesten Stand ausgebildete Feuerwehrtruppe als Wehrführer übernommen und innerhalb recht kurzer Zeit zur Vorzeigefeuerwehr in der gesamten Region gemacht hatte. Mit Elan, fundiertem Wissen und der Fähigkeit, Menschen für dieses Ehrenamt zu begeistern, hatte er die Anzahl der Mitglieder von mageren dreizehn auf nahezu dreißig erhöht. Seine Politik, zunehmend junge Frauen anzusprechen, und solche, deren Kinder aus dem Gröbsten heraus waren, hatte dazu geführt, dass der weibliche Anteil an Feuerwehrleuten zuletzt deutlich angestiegen war. In der Kinder- und Jugendfeuerwehr waren die Mädchen sogar in der Überzahl. Doch auch darüber hinaus hatte Jörn es geschafft, die Lichterhavener wieder mehr für die Belange der Feuerwehr zu begeistern. Dass dieses Jahr das große Feuerwehrjubiläum mit dem Stadtfest zusammen gefeiert wurde, war ebenfalls auf sein Drängen hin vom Stadtrat genehmigt worden. Allerdings hatten die Stadtoberen sich ein recht großes Mitspracherecht ausbedungen, was die Gestaltung der Festivitäten anging. Das hatte dazu geführt, dass Jörn nur noch bedingt Einfluss nehmen konnte. Ella war sich sicher, dass er, wenn er die Wahl gehabt hätte, lieber einen anderen Caterer gewählt hätte, nur um nicht mit ihr zusammenarbeiten zu müssen.

Sie konnte es ihm nachfühlen, obgleich sie sich für absolut professionell hielt und schon mit weit schwierigeren Kunden zu tun gehabt hatte. Aber sie waren auf persönlicher Ebene einfach nicht kompatibel, und das wirkte sich auf ihre Zusammenarbeit aus. Jörn und sie hatten schon immer Schwierigkeiten miteinander gehabt, denen sie aber hatten ausweichen können. Sich gegenseitig weitgehend zu ignorieren war von Vorteil, wenn man nicht miteinander auskam. Dass sie nun gezwungen waren, an einem Strang zu ziehen, wirbelte die eingefahrene Dynamik der Verhaltensweisen, die sich über Jahre zwischen ihnen entwickelt hatte, gehörig durcheinander – und das gleich am ersten Tag der Zusammenarbeit. Die Zeit bis zum Stadtfest würde anstrengend werden, das stand fest.

»Du kannst ja tatsächlich ganze fünf Minuten am Stück schweigen.« Mit dem Anflug eines spöttisch-amüsierten Lächelns öffnete Jörn das Gartentor. Ella hatte gar nicht bemerkt, dass sie schon angekommen waren. »Warte kurz hier. Ich werfe nur die Schachteln in die Abfalltonne, dann hole ich das Auto aus der Garage.«

»Okay.« Neugierig sah Ella sich um. Das Wohnhaus von Jörns Großeltern war schon über fünfzig Jahre alt, sah aber aufgrund der schicken neuen Fassade, hinter der sich eine zeitgemäße Isolierung verbarg, und ebenfalls neuer, größerer Fenster wie ein moderner Neubau aus. Der Vorgarten jedoch wirkte ein bisschen vernachlässigt, und Ella juckte es sofort in den Fingern, daran etwas zu ändern. Die Unkräuter müssten gezupft und ein paar neue Stauden gepflanzt werden. Die beiden Stufen vor dem Eingang wirkten viel zu kahl. Ella hätte dort Kübel mit Blühpflanzen aufgestellt und vielleicht eine hübsche Dekokugel oder eine fantasievolle Figur aus Steingut. Auch auf den Fensterbänken fehlten ihr Blumenkästen, doch vermutlich war das für Jörn zu viel Aufwand. Ella kannte nur wenige Männer, die sich mit dem Gedanken auseinandersetzten, wie man ein Haus optisch heimeliger wirken lassen konnte.

Ohne weiter darüber nachzudenken, trat sie mit Barnabas

ebenfalls durch das Gartentor und nahm den mit Natursteinen gepflasterten Weg links um das Haus herum, um sich den Garten anzusehen. Dabei vernahm sie das Sirren des elektrisch gesteuerten Garagentors und gleich darauf das Brummen von Jörns dunkelrotem SUV. Sie achtete jedoch nicht weiter darauf, sondern blickte sich neugierig auf dem großen Grundstück um. Eine Lampe mit Bewegungsmelder schräg über ihr war angesprungen und beleuchtete den Weg, sodass sie auch die Umgebung gut erkennen konnte. Es gab eine nicht zu kleine Rasenfläche. Die Terrasse, ebenfalls aus Natursteinen gepflastert, lag kahl da, bis auf einen alten Gartentisch mit vier Kunststoffstühlen, deren Oberfläche bereits leicht angegraut und zerkratzt war.

Ringsum wurde das Grundstück von einem hüfthohen Holzzaun begrenzt. Rechts und links waren Blumenbeete angelegt worden, die jedoch stark verwildert aussahen und noch mehr als vor dem Haus von Unkraut befallen waren. Den rückwärtigen Teil des Gartens nahmen zwei große, brachliegende Gemüsebeete und ein Gewächshaus ein.

Als der Automotor wieder verstummte und sie kurz darauf Schritte hinter sich vernahm, drehte sie sich um. »Du lebst ja hier im Paradies!«

»Was?« Irritiert blieb Jörn stehen und sah sich um. »Ich hatte noch keine Zeit, mich um den Garten zu kümmern. Einen grünen Daumen habe ich sowieso nicht so wirklich. Am besten grabe ich alle Beete um und säe Gras. Dann muss ich nur einmal die Woche den Rasen mähen.«

»Bist du verrückt geworden?« Entgeistert starrte Ella ihn an. »Du kannst doch nicht den schönen Garten so verschandeln!«

»Ich verschandele gar nichts. Wie soll ich das alles alleine in Schuss halten? Neben meiner Arbeit und der Feuerwehr bleibt mir nur ein äußerst begrenztes Zeitkontingent. Ein so großer Garten benötigt viel und regelmäßige Pflege. Da mache ich es mir doch am besten so einfach wie nur möglich.«

»Warum bist du denn überhaupt hier eingezogen, wenn du gleich wusstest, dass dir das Grundstück viel zu groß ist?«

Zwischen Jörns Augen erschien eine steile Falte. »Es ist mein Erbanteil.«

»Ja, und deine Großeltern würden sich bestimmt im Grab umdrehen, wenn sie wüssten, dass du ihre Beete in schnöden Rasen verwandeln willst.« Aus irgendeinem Grund reagierte Ella für sie selbst überraschend heftig. Entrüstet stemmte sie die Hände in die Hüften. »Das kannst du nicht machen. Andere Leute würden sich alle zehn Finger nach so einem tollen Garten lecken.«

»Andere Leute?« Spöttisch hob er die Augenbrauen.

»Allerdings.« Aufgebracht funkelte sie ihn an. »Umgraben und Gras einsähen, wenn ich das schon höre! Wunderbare insektenfreundliche Staudenbeete kann man hier anlegen. Das war bestimmt auch mal so, wie ich an den alten Azaleen und den noch vorhandenen Pflanzen sehen kann. Und Gemüse aus dem eigenen Garten – einfach genial! Sogar Tomaten, Paprika, Gurken und Melonen könnte man in dem Gewächshaus ziehen. Das ist ja geradezu riesig.«

»Vier mal sieben Meter. Mein Großvater hat es zusammen mit meinem Vater für meine Großmutter gebaut. Als Geschenk zum vierzigsten Hochzeitstag.« Jörn richtete seinen Blick auf das große Glashaus. »Ich kann mich noch genau an Omis Gesicht erinnern, als sie auf der Feier den Umschlag mit den Bauplänen geöffnet hat. Sie hat vor Freude geweint.«

»Und du willst das alles plattmachen.« Kopfschüttelnd stemmte Ella die Hände in die Hüften und maß Jörn mit strengen Blicken. »Wie kannst du das auch nur in Erwägung ziehen?«

»Hey, ich habe kein Wort übers Plattmachen gesagt.« Sein Blick verfinsterte sich. »Nur von Vereinfachen habe ich gesprochen. Das Gewächshaus würde ich nie abreißen. Dazu ist es auch viel zu massiv gebaut. Das überdauert Generationen. Ich kann es nur nicht nutzen, weil mir sowohl die Zeit als auch das Talent zum Gärtnern fehlen. Du darfst gerne den Spaten schwingen, um hier Ordnung zu schaffen, wenn dir so viel daran liegt.«

Ella starrte ihn immer noch aufgebracht an. »Das würde ich glatt tun. Wenn es mein Garten wäre, würde ich alles dafür tun, damit er wieder in altem Glanz erstrahlt.«

»Du kennst den alten Glanz doch gar nicht.«

»Er ist aber immer noch erkennbar, wenn man genau hinschaut.«

»Was du nicht sagst.«

Herausfordernd reckte sie das Kinn. »Vielleicht bist du auch einfach nur blind, dass du nicht siehst, was für ein Paradies du hier geerbt hast.«

»Ich bin blind, ja?« Der Blick aus seinen braunen Augen wurde noch finsterer.

»Absolut. In diesem Grundstück steckt so viel Potenzial, aber es ist mal wieder typisch, dass du so was nicht wahrnimmst.« Sie trat trotz seines düsteren Blicks noch einen Schritt auf ihn zu, sodass sie einander nun ganz dicht gegenüberstanden. Leider musste sie den Kopf in den Nacken legen, um ihm ins Gesicht sehen zu können. »Du warst ja immer schon mehr der Mann fürs Grobe, nicht wahr? Kein bisschen Sinn für Schönheit und Romantik.«

Seine Augen verengten sich ein wenig. »Was ist an einem Garten bitte schön romantisch?«

»So wie er jetzt ist? Nichts. Aber er könnte es wieder werden. Ich bin mir sicher, dass deine Großmutter eine begnadete Gärtnerin war. Die Spuren kann man nämlich noch gut erkennen, aber du hast ja alles verwildern und vertrocknen lassen.«

»Und du glaubst, du könntest daran etwas ändern und diesen paradiesischen Zustand wiederherstellen?«

»Und wie ich das kann.«

Ein herausforderndes Blitzen trat in seine Augen. »Also gut, bitte sehr. Tu dir keinen Zwang an.«

Ellas Augen weiteten sich. »Wie bitte?«

»Du hast mich schon verstanden.« Er machte eine ausholende Geste, die den gesamten Garten einschloss. »Du darfst dich herzlich gern hier austoben, so viel du willst.«

»Ich soll deinen Garten in Schuss bringen?« Verblüfft starrte Ella Jörn an und spürte ein seltsames Kribbeln in der Magengrube, als ihre Blicke sich ineinander verhakten.

»Ganz genau.« Seine Stimme war einen Ton dunkler geworden. »Ist doch dein Beruf, oder nicht?«

Sie verspürte neben dem Kribbeln nun auch eine leichte Gänsehaut im Nacken. »Ich bin Floristin, keine Gärtnerin.«

»Ach, jetzt kommen auf einmal die Ausflüchte?«

Ella schluckte. »Das sind keine Ausflüchte.«

»Klang aber danach.«

Mit Gewalt riss sie sich zusammen und hielt weiterhin seinem Blick stand, auch wenn ihr dabei immer merkwürdiger zumute wurde. »Den ganzen Garten?«

»Wenn dir danach ist.«

»Das wird dich teuer zu stehen kommen.«

Zwischen seinen Augen erschien eine steile Falte. »Das denke ich mir.«

Hallo? Wuff? Was ist denn mit euch los? Warum guckt ihr euch so böse an? Barnabas, der bisher am Boden geschnüffelt hatte, drängte sich gegen Ellas Beine und stieß sie mit seiner feuchten Nase an.

Sie erschrak und trat rasch einen Schritt zurück. »Erteilst du mir einen offiziellen Auftrag?«

»Vermutlich gibst du sonst niemals Ruhe und machst mich bei jedem unserer zukünftigen Treffen mit deinen Sticheleien wahnsinnig.« Jörn schob seine Hände in die Taschen seiner Jeans und wippte ein wenig auf den Fußballen. »Was ist nun? Willst du auch noch das Haus ansehen und mir sagen, was ich dort alles falsch mache, oder soll ich euch allmählich nach Hause bringen?«

Wortlos wandte Ella sich ab und ging zurück in den Vorgarten. Jörn hatte vorhin seinen Wagen aus der Garage an den Straßenrand gefahren und die Kofferraumklappe geöffnet. Nun sprang Barnabas in den Kofferraum, als sei er schon immer dort mitgefahren.

Ah, gut, eine Mitfahrgelegenheit. Ich liebe es, im Auto mitzufahren. Sogar eine schön weiche Decke gibt es hier zum Hinlegen. Das gefällt mir. Mit einem ausgiebigen Gähnen drehte Barnabas sich mehrmals um sich selbst und ließ sich dann zusammengekringelt nieder.

»Braver Hund.« Jörn schloss die Klappe und öffnete als Nächstes die Beifahrertür.

Leicht irritiert über diese galante Geste, stieg Ella ins Auto, und sogleich schloss Jörn die Tür und klemmte sich nur Augenblicke später hinters Steuer. Während er den Motor startete, warf er ihr einen fragenden Blick zu. »Stimmt etwas nicht?«

»Nein, äh, doch.« Verflixt, weshalb stotterte sie denn plötzlich? Energisch räusperte sie sich. »Du bist noch von der alten Schule, was?« Als er nur erstaunt die Stirn runzelte, deutete sie auf die Tür. »Gentleman und so?«

»Sag bloß, dir hat noch nie zuvor ein Mann die Autotür aufgehalten.« Lässig steuerte er den Wagen durch die stillen Straßen Lichterhavens. »In dem Fall solltest du dir mal überlegen, mit was für Luschen du dich abgibst.«

Empört fuhr Ella im Sitz auf. »Nur weil ein Mann mir nicht die Autotür aufhält, ist er noch lange keine Lusche.«

»Wenn du meinst.« Achselzuckend richtete Jörn den Blick auf den nicht vorhandenen Straßenverkehr.

»Du hältst doch auch nicht jeder Frau ständig die Autotür auf, oder?«

»Von ständig war nicht die Rede. Aber unter gewissen Umständen hat das etwas mit Wertschätzung zu tun.«

Ella verzog argwöhnisch die Lippen. »Was für gewisse Umstände?«

Ein spöttischer Seitenblick traf sie. »Wir sind momentan so etwas wie Partner – was das Jubiläumsfest angeht. Und jetzt bin ich auch noch dein Arbeitgeber, weil du ja unbedingt meinen Garten verschönern willst. Auch wenn ich von beidem nicht unbedingt begeistert bin, rechtfertigt es doch eine gewisse …«

»Wertschätzung.« Neugierig musterte sie ihn. »Du bist schon ein seltenes Exemplar von Mann, Jörn Paulsen. Muss ich mich nun von dieser Wertschätzung deinerseits geschmeichelt oder beleidigt fühlen?«

Ihre Blicke trafen sich für einen kurzen Moment, ehe er erneut geradeaus sah. »Da du dich bereits für beleidigt entschieden zu haben scheinst, sollten wir das Thema wechseln. Oder gar nichts mehr sagen. Wir sind sowieso gleich da.« Tatsächlich bog er bereits in den Platanenweg ein und hielt nur einen Moment später vor dem winzigen Ferienhäuschen, in dem Ella seit einiger Zeit wohnte. Es war ein dunkelrot und weiß gestrichenes Holzhäuschen, das links und rechts von zwei Platanen flankiert wurde. Vor dem Haus hatte Ella bunte Blumenbeete angelegt, in denen es hübsch blühte. Hinter dem Haus gab es eine briefmarkengroße Terrasse und einen nur wenig größeren Garten, der von schulterhohen Hundsrosenhecken umgeben war. Ihre Vermieterin, gleichzeitig eine ehemalige Klassenkameradin, hatte ihr zwar erlaubt, auf einer Seite ebenfalls ein schmales Blumenbeet anzulegen, doch da das Häuschen über kurz oder lang wieder als Feriendomizil fungieren würde, falls Ella sich entschied, sich eine andere Wohnstatt zu suchen, sollte die kleine Rasenfläche so bleiben, wie sie war. Deshalb hatte Ella als Ersatz für den fehlenden Blumengarten an allen möglichen und unmöglichen Stellen Kübel und andere, zum Teil fantasievolle Pflanzgefäße mit Blühpflanzen aufgestellt – auch dazwischen sowie links und rechts von der Haustür standen und lagen überall bunte Ornamente oder Gartenfiguren.

Für einen Moment blickte Ella zufrieden auf ihr Werk. Es gab direkt vor dem Haus keine Straßenlaterne, deshalb hatte sie mehrere Erdspieße mit bunten, kugelförmigen Solarleuchten mit Zeitschaltung vor dem Eingang verteilt, die ihr kleines Häuschen und den Vorgarten nun in ein fast schon märchenhaftes Licht tauchten. »Das ist ein Vorgarten, wie er sein sollte«, murmelte sie und warf Jörn einen Blick zu, doch er war bereits ausgestiegen, und ehe sie sich's versah, hatte er ihr schon wieder die Tür geöffnet. Fehlte nur noch, dass er ihr helfend eine Hand hinstreckte. Ehe er das womöglich tatsächlich tun würde, stieg sie rasch aus und strich ihre Bluse glatt. »Danke fürs Nachhausebringen.«

»Kein Problem.« Nachdem er Barnabas aus dem Kofferraum gelassen hatte, reichte er ihr die Leine. »Versuch, ein bisschen weniger hektisch mit ihm umzugehen. Oder gib ihm zumindest Zeit, sich an dich zu gewöhnen.«

Widerwillig nickte sie. Gerne hätte sie im Kontra gegeben, wusste aber nicht recht, ob das sinnvoll war, da er ihr ja gerade einen lukrativen Nebenjob angeboten hatte. Ganz zu schweigen von seinem Angebot, ihr die Handzeichen beizubringen, auf die Barnabas so perfekt zu reagieren schien. »Ich wusste gar nicht, dass ich so schwierig bin, dass man sich erst an mich gewöhnen muss.«

»Schwierig vielleicht nicht, aber anstrengend.« Er grinste schief. »Was das angeht, hat Barnabas hoffentlich mehr Glück als ich.« Auf ihr fragendes Stirnrunzeln hin zuckte er mit den Achseln. »Mir ist es bis heute nicht gelungen, mich an dich zu gewöhnen.«

»Na, vielen Dank für die Blumen.« Sie wusste nicht recht, warum seine Worte sie so trafen. Immerhin ging es ihr mit ihm doch genauso. »Ich hoffe, ich bin für dich keine allzu schlimme Belastung.« Schon wollte sie sich abwenden und zur Haustür gehen, doch er hielt sie am Arm fest.

»Warte mal.« Er musterte sie im dämmrigen Licht der Solarleuchten eingehend. »Das sollte keine Beleidigung sein.«

»Schon klar.« Missmutig entzog sie sich seinem Griff.

»Nein, offenbar ist dir das nicht klar, Ella.«

»Doch, doch.« Sie nahm die Leine kürzer und zog Barnabas einfach mit sich. »Glasklar. Also ... bis ...« Sie schluckte. »Bis Samstag dann.« Ohne ihn noch einmal anzusehen, schloss sie die Haustür auf und zerrte Barnabas hinter sich her ins Haus.

He, warte mal, was soll das denn? So unsanft brauchst du nun auch nicht mit mir umzugehen. Knurr!

»Halt die Klappe.« Wütend – auf sich selbst ebenso wie auf Jörn – knallte sie die Tür ins Schloss, ließ Barnabas von der Leine und ging, ohne das Licht einzuschalten, hinüber in den kleinen Wohnbereich. Dort warf sie sich auf die alte, schon etwas abgeschabte Zweisitzercouch.

»Ella?« Jörn klopfte gegen die Tür. »Komm schon, was ist denn los mit dir? Mach die Tür auf.«

Sie hielt sich die Ohren zu, kniff die Augen zusammen und fühlte sich dumm und kindisch. Trotzdem ließ sie die Hände erst wieder sinken und öffnete die Augen, als sie sich sicher sein konnte, dass Jörn weggefahren war.

Hallo? Was ist denn los? So komisch habe ich dich ja noch nie erlebt. Barnabas trat neben sie und schnüffelte an ihrem Bein. Als sie nicht reagierte, legte er ihr den Kopf auf den Oberschenkel. *Ach, und übrigens, mein Wassernapf ist leer. Wenn du den wohl auffüllen könntest?*

»Lass mich in Ruhe.« Ella zog die Beine an und drehte sich so, dass sie auf dem Sofa halb lag und halb saß. Müde legte sie den Kopf in den Nacken und schloss erneut die Augen. »Lass mich einfach in Ruhe.«

Aber ... Ich habe Durst, Ella. Wirklich. Ganz arg. Mit einem Winseln stupste Barnabas Ella seine Nase gegen den Unterarm.

»LASS MICH IN RUHE!« Ihre Stimme kippte über.

Barnabas machte einen entsetzten Satz rückwärts, stieß dabei gegen den Couchtisch, bellte erschrocken, als ein Stapel Zeitschriften zu Boden flog, und flüchtete mit eingezogenem Schwanz hinter die winzige Kücheninsel.

Hilfe, was machst du denn? Warum schreist du mich denn so an? Ich habe doch nur ganz nett um Wasser gebeten.

Entgeistert blickte Ella Barnabas hinterher, und plötzlich kamen ihr die Tränen. »O Gott. Scheiße. Tut mir leid.« Obwohl sie kaum etwas sah, rappelte sie sich auf und eilte hinüber zur Küchenzeile, die dem Wohnraum offen angeschlossen war. Barnabas kauerte zitternd und mit eingeklemmter Rute hinter der Insel und wich vor ihr zurück, als sie näher kam. In ihrer Kehle wuchs ein schmerzhafter Kloß, und noch mehr Tränen schossen ihr in die Augen. »Barnabas.« Schluchzend kniete sie sich hin. »Tut mir leid, ich wollte nicht so schreien.«

Hast du aber gemacht und mir einen Riesenschrecken eingejagt. Mit argwöhnischem Blick blieb Barnabas auf Abstand.

Schniefend wischte Ella sich mit dem Handrücken über die Augen. »Tut mir so leid. Ich mache einfach alles falsch. Vielleicht sollte ich ein neues Zuhause für dich suchen. Offenbar bin ich als Hundefrauchen null geeignet. Du hast echt was Besseres verdient.« Der Kloß in ihrer Kehle wuchs noch weiter und verursachte ihr immer mehr Schmerzen. Keuchend stützte sie sich mit den Händen auf dem Boden ab und versuchte, ruhiger zu atmen, doch das machte es noch schlimmer. Schließlich rollte sie sich einfach auf dem Fußboden zusammen, zog ihre Knie an und schlang ihre Arme so fest darum, wie es nur ging.

Äh ... Ella? Was ist denn jetzt los? Geht es dir nicht gut? Oje, mit Ella stimmt etwas nicht. Nun mache ich mir doch ziemliche Sorgen. Vorsichtig tappte Barnabas näher und schnüffelte an Ellas Haaren, woraufhin sie jedoch noch heftiger schluchzte. *Oh, oh, oje, da stimmt aber etwas ganz und gar nicht. Was mache ich denn jetzt? Ella? Hallo? Wuff?* Vollkommen verunsichert schnüffelte Barnabas weiter an Ella und versuchte, ihr übers Gesicht zu lecken.

Zunächst versuchte Ella, der Hundezunge auszuweichen, doch dann stieg ein trockenes, verzweifeltes Lachen in ihr auf. »Nicht, Barnabas, hör auf.« Ihre Stimme zitterte stark. Nur mit Mühe rappelte sie sich in eine sitzende Position auf und wischte sich den Hundesabber von der Schläfe. »Du bist viel zu nett zu mir, und das, obwohl ich dich so garstig angeschrien habe.«

Kann sein, aber ich mache mir trotzdem Sorgen um dich. So seltsam hast du dich noch nie verhalten und auf dem Boden gelegen und geweint. Das ist mir total unheimlich. Noch viel unheimlicher als dein Geschrei eben. Mit fragendem Blick ließ Barnabas sich auf sein Hinterteil sinken und wedelte verunsichert mit der Rute. *Geht es dir jetzt wieder besser?*

»O Mann, ich bin echt nicht mehr zu retten.« Kopfschüttelnd stand Ella auf. Dabei entdeckte sie den leeren Wassernapf und schnappte ihn sich. »Du hast ja gar nichts mehr zu trinken.«

Sagte ich doch. Ich habe Durst.

Rasch füllte sie den Napf und stellte ihn wieder an seinen Platz. Barnabas tauchte sofort seine Schnauze hinein und trank gierig. Ella sah ihm zu und lehnte sich mit dem Rücken gegen die Kühl-Gefrierkombi. »Wahrscheinlich bin ich wirklich nicht das richtige Frauchen für dich. Am Montag werde ich zu Christina in die Hundeschule gehen und sie fragen, ob sie ein gutes Zuhause für dich weiß. Eins, in dem du nicht wie blöd angeschrien wirst.« Obwohl allein der Gedanke, Barnabas wegzugeben und ihre Großmutter damit schwer zu enttäuschen, ihre Augen erneut brennen ließ, beschloss sie, diesen Plan unbedingt in die Tat umzusetzen. Nachdem sie auch noch ein paar Hundekuchen in Barnabas' Futternapf gelegt hatte, schleppte sie sich zurück zum Sofa und kauerte sich erneut darauf.

Jörn hatte gesagt, sie müsse sich und Barnabas Zeit geben. Vielleicht hatte er sogar recht, doch es war nun einmal so, dass sie nicht die leiseste Ahnung hatte, wie sie mit dem Hund umgehen sollte. Zwar konnte sie ihn praktisch überallhin mitnehmen oder auch mal für ein paar Stunden allein lassen, wenn es sein musste, doch sie befürchtete ständig, dass sie oder er etwas falsch machen könnte. Dass er weglief oder etwas kaputt machte. Jörn war da wesentlich entspannter. Aber so war er nun mal – er hatte einfach die Ruhe weg. Ganz früher, als sie noch ein Teenager gewesen war, hatte sie sogar manchmal gedacht, dass er ein bisschen langsam sei, auch im Kopf, weil er alles so geruhsam und mit Bedacht anging. Inzwischen wusste sie zwar, dass er beileibe nicht dumm war, doch diese innere Ruhe, die er ausstrahlte, ging ihr vollkommen ab. Nicht dass sie mit sich oder ihrer Lebensart je unzufrieden gewesen wäre. Nein, sie mochte es, ständig in Bewegung zu sein, ihre Gedanken beweglich zu halten, und es hatte ihr auch schon immer gefallen, ungebunden und frei zu sein und von Mann zu Mann zu schwirren, wenn ihr danach war. Möglicherweise hatte sie deshalb einen gewissen Ruf erlangt, doch es war nicht so, dass sie gleich mit jedem Mann ins Bett hüpfte, den sie nett fand. Im Gegenteil. Sie war in dieser Hinsicht sogar sehr wählerisch. Doch sie flirtete nun einmal gern und genoss es, niemandem Rechenschaft ablegen zu müssen und für niemanden verantwortlich zu sein. Auch nicht für einen Hund. Doch genau das war sie nun, und prompt fühlte sie sich heillos überfordert. Dabei war sie doch schon immer ein Organisationstalent gewesen. Sie scheute sich nicht, eine Party mit hundertfünfzig Gästen oder eine Hochzeit mit einer übernervösen Braut und einer hysterischen Brautmutter zu organisieren. Selbst vor der Herausforderung, ein ganzes Stadtfest mit Essen, Gebäck und Dekorationen zu versorgen und dabei mit Jörn zusammenarbeiten zu müssen, schreckte sie nicht zurück. Doch wenn es darum ging, Barnabas auch nur etwas mitzuteilen, scheiterte sie kläglich.

Dabei mochte sie den Bearded Collie eigentlich sehr gern. Wenn sie ihm zusammen mit Oma Carlotta begegnet war, hatten sie immer viel Spaß gehabt, miteinander gespielt, sogar hin und wieder ein bisschen gekuschelt. Seufzend blickte sie sich in ihrem winzigen Zuhause um. Wahrscheinlich war es sowieso nicht gut, den Hund auf Dauer in diesem Minidomizil zu halten. Ein großes Haus mit Garten würde ihm bestimmt viel besser gefallen. Das Ferienhäuschen hatte nur zwei Zimmer, von denen eines der kombinierte Küchen-Wohnraum war und der andere ihr Arbeitszimmer, ein winziges Bad und unter dem Dach eine kleine Galerie, wo Ella sich ihr Schlafzimmer eingerichtet hatte und zu der eine hölzerne Wendeltreppe hinaufführte.

Während sie sich umsah, keimte eine Idee in ihr. Vielleicht wollte Jörn Barnabas adoptieren. Die beiden kamen doch so gut miteinander aus, und Barnabas hörte auf jedes Wort, das Jörn sagte. Jörn könnte ihn jeden Tag mit auf die *Fischerin* nehmen oder auf die *Paulsen 1*, mit der er, wie sie wusste, in regelmäßigen Abständen auf Fangfahrt ging. Bestimmt wären die beiden ein tolles Team.

Hm, das waren leckere Hundekuchen. Jetzt bin ich aber echt müde. Wenn mich jemand sucht: Ich bin in meinem Körbchen. Barnabas trank noch einmal geräuschvoll, dann schüttelte er sich, sodass Wasser und Keksbrümel durch die Küche flogen, und trottete zu dem großen, mit Decken ausgepolsterten Weidenkorb. Das Material knarzte, als der Hund sich mehrmals um sich selbst drehte und sich dann mit einem lauten Schnaufen fallen ließ. Er warf Ella noch einen kurzen Blick zu, gähnte und schloss die Augen. *Gute Nacht, Ella.*

Schon wieder bildete sich ein Kloß in Ellas Kehle. Was war nur mit ihr los? Sie wurde zu einer richtigen Heulsuse.

Dabei war die Idee, Jörn zu fragen, ob er Barnabas nehmen wollte, doch nur natürlich und sinnvoll – und gut für den Hund. Sie würde es tun, gleich nach der ... Beerdigung. Ein eisiger Schauder durchfuhr sie bei dem Gedanken. Sie würden sich ja sowieso wegen des Festes kommende Woche noch einmal treffen. Und wenn Jörn den Hund nicht wollte, würde sie Christina fragen. So war es am besten.

Entschlossen, nicht noch mehr zu heulen, erhob Ella sich, schleppte sich ins Bad, entfernte die kläglichen Überreste ihres Make-ups, putzte sich die Zähne und schlüpfte in ihren sexy schwarzen Seidenpyjama. Dabei fragte sie sich für einen seltsamen Moment, wie Jörn wohl auf diesen mehr als knappen Fetzen Kleidung reagieren würde. Wahrscheinlich überhaupt nicht. Er blieb ja immer die Ruhe selbst. Die Frau, die ihn zu einer spontanen Reaktion – oder gar spontanem Sex – verführen konnte, musste vermutlich erst noch geboren werden. Er ruhte in sich selbst wie ein verdammter Fels in der Brandung.

Genervt verdrehte Ella die Augen. Warum in aller Welt dachte sie den Namen Jörn und das Wort Sex in ein und demselben Satz? Drehte sie jetzt völlig durch? Doch einmal gedacht, ließ sich der Gedanke nicht mehr vertreiben. Mit ihm tauchten höchst unwillkommene Bilder vor Ellas innerem Auge auf – und die Erinnerung daran, wie sie mit Jörn zusammengeprallt war. Wie hart sich seine Muskeln angefühlt hatten. Wie unglaublich attraktiv er mit bloßem Oberkörper aussah. Himmel noch mal, wenn er nicht ausgerechnet Jörn Paulsen heißen und aus Lichterhaven stammen würde, wäre er genau ihr Typ. Nein, viel schlimmer noch: der Traum ihrer schlaflosen Nächte. Entsetzt über sich selbst, riss Ella die Augen wieder auf und starrte ihr Spiegelbild an. Hatte sie den Verstand verloren? Wenn Jörn wüsste, dass sie gerade über die Möglichkeit, mit ihm Sex zu haben, fantasiert hatte, würde er sie endgültig für übergeschnappt und unzurechnungsfähig halten. Zum Glück gab es ihre feste Regel, niemals und unter keinen Umständen etwas mit einem Einheimischen anzufangen. Damit schützte sie sich vor unangenehmen Situationen und peinlichen Zwischenfällen. Und peinlich waren ihre Fantasien allemal, auch wenn Jörn unglaublich sexy aussah, wenn er sein T-Shirt auszog. Oder auch, wenn er es anbehielt. Er war einfach …

»Hör sofort auf damit!« Einen ungehaltenen Laut ausstoßend, funkelte Ella ihr Spiegelbild an. Entschlossen wandte sie sich ab, verließ das Bad und stürmte die Wendeltreppe zur Galerie hinauf. Oben warf sie sich auf das französische Bett, das fast den gesamten Platz einnahm, und vergrub ihr Gesicht unter ihrem Kopfkissen. Dann begann sie einfach laut zu zählen, eine Maßnahme, mit der sie es normalerweise schnell schaffte, ihr Gedankenkarussell anzuhalten. Diesmal half die Methode jedoch nicht wirklich, deshalb schaltete sie über die Sprachsteuerung ihres Handys eine Playlist mit Rockmusik ein, um ihre Gedanken zu übertönen.

6. Kapitel

»Guten Morgen, zus… Oh, du bist ja noch ganz allein hier.« Gähnend blickte Hannah Pettersson sich in der großen Küche um, die das Herzstück des Geschäftshauses mit Ladenlokal in der Goldschmiedgasse war, das die *Foodsisters* für ihr Unternehmen gemietet hatten, und steuerte dann geradewegs auf die Kaffeemaschine zu.

An der überdimensionalen Kücheninsel stand Caroline Maierbach und rollte Hefeteig für ihren berühmten Rosenkuchen aus, der Bestandteil des Kuchenbüfetts sein würde, das eine Kundin anlässlich ihres Geburtstags für heute Nachmittag bei ihnen geordert hatte. Nun blickte sie auf und blies sich eine hellbraune Haarsträhne aus dem Gesicht, die sich aus dem Zopf gelöst hatte, zu dem sie ihr schulterlanges Haar gebunden hatte. »Guten Morgen, Hannah. Schenkst du mir bitte auch eine Tasse Kaffee ein? Und am besten auch eine für Ella. Eigentlich müsste sie schon längst hier sein. Sie wollte doch noch die Rechnung für unseren heutigen Auftrag schreiben und den Plan für kommende Woche mit uns durchgehen.« Sie hielt kurz inne. »Obwohl ich ihr gesagt habe, dass das auch bis Montag Zeit hat. Sie hätte sich doch heute freinehmen können wegen der Sache mit Oma Carlotta.«

»Du weißt doch, wie sie ist.« Hannah füllte drei bunte Kaffeebecher mit dem Aufdruck *Die Foodsisters … und Ihre Party wird gut.* Einen stellte sie neben Caroline ab, einen auf der Anrichte, an ihrem eigenen nippte sie und seufzte gleich darauf verzückt. »Tasse zwei für heute, und allmählich fühle ich mich wie ein Mensch.« Sie trat neben Caroline und sah ihr beim Verarbeiten des Hefeteigs zu. »Möglicherweise hat Ella deinen Rat doch beherzigt oder zumindest den Vormittag freigenommen. Was man so hört, hatte sie ja gestern noch ein heißes Date, da ist sie heute früh vermutlich ein bisschen müde.«

»Was?« Vor Verblüffung ließ Caroline die Teigkarte, mit der sie hantiert hatte, zu Boden fallen. »Mist.« Rasch hob sie sie wieder auf und reinigte sie unter fließendem Wasser. »Was meinst du mit Date? Sie geht doch gerade mit niemandem aus. Und überhaupt, so kurz vor der Beerdigung hat sie doch was anderes im Kopf als Männer.«

»Sollte man meinen.« Hannah grinste schief und zupfte an einer Strähne ihres pfiffig geschnittenen kurzen feuerroten Haars herum. »Aber es stimmt wohl, denn ich habe es unabhängig voneinander von zwei verschiedenen Leuten gehört. Ich war für meine Mutter heute früh schon kurz in der Drogerie und habe dort Gabriella von *Eisträume* getroffen. Sie fragte mich, seit wann Ella denn mit unserem Feuerwehrboss zusammen sei.«

»Wie bitte?« Caroline hätte die Teigkarte beinahe erneut fallen lassen.

»Das war auch meine Reaktion.« Hannah nickte heftig. »Als ich aus der Drogerie wieder raus war, bin ich Francesca begegnet, die mir praktisch dieselbe Frage wie Gabriella gestellt hat. Nur mit dem Unterschied, dass Francesca hinzugefügt hat, es würde auch allmählich Zeit, dass Ella sesshaft wird und dass sie sich mit Jörn Paulsen dafür den besten Mann ausgesucht hat, den sie hätte finden können.«

»Moment, Moment.« Sorgsam klopfte Caroline das Mehl und ein paar Teigreste von ihren Händen. »Du redest tatsächlich von unserer Ella und Jörn Paulsen?«

»Ja, genau.«

»Meinem Cousin Jörn Paulsen?«

»Genau der ist gemeint.«

»Das kann nicht sein. Ella geht nicht mit Männern aus Lichterhaven aus. Schon gar nicht mit Jörn. Die beiden sind wie Feuer und Wasser.«

Hannah kicherte. »Passend ausgedrückt. Ella ist das Feuer, und Jörn löscht sie. Oder es. Oder ... na ja.« Glucksend trank sie einen weiteren Schluck Kaffee. »Ich habe genauso dumm aus der Wäsche geschaut wie du jetzt, als ich davon gehört habe. Aber es scheint zu stimmen. Man hat die beiden gesehen, wie sie zusammen bei Francesca Pizza gekauft und danach eine gemütliche Zeit zu zweit allein auf der *Fischerin* verbracht haben. Die Pizza kann Francesca höchstpersönlich bezeugen.«

»Die beiden waren zusammen auf der *Fischerin*?« Fassungslos starrte Caroline ihre Freundin an. »Alleine? Gestern Abend?«

»Ganz romantisch bei Sonnenuntergang, jawohl. Obgleich sie wohl nicht ganz allein waren, weil sie Barnabas dabeihatten. Gabriella sagt, sie hätte die drei ebenfalls gesehen. Einmal auf dem Weg zum Kutter und später noch einmal, als sie in Richtung von Jörns Haus gingen.«

»Du machst wohl Witze!« Entgeistert schüttelte Caroline den Kopf. »Willst du jetzt vielleicht noch andeuten, die beiden hätten ... ich meine ... miteinander ...?«

»In Jörns Haus? Keine Ahnung, ob sie wirklich dorthin gegangen sind und was sie möglicherweise dort getrieben haben. Nach Gabriellas Beobachtung verliert sich ihre Spur.« Hannah hob die Schultern. »Oder vielmehr fehlte mir die Zeit, weitere Zeugen zu suchen und zu befragen.«

»Ella und Jörn ... Das ist ein absolutes Ding der Unmöglichkeit!« Immer noch schüttelte Caroline den Kopf, begann dann aber, den Teig in gleichmäßige Streifen zu schneiden. »Dafür muss es eine andere Erklärung geben.«

Hannah lachte. »Mir fallen nicht viele Erklärungen ein, die ein lauschiges Stelldichein auf dem Kutter im Sonnenuntergang beinhalten.«

»Aber Ella und Jörn! Das glaube ich erst, wenn ich es sehe.« Geschickt bestrich Caroline die Teigstreifen mit einem Quark-Kirsch-Gemisch und rollte sie auf. Dann setzte sie sie in die Kuchenform. »Sie würde nie mit einem Lichterhavener ausgehen, das weißt du doch ganz genau. Und mit Jörn schon mal gar nicht. Das wäre ja fast wie ... egal. Gegen jedes Naturgesetz.«

Wieder lachte Hannah und trank einen dritten Schluck Kaffee. »Ganz unrecht hast du nicht. Verschiedener als die beiden können zwei Menschen kaum sein. Obwohl Francesca da anderer Ansicht zu sein scheint.«

»Francesca liebt es, Leute miteinander zu verkuppeln.« Achselzuckend stellte Caroline die Kuchenform abgedeckt auf die Anrichte, damit der Teig vor dem Backen noch einmal gehen konnte, und reinigte rasch die Kücheninsel. »Darauf sollten wir nicht allzu viel geben. Das tue ich schon nicht mehr, seit sie mich, als wir in die zwölfte Klasse gingen, mit Henning Magnusson zusammenbringen wollte.«

Hannah prustete los. »Henning? O ja, stimmt, ich erinnere mich dunkel. Da hättest du einen tollen Fang gemacht. Immerhin ist er inzwischen ein berühmter Rennfahrer und steinreich.«

Caroline bedachte ihre Freundin mit einem vielsagenden Blick. »Ja, und er hat zehn Groupies an jedem Finger, mit denen ich konkurrieren müsste.«

»Ich glaube, das heißt im Rennfahrerjargon Boxen-Girls.«

Kichernd stellte Hannah ihre Tasse ab und ging zu dem großen, zweitürigen Kühlschrank, um die Zutaten für die kleinen Pastetchen herauszuholen, die zum Kuchenbüfett ebenfalls bestellt waren. So würden sie diejenigen verzücken, die es auch zur Kaffeezeit nicht süß, sondern herzhaft mochten. »Weiß Henning überhaupt, dass du existierst? Er hat dich doch nie weiter beachtet.«

»Deshalb halte ich ja auch nichts von Francescas Kuppelversuchen.« Caroline grinste schief. »Henning Magnusson und ich leben nicht einmal in derselben Dimension. Keine Ahnung, wie Francesca darauf kam, dass wir zusammenpassen würden. Ganz abgesehen davon, dass ich so einen Macho nicht mal geschenkt haben wollte. Nicht mal mit all den Millionen, die er inzwischen gescheffelt hat. Da bleibe ich lieber allein und unscheinbar, das ist besser für die Seele.«

»Also, unscheinbar bist du nun wirklich nicht«, protestierte Hannah. »Stell dein Licht nicht immer so unter den Scheffel!«

»Wer stellt sein Licht unter den Scheffel?« Hörbar außer Atem kam Ella mit Barnabas an der Leine an der Küche vorbei, zog den Hund jedoch gleich weiter in ihr angrenzendes Atelier. »Komm schon, du musst hier drinnen bleiben. In die Küche darfst du nicht, sonst steigt uns das Gesundheitsamt aufs Dach.« Barnabas bellte kurz und jaulte ein bisschen, als Ella die Tür zu ihrem Arbeitsbereich hinter sich schloss und in die Küche ging. »Guten Morgen«, sagte sie mit Verspätung und erspähte gleichzeitig die dampfende Tasse Kaffee auf der Anrichte. »Ist die für mich? Sehr gut. Ich brauche dringend Koffein.«

Hannah warf Caroline einen bedeutsamen Blick zu. »Guten Morgen, Ella. Was treibt dich denn so hektisch zum

Kaffee? Du trinkst ihn doch sonst nicht so gierig – und noch dazu ohne Milch und Zucker.«

Ella verzog nach dem ersten Schluck bereits angewidert das Gesicht. »Stimmt. Schwarzer Kaffee ist Körperverletzung. Wo ist die Milch?« Sie riss die Kühlschranktür auf und entnahm ihr eine Tüte fettarme Milch. Umstandslos kippte sie ein Drittel ihres Kaffees in den Ausguss und füllte großzügig mit der Milch auf. Dann stöberte sie im Schrank über der Anrichte die Zuckerdose auf und gab einen Würfel in das nur noch hellbraune Getränk. »So ist es schon viel besser.« Da Hannah und Caroline sie nur schweigend ansahen, hielt sie inne. »Was? Stimmt etwas nicht?«

**

Irritiert, weil ihre beiden Freundinnen sie so neugierig anstarrten, musterte Ella die beiden. »Habe ich einen Fleck im Gesicht, oder was?«

»Nein, gar nicht.« Hannah fing sich als Erste wieder und lächelte ihr zu. »Wir sprachen nur gerade über Henning Magnusson und darüber, dass Caroline ihn nicht mal geschenkt haben will.«

»Und weshalb seht ihr mich dann so an, als säße mir ein Marsmännchen auf der Schulter?«

Hannahs Lächeln verbreiterte sich. »Weil Francesca vor langer Zeit einmal Henning mit Caroline verkuppeln wollte, und darauf sind wir nur gekommen, weil ich der guten Frau heute vor der Drogerie begegnet bin.« Vielsagend hielt sie inne.

»Francesca?« Ella versuchte, die Verbindung herzustellen, begriff aber erst, was gemeint war, als sie Carolines Grinsen bemerkte. »Ach du Sch…reck.« Natürlich. In der

Gerüchteküche brodelte es bereits. Ella hatte schon geahnt, dass das passieren würde.

Caroline trat verblüfft einen Schritt auf sie zu »Es ist also wahr? Du und Jörn, ihr beide ...« Sie machte wedelnde Bewegungen mit den Händen.

»Nein!« Ella schluckte und versuchte, ruhig zu bleiben, was angesichts der lebhaften Träume, die sie in der vergangenen Nacht heimgesucht hatten, gar nicht so einfach war. »Nein. Da ist überhaupt nichts zwischen Jörn und mir. Wir waren nur gestern Abend im oder vielmehr am *Alibaba* und haben uns Pizza geholt.«

»Mit der ihr dann eine lauschige Zeit auf der *Fischerin* verbracht habt«, ergänzte Hannah. »Man hat euch im Sonnenuntergang dort zusammen sitzen sehen.« Auch sie grinste jetzt verschmitzt. »Spuck's sofort aus: Was geht da vor sich, und warum erfahren wir erst jetzt davon?«

»Ihr erfahrt erst jetzt davon, weil es gar nichts zu erfahren gibt.« Ella war sich bewusst, wie paradox diese Erklärung klang. Prompt wechselten ihre beiden Freundinnen denn auch vielsagende Blicke, die verrieten, dass sie ihr kein Wort glaubten. »Ich war nur gestern wie verabredet bei Jörn, um mit ihm Catering und Deko für das Feuerwehrjubiläum zu besprechen«, betont gleichmütig zuckte sie mit den Achseln, »und später sind wir uns noch mal unten am Wasser begegnet und haben spontan eine Pizza zusammen gegessen.«

»Spontan.« Hannah hüstelte.

»Mein Cousin ist nie spontan«, ergänzte Caroline. »Außer wenn er zu einem Feuerwehreinsatz ausrücken muss.«

»Diesmal schon.« Noch einmal hob Ella die Schultern und trank, um einen Moment Zeit zu gewinnen, einen großen Schluck Milchkaffee. Dann beschloss sie, doch ganz ehrlich mit ihren beiden besten Freundinnen zu sein. »Mir ging es nicht so gut gestern Abend. Barnabas war mir weggelaufen, und ich saß am Ufer und habe geheult.«

»Und da hat Jörn dich aufgegabelt und getröstet?« Caroline trat neben sie und legte ihr besorgt eine Hand auf den Arm. »Das kann ich mir schon eher vorstellen. Jörn ist ein sehr einfühlsamer Mann.«

»Ach ja?« Hannah grinste, wurde aber ebenfalls gleich wieder ernst und stellte sich auf Ellas andere Seite. »Was war denn los? Warum ist Barnabas weggelaufen?«

»Weil …« Aus tiefstem Herzen seufzte Ella. »Ich habe mit ihm geschimpft, weil er so gar nicht auf mich gehört hat. Da hat er sich losgerissen.«

»Und du hast ihn nicht gesucht?« Hannah runzelte die Stirn.

»Ich konnte einfach nicht mehr. Seit Oma Carlotta … nicht mehr da ist, geht einfach alles schief. Ich komme mit Barnabas nicht klar.« Ella stellte ihre Tasse zurück auf die Anrichte. »Jörn hat mir geholfen, ihn zu suchen, nachdem ich mich wieder etwas beruhigt hatte. Wahrscheinlich hielt er es für seine Pflicht als Feuerwehrmann.« Zumindest hatte sie sich den Beginn des gemeinsamen Abends inzwischen so zu erklären versucht. »Ihr wisst schon, er hilft doch ständig Leuten.«

Hannah und Caroline wechselten einen kurzen Blick. Caroline nickte leicht. »Wo habt ihr Barnabas denn gefunden?«

»Vor Oma Carlottas Haustür.«

»Oh.« Ihre beiden Freundinnen wechselten erneut einen Blick, diesmal sichtlich betroffen.

»Danach hatten wir beide Hunger, also haben wir uns eine Pizza geholt. Und das war's auch schon.«

»Und gegessen habt ihr sie auf der *Fischerin*, dem schönsten Ausflugskutter in ganz Lichterhaven«, ergänzte Hannah mit lauerndem Blick.

»Im Sonnenuntergang«, fügte Caroline hinzu.

Ella nickte nur. »Es war so viel los in der Hauptstraße und am Hafen, deshalb hat Jörn vorgeschlagen, dass wir uns auf den Kutter setzen. Das war ...«

»... sehr aufmerksam.« Lächelnd wandte Caroline sich um und holte ein paar neue Zutaten aus dem Kühlschrank, um einen weiteren Kuchenteig anzurühren. »Obwohl ich mich wundere, dass ihr es so lange miteinander ausgehalten habt, ohne dass einer von euch beiden als Leiche geendet hat.«

Fast widerwillig lachte Ella auf. »Na, also so schlimm sind wir doch wohl auch nicht. Schließlich hassen wir einander nicht. Wir sind nur ...«

»Gegensätzlich gepolt«, ergänzte Hannah. »Was eigentlich bedeutet, dass ihr euch gegenseitig anziehen müsstet. Zumindest wenn ich das aus dem Physikunterricht noch richtig in Erinnerung habe.«

»Nun hör schon auf.« Allmählich wurde das Thema Ella zu heikel, obwohl sie doch wirklich überhaupt nicht an Jörn interessiert war.

Leider hatte Caroline noch eins draufzusetzen. »Gabriella hat mir erzählt, dass sie euch später noch zusammen hat weggehen sehen. In die Richtung, in der Jörns Haus liegt.«

Ella verdrehte die Augen. Man konnte in Lichterhaven nicht einen Schritt tun, ohne dabei von irgendjemandem beobachtet zu werden. »Ja, weil er angeboten hat, Barnabas und mich nach Hause zu fahren. Er faselte etwas davon, dass er eine Frau nach Einbruch der Dunkelheit nicht allein durch Lichterhaven laufen ließe. Einspruch war zwecklos, und sein Auto stand bei ihm in der Garage.«

Caroline lächelte. »Er ist und bleibt ein Gentleman, das muss man ihm lassen.«

»Ja, wahrscheinlich.« Ella trank den Rest ihres Milchkaffees aus und stellte die Tasse in die Spülmaschine. »Er hat mich übrigens engagiert.«

»Uns, meinst du, für das Jubiläum.« Hannah stellte ihre Tasse ebenfalls in die Maschine. »Das wissen wir. Aber eigentlich hat die Stadt uns engagiert.«

»Nein, nicht für das Jubiläum.« Ella schob die Hände in die Taschen ihrer dunkelblauen Shorts und wippte ein wenig auf den Fußballen. »Also doch, natürlich sind wir für das Fest engagiert. Aber ich soll außerdem seinen Garten auf Vordermann bringen.«

»Was?« Caroline, die gerade Mehl in eine Rührschüssel füllte, drehte sich so schnell zu ihr herum, dass ihr beinahe die Mehltüte entglitten wäre. Gerade noch konnte sie sie retten, verstreute dabei aber eine Handvoll Mehl über den Küchenboden. »Mist.« Rasch stellte sie die Tüte beiseite, griff nach einem Schwammtuch und begann, den Boden zu reinigen.

»Du sollst seinen Garten verschönern?« Auch Hannah war sichtlich verblüfft. »Wie ist er denn auf die Idee gekommen?«

Ella verzog die Lippen zu einem halb grimmigen, halb kläglichen Lächeln. »Das ist wohl eher auf meinem Mist gewachsen. Er hat gesagt, dass er alles umgraben und nur Gras säen will, weil das für ihn einfacher ist. Habt ihr seinen Garten mal gesehen? Das muss früher eine regelrechte Oase gewesen sein. Ein Paradies mit blühenden Büschen und Sträuchern und Blumen und einem Wahnsinnsgemüsegarten. Sogar ein riesiges Gewächshaus steht dort. Ich bin fast umgekippt, als er mir erzählt hat, dass er das alles zerstören will.«

»Na, also zerstören wollte er es bestimmt nicht«, wiegelte Caroline ab. »Ich kenne das Haus und den Garten ganz gut. Früher war ich oft mit meinen Eltern dort zu Besuch. Es ist schon ein ziemlich großes Grundstück für einen Mann allein. Noch dazu, wo er doch mit den Fischkuttern und den Touristenfahrten und der Feuerwehr so viel zu tun hat.«

»Aber trotzdem kann man doch nicht einfach das Werk plattmachen, das seine Großmutter dort vollbracht hat. Sie muss eine begnadete Gärtnerin gewesen sein.« Ella konnte nicht anders als aufbrausen. Wenn es um Blumen und Gärten ging, hatte sie ganz bestimmte, unverrückbare Ansichten.

Hannah lachte über Ellas wütenden Ton. »Also hast du ihm angeboten, den Garten in Schuss zu bringen?«

Ella schüttelte den Kopf. »Nein, er meinte, ich dürfe mich dort austoben.« Sie räusperte sich. »Kann sein, dass ich es herausgefordert habe. Aber mal ehrlich, Gras einsäen? Überall? Das geht doch nicht.«

»Zumindest nicht, solange es Ella Jensen gibt.« Sanft stieß Hannah Ella mit dem Ellenbogen in die Seite. »Bist du dir sicher, dass das gut geht? Ich meine, ihr kriegt euch doch bestimmt noch oft genug wegen des Jubiläums in die Haare. Wenn ihr euch dann auch noch über seinen Garten zankt, wird das kein angenehmer Sommer.«

»Wir zanken uns nicht.« Ella verschränkte die Arme vor der Brust. »Ich habe freie Hand in seinem Garten, so ist es ausgemacht.«

»Na dann ...« Vielsagende Blicke flogen zwischen Hannah und Caroline hin und her. Hannah begann nun ebenfalls, mit den Zutaten zu hantieren, die sie zusammengestellt hatte. »Ich schätze, wir sollten uns allmählich auf unseren

Job konzentrieren. Andernfalls werden wir bis zum Liefertermin heute Nachmittag nicht fertig.«

»Die Deko ist schon vorbereitet.« Ella wandte sich zur Tür. »Ich schreibe jetzt noch schnell die Rechnung, und bevor wir nachher ausliefern, sollten wir uns über den Terminplan für kommende Woche austauschen.«

»Aye, aye, Ma'am.« Caroline und Hannah salutierten lachend.

Ella verließ die Küche und stand gleich darauf im vorderen Raum, der früher einmal ein Ladenlokal gewesen war und jetzt als helles, freundliches Beratungszimmer diente. Sie hatten es wie ein gemütliches Esszimmer eingerichtet. Um einen rechteckigen Tisch standen sechs gepolsterte Stühle, und in den Schränken und Vitrinen ringsum, die alle in hellem Pinienholz gehalten waren, befanden sich diverse Muster von Geschirr und Besteck über Dekorationen bis hin zu Ordnern voller Menüvorschläge.

Von hier aus zweigte nicht nur die Tür zur Küche ab, sondern man konnte auch Ellas Arbeitszimmer erreichen, das ihr als Refugium für Floristik und Dekoration diente. Im Obergeschoss gab es neben einem Bad auch ein Büro und einen kleinen Konferenzraum. Hinter dem Haus befand sich ein Anbau, den die Vormieter als Garage genutzt hatten und der jetzt einen großen Kühlraum sowie Regale für Vorräte aller Art beherbergte. Für den Kastenwagen, mit dem sie Essen und Dekoration auslieferten, hatten sie im vergangenen Jahr extra ein Carport anbauen lassen.

Jedes Mal, wenn Ella sich im Firmensitz der *Foodsisters* bewusst umsah, ergriff sie ein Gefühl der Freude und Dankbarkeit. Sie hatten vor ungefähr vier Jahren angefangen, sich diesen Allround-Cateringservice aufzubauen, und hatten es seither schon weit gebracht. In Lichterhaven gehörten sie bereits zu den festen Größen, und ab und zu kamen inzwischen auch Aufträge aus dem Umland herein. Rund um die verschiedenen Feiertage im Jahreskreis mittlerweile sogar so viele, dass sie einiges davon ablehnen mussten, weil sie nicht genügend Kapazitäten besaßen. Der Laden brummte, wie Caroline es gern ausdrückte, und das machte Ella stolz. Es war ihre Idee gewesen, schon gleich nach dem Schulabschluss, dass sie und ihre beiden Freundinnen sich nach ihren jeweiligen Ausbildungen gemeinsam selbstständig machen könnten. Hannah hatte sich zur Köchin ausbilden lassen, Caroline zur Konditorin – eine begnadete Bäckerin war sie auch so schon gewesen –, und Ella hatte ihre Liebe zu allem, was grünte und blühte, in einer Floristiklehre vertieft. Die Freundinnen waren von Anfang an Feuer und Flamme gewesen, denn irgendwie hatten sie alle schon immer gewusst, dass sie ihre Zukunft – zumindest in beruflicher Hinsicht – gemeinsam gestalten wollten. Schon seit sie einander im Kindergarten begegnet waren, bestand zwischen ihnen eine tiefe, unverbrüchliche Freundschaft. In der Schule hatte man sie oft scherzhaft mit siamesischen Zwillingen – oder vielmehr Drillingen – verglichen, weil sie so gut wie immer zusammengegluckt und alles zu dritt unternommen hatten. Dabei waren sie auf den ersten Blick sehr verschieden. Ella hatte während der Schulzeit als quirlige Partyqueen gegolten und diesen Ruf bis heute nicht ganz abgestreift. Sie war ein lebensfroher Mensch, flirtete gern und genoss das Leben in vollen Zügen. Hannah hingegen war zwar auch eine Frohnatur, jedoch wesentlich ruhiger und vor allem extrem romantisch veranlagt. Sie träumte von ihrem Traummann, ihrem Prinzen auf dem weißen Ross, einfach von Mr. Right. Allerdings hatte sie es, vor allem verglichen mit Ella, deutlich schwerer, solche Männer – oder überhaupt welche – kennenzulernen. Denn sie war zwar mit ihren kurzen roten Haaren und der kurvigen Figur bildhübsch, doch leider hatte die Natur sie mit einem allzu jugendlichen Aussehen gesegnet. Sogar jetzt, mit fast neunundzwanzig, wirkte sie noch immer wie ein junges Mädchen. Hin und wieder kam es außerhalb von Lichterhaven sogar vor, dass sie noch ihren Ausweis vorzeigen musste, wenn sie Alkohol trinken oder einen Club betreten wollte. Sie scherzte zwar oft über diese Tatsache, doch Ella wusste genau, dass Hannah in Wahrheit auch ein wenig darunter litt, dass die meisten Männer sich von ihr fernhielten, weil sie sie für zu jung hielten. Bis das Missverständnis aufgeklärt war, war es oftmals zu spät für eine romantische Verwicklung, insbesondere wenn es sich um Urlaubsbekanntschaften handelte.

Caroline wiederum vervollständigte das Kleeblatt mit ruhiger, beinahe schüchterner Zurückhaltung, dafür aber mit einem klaren Blick für die Realität. Sie war ebenfalls überaus hübsch mit ihren hellbraunen, leicht widerspenstigen schulterlangen Locken und den dunkelbraunen Augen, doch sie war weder so kurvig wie Hannah, noch war ihr Wesen so temperamentvoll und ihr Äußeres so schillernd wie bei Ella. Sie bezeichnete sich selbst als die gute Kumpelin, die als Klebstoff zwischen Hannah und Ella sowie als ausgleichendes Element diente. Damit lag sie gar nicht so falsch, überlegte Ella, während sie hinüber in ihren Arbeitsraum ging, um ihren Cheftimer zu holen, den sie dort gestern liegen gelassen hatte. So verschieden sie auch waren, die drei Freundinnen fühlten sich eng miteinander verbunden. Wie Schwestern. Deshalb hatte der Name *Foodsisters* für ihre Firma geradezu auf der Hand gelegen.

Sag mal, wie lange willst du mich eigentlich hier noch

alleine herumsitzen lassen? Zur Begrüßung schwänzelte Barnabas eifrig um ihre Beine herum und brummelte dabei vor sich hin. *Ich finde es ganz und gar nicht nett, dass du mich hier einsperrst. Und dann soll ich auch noch brav bleiben und nichts anstellen.*

»Ach, Barnabas.« Unsicher, was sie mit dem Hund anstellen sollte, sah sie sich um. Dann fiel ihr der Karton mit Hundeleckerchen ein, den sie oben im Büro hatte. »Wie sieht's aus, willst du einen Kauknochen haben? Ich muss jetzt arbeiten, also kann ich mich nicht um dich kümmern.«

Kauknochen klingt gut. Wo hast du den denn? Neugierig schnüffelte Barnabas an Ellas Händen.

»Iih, nicht ablecken!« Rasch zog Ella ihre Hände zurück, musste aber doch ein wenig kichern. »Komm mit rauf, die Kauknochen sind oben im Büro.«

Alles klar, dann mal los! Wie ein geölter Blitz schoss Barnabas die Treppe hinauf und stieß mit der Nase die Bürotür auf, die daraufhin mit Schwung gegen eines der Regale knallte.

Ella zuckte zusammen. »Hey, was machst du denn da? Nicht so schnell. Mach da oben bloß nichts kaputt.« Sie rannte hinter dem Hund her, zwang sich dann aber auf halbem Weg die Treppe hinauf, ihren Schritt zu verlangsamen. Was hatte Jörn gesagt? »Entspann dich mal!« Also versuchte sie es, doch das Rumoren, das nun aus dem Büro drang, ließ sie doch gleich wieder losrennen. »Stopp, Barnabas. Hör auf damit!« Erst als sie im Büro stand, sah sie, dass Barnabas den Karton mit den Leckerchen auf dem Tisch bereits entdeckt hatte und nun, die Vorderpfoten auf der Tischplatte, versuchte, an den Inhalt zu gelangen. »Runter da!« Erschrocken zog Ella den Hund am Halsband von dem Karton fort.

»Das darfst du nicht. Bei Oma Carlotta hast du so was auch nie gemacht. Warum also jetzt bei mir?«

Weil mir langweilig ist und weil ich gerne einen dieser Kauknochen haben möchte. Abgesehen davon hat Frauchen mir doch beigebracht, Sachen aus einer Kiste zu nehmen, wenn sie auf dem Tisch steht. Okay, zugegeben, sie hat dafür immer ein bestimmtes Kommando benutzt, aber was soll's. Ich kann das auch ohne Aufforderung, wie du siehst. Mit Unschuldsmiene und wedelnder Rute setzte Barnabas sich vor Ella hin und hechelte leicht, sodass es aussah, als lächle er sie schalkhaft an.

Unsicher, wie sie darauf reagieren sollte, strich Ella sich ihr langes schwarzes Haar über die Schulter zurück. »Du bist schon ein seltsamer Hund. Was mache ich bloß mit dir, bis ich ein neues Zuhause für dich gefunden habe?«

Ein neues Zuhause? Ich dachte, ich wohne jetzt bei dir. Willst du mich etwa zu jemand Fremdem geben, das finde ich aber nicht besonders nett. Barnabas senkte den Kopf ein wenig und ließ die Ohren hängen.

Ellas Herz zuckte leicht. »Jetzt komm mir nicht so!« Hastig griff sie nach einem Kauknochen und packte ihn aus. »Du bist es doch, der einfach nicht hören will. Wenn ich nicht mit dir klarkomme, bleibt mir nichts anderes übrig, als jemanden zu suchen, der das besser hinkriegt.«

Ja, aber wen denn? Ich will nicht zu jemand Fremdem. Barnabas winselte ein wenig, dann reckte er die Nase. *Kriege ich jetzt diesen Knochen oder nicht?*

Sinnierend betrachtete Ella den Kauknochen in ihrer Hand. »Vielleicht will Jörn dich ja nehmen. Ihr beide versteht euch doch so gut.« Sie fühlte sich elend bei dem Gedanken, Barnabas weggeben zu müssen, denn Oma Carlotta hatte sich das bestimmt anders gedacht.

Jörn? Der ist nett. Er soll also mein neues Herrchen werden. Na ja, das wäre jetzt nicht so schlimm. Obwohl ich dich ja eigentlich auch ganz gerne mag. Wenn du nicht gerade rummotzt. Und wenn du so leckere Sachen in der Hand hältst.

»Hier, bitte sehr. Ich hoffe, damit bist du wenigstens ein Weilchen beschäftigt. Ich muss nämlich jetzt wirklich arbeiten.« Vorsichtig reichte Ella Barnabas den Knochen, der ihn umsichtig in die Schnauze nahm und damit zu dem braunen Kissen trottete, das Ella ihm in eine Ecke des Büros gelegt hatte.

Seufzend ließ sie sich auf ihrem Drehstuhl nieder und sah dem Hund einen Moment dabei zu, wie er sich auf dem Kissen zurechtlegte und dann hingebungsvoll an dem Knochen zu nagen begann. Warum wollte sie eigentlich noch bis Montag warten? Nachdem sie den Computer eingeschaltet hatte, suchte sie sich die Nummer von Christina Brungsdahls Hundeschule heraus, zog ihr Handy aus der Gesäßtasche ihrer Shorts und speicherte die Nummer ab. Dann tippte sie auf Wählen.

7. Kapitel

Mit einem unterdrückten Räuspern trat Jörn an den Tisch, der als einfaches Büfett für den Streuselkuchen und die mit Käse, Salami und veganem Wurstersatz belegten Brote diente.

Thomas Jensen, der gedankenverloren eine der Kuchenplatten angestarrt hatte, hob den Kopf und lächelte kläglich. »Da soll man doch tatsächlich was runterbekommen, nachdem man die eigene Mutter zu Grabe getragen hat. Ich habe die ganze Woche schon keinen Appetit.«

Jörn nickte dem älteren Mann zu. »Das kann ich gut verstehen. Ich möchte Ihnen noch einmal mein Beileid aussprechen. Ihre Mutter war eine gute Freundin für mich. Ich werde sie bei den Ausflügen auf der *Fischerin* sehr vermissen.«

Ellas Vater nickte bedrückt. »Sie wird uns allen fehlen. Ich kann noch gar nicht richtig begreifen, dass sie nicht mehr da ist. Es ging alles so schnell.«

»Das Leben ist unvorhersehbar.« Nachdenklich blickte Jörn sich um. Er hatte sich, ähnlich wie seine Familie, während der Beerdigung im Hintergrund gehalten. Auf dem Friedhof war es voll gewesen, denn Carlotta Jensen war in Lichterhaven bekannt und beliebt gewesen. Zum anschließenden Beisammensein bei Beerdigungskuchen und Kaffee, wie Jörns Mutter es nannte, waren nur die Familie und gute Freunde eingeladen worden. Dennoch war der Saal im Gemeindehaus bis auf den letzten Platz besetzt. Fast hundert

Leute waren gekommen, um der Familie Jensen in ihrer Trauer beizustehen und sich gemeinsam an die Verstorbene zu erinnern. Inzwischen war es kurz nach vier Uhr nachmittags, und die ersten Gäste hatten sich bereits auf den Heimweg gemacht. Auch Jörns Eltern gehörten zu ihnen. Er selbst hatte sich eine ganze Weile mit dem Bürgermeister und seiner Stellvertreterin unterhalten, doch allmählich wurde es auch für ihn Zeit, sich zu verabschieden. Doch im Moment schien es so, als brauche Ellas Vater noch ein wenig Zuspruch.

Jörn mochte den großen blonden Mann von der Statur eines Bären sehr gern und wunderte sich manchmal, wie ein so ruhiger, sanfter Mann eine derart flippige und nicht selten vorlaute Tochter zustande gebracht haben mochte. Ella kam sowohl von ihrem Aussehen wie auch von ihrem Wesen her ganz nach ihrer Mutter. Sylvia Jensen war eine ebenso fröhliche wie temperamentvolle Frau Mitte fünfzig, die sich schon vor fast zwanzig Jahren von Ellas Vater hatte scheiden lassen, weil sie sich in eine Frau verliebt hatte, mit der sie bis heute in einer Beziehung zusammenlebte. Damals war der Skandal noch groß gewesen, doch mittlerweile redete niemand mehr davon. Die Jensens waren eine moderne Patchworkfamilie, fand Jörn. Ella hatte kaum unter der Trennung ihrer Eltern gelitten, zumindest hatte er nie den Eindruck gehabt, dass sie damit ein Problem hatte. Sie war zwar bei ihrer Mutter und deren Lebensgefährtin aufgewachsen, doch schien ihr Verhältnis zu ihrem Vater trotzdem weiterhin sehr eng und innig zu sein – und zu ihrer Großmutter natürlich.

Umso mehr verwunderte es Jörn, dass er Ella schon seit einer guten Stunde aus den Augen verloren hatte. Sie war einfach plötzlich verschwunden und seither nicht mehr aufgetaucht. Barnabas war jedoch noch hier, also hatte sie ihn nicht zu einem Spaziergang mitgenommen. Der Hund lag momentan neben Sylvia Jensens Stuhl und blickte sich genauso suchend um wie Jörn. Ob er ebenfalls Ausschau nach Ella hielt? Wohin mochte sie gegangen sein?

»Sag mal, Jörn ...« Thomas Jensen hatte sich endlich von dem Kuchenbüfett losgerissen und zupfte mit Daumen und Zeigefinger an seinem kurzen Vollbart herum. »Hast du zufällig Ella irgendwo gesehen? Ich wollte ihr noch mal Danke sagen für die schöne Rede, die sie vorhin in der Kirche gehalten hat.« Er schluckte hörbar. »Das hat sie ganz wunderbar gemacht, meine Kleine. Bestimmt ist es ihr nicht leichtgefallen. Sie hat so an ihrer Großmutter gehangen.« Sein Kinn zuckte leicht, doch er versuchte sich trotzdem an einem Lächeln. »Jetzt habe ich sie schon ein Weilchen nicht mehr gesehen.«

»Ich leider auch nicht.« Ratlos hob Jörn die Schultern. »Aber wenn ich ihr begegnen sollte, sage ich ihr, dass Sie nach ihr gefragt haben.« Unauffällig blickte er auf seine Armbanduhr. »Ich schätze, ich werde mich jetzt allmählich verabschieden.« Mitfühlend nickte er Ellas Vater noch einmal zu. »Vielen Dank für die Einladung.«

»Aber sicher doch, sicher doch. Meine Mutter hat dich sehr gemocht.« Nun schaffte Ellas Vater ein richtiges Lächeln. »Sie hat es geliebt, mit euch raus aufs Wasser zu fahren. Das hat sie sich nur im äußersten Notfall entgehen lassen.« Er streckte Jörn seine rechte Hand hin. »Danke, dass du da warst.«

Jörn ergriff die Hand, doch ehe er etwas antworten konnte, tauchte seine Cousine Caroline neben ihm auf. »Du, Jörn, sag mal, weißt du, wo Ella steckt?« Hinter ihr erschien Hannah. Beide jungen Frauen trugen knielange schwarze Etuikleider, und beide wirkten traurig und besorgt. »Wir suchen sie schon eine ganze Weile. Ich dachte erst, sie wolle nur mal an die frische Luft, aber jetzt ist sie schon fast eine Stunde weg.«

»Nein, mir ist sie auch schon länger nicht mehr begegnet.« Jörn hob die Schultern. »Vielleicht ist sie nach Hause gegangen?«

»Das kann ich mir nicht vorstellen.« Hannah schüttelte den Kopf. »Sie hätte doch etwas zu einer von uns gesagt.«

»Na, ihr Lieben, was tuschelt ihr denn so aufgeregt miteinander?« Sylvia Jensen hatte sich von ihrem Gespräch mit ihrer Lebensgefährtin und einigen weiteren Lichterhavener Frauen losgerissen und war neugierig näher gekommen. Sie war eine attraktive Frau mit kurzen schwarzen Haaren und einem leicht getönten Teint. Sie und Ella sahen sich sehr ähnlich. »Wollt ihr euch nicht wieder setzen? Es ist so heiß heute, geradezu stickig. Hoffentlich gibt es kein Hitzegewitter mit Starkregen wie letzten Sommer so häufig.«

»Wir sind auf der Suche nach Ella.« Caroline trank einen Schluck von der Limo, die sie in der Hand hielt. »Weißt du zufällig, wohin sie verschwunden ist?«

Sylvia schüttelte den Kopf, ihr Lächeln schwand. »Nein, nicht genau. Sie hat mir nur vorhin gesagt, dass sie mal wegmuss, um den Kopf freizubekommen. Der Tag war schlimm für sie.« Sie warf ihrem Ex-Mann einen besorgten Blick zu. »Wie geht es dir denn, Thomas? Kann ich dir noch irgendwie helfen?«

Thomas Jensen lächelte leicht. »Danke, das ist lieb von dir, aber im Moment läuft ja alles, wie es soll. Christa kümmert sich um die Gäste, und die beiden Mädels hier«, er nickte Hannah und Caroline zu, »haben alles andere im Griff. Danke, dass ihr den Kuchen und die Schnittchen organisiert habt. Ihr seid wirklich Profis, dass ihr das alles so schnell hinbekommen habt. Inklusive dieses Raums, von dem es erst hieß, er sei schon ausgebucht.«

Caroline lächelte bescheiden. »Das war Hannahs Werk. Sie hat einen guten Draht zum Stadtrat, seit ihre Schwester dort Mitglied ist.«

»Na ja, ich habe bloß mal freundlich auf den Busch geklopft.« Hannah zuckte mit den Achseln. »Da Martina noch in den Flitterwochen ist, konnte sie dabei ja nicht allzu viel helfen.« Sie wandte sich an Ellas Vater: »Sie hat mich übrigens gebeten, dir ihr und Thorstens Beileid auszusprechen. Das hatte ich ganz vergessen.«

»Danke.« Thomas Jensen lächelte tapfer. »Grüß sie bitte von mir, wenn du sie das nächste Mal sprichst.«

»Ob wir nach Ella suchen sollen?«, nahm Hannah den Gesprächsfaden von zuvor wieder auf. »Nicht dass sie jetzt irgendwo alleine ist und weint oder so.«

»Ach herrje, mein armer Schatz.« Sylvias Augen füllten sich mit Tränen, doch sie blinzelte sie rasch fort. »Vielleicht sollte ich selbst nach ihr sehen. Aber ich möchte Thomas nicht allein lassen. Würdet ihr beide euch um sie kümmern, ja?«

Caroline legte Ellas Mutter eine Hand auf den Arm. »Na klar, wir machen uns gleich auf die Suche nach ihr.«

Jörn fand, dass es nun an der Zeit war, sich aus dem Staub zu machen, auch wenn die Frage nach Ellas Verbleib ihn ein wenig beunruhigte. »Ich mache mich auf den Heimweg.« Er schüttelte Ellas Mutter kurz die Hand. »Falls mir Ella begegnen sollte, sage ich ihr, dass sie gesucht wird.«

»Das ist nett von dir, Jörn.« Sylvia blinzelte noch einmal gegen ihre Tränen an. »Ella ist so empfindsam, auch wenn sie es nicht immer zeigt, und sie und Carlotta standen sich sehr nahe. Ich weiß, dass ihr euch nicht so gut versteht, aber ...«

»Schon klar.« Er nickte ihr noch einmal zu. »Wir sind ja alle erwachsen.« Er hob kurz die Hand zum Gruß, dann verließ er den Gemeindesaal und trat kurz darauf ins gleißende Licht der Junisonne, die heute von einem kitschig blauen Himmel auf Lichterhaven herabstrahlte. Es war ungewöhnlich heiß für die Jahreszeit, beinahe dreißig Grad, und weit entfernt am Horizont über der Nordsee türmten sich erste dicke Quellwolken. Gewohnheitsmäßig zog Jörn sein Smartphone aus der Hosentasche und checkte die Wetter-App. Der Deutsche Wetterdienst warnte für den Landkreis vor Hitzegewittern am späten Abend und in der Nacht. Jörn teilte diese Info rasch über die Kurznachrichten-App mit der Chatgruppe, in der alle hiesigen Feuerwehrleute zusammengefasst waren, damit sie schon mal vorgewarnt waren, dass es möglicherweise zu einem Einsatz kommen könnte.

Bevor er losging, sah er sich eingehend vor dem Gemeindehaus um, das ein wenig abseits von Lichterhaven in einem Wäldchen lag. Ella war nirgendwo zu sehen – ihr Auto allerdings auch nicht. War sie überhaupt damit hergekommen? Nein, sie war mit dem Rest der Familie zu Fuß vom Friedhof hierhergegangen. Wahrscheinlich hatte sie entweder bei der Kirche oder beim Friedhof geparkt.

Obwohl es ihn ja im Grunde nichts anging, beschloss er nachzusehen, ob sie vielleicht noch einmal zum Friedhof zurückgegangen war, um sich alleine von ihrer Großmutter zu verabschieden.

Auf dem kurzen Weg in den Ort begegneten ihm viele Spaziergänger. Die meisten identifizierte er als frühe Urlauber, die nicht auf die Sommerferien angewiesen waren.

Manche von ihnen waren vermutlich auch nur Tagesausflügler. Ein Blick auf den Parkplatz des Friedhofs sagte ihm, dass Ellas Wagen dort nicht zu finden war. Auch bei der Kirche hatte sie nicht geparkt – also war sie möglicherweise nach Hause gefahren.

Für den Bruchteil einer Sekunde erwog Jörn, dort nach dem Rechten zu sehen, doch dann entschied er sich dagegen. Wenn Ella ihre Ruhe haben wollte, dann war er bestimmt der Letzte, der sie dabei stören sollte. Er wunderte sich zwar, dass sie ihre Eltern alleine ließ und auch Barnabas nicht mitgenommen hatte, doch wahrscheinlich würde sie in Kürze zum Gemeindehaus zurückkehren, wenn sie sich beruhigt hatte.

Lange brauchte er von der Kirche bis nach Hause nicht, und als er Ellas weißen Opel Mokka mit offenem Kofferraum vor seinem Haus parken sah, blieb er für einen Moment verdutzt stehen. Dann brachte er im Laufschritt das letzte Stück Weg hinter sich und starrte verblüfft auf das Durcheinander von Gartenutensilien, Biodünger und Plastikhaltern voller Pflanzen. Ella hatte sogar die Rückbank umgeklappt, um mehr transportieren zu können. Einen Teil der Ladung hatte sie bereits herausgenommen, sodass er ganz zuunterst mehrere Säcke mit verschiedenen Blumen- und Pflanzerden erkennen konnte.

»Was soll das denn?«, murmelte er vor sich hin und beeilte sich, um das Haus herum in seinen Garten zu gelangen. Schon von Weitem erblickte er Ella, die einen großen Sack voller Erde zu einem der Blumenbeete im hinteren Bereich des Gartens zerrte. Sie trug nicht mehr ihr schickes, fast schon als sexy zu bezeichnendes schwarzes Kleid von der Beerdigung, sondern abgeschabte kurze Jeansshorts und ein enges blassrosafarbenes Top mit etwas mehr als fingerbreiten Trägern, unter dem sich ein schwarzer BH abzeichnete.

Für einen Moment konnte Jörn seinen Blick nicht von ihren langen nackten Beinen losreißen. Erst als Ella sich, ohne ihn zu bemerken, umdrehte und bückte, um den Sack zu drehen, und er ihre hübsch gerundete Kehrseite zu sehen bekam, wurde ihm bewusst, dass er sie anstarrte – und auf ihren Anblick reagierte. Entschlossen richtete er sein Augenmerk auf einen Punkt neben sie und durchquerte den Garten. »Ella. Was machst du denn da?«

Ella zuckte zusammen und fuhr zu ihm herum. »Jörn!« Fahrig strich sie sich eine Haarsträhne aus dem Gesicht, die sich aus ihrer kunstvollen Hochsteckfrisur gelöst hatte, mit der sie auf der Beerdigung erschienen war. »Ich fange schon mal mit deinem Garten an.«

Er trat noch näher an sie heran. »Korrigiere mich, aber soweit ich weiß, findet gerade im Gemeindehaus eine Trauerfeier statt, an der du teilnehmen solltest, um deiner Oma zu gedenken.« Schon zog er sein Handy hervor, um seiner Cousine eine Nachricht zu senden und sie zu beruhigen, dass er Ella gefunden hatte.

»Ich musste einfach weg. Hab es nicht mehr ausgehalten. Ich muss etwas tun. Etwas Sinnvolles, mit den Händen. Oma Carlotta hätte das verstanden.« Argwöhnisch beobachtete sie, wie er die Textnachricht tippte. »Was tust du da?«

»Na, was schon? Ich gebe Caroline Bescheid, wo du bist. Alle suchen schon nach dir.«

»Nein, nicht.« Hastig fiel sie ihm in den Arm und versuchte, ihn am Tippen zu hindern. »Sag ihnen nicht, dass ich hier bin.«

Jörn musterte stirnrunzelnd ihre Hand, mit der sie seinen

Unterarm umklammerte. Doch er hatte bereits auf Senden getippt. »Warum nicht?«

Ella seufzte, dann funkelte sie ihn plötzlich wütend an. »Weil ich allein sein wollte. Jetzt werden Hannah und Caroline gleich hier auftauchen und mich trösten wollen und ...« Sie schluckte. »Ich kann gerade keinen weiteren Trost mehr vertragen.«

»Okay.« Rasch schrieb er eine weitere Nachricht mit der Bitte, Ella erst einmal bei ihm zur Ruhe kommen zu lassen.

»Was soll das?« Diesmal erwischte sie seine Hand, bevor er die Nachricht senden konnte. Sie nahm das Handy an sich und starrte auf das, was er geschrieben hatte. Dann tippte sie selbst auf Senden und gab ihm das Mobiltelefon mit einem Räuspern zurück. »Danke.« Erneut bückte sie sich und zerrte an dem Sack herum. »Und jetzt hau ab.«

»Was?« Er lachte überrascht.

»Hau ab. Ich will allein sein.«

»In meinem Garten?«

»Du kannst ja ins Haus gehen.«

Kopfschüttelnd sah er ihr zu, wie sie den Sack noch ein Stück weiter zerrte, sich aufrichtete und ihr Oberteil glatt zog. »Woher hast du all die Sachen in deinem Auto?«

Achselzuckend ging sie an ihm vorbei, sodass er gezwungen war, ihr zu folgen, wenn er ihre Antwort hören wollte. »Woher schon? Aus dem Gartencenter natürlich. Das hat samstags bis zwanzig Uhr geöffnet.«

»Und du hast es mal eben innerhalb einer Stunde leer gekauft?«

»Du hast gesagt, Geld spielt keine Rolle.«

Er hustete. »Das habe ich nicht gesagt.«

»Aber gemeint.« Sie warf ihm einen kurzen Blick über die Schulter zu, bevor sie begann, an weiteren Säcken im

Kofferraum herumzuziehen und zu zerren. »Keine Sorge, ich habe gar nicht so viel Geld ausgegeben. Das hier sieht nach mehr aus, als es ist. Ich muss noch mehrmals fahren, bevor ich mit dem Garten fertig bin.«

»Anscheinend hast du vor, das alles am heutigen Tag zu schaffen, so eilig, wie du es hast.« Energisch hielt er sie am Handgelenk fest und schob sie ein wenig zur Seite. »Lass mich die schweren Säcke tragen.«

»Ich kann das auch selbst. Eingeladen habe ich sie schließlich auch ohne Hilfe.«

Er warf ihr einen beredten Blick zu. »Ich trage die Säcke, du den Rest.« Ohne auf etwaigen weiteren Protest zu achten, zog er die beiden vorderen Säcke mit Rhododendrenerde hervor und schulterte sie. Als er schon halb beim Haus war, hörte er sie »Angeber!« rufen und danach etwas brummeln, das sich wie »Verdammter Gentleman« anhörte.

※※※

Sie hatte gehofft, dass Jörn noch länger auf der Trauerfeier bleiben würde. Aber immerhin war es schon später Nachmittag, und er gehörte ja nicht zur Familie, die wahrscheinlich bis weit in den Abend hinein zusammensitzen würde. Dass er ihr half, die schweren Säcke aus dem Auto zu heben und in den Garten zu tragen, war natürlich nett von ihm, auch wenn sie gerade keine Gesellschaft vertragen konnte. Da sie aber auch keine Lust auf eine Konfrontation hatte, nahm sie seine Hilfe einfach an und trug rasch alle Utensilien und Pflanzen, die sie in einem regelrechten Kaufrausch im örtlichen Gartencenter erstanden hatte, an ihren Bestimmungsort. Sie wusste selbst nicht, weshalb sie ausgerechnet auf die Idee verfallen war, hierherzukommen, um sich vor den Menschen zu verstecken, die ihr nahestanden. Sogar vor ihren beiden besten Freundinnen, die sich garantiert Sorgen um sie machten.

Doch genau diese Sorgen waren es, die Ella im Moment nicht ertrug. Sie wollte nicht mehr über ihren Verlust nachdenken müssen, und erst recht nicht über ihre Unfähigkeit, ihrer Großmutter den letzten Wunsch zu erfüllen und sich um Barnabas zu kümmern. Ihre Mutter würde auf den Hund aufpassen, bis Ella sich imstande fühlte, ihn abzuholen – irgendwann später am Abend.

Nachdem alle Einkäufe auf dem Rasen aufgestapelt waren, begann Ella mit der Arbeit. Sie hatte bereits ein genaues Bild vor Augen und wollte mit dem hinteren Blumen- und Staudenbeet beginnen, weil hier noch am ehesten erkennbar war, wie es einmal ausgesehen haben musste, bevor Unkraut und Vernachlässigung es in eine Wildnis verwandelt hatten. Mit bloßen Händen begann sie, Wildkräuter und vertrocknete Wurzeln herauszureißen, bis Jörn plötzlich neben ihr auftauchte und ihr ein Paar Handschuhe hinhielt, die sie ebenfalls gekauft hatte.

Schweigend streifte sie sie über und arbeitete weiter, wurde jedoch nervös, weil Jörn keinerlei Anstalten machte, ins Haus zu gehen, sondern ihr aufmerksam zusah. »Willst du da festwachsen, oder warum machst du dich nicht vom Acker?« Sie wusste, sie klang viel zu aggressiv. Doch solange diese elende innere Anspannung in ihr nicht wich, war sie keine gute Gesellschaft.

»Das hier ist mein Acker, also kann ich mich darauf aufhalten, solange es mir gefällt.« Jörn klang nicht im Mindesten wütend, sondern ganz ruhig, fast träge.

Sie hasste das! Hasste, dass er so unerschütterlich in sich ruhte. Und noch mehr hasste sie es, dass diese Ruhe sie im

Moment wie magnetisch anzog. »Du stehst mir aber im Weg.« Wie zum Beweis ging sie demonstrativ um ihn herum, um eine kleine Handharke zu holen, mit der sie das Wurzelwerk einiger Wucherpflanzen lockern wollte. Ihr stand bereits der Schweiß auf der Stirn, weil die Sonne immer noch – wie schon den ganzen Tag – unbarmherzig auf Lichterhaven herabbrannte. Doch sie ignorierte es und arbeitete stur weiter.

»Du bist heute ganz schön auf Krawall gebürstet.« Unbeeindruckt machte Jörn einen Schritt zur Seite. »Wäre es nicht besser, wenn du dich ein bisschen ausruhst? Die Beerdigung und all das war bestimmt nicht leicht für dich.«

»Nein.« Sie presste kurz die Lippen zusammen. »Ich kann jetzt nicht herumsitzen. Und schon gar nicht alte Geschichten wälzen.«

»Aber genau dazu sind solche Trauerfeiern da. Damit man sich gemeinsam an die schönen Zeiten erinnert und …«

»Ich will mich aber nicht an die schönen Zeiten erinnern!« Wütend richtete sie sich auf und starrte ihn an. »Ich will mich im Moment überhaupt nicht erinnern, sondern lediglich diesen Garten in Ordnung bringen.«

»Okay, okay.« Beschwichtigend hob Jörn die Hände und trat einen Schritt zurück. »Dann tu, was du nicht lassen kannst. Ich bin gleich wieder zurück.«

Zurück? Fast hätte sie gefragt, wohin er denn gehen wollte, aber sie biss sich gerade noch rechtzeitig auf die Zunge. Aus den Augenwinkeln beobachtete sie, wie er um das Haus herumging. Augenblicke später klappte das Gartentor.

Gut. Er wollte bestimmt spazieren gehen oder so. Hoffentlich blieb er lange weg. Aufatmend widmete Ella sich wieder dem Unkraut, das sich inzwischen schon zu einem ansehnlichen Haufen auf dem Rasen auftürmte. Suchend blickte sie sich um und entdeckte neben dem Gewächshaus eine Schubkarre, mit der sie es hinüber zu dem rechteckigen Komposthaufen transportierte, ehe sie sich daranmachte, mit der Harke auch noch die kleineren Unkräuter und Würzelchen zu entfernen.

Eine gute halbe Stunde arbeitete sie schweigend vor sich hin. Zwischendurch hatte sie sich eine Kniematte aus ihren Einkäufen herausgesucht, damit sie nicht mit nackten Knien im Erdreich herumrutschen musste. Schmutzig machte sie sich trotzdem ordentlich, doch das störte sie im Moment nicht, denn sie hatte ja nicht vor, irgendjemanden mit ihrem Aussehen zu reizen.

Irgendwann vernahm sie ein leises Quietschen, dann das Klappen des Gartentors und im nächsten Moment ein Hecheln und freudiges Bellen.

Ella, da bist du ja! Ich habe mich schon gefragt, wohin du verschwunden bist. So geht das aber nicht, dass du mich einfach alleine lässt. Gut, dass Jörn mich geholt und mir gezeigt hat, wo du bist. Wuff!

»Oh! Hilfe!« Erschrocken wehrte sie den übermütigen Hund ab, der sich auf sie stürzte und sie in seinem Eifer, ihr Gesicht abzulecken, umwarf, sodass sie mitten im frisch umgegrabenen Beet landete. Mit einem triumphierenden Bellen trampelte Barnabas auf ihr herum.

Hey, das ist lustig. Das haben wir ja noch nie gespielt.

»Lass das! Barnabas, hör auf.« Ungelenk versuchte sie, dem Hund auszuweichen, doch er sprang nur noch wilder auf ihr und um sie herum.

Nö, ist doch gerade so spaßig.

»Ich werde doch ganz dreckig!«

Wuff, ist doch bloß Erde.

Verzweifelt versuchte Ella sich aufzurappeln, doch Barnabas warf sie immer wieder um. Wütend und hilflos zugleich blickte sie zu Jörn auf, der inzwischen neben dem Beet aufgetaucht war und ihnen sichtlich amüsiert zusah.

»Willst du mir vielleicht mal helfen?«

»Warum? Ihr scheint doch riesigen Spaß miteinander zu haben.«

»Barnabas vielleicht, aber ich nicht.« Energisch schob sie den Hund beiseite und kam auf die Knie, leider jedoch neben der Matte, sodass sie geradezu spürte, wie die Erde in ihre Hautporen eindrang. »Nun hör doch endlich auf, verdammt noch mal!« Ihre Stimme wurde leicht schrill, was Barnabas noch mehr aufzustacheln schien. Wieder sprang er sie an und stieß ihr seine kalte Nase ins Gesicht.

Ich finde das toll, hier mit dir zu toben. Ich wünschte bloß, du würdest mal lachen, so wie früher, wenn du Frauchen und mich besucht hast. Wau! Lach mal!

Ella schlug die Arme vors Gesicht, um sich vor weiteren Angriffen des herumtobenden Barnabas zu schützen, bis sie einen Pfiff und dann Jörns Stimme hörte. »Barnabas, stopp!«

Oh, äh, was? Barnabas hielt inne, blickte zu Jörn und ließ von Ella ab. *Na gut, wenn du meinst, aber es war wirklich gerade lustig. Na ja, vielleicht nicht ganz so, wie es hätte sein können, aber immerhin. Ich wollte doch bloß spielen.*

»Sitz.« Jörn machte gleichzeitig das entsprechende Handzeichen, und Barnabas ließ sich hechelnd auf seinem Hinterteil nieder.

Ella atmete auf und ergriff, ohne nachzudenken, Jörns Hand, die er ihr hinhielt, um ihr aufzuhelfen. Mit einem sanften Ruck zog er sie hoch, und plötzlich standen sie so dicht voreinander, dass sich ihre Körper beinahe berührten.

Ella spürte Hitze in sich aufsteigen, als sein Blick über ihr Gesicht streifte und an ihren Lippen hängen blieb. Verdammt, warum spielte ihr Herz plötzlich verrückt und pochte wie wild? Sie schluckte mehrmals, als er auch noch die linke Hand hob und ... mit dem Daumen über ihr Kinn rieb.

»Du hast Erde im Gesicht.« In seinen Augen funkelte es erheitert.

Beinahe wäre sie zurückgezuckt, denn die kurze Berührung führte dazu, dass die Hormone in ihren Adern Samba tanzten. War sie verrückt geworden? Rasch machte sie einen Schritt rückwärts, trat dabei jedoch auf die Kniematte, erschrak und wäre fast gestrauchelt, wenn Jörn sie nicht immer noch an der Hand festgehalten hätte. Als er sie zurückzog und gleichzeitig mit der anderen Hand ihre Schulter umfasste, prallte sie gegen seine Brust. Wieder wollte sie sich rasch zurückziehen, um aus seinem Dunstkreis zu entwischen, doch er hielt sie einfach fest und ... lachte! »Immer mit der Ruhe, Ella. Was ist denn los mit dir? Man könnte meinen, du hättest Angst vor mir.«

Hatte sie auch, so seltsam der Gedanke auch war. Sie wollte ihm unter keinen Umständen so nahe sein. »So ein Unsinn.« Sie runzelte betont verärgert die Stirn. »Ich lasse mich bloß nicht gerne festhalten. Hatte ich das nicht schon mal erwähnt?«

»Hätte ich dich nicht festgehalten, würdest du jetzt schon wieder auf deinem hübschen Hintern im Dreck sitzen.«

Lieber das als dieses verflixte Herzklopfen! »Jetzt stehe ich ja wieder auf meinen beiden Füßen, also kannst du mich getrost loslassen.«

Gelassen, so als habe er nie etwas anderes vorgehabt, löste er seinen Griff um ihre Schulter und ließ gleichzeitig ihre

Hand los. »Barnabas wollte bloß mit dir spielen, nichts weiter.«

»Kann sein.« Sie brachte sich mit zwei Schritten nach hinten in Sicherheit und blickte verdrießlich an sich hinab. Ihr Shirt und ihre Shorts waren voller Erde, ihre Knie ganz schwarz, und auch ihre Arme sahen nicht viel besser aus. Aber das war ja egal, weil sie niemanden zu beeindrucken brauchte. »Aber er hört einfach nicht auf, wenn ich ihn dazu auffordere. Bei dir hat er sofort gehorcht.«

»Weil ich nicht gleich hysterisch werde.«

Erbost hob sie den Kopf. »Ich bin nicht hysterisch!«

»Aber kurz davor.« Jörn gab Barnabas ein Zeichen, dass er wieder aufstehen durfte. »Lauf, Junge, und sieh dich ein bisschen um. Wenn dein neues Frauchen in nächster Zeit meinen Garten auf den Kopf stellt, wirst du bestimmt mitkommen. Vielleicht findest du ja einen schönen Platz zum Schlafen.«

Gute Idee, ich werde mal das Gelände inspizieren. Sieht ja recht vielversprechend aus mit dem Rasen und den Beeten. Da kann man bestimmt schön buddeln. Und was ist da hinter diesem Glashaus? Ich geh mal nachgucken. Schon trabte Barnabas fröhlich davon und verschwand hinter dem Gewächshaus.

»Er kann aber nicht abhauen, oder? Und kaputt machen auch nichts?« Besorgt sah Ella dem Hund hinterher.

Jörn ließ seinen Blick dem ihren folgen. »Nein, er kann weder abhauen noch größeren Unfug anstellen. Entspann dich.«

»Jaja, das sagst du immer.«

»Das meine ich auch immer so.«

Seufzend ging sie wieder in die Knie, um mit dem Harken des letzten Stückchens Beet weiterzumachen. »Willst du nicht vielleicht Barnabas adoptieren?«

»Was?« Jörns Stimme klang verblüfft. Er ging neben ihr in die Hocke. »Willst du ihn etwa weggeben?«

»Ja. Nein.« Sie zog den Kopf zwischen die Schultern und vermied es, ihn anzusehen. »Ich weiß es nicht. Als ich gestern Christina deswegen angerufen habe, meinte sie, ich solle die Flinte noch nicht ins Korn werfen.«

»Recht hat sie.«

»Hat sie das wirklich?« Nun drehte sie doch den Kopf in seine Richtung und begegnete seinem ernsten Blick. »Was, wenn ich nie lerne, mit ihm umzugehen? Wenn er nie auf mich hört? Du hast überhaupt keine Probleme mit ihm. Da dachte ich … vielleicht …«

»Du willst aufgeben, noch bevor du es richtig versucht hast?« Sichtlich verwundert sah er sie an. »So kenne ich dich gar nicht. Deine Großmutter hat sich doch wohl etwas dabei gedacht, als sie dir Barnabas vererbt hat. Wenn sie gewollt hätte, dass ich ihn bekomme, hätte sie das in ihr Testament geschrieben. Aber sie wollte, dass du dich um ihn kümmerst, also tu das verdammt noch mal auch und bade nicht in Selbstmitleid, nur weil der Anfang ein bisschen holprig ist.«

»Ich bade in Selbstmitleid?« Sofort stellte sie die Stacheln auf. »Jetzt hör mir mal gut zu …«

»Nein, du hörst mir zu.« Jörn hielt ihrem zornigen Blick stoisch stand. »Ich kann mir vorstellen, dass der Tod deiner Oma dir sehr nahegeht. Mir ging es damals mit meinen Großeltern genauso. Aber dass du jetzt nach nur einer Woche den Hund weggeben willst, den Carlotta über alles geliebt hat, ist richtig, richtig mies von dir. Ich hatte dir angeboten, dir zu helfen, Carlottas Handzeichen zu lernen. Zumindest soweit ich sie kenne. Christina wird ganz sicher auch alles dafür tun, dass ihr ein gutes Mensch-Hund-Team werdet. Himmel noch mal, du hast doch sonst mehr Biss, Ella. Was ist los mit dir?«

Erschüttert über die seelenruhige Art, mit der er diese harschen Worte vorbrachte, senkte Ella den Kopf und starrte auf das Beet. Ein Kloß bildete sich in ihrer Kehle, der ihr die Luft abschnürte. Sie wollte etwas erwidern – irgendetwas –, doch ihr fiel nichts ein, weil Jörn recht hatte. Der Tod ihrer Großmutter hatte irgendetwas in ihr blockiert.

»Ich schlage vor, du machst jetzt hier Feierabend und gehst nach Hause. Der Garten rennt dir nicht weg.« Jörn erhob sich, klopfte sich etwas Erde von den schwarzen Jeans und ging in Richtung Haus. Erst als sie eine Tür klappen hörte, begriff sie, dass er hineingegangen war.

Ratlos sah sie sich um. Plötzlich war all ihre Energie, die sie hierhergetrieben hatte, verpufft. Sie wollte sich jedoch keine Blöße geben, deshalb biss sie die Zähne zusammen und arbeitete weiter, bis sie das Beet auch noch vom letzten Fitzelchen Unkraut befreit und alle neu gekauften Blumen eingepflanzt hatte.

Barnabas strolchte derweil im Garten herum, schnüffelte hier und dort im Gebüsch und legte sich schließlich nahe der Terrasse neben einen großen weißen Stein und schnarchte kurz darauf vor sich hin. Der Anblick des großen, wuscheligen Hundes, der so friedlich dalag und vermutlich von seinem verstorbenen Frauchen träumte, ließ Tränen in Ellas Augen aufsteigen. Sie hatte diesen Hund gern. Wirklich gern. So gern, dass allein der Gedanke, ihn fortzugeben, ihr in der Seele wehtat. Sie hatte sich auch bereits für ein Einzeltraining bei Christina angemeldet, die ihr, ähnlich wie Jörn, ins Gewissen geredet hatte, wenn auch mit wesentlich freundlicheren Worten. Gleich am Montagabend würde es losgehen. Warum sie so mutlos war, wusste Ella selbst nicht.

Sie vermisste einfach Oma Carlotta. Zu ihr war sie stets gegangen, wenn sie etwas auf dem Herzen gehabt hatte. Mit ihr hatte sie alle Probleme, alle Aufs und Abs ihres beruflichen und privaten Lebens besprochen, meist noch bevor sie damit zu ihren Eltern gegangen war. Nun war ihre Großmutter fort – für immer –, und sie hatte sich nicht einmal von ihr verabschieden können. Sie hatten für den vergangenen Mittwoch ein gemeinsames Mittagessen geplant gehabt, bei dem Ella ihr etwas über die neuen Aufträge der *Foodsisters* hatte erzählen wollen. Bestimmt hätte sie sich auch ein bisschen darüber beklagt, dass sie ausgerechnet mit Jörn zusammenarbeiten musste, um das Feuerwehrjubiläum zu organisieren. Oma Carlotta hätte ihr aufmerksam zugehört, ihre Hand getätschelt und etwas Aufmunterndes gesagt. Sie hatte es immer geschafft, Ella zu motivieren und ihr Mut zu machen. Sie war immer, *immer* da gewesen.

Ohne dass Ella es bemerkte, rannen ihr Tränen über die Wangen. Sie räumte die leeren Säcke und Pflanzbehälter weg und kehrte dann noch einmal um, weil sie sich das nächste Beet ansehen wollte. Im Lauf der kommenden Woche würde sie bestimmt einen oder zwei Nachmittage erübrigen können, um hier weiterzuarbeiten. Da sie sich ein bisschen erschöpft fühlte, setzte sie sich einfach mitten auf den Rasen und blickte schweigend auf das verwilderte Beet, in dem zwischen heilkräftigen Pflanzen offenbar auch Kräuter gewachsen waren. Einen verdorrten Rosmarin konnte sie noch erkennen und etwas, das mit viel Fantasie vielleicht einmal Schnittlauch gewesen war. Die Zitronenmelisse hatte fast alles überwuchert und sogar bereits verholzte Stängel gebildet, doch die Blätter sahen aus, als hätten sie irgendeine Krankheit. Hier würde Ella ebenfalls ein Kräuterbeet anlegen und auch ein paar Heilpflanzen dazusetzen. Ringelblume und Kamille vielleicht und noch ein paar andere, falls sie sie im Gartencenter fand.

Die Sonne war inzwischen ein gutes Stück Richtung Horizont gewandert, würde aber noch eine ganze Weile nicht untergehen. Die größte Hitze hatte nachgelassen, und eine angenehme Brise wehte von der See her über Ella hinweg. Mit einem Mal fühlte sie sich bleischwer und müde. Nur einen ganz, ganz kurzen Moment legte sie sich rücklings ins Gras, um neue Kraft zu schöpfen.

8. Kapitel

Ella erwachte von einem lauten Donnerschlag. Im nächsten Moment prasselte ein wahrer Sturzbach auf sie herab und durchnässte sie in Sekundenschnelle bis auf die Haut. Sie fuhr hoch und sah sich für einen Moment verwirrt um. Es war fast schwarz um sie herum, so als wäre es bereits spät in der Nacht. Aber das konnte nicht sein, oder? Sie hatte doch nicht mehrere Stunden hier im Gras geschlafen! Als eine heftige Windbö sie anfuhr und ihr eine Mischung aus Regen und kleinen Hagelkörnern ins Gesicht wehte, rappelte sie sich hastig auf. Immer noch desorientiert sah sie sich erneut um und rannte dann auf Jörns Terrassentür zu. Sie war verschlossen, deshalb klopfte sie so laut dagegen, wie sie nur konnte. Erneutes Donnern verhinderte jedoch, dass er ihre Bemühungen hörte. Der Sturm trieb den Regen genau in ihre Richtung, und ihre Rückseite wurde noch mehr durchnässt.

Drinnen war es dunkel. War Jörn überhaupt da? Ella lief zurück auf den Rasen, um zur Tür zu gehen, erblickte dabei aber auf der rechten Seite des Hauses einen Lichtschein. Eilig strebte sie darauf zu und sah, als sie um die Ecke bog, dass in einem Zimmer doch Licht brannte. Ohne weiter nachzudenken, rannte sie zum Fenster und warf einen Blick hinein.

Es handelte sich um Jörns Arbeitszimmer. Er saß am Schreibtisch und bückte sich gerade, um den Stecker des Computers aus der Steckdose zu ziehen. Auf der Tischplatte lagen mehrere geöffnete Ordner verstreut. Offenbar erledigte er gerade seine Buchhaltung oder so etwas. Dabei trug er eine silbergerahmte Brille.

Für einen Moment starrte Ella ihn an und vergaß das Unwetter um sich herum. Sie hatte Jörn schon seit einer Ewigkeit keine Brille mehr tragen sehen. Genau genommen nicht mehr seit der Mittelstufe. Sie wusste, dass er leicht kurzsichtig war, doch irgendwann hatte er begonnen, Kontaktlinsen zu tragen, und sie hatte sich daran gewöhnt. Jetzt stellte sie fest, dass er mit der Brille unglaublich gut aussah. Intelligent und sexy.

Stopp! Warum fand sie ihn schon wieder so unglaublich anziehend? Er war doch überhaupt nicht ihre Kragenweite.

Ein weiterer Donnerschlag und das Prasseln von noch mehr mit Regen vermischtem Hagel riefen Ella umgehend in die Realität zurück. Entschlossen klopfte sie gegen die Fensterscheibe, bis Jörn alarmiert den Kopf hob. Als er zum Fenster blickte, gestikulierte sie wild in Richtung Haustür und rannte los.

Sie hatte den Hauseingang gerade erreicht, als Jörn die Tür aufriss. »Ella!« Entgeistert starrte er sie an. »Was machst du denn hier? Ich dachte, du wärst längst nach Hause gefahren.« Erst jetzt schien ihm aufzufallen, dass auch ihr Auto noch an der Straße parkte. Rasch zog er sie am Arm ins Haus. »Du liebe Zeit, du bist ja klatschnass!«

»Kunststück.« Halb verärgert über sich selbst, halb verlegen strich sie sich nasse Haarsträhnen aus dem Gesicht. »Ich bin eingeschlafen.«

»Was?«

»Auf deinem Rasen. Ich wollte bloß einen Moment ausruhen und …« Sie zuckte mit den Achseln. Dann blickte sie an sich hinab. Alles an ihr tropfte. »Hast du vielleicht ein Handtuch für mich?«

»Ja ... natürlich. Ich hole dir eins.« Jörn wandte sich ab und ging auf eine Tür zu, hinter der sich vermutlich das Gästebad befand. Als er die Hand auf die Klinke legte, hielt er inne und fuhr im nächsten Moment zu ihr herum.

Ella riss die Augen auf. »Barnabas!«

Jörn rannte zur Haustür. »Wo steckt er?«

»Ich habe keine Ahnung. Ich war so ...« Verwirrt, übermüdet ... »Oh mein Gott, ihm ist doch hoffentlich nichts passiert!«

Noch während sie sprach, zuckte ein Blitz auf, und nur eine Sekunde später krachte ein Donnerschlag, der sie zusammenzucken ließ. Ohne weiter nachzudenken, drängte sie Jörn beiseite und rannte hinaus in den Vorgarten. Der Regen prasselte immer noch unvermindert aus fast schwarzen Wolken herab.

»Ella, warte!« Jörn folgte ihr fluchend, als sie einfach weiter in den Garten rannte.

»Barnabas!« Hektisch sah sie sich in der Dunkelheit um. Ihr Herz pochte ängstlich in ihrer Brust. »Barnabas, wo steckst du? Komm her!« Der Wind trug ihre Rufe ungehört davon. Ihr Magen verkrampfte sich vor Angst. »Barnabas!«

»Ganz ruhig.« Jörn blieb neben ihr stehen und blickte sich ebenfalls suchend um. »Wir müssen planvoll vorgehen. Er kann aus dem Garten nicht heraus, also ist er hier noch irgendwo. Hat er Angst vor Gewitter?«

»Ich weiß nicht.« Hilflos rieb Ella sich den Regen aus den Augen. »Ja, ich glaube schon. Oma Carlotta hat mal so was gesagt. Ich glaube, sie hatte so ein Gerät bei Gewitter, das beruhigende Musik abspielt, extra für Hunde, wenn sie Angst haben.«

»Okay, dann hat er sich wahrscheinlich irgendwo verkrochen.« Jörn deutete nach rechts. »Ich schaue da in den Büschen nach. Geh du zum Gewächshaus.«

Ella rannte wieder los, wäre beinahe auf dem nassen Gras ausgerutscht, kam dann aber einigermaßen heil beim Gewächshaus an und umrundete es. »Barnabas! Barnabas, wo steckst du? Komm zu mir! Barnabas!« Sie blieb stehen, lauschte angestrengt, hörte aber neben dem Rauschen des Regens und einem erneuten Donnern nichts. Panik breitete sich in ihr aus. Barnabas konnte doch nicht einfach verschwunden sein! Tränen mischten sich mit der Regennässe auf ihren Wangen. Was für ein Frauchen war sie nur? Sie hatte den Hund einfach vergessen. »Barnabas!« Sie lief zu der Hundsrosenhecke, die das Grundstück umgab, doch dort hatte der Hund sich nicht versteckt. Also machte sie kehrt und stieß vor dem Gewächshaus fast mit Jörn zusammen. »Er ist nicht hier! Er ist einfach verschwunden.«

»Das ist eigentlich nicht möglich.« Jörns Miene war besorgt verzogen. »Das Tor war nicht offen. Er muss hier irgendwo sein.« Sein Blick fiel auf den Eingang des Gewächshauses. Er stand immer einen Spalt offen, damit die Luft besser zirkulieren konnte.

Ella war seinem Blick gefolgt und sprang geradewegs auf die Tür zu. »Barnabas! Bist du da drinnen?« Sie rüttelte an der Tür, bekam den Haken, der die Tür an Ort und Stelle hielt, aber nicht auf.

»Warte, ich mache das.« Jörn trat neben sie und schob sanft ihre verkrampfte Hand von dem Haken. Dann öffnete er die Tür vorsichtig. Eine Windbö fuhr sie von hinten an und fegte Regen ins Innere des Glashauses.

Ella drängte sich an Jörn vorbei ins Innere, hatte aber Mühe, etwas zu erkennen. Hier drinnen war es noch dunkler als draußen. »Barnabas! Bist du hier?« Als im selben Moment das Licht einer Leuchtstoffröhre aufflammte, kniff sie die Augen zusammen.

»Da ist er!« Jörn deutete auf einen Punkt ganz hinten unter einem metallenen Pflanzregal.

Ella sah in die angewiesene Richtung und erschrak. Da kauerte tatsächlich ein klatschnasses Etwas, das nur aus zitterndem Fell zu bestehen schien. »Barnabas! Süßer. Ach herrje, du Ärmster!« Sie stürzte sich geradezu auf den verängstigten Hund und fiel vor ihm auf die Knie. Als sie seinen Rücken berührte, spürte sie, wie heftig er zitterte.

Ella? Bist du das? Bei allen Hunden, so ein Glück! Ich dachte schon, mein letztes Stündlein hätte geschlagen. Da ist so ein schreckliches Geblitze und Gepolter draußen am Himmel, und es regnet wie wild und ist ganz finster geworden. Das mag ich überhaupt nicht. Nein, um genau zu sein, habe ich eine Todesangst. Hilf mir. Bitte, bitte hilf mir. Mach dieses böse Gewitter weg!

Ein herzzerreißendes Winseln war die einzige Antwort auf Ellas Berührung. Dann erkannte sie eins von Barnabas' Augen, als er ein wenig den Kopf in ihre Richtung drehte. Wieder blitzte es, und fast zeitgleich krachte der nächste Donner.

Nein, neeeiiin. Hilfe, Hilfe! Bitte rette mich! Barnabas stieß einen schrillen Laut aus und sprang aus seiner liegenden Position direkt in Ellas Arme. Laut winselnd drängte er sich mit seinem gesamten Körper an sie, zitternd, geradezu vibrierend vor Furcht. *Bring mich hier weg, Ella. Ich halte das nicht aus. Ich hab solche Angst!*

Ella rannen vor Mitleid, aber auch Erleichterung, dass sie Barnabas gefunden hatten, heiße Tränen über die Wangen. Schniefend drückte sie den Hund an sich. »Schon gut,

Barnabas. Alles gut. Das ist nur ein Gewitter. Du bist hier in Sicherheit.«

Nein, bin ich nicht. Dieses laute Gepolter und Geblitze ist schrecklich. Entsetzlich! Wieder winselte Barnabas herzzerreißend.

»Wir müssen ihn ins Haus bringen.« Jörn hockte sich neben Ella. »Er ist klatschnass und du auch.«

»Aber wie sollen wir ihn denn von hier wegbringen?« Ratlos blickte sie auf das zitternde Bündel Hund in ihren Armen.

Mir egal. Ich will einfach nur hier weg. Irgendwohin, wo mich das Gewittermonster nicht kriegen kann. Barnabas hob kurz den Kopf und drückte seine Nase gegen Ellas Hals, bewegte sich aber keinen Millimeter, als sie versuchte, ihn am Halsband mit sich zu ziehen.

»Lass mal, er ist viel zu verschreckt.« Jörn streichelte Barnabas über den Kopf. »Ich trage ihn rüber ins Haus.«

»Okay.« Ella stand umständlich auf, obwohl der Hund ihr folgen und ihr wieder in die Arme kriechen wollte.

Jörn zog ihn von ihr fort und hob ihn auf die Arme. Rasch öffnete Ella die Tür und ließ ihn vorgehen, dann verschloss sie sie wieder sorgfältig mit dem Haken. Unter zuckenden Blitzen und ohrenbetäubenden Donnerschlägen rannten sie zurück zur Haustür, die allerdings zugeschlagen war.

»Mist!« Jörn drehte sich zu Ella um. »Mein Schlüssel ist in meiner rechten Hosentasche. Hol ihn mal raus. Ich kann Barnabas jetzt nicht absetzen.«

»Ja, äh … klar.« Wenn sie nicht so besorgt um Barnabas gewesen wäre, hätte sie vielleicht gelacht, doch so wurde sie doch etwas verlegen, als sie ihre Hand vorsichtig in die enge Jeanstasche schob und nach dem Haustürschlüssel tastete.

Sie fand einen Schlüsselbund mit vier Schlüsseln daran und zog ihn rasch hervor. »Welcher ist es?«

»Der mit dem großen geprägten W.«

So schnell sie konnte, schloss sie die Tür auf und ließ Jörn mit dem Hund den Vortritt. Als sie das Gewitter endlich hinter sich ausgesperrt hatte, atmete sie kurz auf und eilte hinter Jörn her die Treppe hinauf. Er trug Barnabas geradewegs ins Badezimmer und setzte ihn dort auf einem flauschigen braunen Badteppich ab. »Hol mal ein Handtuch aus dem Schrank.« Er deutete auf einen einfachen weißen Badezimmerschrank hinter sich.

Ella gehorchte und zerrte ein großes blaues Badetuch hervor. Damit kniete sie sich neben Barnabas, der sich sofort zu einer Kugel zusammengerollt und an Jörn gedrängt hatte.

Liebe Zeit, das war aber knapp. Ich bin so froh, aus diesem lauten Glasdingshaus raus zu sein. Auch wenn es immer noch so laut draußen ist. Hier drinnen fühle ich mich schon ein bisschen sicherer. Aber mir ist kalt, und ich bin so nass! Schnüff.

»Komm, ich trockne dich ab.« Sanft legte Ella dem Hund das Handtuch um den Körper und rieb ihn vorsichtig trocken. Jörn half ihr dabei, so gut es ging. Danach sahen sie einander ein wenig betreten an. »Tut mir leid, dass ich dir solche Umstände mache.« Ella räusperte sich. »Wenn ich nicht eingeschlafen wäre, hätte das alles nicht sein müssen.«

»Schon gut. Kann ja mal passieren.« Sein Blick ruhte fragend auf ihr. »Dir geht es nicht besonders gut, oder?«

»Im Moment?« Sie lachte trocken. »Nein, nicht sehr.«

»Nein, ich meine allgemein. Wegen deiner Oma und so.«

Sie schluckte gegen den Kloß an, der sich schon wieder zuverlässig in ihrer Kehle bildete. »Das wird schon wieder. Es kam alles so plötzlich, das hat mich wohl aus der Bahn geworfen. Aber das mit Barnabas hätte mir nicht passieren dürfen.« Zärtlich streichelte sie das feuchte Hundefell. »Jetzt ist er bestimmt traumatisiert.«

Trauma... was? Keine Ahnung, was du meinst. Aber wenn ich mich hier an dich kuscheln darf, fühle ich mich gleich viel, viel sicherer. Darf ich? Barnabas schnaubte leise und kroch auf Ellas Schoß. Sie ließ sich in eine sitzende Position gleiten und drückte den Hund liebevoll an sich. »Tut mir so leid, Süßer. Ich wollte bestimmt nicht, dass du solch eine Angst bekommst. Ich habe gar nicht bemerkt, dass ein Gewitter kommt.«

Ach, ist egal. Hauptsache, du bist jetzt da und beschützt mich.

»Er fühlt sich geborgen bei dir.« Jörn blickte nachdenklich auf Barnabas, dann hob er seinen Blick, um in Ellas Gesicht zu sehen. »Wenn das kein Beweis ist, dass er dich mag und dass ihr es irgendwann schaffen werdet, gut miteinander auszukommen, dann weiß ich auch nicht.«

»Glaubst du?« Halb zweifelnd, halb erleichtert blickte Ella ebenfalls auf den Hund hinab, der jetzt nicht mehr so heftig zitterte und viel ruhiger atmete.

»Das glaube ich nicht nur, das kann ich sehen.«

Zögernd nickte sie. »Ja, vielleicht hast du recht.« Schaudernd, weil ihr eine Gänsehaut über den Körper kroch, rieb sie sich über die Oberarme.

»Dir ist kalt!« Mit der für ihn typischen geschmeidigen Bewegung erhob Jörn sich und nahm ein weiteres Badetuch aus dem Schrank. »Hier, oder...« Er musterte sie und schmunzelte plötzlich. »Du siehst aus wie ein Schlammspringer.«

»Was?« Entgeistert starrte sie ihn an. Dann blickte sie an sich hinab. Sie war bis auf die Haut durchweicht, und die

Erde, die an ihr gehaftet hatte, war stellenweise großflächig verschmiert. »Oh Gott!« Vorsichtig schob sie Barnabas von ihrem Schoß, erhob sich und warf einen Blick in den Spiegel über dem Waschbecken. Ein kläglicher Rest Wimperntusche klebte als schwarzer Rand unter ihren Augen, und Schmutzflecke verunzierten ihren Hals. Ihr Gesicht war ansonsten vom Regen sauber gewaschen, doch ihr Shirt und einfach alles an ihr sah wirklich schlimm aus. »Na wunderbar. Damit gewinne ich jeden Schönheitswettbewerb mit links.« Gelächter stieg in ihr auf, halb hysterisch, halb amüsiert. Dann fiel ihr Blick auf Jörn, und sie nahm ihn zum ersten Mal richtig wahr. Aus dem Lachen wurde ein Kichern. »Du siehst aber auch nicht viel besser aus.« Oder eigentlich doch, denn da sein nasses T-Shirt wie eine zweite Haut an ihm klebte, konnte sie sich sehr deutlich vorstellen, wie er darunter aussah. Doch das ließ sie wohl lieber bleiben.

Jörn grinste schief. »Dieser Regen ist teuflisch. Binnen Sekunden bis auf die Haut nass – das habe ich schon lange nicht mehr geschafft.« Zu Ellas Überraschung streifte er umstandslos das T-Shirt ab und warf es in die Badewanne. Dann knöpfte er die Jeans auf, hielt jedoch inne und ging zur Tür. »Ich suche dir was Trockenes zum Anziehen raus. Wenn du willst, kannst du gern duschen. Nicht dass du noch krank wirst.« Er sah auf Barnabas hinab, der sich auf dem Badteppich zusammengerollt hatte. »Ihn lasse ich mal besser hier, oder? Ich glaube, er will in deiner Nähe bleiben.«

Und wie ich das will! Ella muss mich beschützen. Oder du. Aber Ella ist ja wohl mein neues Frauchen, also bleibe ich lieber bei ihr.

»Ja, ähm ... okay.« Leicht verunsichert sah sie sich in dem

etwas altmodischen Bad um. »Eine Dusche wäre wahrscheinlich gut.«

»Dann mach mal. Ich lege dir ein paar Sachen raus.« Jörn wandte sich zur Tür. »Bis später dann.«

»Jörn.« Sie hüstelte. »Warum rosafarbene und hellbraune Fliesen?«

Er drehte sich noch einmal zu ihr um. »Die Frage hättest du meinen Großeltern stellen müssen. Anscheinend war das irgendwann früher total in.«

»Aha ...« Sie verkniff sich gerade noch ein Grinsen, doch Jörn hatte es wohl trotzdem bemerkt.

»Halt bloß die Klappe.« Er lächelte leicht und zog nur einen Augenblick später die Tür hinter sich zu.

Für einen Moment stand Ella unschlüssig da und versuchte, nicht an Jörns nackten Oberkörper zu denken. Oder an die geöffneten Knöpfe seiner Jeans. Anscheinend war sie tatsächlich kurz davor, irrezuwerden. Anders war nicht zu erklären, was plötzlich mit ihr los war. Vielleicht hatte sie schon zu lange keinen Mann mehr gehabt. Ihre letzte Eroberung – ein Bundeswehrsoldat auf Urlaub – lag schon ein paar Monate zurück. Seither hatte sie sich, eher untypisch für sie, ganz auf ihre Arbeit konzentriert und mehr oder weniger unfreiwillig eine Männerdiät gemacht. Das war aber nicht weiter schlimm, denn die interessanten Exemplare würden sowieso erst im Laufe des Sommers nach Lichterhaven kommen, wenn die Urlaubssaison richtig losging. Dass sie jetzt ein wenig ausgehungert war, rechtfertigte aber nicht, Stielaugen zu bekommen, wenn der nächstbeste Kerl sich vor ihren Augen das T-Shirt auszog. Auch wenn dieser spezielle Kerl wirklich eine Augenweide war.

»Reiß dich zusammen«, murmelte Ella vor sich hin und schälte sich aus ihren nassen Sachen. Selbst ihr Slip und ihr

BH waren so nass, dass sie beides auswringen konnte. Nachdem sie alles über den Badewannenrand gelegt hatte, schlüpfte sie unter den warmen Wasserstrahl der Dusche und zog den Duschvorhang zu. Es donnerte immer noch, doch das Gewitter war ein Stück weitergezogen. In einem Eckregal befanden sich sowohl ein herb riechendes Duschgel als auch eine Shampooflasche. An beidem bediente Ella sich, auch wenn ihr ihre übliche Pflegespülung ein wenig fehlte. Ihr Haar war zwar relativ pflegeleicht, doch nach dem Waschen verhedderte es sich gerne, und ohne Spülung würde sie Mühe haben, es zu entwirren. Schon gar ohne ihren speziellen Kamm, den sie extra bei ihrer Friseurin gekauft hatte.

Während sie sich einseifte, hörte sie die Tür auf- und gleich darauf wieder zugehen. Angesichts ihrer Differenzen in der Vergangenheit war es doch sehr nett von Jörn, ihr seine Dusche und Kleidung zur Verfügung zu stellen. Er hätte sie auch einfach nass nach Hause fahren lassen können. Doch das verbot sich für ihn vermutlich strikt. Gentleman und so weiter. Die Frau, die ihn sich einmal angelte, konnte sich glücklich schätzen. Er war der Typ Mann, bei dem eine Frau sich sowohl geschätzt als auch sicher und beschützt fühlen konnte. Hinzu kam noch eine ruhige, besonnene, fast träge Art, die Ella zwar schon oft in den Wahnsinn getrieben hatte, die einer anderen Frau aber bestimmt gefallen würde. Nicht ihr. Sie mochte mehr Action, mehr Spontaneität, mehr Unberechenbarkeit. Damit war sie bisher gut gefahren und würde es auch zukünftig tun. Obwohl es sie schon ein wenig reizte, Jörn aus seiner Komfortzone zu locken. Nur einmal, um zu sehen, wie er reagieren würde. Oder ob überhaupt.

»Nein.« Energisch schüttelte sie den Kopf, stellte das

Wasser ab und trat aus der Dusche. Rasch trocknete sie sich mit dem Badetuch, das er ihr gegeben hatte, von Kopf bis Fuß ab und trat dann vor den Spiegel. »Untersteh dich!«, drohte sie sich selbst, während sie mit den Fingern ihr Haar entwirrte und schließlich den schmalen Kamm zu Hilfe nahm, der auf der Ablage unter dem Spiegelschrank lag. »Finger weg von Eingeborenen, egal wie sexy sie sind!«

Als sie sich umdrehte, um nachzusehen, was Jörn ihr zum Anziehen gebracht hatte, stellte sie fest, dass ihre nassen Sachen verschwunden waren. Auch ihre Unterwäsche. Ihre Reaktion darauf war vollkommen irrational. Ihre Wangen wurden heiß, und ein Blick in den Spiegel verriet ihr, dass sie rot geworden war. Sie wurde niemals rot! »Stell dich nicht so an!« Grimmig starrte sie ihr Spiegelbild an. »Bestimmt wirft er die Sachen nur in den Trockner.« Das würde zwar weder ihrem Spitzen-BH noch dem Slip besonders guttun, aber das war doch wohl nebensächlich – und peinlich schon mal gar nicht. Schließlich war er nicht der erste Mann, der ihre Unterwäsche sah. Um sich von diesem wenig sinnvollen Gedanken wieder abzulenken, griff sie nach den Sachen, die er auf der Ecke der Badewanne abgelegt hatte. Blaue karierte Boxershorts mit Zugband und ein ebenfalls blaues T-Shirt, das ihr bis zur Mitte der Oberschenkel reichte. Rasch zog sie die Sachen an und verzog spöttisch die Lippen, als sie an sich hinabsah. Die Sachen waren ihr derart zu groß, dass sie darin wie ein Zwerg in einem Kartoffelsack aussah. So ganz ohne etwas darunter fühlte sie sich etwas eigenartig, noch dazu, weil die Sachen nach einem ungewohnten Waschmittel rochen und eben … ihm gehörten. Doch alles in allem war das besser, als weiter in den nassen Klamotten herumzulaufen und sich den Tod zu holen, wie Oma Carlotta es stets genannt hatte.

Was machst du denn da, Ella? Barnabas war aufgestanden und schnüffelte an den Shorts und dem T-Shirt. *Jetzt riechst du ein bisschen so wie Jörn, das ist aber höchst merkwürdig.*

Sachte tätschelte sie den Kopf des Hundes. »Das sind Jörns Sachen. Wahrscheinlich riechst du das, oder?«

Ja, na klar. Meine Nase funktioniert perfekt, auch während eines schlimmen Gewitters. Obwohl das ja anscheinend wieder weg ist. Zumindest höre ich nur noch ganz leises Grummeln irgendwo. Damit kann ich leben.

Entschlossen öffnete Ella die Badezimmertür. »Komm, wir sehen mal nach, wo Jörn steckt.«

Aber klar doch, bin schon unterwegs. Ha, da ist er schon! Wuff. Barnabas hatte sich an ihr vorbei durch die Tür gedrängt und bellte hell, als Jörn vor ihm auftauchte.

Ella folgte dem Hund und blieb bei Jörns Anblick stehen. Er war gerade aus einem der Zimmer getreten, vermutlich seinem Schlafzimmer, und hielt ein nasses Handtuch in der Hand. Da er nur enge schwarze Shorts trug, nahm sie an, dass er ebenfalls geduscht hatte. Also gab es wohl irgendwo im Haus ein weiteres voll ausgestattetes Badezimmer. Damit, dass ihr Blutdruck bei seinem Anblick in ungeahnte Höhen schoss, hatte sie allerdings nicht gerechnet. Seinen muskulösen Oberkörper hatte sie ja bereits zu Genüge bewundern dürfen. Nun gesellten sich zu dem Gesamtbild noch lange, sehnige Beine hinzu, schmale Hüften und … verflixt, diese Shorts verbargen nicht gerade viel.

Sein Blick wanderte leicht amüsiert an ihr hinab und wieder hinauf. »Sag mal, führst du Selbstgespräche?«

»Ich?« Verblüfft hob sie den Kopf. »Wie kommst du denn darauf?«

»Ich könnte schwören, dass ich dich eben habe reden hören.«

»Ja, mit Barnabas.«

»Aha.«

Hatte er etwa mitbekommen, wie sie sich selbst gemaßregelt hatte? »Ja, äh, ich glaube, es geht ihm schon wieder viel besser.«

Jörn Blick wanderte zu Barnabas, der sich neben ihnen hingesetzt hatte und sich aufmerksam in der für ihn neuen Umgebung umsah. »Ja, scheint so.«

Obwohl es vollkommen irrational war, schlug ihr seine Nähe auf den Magen. »Warum läufst du fast nackt herum?«

Jörn grinste schief. »Entschuldige, ich muss noch mal nach unten. Anscheinend sind alle meine Hosen noch im Trockner.« Spielerisch zupfte er an dem viel zu großen T-Shirt, in dem sie fast versank. »Deine Sachen habe ich mit ein paar von meinen in die Dreißiggradwäsche gepackt. Die Maschine wird ein Weilchen brauchen, also …«

»Ja, äh … Danke.« Unschlüssig sah sie an ihm vorbei zur Treppe und ging dann darauf zu.

Jörn folgte ihr ins Erdgeschoss. »Du kannst natürlich gerne so lange warten, bis sie fertig sind. Oder du holst sie bei Gelegenheit ab, falls du jetzt lieber nach Hause fahren willst. Es ist schon fast neun Uhr.«

»So spät schon!« Verblüfft drehte sie sich zu ihm um, machte aber rasch einen Schritt zurück, um nicht mit ihm zusammenzustoßen. »Ich habe mein Zeitgefühl irgendwie verloren.« Suchend sah sie sich um. »Wo ist eigentlich mein Handy? Das war in meiner Hosentasche.«

»Ich habe es auf den Küchentisch gelegt.« Jörn deutete durch einen breiten Durchgang, der in die Küche und von dort in die Wohnräume führte.

Ella wandte sich dorthin und griff sich das Smartphone. Ein kurzer Check verriet ihr, dass sie mehrere

Kurznachrichten von Caroline und Hannah erhalten hatte. Die beiden machten sich Sorgen und wollten wissen, ob sie ihr irgendwie helfen konnten. Damit würde sie sich später beschäftigen. Vorerst schicke sie beiden Freundinnen nur jeweils eine Nachricht: *Alles okay.*

Jörn war ihr in die Küche gefolgt und holte zwei Tassen aus einem der eichefarbenen Hängeschränke, die vermutlich aus den späten Achtzigerjahren stammten, zumindest sahen sie genauso aus wie die Küchenmöbel ihrer Großmutter aus jener Zeit. Die Kanten der Türen waren schon stark abgeschabt und die Griffe verfärbt. »Möchtest du auch einen Tee? Oder Kaffee? Oder was ganz anderes?«

»Solltest du dir nicht erst mal etwas anziehen?«

Mit der ihm eigenen trägen Bewegung drehte er sich zu ihr um. »Du wirst nicht zum ersten Mal einen Mann in Unterhosen sehen.«

Betont spöttisch schnaubte sie. »Das nicht, aber falls du nicht gerade deine Männlichkeit unter Beweis stellen willst, wäre es doch angebracht, deinen Besuch in einem etwas weniger aufreizenden Outfit zu bewirten, meinst du nicht auch?«

Seine Augenbrauen wanderten in die Höhe. »Aufreizend?«

»Es soll Frauen geben, die sich von so einem Aufzug angemacht fühlen.«

»Aber nicht du.«

»Natürlich nicht.«

»Dafür starrst du mich aber schon ziemlich lange an.«

»Tue ich nicht.« Oder etwa doch? Ella fluchte innerlich. Natürlich hatte sie! Wie ärgerlich, dass er sie dabei erwischt hatte. Rasch änderte sie die Taktik. »Und falls doch, dann nur, weil ich mir gerade überlege, ob wir nicht anlässlich eures Jubiläums einen Feuerwehrkalender herausbringen sollten. Du könntest Mr. Juni werden. Oder Mr. Dezember, wenn du zu den Shorts eine rote Zipfelmütze tragen würdest.«

»Einen Kalender?« Seine Augenbrauen erreichten fast seinen Haaransatz.

»Ja. Pin-ups. Das muss ich unbedingt Martina vorschlagen, sobald sie aus den Flitterwochen zurück ist. Sie wird von der Idee begeistert sein.«

Während sie sprach, füllte er Wasser in einen Wasserkocher und schaltete ihn ein. Dann drehte er sich wieder zu ihr um. »Pin-ups. Wozu sollten die dann gut sein?«

»So ein Kalender würde bestimmt reißenden Absatz finden.« Mutig trat sie vor und kniff Jörn in den linken Bizeps. Wie erwartet, spürte sie harte Muskeln unter der glatten, warmen Haut. »Bei solchen Models wie dir werden bestimmt viele Frauen schwach und geben ihr gutes Geld dafür aus.« Sie zwinkerte ihm zu, setzte dann aber sicherheitshalber hinzu: »Ein paar der anderen Feuerwehrmänner sehen ja auch ganz passabel aus. Ohne Klamotten, meine ich. Oder nehme ich zumindest an. Das Geld könnte ja für einen wohltätigen Zweck gespendet werden. Oder in eure Feuerwehrkasse fließen. Bestimmt braucht ihr immer mal wieder neues Equipment, nicht wahr? Damit ihr auf dem neuesten Stand der Technik seid.«

Jörn war ihrer Hand mit Blicken gefolgt und kräuselte nun leicht die Lippen. »Wie du die Idee meiner Truppe verkaufen willst, werde ich mir gerne mit ansehen.« Um seine Mundwinkel zuckte es leicht. »Ich glaube kaum, dass einer von ihnen besonders erpicht darauf ist, dass sein Foto von irgendwelchen Frauen in der Küche aufgehängt wird.«

»Solche Kalender hängt man ja auch nicht in die Küche.«

Ella grinste vielsagend. »Und wer weiß, vielleicht findet sich ja eine, die sich unsterblich in einen von euch verliebt. In dich, zum Beispiel.«

»In mich?«

»Ja, wäre doch nicht so abwegig.«

»Und wie es das ist.« Kopfschüttelnd nahm er eine Dose aus dem Schrank und entnahm ihr zwei Teebeutel. »Pfefferminz?«

Ella nickte leicht. »Klar. Aber mal im Ernst. Warum bist du nicht längst vom Markt?«

»Vom Markt?« Stirnrunzelnd gab Jörn je einen Teebeutel in die Tassen und füllte mit dem kochenden Wasser auf.

»Verheiratet, drei Kinder … Das passende Haus hast du zumindest schon.«

Jörn stellte den Wasserkocher beiseite und lehnte sich mit verschränkten Armen gegen die Anrichte. »Warum sollte ich?«

»Weil …« Sie zuckte mit den Achseln. »Jemand wie du normalerweise vom Fleck weg geheiratet wird.«

»Tatsächlich?«

»Ja.« Sie warf ihm einen bezeichnenden Blick zu. »Komm schon, als wüsstest du nicht selbst, dass du gut aussiehst. Und dein Charakter ist auch nicht der übelste.«

»Wird das ein Antrag?« In seinen Augen blitzte es erheitert.

»Nein!« Ella lachte – vielleicht ein wenig zu laut? »Ich meine ja nur.«

»Zum Heiraten gehören immer noch zwei Personen, und mir ist eben noch nicht die richtige Frau begegnet.« Seine Lippen verzogen sich spöttisch. »Und ganz sicher finde ich sie nicht, indem ich mich für einen Pin-up-Kalender ablichten lasse.«

»Vielleicht nicht«, gab sie ihm recht. »Aber herrlich verrucht wäre es.« Noch einmal zwickte sie ihn, diesmal in die Seite. »Aber verrucht ist wohl nicht Jörn Paulsens Sache.«

»Bisher eher nicht, stimmt.«

»Tja, schade.« Betont gelassen trat sie einen Schritt zur Seite und blickte durch das Fenster nach draußen. Es blitzte wieder, allerdings noch recht weit entfernt. Bis das Donnergrollen folgte, dauerte es fast zwanzig Sekunden. »Das nächste Gewitter kommt.«

»Es sind noch weitere für diese Nacht gemeldet.« Jörn trug die beiden Tassen zum Küchentisch, stellte sie ab und griff nach seinem Handy, das er dort abgelegt hatte. Ella sah ihm zu, wie er eine App aufrief und gleich darauf besorgt die Lippen verzog. »Warnstufe drei von vier. Das wird eine unruhige Nacht.« Er tippte etwas in eine Kurznachrichten-App ein, hob dann aber den Kopf, als sie dicht neben ihn trat.

»Falls du es dir wegen des Kalenders noch mal überlegen solltest ... Zieh beim Shooting unbedingt diese Brille an.«

Überrascht musterte er sie. »Und zwar weil ...?«

»Brillen sind sexy. Sie suggerieren Intelligenz. Das zusammen mit solchen Stahlmuskeln ...« Sie verdrehte übertrieben die Augen.

»Warum werde ich das Gefühl nicht los, dass du mich gerade anmachst?« Jörn musterte sie eingehend.

Ella erschrak ein wenig, wollte jedoch keinen Rückzieher machen. Vielleicht lag es an ihren Hormonen, die in seiner Gegenwart wieder einmal zum Sambatanz einluden. »Und was, wenn es so wäre?«

Seine Miene wurde unvermittelt ernst, sein Blick eindringlich. Mit einem Schritt stand er so dicht vor ihr, dass ihre Körper sich fast berührten und sie ihren Kopf in den

Nacken legen musste, um ihm ins Gesicht sehen zu können. »Dann würde ich mich fragen, was du dabei im Schilde führst.«

Für einen Moment blieb ihr die Luft weg. »Vielleicht einfach nur so ...«

»Nur so?«

»Als Test.«

»Was gibt es da zu testen?«

Sie schluckte, weil ihr Herzschlag sich in ihre Kehle verlagert hatte. Verflixt, dieser Mann hatte einen intensiven Blick, der ihr durch und durch ging. »Zum Beispiel, ob du in jeder Lebenslage so nervtötend ausgeglichen und ruhig bleiben kannst.«

»Nervtötend, ja?«

Sie nickte. »Absolut.«

»Interessant. Man könnte deine Avancen nämlich auch als sexuelle Belästigung auslegen.«

Entgeistert starrte sie ihn an. »Das ist doch wohl nicht dein Ernst, oder? Außerdem mache ich dir keine Avancen.«

»Was denn dann?«

»Gar nichts.«

»Eben wolltest du mich noch testen.«

Sie räusperte sich unterdrückt. »Das mit dem Flirten hast du nicht so drauf, oder?«

»Vielleicht nur, weil ich nicht darauf vorbereitet bin. Ich dachte, Ella Jensen flirtet nicht mit Einheimischen.«

»Spontane Planänderung.« Ja, sie war eindeutig verrückt geworden, doch zu kneifen kam jetzt auch nicht mehr infrage. »Aber Spontaneität ist ja leider auch nicht so dein Ding.« Sie wusste, es war gefährlich, ihn weiter zu provozieren, doch im Augenblick hatte sie ein wenig die Kontrolle über ihren Verstand verloren. Dass sie mit dem Feuer spielte, erkannte sie daran, dass sich sein Blick zu verdunkeln schien. Zumindest hatte sie damit den Beweis angetreten, dass er nicht ganz so gleichgültig war, wie es nach außen hin schien.

Für einen langen Moment sahen sie einander schweigend an. Zwischen ihnen schien die Luft wie von elektrostatischen Entladungen zu knistern. Vor dem Küchenfenster blitzte es wieder, nur wenig später rumpelte Donner heran.

»Und was genau soll diese Planänderung bezwecken?« Seine Stimme war eine Spur rauer geworden, was ihr eine Gänsehaut bescherte. Der Abstand zwischen ihnen schien zu schrumpfen, obwohl sich keiner von ihnen bewegt hatte.

Sie wusste, sie musste eine Entscheidung treffen, und sie tat es. Spontan. Impulsiv. Fast wie im Reflex. »Zum Beispiel das hier.« Sie stellte sich auf die Zehenspitzen und presste ihre Lippen auf seine.

Jörns Augen weiteten sich vor Überraschung, doch als sie ihre Arme um seinen Hals schlang, reagierte er umgehend. Er zog sie an sich und erwiderte den Kuss – heiß, spontan, voller Begehren. Seine Lippen waren fest und weich zugleich. Eine irritierende Mischung, die Ella aus der Bahn warf. Sein Geruch stieg ihr in die Nase, herb, männlich, vermischt mit dem Duft desselben Duschgels, das sie selbst vorhin benutzt hatte. Das warme Ziehen, das sie schon seit einer Weile in der Magengrube verspürt hatte, steigerte sich zu einem heißen Brennen, das sich in ihre Gliedmaßen und in ihre Mitte ausbreitete. Sie spürte, wie er nach Atem rang, und nutzte die Gelegenheit, um die Innenseite seiner Unterlippe mit der Zunge zu erkunden.

Fast schien es, als habe er nur darauf gewartet, denn in der nächsten Sekunde berührten sich bereits ihre Zungenspitzen, was erregende Schauer über ihr Rückgrat rieseln ließ.

Instinktiv drängte sie sich fester an ihn und spürte, wie seine Hände über ihren Rücken auf und ab wanderten und schließlich ihren Po umfassten. Er zog ihren Unterleib gegen seinen, sodass sie seine Erregung deutlich spüren konnte.

Das war Irrsinn, oder? Aber es fühlte sich auch irrsinnig gut an. Deshalb ignorierte sie die Alarmglocken in ihrem Kopf, die ihr mit Nachdruck mitzuteilen versuchten, dass sie zu weit ging. Viel zu weit. Dass sie es bereuen würde.

Als Jörn sich ein wenig drehte, folgte sie seiner Bewegung und fühlte sich im nächsten Moment auf die Anrichte gehoben. Sogleich schlang sie ihre Beine um seine Hüften und ließ ihre Hände genießerisch über seine Schultern, den Rücken, seine Seiten wandern. Weiche, warme Haut, stahlharte Muskeln. Genau das, was sie in diesem Augenblick brauchte. Und wollte. Mehr davon.

Während ihre Zungen wild und gierig miteinander rangen, schob Jörn seine Hände unter ihr T-Shirt. An seinen Handflächen befanden sich raue Schwielen von der häufigen Arbeit auf der *Paulsen 1*. Die Berührung sandte heiße und kalte Schauer über ihren Körper. Hastig half sie ihm, ihr Shirt loszuwerden, und warf den Kopf in den Nacken, als er mit den Lippen hungrig über ihr Kinn und ihren Hals bis zu ihren Schultern glitt – und wieder zurück. Dabei kratzte sein leichter Bartansatz köstlich über ihre Haut. In ihrer Halsbeuge saugte er sich fest, bis sie Sternchen sah.

»Großer Gott, Jörn!« Atemlos hielt sie sich an ihm fest, als er nun auch noch mit der linken Hand ihre rechte Brust umfasste. Sanft und fest zugleich, wie seine Küsse. »Das ist so falsch!« Begehrlich drängte sie ihr Becken gegen seins.

»Ich weiß.« Seine Stimme grollte dunkel und heiser.

»Hör ja nicht auf!« Ella reckte sich und suchte mit ihrem Mund wieder den seinen. »Fass mich an!«

»Verfluchtes Weib!« Während er mit der linken Hand weiterhin ihre Brust liebkoste, glitt seine Rechte in ihr nasses Haar, krallte sich dort fest. »Ich habe nicht mal ein Kondom im Haus.«

Verzweifeltes Lachen stieg in ihr auf. Doch es verwandelte sich in ein hilfloses Stöhnen, als Jörns Lippen wieder abwärts wanderten und sich im nächsten Augenblick um ihre hart aufgerichtete Brustwarze schlossen. Lust schoss von dort geradewegs hinab in ihre Mitte, wie ein Blitz. Zeitgleich zuckte auch vor dem Fenster ein Blitz auf, und nur zwei Sekunden später krachte ein ohrenbetäubender Donnerschlag. Ella hörte ihn wie durch Watte. Sie wollte nur noch ... wollte ... Verdammt, was hatte Jörn gerade gesagt?

»Warum hast du keine Kondome im Haus?« Schwer atmend suchte sie seinen Blick. »Das ist jetzt nicht dein Ernst, oder?«

Auch Jörn atmete schnell und unstet. »Wenn ich lange genug suche, finde ich vielleicht irgendwo noch ein abgelaufenes.« Sein Griff um ihre Brust lockerte sich, seine andere Hand glitt aus ihrem Haar und legte sich locker auf ihre Hüfte. »Auf diesen Überfall war ich nicht eingerichtet.«

»Offensichtlich nicht.« Ihr Herz schlug immer noch wie wild, und so nah, wie er ihr war, spürte sie seines ebenfalls, genauso wie seine Erektion, die sich köstlich und quälend zugleich an ihr rieb.

»Du hast wohl auch keins dabei, oder? Im Auto oder so?«

Ella hob ruckartig den Kopf und starrte ihn verärgert an. »Ich war heute auf der Beerdigung meiner Oma. Wozu sollte ich da Kondome mitnehmen? Ganz abgesehen davon, dass ich die unterwegs bisher eher selten gebraucht habe.

Entgegen allen Gerüchten vernasche ich nämlich nicht jeden Typ, mit dem ich mal flirte. Schon gar nicht im Auto. Dazu braucht es dann doch ein bisschen mehr.«

Jörn hüstelte. »Entschuldige, ich wollte dir nicht zu nahe treten.«

»Ach nein?« Vielsagend schielte sie hinab zu seinen Shorts, die nur unzureichend verbargen, was er gern getan hätte, wenn sie besagtes Kondom zur Hand gehabt hätten.

Jörn grinste schief. »Ich weiß, dass du nicht mit jedem Kerl ins Bett hüpfst.«

»Tatsächlich?«

»Dazu bist du zu intelligent.« In einer viel zu intimen Geste strich er ihr eine feuchte Haarsträhne hinters Ohr. »Abgesehen davon ist eine deiner besten Freundinnen meine Cousine. Da kriegt man so einiges an Informationen frei Haus.«

»Ja, stimmt.« Ella schluckte, als ihr bewusst wurde, was hier gerade fast passiert wäre. Das verstieß gegen ihren selbst auferlegten Kodex. Energisch schob sie Jörn zur Seite und sprang von der Anrichte. Ein wenig zu hastig nahm sie das T-Shirt, das auf dem Fußboden gelandet war, und streifte es sich über. »Vielleicht ist es besser, dass wir das hier nicht weiter treiben können.«

»Ach ja?« Sein Blick war forschend auf sie gerichtet.

»Ja, weil ...« Betont gelassen hob sie die Schultern. »Es würde doch sowieso zu nichts führen. Ich meine, abgesehen von ... du weißt schon.«

»Würde es das nicht?«

»Nein, natürlich nicht.« Wieder schluckte sie, weil sein Blick schon wieder diesen trägen, irgendwie wissenden Ausdruck angenommen hatte. »Wir sind ... alte Bekannte. Das ist nicht gut.«

»Warum eigentlich nicht?«

Wieder blitzte und donnerte es ohrenbetäubend, und diesmal zuckte sie erschrocken zusammen. »Weil ... ist doch logisch, oder etwa nicht? Wenn es zu Ende ist, wird es seltsam, und dann kann man sich nie wieder unbefangen irgendwo treffen.«

Jörn verzog ernst die Lippen. »Du gehst also grundsätzlich gleich vom Ende einer Beziehung aus?«

Ella erschrak noch einmal, doch mit dem Gewitter hatte es diesmal nichts zu tun. »Also erst einmal kann von einer Beziehung gar keine Rede sein. Das war ein etwas außer Kontrolle geratener Kuss.«

»Das war Beinahe-Sex.«

»Und wenn schon.« Sicherheitshalber machte sie einen Schritt rückwärts. »Ein bisschen heißer Sex macht noch keine Beziehung. Und nach meiner Erfahrung bleibt das Leben unkomplizierter, wenn man es dabei belässt.«

»Manche Komplikationen lohnen sich durchaus, Ella.«

Dieses Gespräch geriet eindeutig außer Kontrolle. »Kann sein, aber ich habe nun mal meine Prinzipien.« Sie wich noch einen Schritt zurück und hörte gleichzeitig irgendwo ein lautes Hecheln. »Oh Gott, Barnabas!« Sie flog um ihre Achse und sah sich suchend nach dem Hund um. »Wo steckst du denn? Du Ärmster, jetzt habe ich dich schon wieder im Stich gelassen.« Ohne noch weiter auf Jörn zu achten, eilte sie hinüber ins Wohnzimmer, immer dem Hecheln nach, bis sie Barnabas neben der Couch in einem flachen Korb fand, der eigentlich für Zeitschriften gedacht war. Er hatte sich ganz fest zusammengerollt und blickte anklagend zu ihr hoch.

Ella, endlich bist du wieder da. Was habt ihr denn so lange in der Küche gemacht? Da ist schon wieder so ein grässliches

Gewittermonster. Schnüff! Uuuh, da blitzt es schon wieder und ... Großer Hund im Himmel, ist das laut da draußen!

Ella ging neben dem Hund in die Knie und strich ihm über den Kopf. »Du meine Güte, wie bist du denn da reingekommen? Der Korb ist doch viel zu klein für dich.«

Ja, ist er. Bequem ist es hier auch nicht gerade. Nimmst du mich in den Arm? Das ist bestimmt besser. Umständlich krabbelte Barnabas wieder aus dem Korb heraus und drängte sich fest an Ella.

Ein wenig ratlos schloss sie die Arme um den großen, immer noch feuchten Hund. »Du stinkst ganz schön nach nassem Hund.«

Ich bin ja auch einer. Aber mich stört es nicht. Hauptsache, du bist da und beschützt mich vor dem Gewittermonster.

»Hier ist eine Decke. Die Fliesen sind kalt.« Jörn trat neben Ella und breitete eine orangefarbene Wolldecke neben ihr auf dem Boden aus.

»Danke.« Ella rutschte zusammen mit Barnabas auf die Decke und setzte sich im Schneidersitz hin. Ein wenig war sie erleichtert, dass der intensive Moment vorüber zu sein schien. Doch nun plagte sie ihr schlechtes Gewissen. Sie hatte noch niemals zuvor ihre Prinzipien verraten! »Das Gewitter scheint noch heftiger zu sein als das letzte.«

»Ja, und ganz ohne Regen.« Besorgt blickte Jörn aus dem Fenster in den dunklen Garten. »Dafür mit ziemlich heftigem Sturm. Das gefällt mir nicht.«

Ein weiterer Blitz samt gleichzeitigem Donnerschlag schien seine Besorgnis bestätigen zu wollen. Im nächsten Moment ertönte aus der Küche ein schrilles, fast kreischendes Alarmsignal. Zeitgleich gab auch Jörns Handy einen lauten, sich ständig wiederholenden Warnton von sich.

»Verdammt, ein Einsatz.« Jörn rannte in die Küche und schnappte sich sein Handy. Der schrille Plärrton ging offenbar von einem Funkmeldeempfänger aus, den er mit der anderen Hand aus der Halterung am Fenster nahm. Ein knackendes Rauschen ertönte daraus, dann eine Stimme, die etwas durchgab, was Ella jedoch nur teilweise verstehen konnte. Hastig stand sie auf und folgte Jörn in die Küche. »Was ist passiert?«

Hey, was ist denn jetzt los? Das ist ja noch schlimmer als das Gewittermonster. Macht diesen Krach aus, bitte! Meine Ohren fallen ab. Barnabas raste empört bellend hinter Ella her.

Jörn schaltete den Funkmeldeempfänger ab und war im nächsten Moment bereits auf dem Weg zur Kellertür. »Das alte Magnusson-Haus brennt. Wahrscheinlich hat der Blitz eingeschlagen.« Während er sprach, rannte er bereits die Treppe hinab.

Ella folgte ihm erneut und sah atemlos zu, wie er sich in Windeseile in seine Feuerwehrmontur warf. »Das Magnusson-Haus? Das steht doch schon ewig leer.«

»Ja, zum Glück. Dann müssen wir wenigstens nicht befürchten, dass Personen zu Schaden kommen könnten.« Jörn schlüpfte in Sneakers, zurrte die Verschnürung fest und eilte gleich darauf schon wieder nach oben. »Hör zu, ich muss los. Meine restlichen Schutzklamotten sind im Feuerwehrhaus. Du kannst gerne hierbleiben. Bei dem Unwetter solltest du nicht durch die Gegend fahren.«

»Danke.« Ella fühlte sich merkwürdig, als sie beobachtete, wie Jörn sich den Funkmeldeempfänger sowie sein Handy griff. Er war zwar in Eile, strahlte aber trotzdem diese unerschütterliche Ruhe aus. Er war jetzt ganz Feuerwehrmann. »Jörn?«

An der Haustür drehte er sich noch mal um. »Was?«

Sie lächelte grimmig. »Du weißt schon, dass ich dich umbringen muss, wenn du über das, was hier eben passiert ist, auch nur ein Wort zu irgendjemandem verlierst, nicht wahr?« Sie räusperte sich. »Pass auf dich auf, ja?«

Er nickte nur und war in der nächsten Sekunde zur Tür hinaus. Ella hörte, wie er das Garagentor öffnete und nur wenig später davonfuhr. Erleichtert und besorgt zugleich ging sie zurück ins Wohnzimmer und ließ sich auf die Couch fallen.

Sogleich kam Barnabas wieder zu ihr und legte ihr seinen Kopf schwer auf den Oberschenkel. *Und was jetzt? Wo ist Jörn denn so eilig hingegangen? Mir ist immer noch so entsetzlich unheimlich bei dem Getöse draußen.*

»Tja, Barnabas, was machen wir denn jetzt?« Ratlos sah Ella sich um. Als ihr Blick auf die Küchenanrichte fiel, verspürte sie ein heftiges Ziehen in der Magengrube. Ihr Herz machte einen Purzelbaum. »Mist«, murmelte sie vor sich hin und kraulte Barnabas dabei sanft hinter den Ohren. »Ich glaube, ich habe einen ganz üblen Fehler begangen.«

***

Es war bereits halb zwei in der Nacht, als Jörn sein Haus wieder betrat. Er fühlte sich erschöpft – und mies. Letzteres vor allem deshalb, weil er schon bei seiner Ankunft vor dem Haus hatte feststellen müssen, dass Ella weg war. Ihr Auto war fort, im Haus alles dunkel und still.

Ein Teil seines Unwohlseins schob er auf sexuelle Frustration, doch wenn er ehrlich zu sich war, ärgerte er sich vor allen Dingen über sich selbst. Was war nur in ihn gefahren, sich auf eines von Ellas Spielchen einzulassen? Obwohl er sich nicht einmal sicher war, ob es eines der üblichen Spielchen war, denn dass sie es tatsächlich gewagt hatte, einen Bewohner Lichterhavens anzumachen, war ein absolutes Novum. Jeder wusste, dass Ella gewissenhaft die Finger von Einheimischen ließ.

Lag es vielleicht daran, dass sie im Moment besonders verletzlich war? Der Tod ihrer Großmutter hatte sie offenbar mehr aus der Bahn geworfen, als sie zugeben wollte. Doch das erklärte immer noch nicht, warum er selbst kurzfristig derart den Kopf verloren hatte. Er war zwar gerne bereit, anderen Menschen zu helfen, doch so weit ging sein Helfer- und Beschützerinstinkt dann doch nicht, dass er sich zu einem One-Night-Stand mit Ella Jensen hinreißen ließ. Und mehr wäre es wohl nicht gewesen, oder? Mehr wollte sie nicht. Niemals.

Und er selbst? Jörn stieg hinab in den Keller und warf die stinkende Feuerwehrjacke sowie die Hose in einen großen Wäschekorb. Er hatte eine Garnitur zum Wechseln im Feuerwehrhaus, würde diese hier also am besten gleich in die Waschmaschine stecken, damit sie bald wieder einsatzbereit war. Wer wusste schon, wann der nächste Einsatz anstand? Und danach würde er sich gleich ein paar Notizen für den Einsatzbericht machen, solange alle Erinnerungen an den Ablauf des Löscheinsatzes noch frisch in seinem Gedächtnis waren.

In seiner Magengrube zwickte es bedenklich, als er die Waschmaschine öffnete, die Dreißiggradwäsche herausholte und in einen weiteren Wäschekorb legte. Der Anblick von Ellas Sachen, speziell ihrer Unterwäsche, ließ ihn unvermittelt einen Nachhall der hitzigen Leidenschaft verspüren, in die sie am Abend so plötzlich verfallen waren.

Gewissenhaft hängte er die Sachen auf die Klappleine, die

er stets in der Waschküche stehen hatte, und stopfte danach seine Feuerwehrsachen in die Maschine. Ella war wie ein Wirbelsturm. Wenn man einmal davon erfasst wurde, konnte man sich nur noch schwer in Sicherheit bringen.

Sie war keine Frau für ihn. Auch nicht für ein kurzes Abenteuer. Erst recht nicht dafür. Dazu war sie zu … wertvoll. Innerlich fluchend lehnte er sich gegen die Waschmaschine, nachdem er sie eingeschaltet hatte, und legte den Kopf in den Nacken. Was hatte er sich bloß dabei gedacht, es so weit kommen zu lassen, dass sie beinahe … Wahrscheinlich war es ein Segen, dass sie keine Kondome zur Hand gehabt hatten. Es war vollkommener Irrsinn gewesen. Aber auch unglaublich heiß und … verdammt, er hatte es genossen.

Es war ein bisschen so gewesen, wie die verbotene Frucht zu kosten. Ella roch gut, schmeckte gut, fühlte sich gut an. Normalerweise ließ er sich nicht so leicht hinreißen. Er plante solche Dinge lieber mit ein wenig Vorlaufzeit. Andererseits konnte er sich auch nicht gänzlich mit hormoneller Verwirrung herausreden. Wenn er nicht gewollt – *sie* nicht wirklich gewollt hätte, dann hätte er dem Ganzen rechtzeitig einen Riegel vorschieben können. Es stellte sich also die Frage, weshalb er es nicht getan hatte. Warum er sie plötzlich so begehrt hatte. Er wollte sie noch immer, in drei Teufels Namen! Diese Nacht würde er kein Auge zutun, das wusste er jetzt schon.

Also nutzte er die Zeit am besten dazu, sich darüber klarzuwerden, was genau hinter seinem plötzlichen Drang steckte, sich in das Abenteuer namens Ella zu stürzen, und wie er zukünftig damit umgehen sollte. Er war zwar eher der bedächtige Typ, der seine Schritte gerne im Voraus plante, aber vor Risiken schreckte er in aller Regel nicht zurück. Zumindest nicht, wenn er sich etwas davon versprach, sich in die Höhle des Löwen zu begeben – oder in diesem Fall der Löwin.

Ein letzter Blick auf die Kleider auf der Wäscheleine ließ ihn grimmig die Lippen verziehen. Ja, die Nacht würde ganz eindeutig hart werden. Ungemütlich. Frustrierend. Verdammtes Weib!

9. Kapitel

»Nun warte doch mal, Barnabas. Wir sind noch nicht an der Reihe!«

Na und, mir doch egal! Da sind ganz viele andere Hunde! Ich will zu ihnen und sie alle kennenlernen! Wau!

Mit aller Kraft hielt Ella die Leine fest, während Barnabas sich wie wild gebärdete, weil er die anderen Hunde auf dem vorderen Hundeplatz von Christinas Hundeschule entdeckt hatte. »Ich bringe dich zurück ins Auto, wenn du weiter so wild ziehst!«

Das wirst du doch wohl nicht machen! Hier ist es sooo spannend! Kurz hörte Barnabas auf zu ziehen und schnüffelte stattdessen am Boden herum.

Ella atmete auf und rollte mit der rechten Schulter, die von der Zieherei ziemlich beansprucht worden war.

»Hallo, Ella, wie geht es dir?« Ein junges Mädchen mit kurzem braunem Haar und einer schicken Hornbrille kam auf Ella zu. Neben ihr her lief eine Golden-Retriever-Hündin, deren linker Hinterlauf am Gelenk amputiert worden war. »Da hast du aber einen ganz schönen Krawallbruder an der Leine, was?«

»Hallo, Nina.« Ella lächelte dem Mädchen herzlich zu. Sie kannte sie schon seit ein paar Jahren. Ihre Eltern arbeiteten als Trainer in Christinas Hundeschule, und die knapp neunzehnjährige Nina half dort ebenso oft wie in der Tierarztpraxis von Christinas Schwester Luisa aus, die sich ebenfalls auf dem Gelände der Hundeschule befand. »Ja, leider kommen wir nicht so richtig miteinander klar. Barnabas hat einen ziemlichen Dickkopf und tut meistens, was er will, und nicht, was ich sage.« Sie seufzte, als Barnabas sich erneut in die Leine warf, weil er zu der Hündin wollte. Beinahe fühlte es sich an, als wolle er ihr den Arm ausreißen. »Dabei hat er meiner Oma immer aufs Wort gehorcht.«

Pah, von wegen. Wenn es so viele Hunde kennenzulernen gibt, bin ich nicht mehr zu halten, jawohl! Lass mich doch mal los. Das da ist Leika, die kenne ich. Vielleicht hat sie ja Lust zu spielen.

»Mein Beileid noch. Ich kannte deine Oma aus der Praxis.« Nina gab der dreibeinigen Hündin ein Handzeichen. »Sitz, Leika. Lass Barnabas sich erst mal ein bisschen beruhigen.« Sie wandte sich an Ella. »Geh am besten ein paar Schritte zurück, sonst reißt er dich noch um. Mit ein bisschen mehr Abstand beruhigt er sich vielleicht.«

»Dein Wort in Gottes Gehörgang.« Mit aller Kraft zog Ella Barnabas ein paar Meter von Leika fort.

He, Menno, das ist aber nicht nett von dir! Aber das Ziehen wird mir irgendwie jetzt auch zu anstrengend. Mit einem Schnauben setzte Barnabas sich hin, behielt Leika aber genau im Auge.

»So ist es schon besser.« Lächelnd nickte Nina Ella zu. »Hast du gleich eine Stunde bei Christina? Sie meinte, sie hätte heute Abend noch einen Termin.«

»Ja, unsere erste Stunde.« Argwöhnisch blickte Ella auf Barnabas nieder. »Die haben wir wohl dringend nötig.«

»Ach was, er ist doch ein ganz lieber Hund. Wenn er bei deiner Oma immer super gehorcht hat, wird er das bei dir bestimmt auch bald tun. Ihr müsst nur erst lernen, dieselbe Sprache zu sprechen.«

»Das hört sich immer so einfach an.« Seufzend rollte Ella

noch einmal mit der rechten Schulter. »Morgen habe ich Muskelkater.«

»Das ist auch gar nicht so schwer.« Ganz langsam ging Nina auf Barnabas zu und blieb schließlich dicht vor ihm stehen. »Na bitte, das ist doch schon super.« Sie betonte das letzte Wort besonders freudig und mit heller Stimme. »Siehst du, Barnabas, du brauchst dich gar nicht so aufzuregen. Wenn du ganz brav bist, kriegst du viel mehr Lob und Streicheleinheiten.«

Ach ja? Was du nicht sagst. Barnabas stand auf und wedelte mit dem Schwanz, zerrte aber nicht noch einmal an der Leine. *Irgendwie kommt mir das bekannt vor. Mein Frauchen Carlotta hat das auch immer gesagt. Mhm, ja, da hinter dem Ohr darfst du mich ruhig noch mehr kraulen. Das maaag ich seeehr!*

Nina lachte, als Barnabas sich freudig rekelte. »Da haben wir ja schon mal ein probates Mittel zur Bestechung.«

Ella beobachtete Nina ganz genau. »Er liebt es, gestreichelt und gekrault zu werden.«

»Dann kannst du das beim Üben als Belohnung einsetzen.« Hinter Nina war Christina aufgetaucht und zog gerade ihren langen braunlockigen Zopf durch den Riemen einer Baseballkappe. Ihre zierliche Gestalt steckte in einer Jeanslatzhose und einem schmal geschnittenen roten T-Shirt. Ihre Wangen waren leicht gerötet und etwas runder als sonst. Den Grund konnte sie trotz der weiten Hose kaum verbergen. Ein Babybauch wölbte sich unter dem Stoff. »Wie ich sehe, hat Nina schon mit der Theorie begonnen.«

Nina grinste. »Na ja, nur ein bisschen, weil Barnabas eben so wild gezogen hat, als ich mit Leika hier vorbeikam. Aber mit etwas Abstand hat er sich schnell wieder beruhigt.«

Beifällig nickte Christina. »Sehr gut. Damit können wir schon mal arbeiten. Nicht wahr, Barnabas?« Sie blickte den Hund freundlich und ganz ruhig an. »Es wäre doch gelacht, wenn wir dich und dein neues Frauchen nicht zu einem super Team zusammenschweißen könnten.«

Ella und ich ein Team? Tja, also ... Wenn du meinst. So ganz verstehe ich gerade nicht, was du meinst. Unsicher wedelte Barnabas mit der Rute und schnüffelte an Christinas Hand, die sie ihm vorsichtig hinhielt. *Du riechst gut. Und nett. Nach Erde und Leckerchen.*

»Na, dann kommt mal mit auf den hinteren Platz. Der ist ein bisschen kleiner, und vor allem ist da im Moment nichts los.« Christina gab Ella ein Zeichen, ihr zu folgen.

Nina verabschiedete sich und ging mit Leika in die entgegengesetzte Richtung davon.

Moment mal, wo will Leika denn hin? Ich will mit! Oder vielleicht doch lieber dahin, wo die Leckerchen-Frau hingeht? Ella? Was jetzt? Ach, egal. Ich bin für Leckerchen.

Ella keuchte erschrocken auf, als Barnabas ohne Vorwarnung lossauste – hinter Christina her. Sie konnte ihn kaum halten und fühlte sich schrecklich verlegen und unfähig, als sie bemerkte, dass Christian sie ganz genau beobachtete. Auf der kleineren Hundewiese angekommen, räusperte sie sich umständlich. »Ich glaube, das war bereits eine perfekte Demonstration unseres Problems. Barnabas macht, was er gerade will, ohne Rücksicht auf Verluste.«

»Er übernimmt die Führung, weil er sich nicht an dir orientieren kann.« Christina lächelte verständnisvoll. »Das ist kein Wunder, denn immerhin seid ihr noch nicht lange zusammen. Er hat gerade sein Frauchen verloren, und zu Carlotta hatte er eine tiefe, ganz besondere Beziehung. Ich habe die beiden oft zusammen gesehen.«

Oh ja, mein Frauchen Carlotta war einmalige Spitze. Ich will sie so gerne zurückhaben, aber ich glaube, das geht nicht. Sie ist für immer weg.

»Und wie kann ich das ändern?«

Christina lachte. »Das ist einfach. Ihr beide müsst eine Bindung zueinander aufbauen. Je enger sie wird, desto besser werdet ihr einander verstehen. Und dann klappt es auch mit Barnabas' Benehmen.«

Skeptisch runzelte Ella die Stirn. »Das klingt für mich alles andere als einfach. Wie soll ich denn eine Bindung zu ihm aufbauen, wenn er nie auf mich hört?«

»Indem du auf ihn hörst.« Christina ging vor Barnabas in die Hocke. »Nicht wahr, dein neues Frauchen sollte mal genau hinsehen und hinhören.«

Na klar, das kann nie schaden. Meistens schimpft sie ja bloß.

»Ich weiß immer noch nicht, was du damit meinst.«

Langsam erhob Christina sich wieder. »Lass ihn mal von der Leine. Das Tor ist zu, also kann er nicht weglaufen. Und dann sieh ihm eine Weile zu.«

»Okay.« Unsicher, was sie von dem Vorschlag halten sollte, löste Ella die Leine von Barnabas' Geschirr.

Oh, wunderbar! Jetzt kann ich endlich mal alles hier erforschen. Hier riecht es extrem interessant nach vielen, vielen Hunden. Mit der Nase am Boden sauste Barnabas los, in Schlangenlinien und Kreisen, und schnüffelte an jeder Spur, die er fand.

»Lass ihn einfach mal herumstromern, solange wir uns unterhalten. Aber behalte ihn im Auge und schau, was er macht.«

»Also gut.« Um ihre Hände zu beschäftigen, spielte Ella mit der Leine herum, bis Christina ihr eine Hand auf den Arm legte.

»Du scheinst ziemlich nervös zu sein.«

»Oh.« Betreten blickte Ella auf die Leine. »Ja, vielleicht ein bisschen.«

»Regel Nummer eins im Umgang mit Hunden: Ruhig bleiben. Wenn du relaxt bist, ist es dein Hund ebenfalls.«

»Das hat Jörn auch zu mir gesagt.«

Schmunzelnd nickte Christina. »Das wundert mich nicht. Jörn ist der entspannteste Mann, dem ich jemals begegnet bin. Bestimmt kommt er mit Barnabas perfekt aus, nicht wahr?«

Seufzend nickte Ella. »Und wie. Bei ihm gehorcht Barnabas genauso gut wie bei meiner Oma.«

»Die zwei kennen sich ja auch schon lange und haben oft Zeit zusammen verbracht.«

»Ich doch aber auch. Ich habe mich mehrmals in der Woche mit Oma Carlotta getroffen.«

Bedächtig nickte Christina. »Ja, aber hast du dich dabei auch viel mit Barnabas beschäftigt? Ich meine, nur mit ihm?«

»Äh ... nein, eigentlich nicht. Meine Oma war ja immer dabei, und Barnabas gehörte eben dazu.«

»Du musst lernen, ihn anders wahrzunehmen.« Christina schnipste mit den Fingern, bis Barnabas sich zu ihr umdrehte.

Ja, ist was?

»Na suuuper, du Süßer. Komm mal her, du schöner Hund, und lass dich kraulen.« Wieder ging Christina in die Hocke und breitete einladend die Arme aus.

Hast du kraulen gesagt? Da bin ich dabei. Mit einem leisen Wuff rannte Barnabas auf Christina zu und schlitterte direkt in ihre Arme.

Lachend landete sie auf ihrem Hinterteil. »Na, na, nicht

ganz so stürmisch. Und trampele bitte nicht auf meinem Bauch herum. Die beiden Mäuse da drinnen kommen sonst auf die Idee, einen Sambatanz aufzuführen, und dann muss ich irgendwann aufs Klo, weil sie meine Blase als Tanzfläche benutzen.«

»Oh Gott, ist dir was passiert?« Erschrocken beugte Ella sich vor und hielt Christina die Hand hin, um ihr beim Aufstehen behilflich zu sein. Doch Christina achtete gar nicht darauf, sondern blieb einfach im Gras sitzen.

»Ach was, alles in Ordnung. Was glaubst du, wie oft ich schon auf meinem Hosenboden gelandet bin? Und nicht immer so sanft wie eben. Barnabas ist ein bisschen stürmisch, aber da gibt es noch ganz andere Kaliber, die nicht so freundlich sind wie er.« Sie kraulte den Hund sanft hinter beiden Ohren. »Aber ein Süßer bist du wirklich, nicht wahr?«

Ja, unbedingt.

»Kommt er mit anderen Rüden klar?« Christina hob den Kopf und blickte Ella fragend an.

»Ich weiß es nicht. Wahrscheinlich schon. Zumindest hat meine Oma nie etwas Gegenteiliges erwähnt.«

»Beim nächsten Mal probieren wir es aus. Dann bringe ich Boss mit. Der ist auch immer so stürmisch wie eine Dampflok ohne Bremsen. Heute ist er leider nicht hier, weil Ben ihn mit ins Atelier genommen hat.«

»Geht es dir wirklich gut?« Ella war immer noch besorgt um die schwangere Hundetrainerin.

»Ausgezeichnet sogar. Mich kann nichts so leicht schrecken. Zumindest nicht, seit ich erfahren habe, dass ich Zwillinge in meinem Bauch mit mir herumtrage. Allerdings halten die beiden ihr Geschlecht ziemlich hartnäckig geheim. Bisher hatten wir noch bei keinem Ultraschall Glück, irgendein Anzeichen zu erkennen.«

»Zwillinge.« Ella lächelte ehrfürchtig. »Das ist ja Wahnsinn.«

»Genau das habe ich auch gesagt.« Christina kicherte. »Ben ist fast in Ohnmacht gefallen. Aber das lag wohl mehr daran, dass er, als ich ihm gesagt habe, dass ich schwanger bin, gerade an einer Skulptur gearbeitet hat, die er *Zwillingsherzen* genannt hat. Jetzt will er die Skulptur unbedingt im Kinderzimmer aufstellen, sobald die beiden auf der Welt sind.«

»Er freut sich also.«

»Machst du Witze?« Christina grinste breit. »Er hatte seither schon mehrere Visionen, aufgrund derer er Tag und Nacht im Atelier geackert hat. Er ist überglücklich.«

»Das ist schön.«

»Und nun hilf mir doch mal, wieder aufzustehen.« Christina streckte ihr die rechte Hand hin, und Ella half ihr auf die Füße. »Allmählich werde ich behäbig. Aber was soll's. Wo waren wir eben stehen geblieben? Ach ja, die Bindung. Um sie aufzubauen und zu festigen, braucht es im Grunde gar nicht viel von deiner Seite. Zeit hauptsächlich und die Bereitschaft, dich mit Barnabas zu beschäftigen.«

»Aha.« Nachdenklich blickte Ella zu dem Hund, der jetzt wieder fröhlich herumstromerte und an jedem Stein oder Grashalm schnüffelte. »Muss ich da irgendetwas Besonderes tun?«

»Nein.« Lächelnd schüttelte Christina den Kopf. »Sei einfach da, streichele ihn, spiel mit ihm. Sei ruhig auch mal albern, aber wenn er zu wild wird, brichst du die Sache kommentarlos ab. Das begreift er ganz schnell. Auch auf Spaziergängen solltest du dich immer ganz auf deine Zeit mit ihm konzentrieren und nicht dauernd mit den Gedanken woanders sein. Mit dem Handy zu hantieren ist übrigens auch nicht so toll.«

»Ganz ehrlich? Ich bin froh, wenn ich in meiner Freizeit nicht ständig aufs Handy achten muss.«

»Umso besser. Ich werde dir ein paar lustige Spiele für den Anfang nennen, die ihr ausprobieren könnt. Vielleicht hast du auch Lust, Barnabas ein paar Tricks beizubringen.«

»Ich glaube, er kann schon welche. Aber ich weiß leider die Kommandos nicht.«

»Das finden wir bald heraus. Agility macht auch eine Menge Spaß. Aber für den Anfang will ich euch nicht überfordern.« Christina ging zu einer Holzkiste, die am Zaun befestigt war, und entnahm ihr einen ovalen Ball, an dem eine Handschlaufe befestigt war. »Beim nächsten Mal kannst du gern sein Lieblingsspielzeug mitbringen. Jetzt geht aber das hier auch.« Sie reichte das Spielzeug Ella. »Wir probieren jetzt ein paar Sachen aus, damit ich sehe, wie ihr zwei miteinander interagiert, okay? Und beim nächsten Mal habe ich dann einen Plan, wie wir zusammen trainieren können.«

***

Über eine Stunde später warf Ella sich mit einem Stöhnen auf ihre Couch und streckte sich lang aus. »Du meine Güte, war das anstrengend!«

Da gebe ich dir recht. Ich bin ganz k. o. Aber lustig war es. Gehen wir da bald noch mal hin? Mit einem lauten Schnaufen ließ auch Barnabas sich in sein Körbchen fallen.

»Am liebsten würde ich einfach nur noch schlafen gehen.«

Ja, und? Kannst du doch machen. Wo liegt das Problem? Ich mache das jetzt auch.

»Das geht aber nicht, weil ich heute Abend mit Hannah und Caroline im *Arche Noah* verabredet bin.« Sie verdrehte die Augen. »Tanzen und Drinks. Montagabend-Party. Das hatten wir schon lange mal wieder vor, da kann ich jetzt nicht einfach kneifen.«

Keine Ahnung, was du meinst. Willst du etwa heute noch mal weg?

Ellas Handy gab einen kurzen Signalton von sich, der ihr verriet, dass Hannah ihr eine Kurznachricht geschrieben hatte. Umständlich fischte Ella das Mobiltelefon aus ihrer Gesäßtasche und rief die Nachricht ab.

Hannah: Ich hoffe, du bist schon geschniegelt und gebügelt. Meine Tanzschuhe sind bereits auf dem Weg ins Arche Noah. Ich hoffe, sie noch rechtzeitig einzuholen, bevor sie die erste Runde allein auf der Tanzfläche drehen.

Wieder stöhnte Ella, schrieb dann aber doch eine passende Antwort.

Ella: Dann beeil dich mal. Nicht dass du nach mir dort eintriffst. In dem Fall nehme ich deine Tanzschuhe an mich und behalte sie.

Hannah: Untersteh dich! Du hast selbst welche. Bis später!

Tanzschuhe … Ella verdrehte die Augen und erhob sich stöhnend. Sie konnte sich im Moment nicht vorstellen, auch nur einen Stehblues zu tanzen, so erschöpft war sie. Aber ein, zwei Cocktails würden sie hoffentlich wieder zum Leben erwecken. Kurz warf sie einen Blick auf Barnabas, der sich in seinem Körbchen zusammengerollt hatte. »Ich hoffe, du benimmst dich, solange ich weg bin.«

Hä? Barnabas sah blinzelnd zu ihr auf. *Du willst echt noch mal weg? Nee, also das wäre nix für mich. Ich werde jetzt schlafen, schlafen, schlafen. Aber bleib nicht zu lange weg, sonst vermisse ich dich womöglich noch.*

»Ich bleibe auch nicht so lange. Immerhin müssen wir alle morgen arbeiten. Aber die Montagabend-Partys im *Arche Noah* sind immer so lustig.«

Meinetwegen. Barnabas schnaubte und schloss wieder die Augen.

Ella ging hinüber ins Bad und zog sich aus, um schnell zu duschen und sich in das sexy rote Sommerkleidchen mit den Spaghettiträgern zu werfen, das sie bereits am Morgen herausgelegt hatte. Nach einigem Überlegen, was sie mit ihren Haaren anstellen sollte, ließ sie sie einfach offen auf ihre Schultern fallen. Ein wenig Mascara, Puder und zartroter Lipgloss – und schon war sie ausgehfertig. Dass manche Frauen eine halbe Ewigkeit im Bad brauchten, konnte sie nicht verstehen. Aber vielleicht hatte sie auch einfach nur gute Gene erwischt. Obendrein machte sie sich auch nicht viel aus Make-up. Da sie vorhatte zu tanzen, wählte sie die halbhohen roten Pumps mit dem etwas breiteren Absatz. Nicht dass sie sich am Ende noch den Knöchel verstauchte.

Nach einem letzten zufriedenen Blick in den Badezimmerspiegel schnappte sie sich ihre kleine weiße Abendhandtasche, Handy und Schlüssel, blieb dann aber noch einmal in der Haustür stehen und drehte sich zu Barnabas um. »Ich gehe jetzt aus, okay? Bin bald wieder zurück.«

Barnabas hob kaum den Kopf. *Ja, okay. Mach mal. Ich bin müde.*

»Wasser und Futter stehen in der Küche. Pass hier gut auf alles auf, okay?«

Jetzt hob Barnabas doch den Kopf und legte ihn etwas schräg. *Aufpassen soll ich?*

»Damit kein Einbrecher reinkommt.« Ella lächelte leicht, als Barnabas' Ohren zuckten.

Machst du Witze? Hier gibt es Einbrecher?

»Schau nicht so entsetzt. Es wird schon niemand versuchen, dich zu klauen.«

Sehr witzig. Schnaubend legte Barnabas seinen Kopf auf die Pfoten. *Geh du mal ... wohin auch immer. Aber nicht zu lange!*

»Bis nachher.« Ella nahm sich noch die leichte weiße Windjacke vom Haken und schloss die Haustür hinter sich ab. Kurz überlegte sie, ob sie fahren sollte, doch da sie vorhatte, einen bis mehrere Cocktails zu trinken, entschied sie sich fürs Laufen. Entweder nahm sie sich später ein Taxi nach Hause oder fand einen netten Bekannten, der sie mitnahm.

Etwa zwanzig Minuten später betrat sie das *Arche Noah*, das, passend zu seinem Namen, an der Außenfassade einem hölzernen Schiff nachempfunden war und innen eine schon etwas betagte, aber gemütliche Mischung aus Bar, Bistro und Tanzclub bot. Das Thema der biblischen Arche Noah zog sich durch die gesamte Einrichtung, von Schiffsplanken an den Wänden über jeweils paarweise arrangierte Tierfigürchen auf den Tischen bis zu passenden Bildern oder Fotos an den Wänden.

Ella verdrehte halb amüsiert, halb verzweifelt die Augen, als *Hello again* von Howard Carpendale sie beim Eintreten begrüßte. Hoffentlich wurde die Musik im Laufe des Abends noch ein bisschen fetziger. Die Hälfte der kleinen

Zweier- und Vierertische war bereits besetzt, und einige mutige Paare drehten auch schon munter ihre Runden auf der Tanzfläche.

Hannah und Caroline winkten ihr fröhlich von der Bar aus zu und deuteten grinsend auf den Cocktail, den sie bereits für Ella bestellt hatten.

»Piña Colada für dich.« Hannah umarmte Ella und gab ihr einen Kuss auf die Wange. »Ich wollte endlich mal einen *Sex on the Beach*, aber Marius hat den immer noch nicht auf der Karte. Dabei hatte er es mir versprochen.« Lachend saugte sie an ihrem Strohhalm, der ebenfalls in einer Piña Colada steckte.

»Ich bleibe lieber erst mal bei meinem *Arche Erdbeerkuss*.« Auch Caroline umarmte und küsste Ella. »Da ist nur ein Schuss Alkohol drin. Wenn ich gleich mit mehr anfange, werde ich heute nicht alt.« Aufmerksam sah sie sich im Club um. »Kaum Einheimische bisher.«

»Umso besser.« Ella folgte dem Blick ihrer Freundin und fasste einen Entschluss. »Dann wird sich bestimmt der eine oder andere nette Tanzpartner für mich finden.«

»Flirtpartner, meinst du.« Zuvorkommend schob Hannah ihr einen der Barhocker hin.

»Das auch.« Fast schon grimmig musterte sie die männlichen Gäste. »Ich brauche mal wieder ein bisschen … Spaß.« Ablenkung hätte sie beinahe gesagt. Von Jörn, der ihr ärgerlicherweise nicht mehr aus dem Kopf ging. Damit musste jetzt ein für alle Mal Schluss sein. »Der da drüben sieht nett aus.« Sie setzte ihr strahlendstes Lächeln auf und warf ihr langes schwarzes Haar schwungvoll über die Schulter zurück.

***

»Ist das jetzt wirklich so eine gute Idee? Heute ist Montag!« Leicht verdrießlich blickte Jörn an sich hinab. Er hatte zu seinen Bluejeans ein dunkelrotes Freizeithemd angezogen, nachdem sein Freund ihn überredet hatte, auf einen Abstecher ins *Arche Noah* zu gehen. So richtig begeistert war er davon nicht.

»Na klar, Montagabend-Party!« Breit grinsend schubste Henning Magnusson Jörn vor sich her durch den Eingang. »Der beste Ort, um den Beginn meines neuen Lebens gebührend zu feiern. Als ich auf der Webseite dieses Ladens gesehen habe, dass es die Party immer noch gibt und dass sich hier anscheinend fast nichts verändert hat, wusste ich, dass ich herkommen muss.«

Kopfschüttelnd musterte Jörn seinen alten Schulfreund von der Seite. Henning war ebenso groß wie er und besaß einen athletischen, durchtrainierten Körper. Schwarze Jeans saßen lässig niedrig auf schmalen Hüften, darüber trug er ein schwarzes T-Shirt mit dem Aufdruck des Sponsors seines ehemaligen Formel-1-Teams, der Firma Costales, die Autozubehörteile auch für Rennwagen herstellte. Eine schwarze Lederjacke vervollständigte das Gesamtbild des draufgängerischen Rennfahrers zur Perfektion. Das blonde, kragenlange Haar wirkte leicht verstrubbelt – sein Markenzeichen –, und der Dreitagebart unterstrich die eigenwilligen, rauen, jedoch nicht unattraktiven Gesichtszüge. Henning war geradezu das Musterbeispiel eines erfolgreichen Rennsportlers, und Jörn war stolz auf seinen Freund. Im Augenblick wunderte er sich allerdings nicht wenig. »Du bist der erste Mensch, der mir je begegnet ist, der sich darüber freut, dass sein Haus abgebrannt ist, und der das feiern will.«

Henning lachte rau. »Nicht ganz abgebrannt, dank dir

und deiner Truppe. Hey, vielleicht sollte ich bei euch Mitglied werden, wenn ich alles andere geregelt habe. Ich mache auch ganz brav erst mal den Grundkurs.«

Skeptisch verzog Jörn die Lippen. »Wenn du das unbedingt willst.«

»Von unbedingt habe ich nichts gesagt, aber hey«, freundschaftlich klopfte Henning Jörn auf die Schulter, »die Idee könnte mir durchaus gefallen. Reden wir später darüber. Erst mal feiern wir, aber nicht, dass das Haus abgebrannt ist, sondern dass ihr das meiste meines Erbes habt retten können, wenn die Renovierung auch viel Zeit und Geld verschlingen wird. Andererseits wollte ich ja sowieso wieder hierherziehen. Ob ich nun ein neues Haus baue oder das meines Großvaters wiederherrichten lasse, bleibt sich doch gleich.«

»Dir ist es also wirklich ernst damit? Du willst zurück nach Lichterhaven ziehen?« Nach einem Blick auf die fröhlich zuckenden Leiber auf der Tanzfläche, die zu *Mr. Vain* abzappelten, steuerte Jörn einen der noch unbesetzten Vierertische im hinteren Bereich des Clubs an. Nachdem sie sich gesetzt hatten, sprach er weiter. »Ich hätte nicht gedacht, dass dich noch mal irgendetwas hierher zurückzieht. Du bist doch in der Welt weit herumgekommen, und wie ich hörte, wollte Costales dir eine leitende Position in seinem Team anbieten, wenn du selbst keine Rennen mehr fahren willst.«

»Bei Costales könnte ich jederzeit anfangen.« Träge lehnte Henning sich auf seinem Stuhl zurück und beobachtete die Leute ringsum. »Aber es wird Zeit, etwas Neues anzufangen. Wenn ich noch viel länger Rennen fahre, wird man mich als altes Eisen ansehen, auch wenn ich noch ein paar Erfolge einheimsen kann. Es drängen viele neue, junge

Talente nach, die sollen auch eine Chance haben. Außerdem geht der Job ganz schön auf die Knochen, und ich will noch was von meinem Leben haben, bevor mich die Arthrose schachmatt setzt.« Wieder lachte er sein raues Lachen. »Das Leben am Limit ist toll, aber nur für eine begrenzte Zeit. Irgendwann muss man auf die Bremse treten und sich neu orientieren. Die Werkstatt vom alten Weinheimer steht zum Verkauf. Da will ich einsteigen.«

»Du willst die Autowerkstatt im Gewerbegebiet übernehmen?« Verblüfft richtete Jörn sich auf. »Ist das dein Ernst?«

»So wahr ich hier sitze. Ich habe schon meine Fühler ausgestreckt und könnte eine Abteilung für Oldtimer und besonders anspruchsvolle Autos hinzufügen. Costales würde die Teile dafür liefern. Allerdings brauche ich für den Übergang einen Meister, bis ich die entsprechenden Kurse selbst absolviert habe. Und danach wird das Geschäft so brummen, dass ich einen zweiten Meister brauchen werde. Mindestens.«

»Heiliges Kanonenrohr. Du willst den Kfz-Meister nachholen?«

»Hältst du mich mit zweiunddreißig für zu alt dazu?« Henning grinste breit. »Im Herbst fängt ein Kurs in der Abendschule an, den könnte ich belegen. Bis ich dann fertig bin, habe ich auch die erforderlichen Jahre an Berufserfahrung. Das ist alles schon durchdacht.«

»Dein Haus ist doch erst am Samstag abgebrannt.«

»Na und? Das war letztlich nur der letzte Stein, der den Anstoß gab, endlich in die Puschen zu kommen.« Entspannt streckte Henning die langen Beine aus, zog sie aber gleich wieder an, damit eine Gruppe junger Männer nicht darüber stolperte.

Einer der Jugendlichen bedankte sich artig, ging weiter, blickte sich noch einmal um. Dann tuschelten die Jungen aufgeregt miteinander.

»Oh, oh.« Erheitert verzog Henning die Lippen. »Ich glaube, ich wurde soeben erkannt.« Seelenruhig zog er einen Kugelschreiber und ein paar Autogrammkarten aus der Innentasche seiner Lederjacke hervor. Keinen Moment zu früh, denn die Jugendlichen stürzten sich bereits auf ihn und baten aufgeregt um Autogramme und Selfies.

Halb entsetzt, halb amüsiert sah Jörn seinem alten Freund zu, wie dieser, ganz der Profi, der er seit fast fünfzehn Jahren war, mit seinen Fans umging, ihre Fragen beantwortete und sich aus jedem Winkel fotografieren ließ. Natürlich kamen noch weitere Neugierige hinzu, doch glücklicherweise schob sich bald Marius, der Inhaber des *Arche Noah*, dazwischen und verscheuchte die aufdringlichen Fans wieder. Danach nahm er höchstpersönlich Jörns und Hennings Getränkebestellungen auf. Jörn sah ihm einen Moment nach, bevor er sich wieder seinem Freund zuwandte. »Geht dir dieser Rummel nicht auf den Zeiger?«

Lässig winkte Henning ab. »Ich genieße es, solange es noch anhält. Wenn ich erst mal eine Weile aus dem Geschäft raus bin, wird kaum noch jemand ausflippen, wenn er mir begegnet.«

»Also wirst du es vermissen?«

»Ja und nein. Der Starrummel, der um mich betrieben wurde, ist zeitweise enorm gewesen. Das meiste hat mein Manager in die Wege geleitet, und lange Zeit fand ich es richtig toll. Aber es ist auch zur Gewohnheit geworden, und das zeigt mir, dass es Zeit für etwas Neues ist.« Versonnen lächelte Henning. »Oder für etwas Altes. Zurück zu den Wurzeln. Ich schätze, Lichterhaven wird mich erden.«

»Hast du das denn nötig?«

»Unbedingt.« Aus dem Lächeln wurde ein schiefes Grinsen. »Wenn einem die Männer begeistert nachlaufen und die Frauen reihenweise zu Füßen liegen, ohne dass man sich auch nur mit dem kleinen Finger anzustrengen braucht, kann man leicht zum Abheben neigen. Für eine Weile ist das auch echt schön, aber irgendwann landet man dann ziemlich unsanft auf dem Boden der Tatsachen und fragt sich, ob das schon alles gewesen ist.«

Aufmerksam musterte Jörn seinen Freund. »Das klingt ja schon fast philosophisch.«

»Findest du?« Achselzuckend beobachtete Henning erneut die Leute. »Ich habe mehr erreicht, als die meisten Leute sich auch nur erträumen können. Ruhm, Reichtum, Abenteuer, Frauen ... Aber das Leben besteht noch aus anderen Dingen, und ich habe vor, es auszukosten. Neues auszuprobieren, Altes wiederaufleben zu lassen. Verstehst du das? Du hast dein Leben lang hier in Lichterhaven verbracht und bist hier so fest verwurzelt, wie man es nur sein kann.«

Nachdenklich nickte Jörn. »Ich kann es nachvollziehen. Du hast einen großen Teil deiner Wurzeln gekappt, als du damals von hier weggegangen bist, um die große Karriere als Rennfahrer zu machen. Jetzt hast du bemerkt, dass irgendwo noch ein paar festsitzende Wurzelenden übrig sind. Lichterhaven lässt seine Bewohner niemals vollkommen los.«

»So könnte man es beschreiben.« Henning nickte ernst und nahm dankend das Bier entgegen, das ein junger Kellner ihm reichte. Auch Jörn nahm sein Bier entgegen und hob es leicht an. »Darauf sollten wir trinken.«

»Meine Rede.« Henning stieß mit ihm an. »Auf neue

Wege in altbekannten Gefilden.« Nachdem sie beide einen Schluck getrunken hatten, lehnte Henning sich wieder bequem zurück. »Apropos alte Gefilde. Hier hat sich ja wirklich so gut wie gar nichts verändert. Sag mal, ist das da drüben Ella Jensen? Wenn ja, dann wow, sie hat sich ja unglaublich gemacht. Eine Schönheit, dabei war sie früher schon bildhübsch. Und immer noch dieselbe flirty Partymaus wie damals.«

»Was? Ella ist hier?« Jörn blickte in dieselbe Richtung wie Henning und spürte einen heftigen Stich in der Magengrube, als er Ella am Rand der Tanzfläche an einem der Tische stehen und mit einem dunkelhaarigen Mann reden – nein, flirten – sah.

»Sie scheint eine Eroberung gemacht zu haben, so wie der Typ sie ansieht.« Henning lachte. »Der will heute garantiert noch mehr von ihr als nur flirten.« Als die Musik zu *Atemlos* von Helene Fischer wechselte, forderte der Typ Ella zum Tanzen auf, und nur Augenblicke später wirbelten die beiden lachend über die Tanzfläche.

»Scheint so.« Der Stich in Jörns Magengrube verwandelte sich in ein heißes Brennen. In diesem Moment blickte Ella zufällig in seine Richtung. Überraschung zeichnete sich auf ihrer Miene ab – und gleich darauf ganz eindeutig Ärger. Sie drehte den Kopf weg und sagte etwas zu ihrem Tanzpartner, woraufhin dieser sie weiter in die Mitte der Tanzfläche führte und damit aus Jörns Sichtfeld hinaus.

»Und sind das da drüben etwa Hannah und Caroline?« Henning deutete mit dem Kinn in Richtung Bar, wo die beiden jungen Frauen sich angeregt mit zwei Männern unterhielten. »Ist ja verrückt. Sag bloß, die siamesischen Drillinge sind immer noch so unzertrennlich wie zu Schulzeiten.«

»Sie haben gemeinsam ein Cateringunternehmen gegründet.« Jörn antwortete leicht abwesend, weil er mit Blicken die Tanzfläche absuchte. Verfluchtes Weib!

»Was du nicht sagst.« Interessiert beobachtete Henning Hannah und Caroline. »Himmel, die Kleine sieht ja immer noch so aus, als wäre sie noch nicht volljährig.«

»Lass sie das bloß nicht hören, sonst reißt sie dir den Kopf ab.«

Henning grinste. »Kann ich mir vorstellen. Obwohl sie ja insgesamt schon sehr attraktiv ist. Wahnsinnsfigur. Und die roten Haare waren schon immer ein Hingucker. Genau wie bei ihrer Schwester Martina. Wie ich hörte, hat sie wieder geheiratet.«

»Ja, erst vor Kurzem.« Verärgert über sich selbst, bemühte Jörn sich, den Blick von der Tanzfläche abzuwenden und sich unbeteiligt zu geben. »Momentan sind sie und ihr frischgebackener Ehemann in den Flitterwochen.«

»Das ist schön. Ich habe aus der Ferne mitbekommen, dass Axel damals bei diesem Unfall ums Leben kam. Sie hat sich ja ziemlich lange Zeit gelassen, bis sie wieder geheiratet hat.«

Jörn hob die Schultern. »Sie hat lange getrauert, schätze ich. Und es war ja auch nicht leicht mit den kleinen Kindern und dem Schwimmbad und all ihren Verpflichtungen. Thorsten ist ein guter Mann. Die beiden passen gut zusammen, denke ich.«

»Thorsten Brunner, nicht wahr? Meine Mutter hat mir alles brühwarm erzählt. Er ist der Halbbruder von Lars Verhoigen, sagte sie, und dass die beiden Brüder jetzt die alte Werft bewirtschaften.«

»So ist es. Thorsten ist übrigens auch der Feuerwehr beigetreten. Er hatte sogar schon einige Qualifikationen von früher.«

»Soso.« Henning hob noch einmal sein Glas. »Dann muss ich mich ja anstrengen, um da mitzuhalten.« Er trank einen Schluck. »Sag mal, nach wem hältst du eigentlich dauernd Ausschau?«

***

Verdammt, verdammt, verdammt, war alles, was Ella denken konnte, während Sönke, den sie vorhin kennengelernt hatte, sie gekonnt über die Tanzfläche wirbelte. Was zur Hölle hatte Jörn Paulsen an einem Montagabend im *Arche Noah* zu suchen? Und hatte sie richtig gesehen, dass er mit Henning Magnusson zusammen am Tisch saß? Das war doch wohl nicht möglich, oder? Sie hatte diesem Abend hauptsächlich zugestimmt, weil sie sich absolut sicher gewesen war, dass das *Arche Noah* der allerletzte Platz wäre, an dem sie Jörn begegnen – oder auch nur an ihn erinnert werden würde. Und jetzt saß er direkt vor ihrer Nase, zusammen mit dem prominentesten Lichterhavener überhaupt – und warf sie komplett aus der Bahn. Am liebsten wäre sie sofort wieder gegangen, doch das würde Sönke womöglich fälschlicherweise als Einladung auffassen. Er war zwar nett und ein sehr passabler Tänzer, und Ablenkung war gut und schön. Aber so leicht zu haben war sie nun auch wieder nicht.

»Stimmt etwas nicht? Du siehst so verärgert aus«, rief Sönke ihr ins Ohr.

Das war sie auch! Verärgert über sich selbst und wütend auf Jörn, dass er es wagte, hier an ihrem Partyabend aufzutauchen und ihr in die Parade zu fahren. Angestrengt verdrängte sie ihren Zorn und lächelte Sönke fröhlich – wie sie hoffte – an. »Nein, nein, alles in Ordnung. Mir ist nur

gerade ... etwas eingefallen, was ich morgen erledigen muss.«
Sie würde Jörn den Garaus machen, das stand fest. Während sie noch zu zwei weiteren Songs tanzten, bemühte sie sich, weiterhin auf das leichte Geplauder einzugehen, mit dem Sönke sie zu unterhalten versuchte. Dann schlug sie ihm vor, zu Hannah und Caroline zurückzukehren, um etwas zu trinken. Zu spät bemerkte sie, dass Jörn und Henning sich auch gerade zu ihren beiden Freundinnen gesellt hatten.

»Da seid ihr ja wieder!« Hannah hakte sich locker bei Ella unter und sah Sönke nach, der zur Bar ging, um Getränke zu besorgen. »Ihr seid es ja sportlich angegangen. Ich glaube, ich tanze heute nur noch zu ganz langsamen Songs. Also falls sich jemand traut, mich aufzufordern.« Sie lachte leise. »Aber nun sieh dir bloß mal an, wen der Lichterhavener Wind hereingeweht hat, Ella. Henning Magnusson höchstpersönlich. Hättest du gedacht, dass er den Weg hier herein überhaupt noch findet?«

Ella wandte sich Henning zu und musterte ihn neugierig. Dabei bemühte sie sich, so zu tun, als würde sie Jörn höchstens am Rande bemerken. »Tatsächlich, der berühmte Rennfahrer ist auf Besuch in der Heimat.« Sie setzte ihr funkelndstes Lächeln auf. »Willkommen zu Hause. Besuchst du deine Mutter?«

Henning lächelte ebenfalls und ließ seinen Blick anerkennend über Ellas Körper wandern. »Hallo, Ella. Du hast dich gar nicht verändert. Immer noch die Queen jeder Party?«

Ella winkte lässig ab. »Ein bisschen erwachsen bin ich leider schon geworden. Sind wir das nicht alle?«

»Ja, leider. Aber ich versuche, es auf einem Minimum zu halten.« Er zwinkerte ihr fröhlich zu. »Du bist immer noch eine tolle Tänzerin. Vielleicht sollten wir auch mal ein Ründchen wagen.«

»Warum nicht?« Sie klimperte übertrieben mit den Wimpern. »Wenn du mit mir mithalten kannst.«

»Du würdest dich wundern. Ich kann mehr als nur schnelle Autos fahren.« Vielsagend wackelte er mit den Augenbrauen, bis sie lachte.

»Ich wette, du hast noch so einige versteckte Qualitäten.«

»Einige?« Er grinste breit. »Unzählige.« Sein Blick wanderte zu Hannah, dann zu Caroline. »Schaut nicht so skeptisch. Man überlebt nicht lange da draußen in der großen weiten Welt, wenn man nicht dazulernt.«

Hannah maß ihn mit spöttischen Blicken. »Bei der Schar an Boxen-Girls, die dir überhallhin folgt, hast du garantiert das Richtige gelernt.«

»Kann schon sein.« Lässig hob er die Schultern. »Was kann ich dafür, wenn mich diese Frauen alle für unwiderstehlich halten?«

»Wohl eher deine Kohle«, mutmaßte Hannah.

»Das auch. Ich sehe schon, du nimmst immer noch kein Blatt vor den Mund, Hannah.« Er stieß Caroline leicht mit dem Ellenbogen an. »Und du scheinst immer noch so still zu sein wie früher.«

Caroline hob den Kopf und sah ihn stirnrunzelnd an. »Ich bin nur so still, weil ich zu dem Käse, den du verzapfst, nichts Sinnvolles zu sagen habe.«

»Autsch!« Lachend musterte Henning sie. »Das war kein Käse, sondern die reine Wahrheit.«

»Über dein Leben?« Caroline kräuselte spöttisch die Lippen. »Dann habe ich erst recht nichts weiter dazu zu sagen.« Sie wandte sich Hannah zu. »Ich gehe mal kurz für kleine Mädchen. Bis gleich.«

»Soll ich mitkommen?« Hannah zuckte mit den Achseln,

weil Caroline bereits auf dem Weg zu den Toiletten war und sie nicht mehr hörte.

Henning sah ihr ebenfalls kurz hinterher. »Sie ist immer noch das einzige weibliche Wesen auf diesem Planeten, das allein aufs Klo geht.«

Hannah schlug ihm scherzhaft gegen den Arm. »Lass sie in Ruhe. Wenn sie keine Lust hat, mit dir Small Talk zu betreiben, spricht das eindeutig für ihren guten Geschmack und ihr Urteilsvermögen.«

»Liebe Zeit, ihr habt es heute aber auf mich abgesehen.« Wieder lachte Henning. »Kaum bin ich wieder hier, schon kriege ich eins nach dem anderen übergebraten.«

»Altlasten verursachen nun mal mieses Karma.« Hannah lächelte ihm versöhnlich zu. »Aber nun erzähl mal. Wie lange bist du in Lichterhaven zu Besuch?«

»Nicht zu Besuch. Ich habe vor, ganz hierzubleiben. Du hast wahrscheinlich schon gehört, dass das Haus meines Großvaters am Wochenende Feuer gefangen hat.«

»Ist mir zu Ohren gekommen. Deshalb willst du hierbleiben?«

»Deshalb und weil ich schon länger vorhatte, wieder zurückzukehren. Dabei fällt mir ein ...« Er wandte sich an Ella. »Vermieten deine Eltern immer noch diese kleine Ferienwohnung? Ich bin im *Seestern* abgestiegen, aber auf Dauer sollte ich mir wohl eine kleine Wohnung oder Ferienwohnung nehmen, bis das Haus renoviert ist.«

»Die Ferienwohnung ist längst ausgebucht. So kurz vor dem Beginn der Hauptsaison wirst du es schwer haben, eine Bleibe zu finden. Vielleicht eher eine richtige Wohnung als ein Feriendomizil. Geld wird ja vermutlich keine Rolle spielen, oder?«

»Nicht wirklich.« Henning nickte ihr zu. »Dann halte ich ab morgen mal Ausschau nach einer Bleibe.«

»Entschuldigen Sie.« Sönke war zurückgekehrt und hatte Ella einen Weißwein mitgebracht. Sein Blick war jedoch auf Henning gerichtet. »Sie kommen mir so bekannt vor. Kann es sein ... sind Sie ...?«

»Ja, bin ich.« Henning schüttelte Sönkes Hand. »Ich stamme aus Lichterhaven und bin gerade seit heute Vormittag wieder zurück.«

»Und habe ich das richtig mitbekommen? Sie werden hierherziehen?«

Ella warf Sönke einen leicht verärgerten Seitenblick zu. Anscheinend war sie plötzlich abgemeldet. Ohne es zu bemerken, stürzte sie den eisgekühlten Wein in einem Zug bis zur Hälfte hinunter.

»Mach dir nichts draus.« Jörn lächelte ihr mit diesem gefährlichen, trägen Lächeln zu. »Henning hat nun mal diese Wirkung auf die Leute.« Ehe sie etwas erwidern konnte, trat er näher an sie heran. »Willst du tanzen?«

»Mit dir?« Ella musterte ihn verblüfft, dann verzog sie wieder verärgert das Gesicht. »Ich habe eine bessere Idee.«

»Ach ja?«

»Allerdings.« Sie verschränkte die Arme vor der Brust. »Hau ab.«

Überrascht musterte er sie. »Warum sollte ich?«

»Weil du hier nichts zu suchen hast. Das *Arche Noah* ist mein Jagdgrund.«

***

Lachen stieg in ihm auf, doch er beherrschte sich. »Dann hast du ganz offenbar gerade einen Treffer bei mir gelandet.« Auffordernd streckte er die Hand aus. »Komm schon, du flirtest auf Teufel komm raus mit wildfremden Typen, traust dich aber nicht, mit einem Einheimischen das Tanzbein zu schwingen?«

»Wer hat behauptet, ich würde mich nicht trauen?« Ihre Miene verfinsterte sich noch mehr.

»Ich.« Unbeeindruckt ergriff er ihre Hand und löste damit ihre starre Haltung. »Nun komm schon. Ich verspreche auch, dir nicht auf die Füße zu treten.«

Ein winziges Zucken um ihre Mundwinkel verriet, dass sie versuchte, nicht zu lächeln. »Ich wusste nicht, dass du überhaupt tanzen kannst.«

»Vielleicht nicht so gut wie du, aber für den Hausgebrauch reicht es schon.«

Ella musterte ihn schweigend, dann nickte sie leicht. »Haust du ab, wenn ich einmal mit dir tanze?«

Er legte den Kopf leicht schräg. »Wenn du das danach noch willst, überlege ich es mir.«

Irritiert hob sie den Kopf. »Du bist ja ganz schön von dir eingenommen. Hältst du dich für so einen tollen Tänzer, dass ich davon nicht genug bekommen kann?«

Jörn lachte über ihre empörte Miene. »Ich hatte eigentlich nur gehofft, dass sich dein Zorn nach ein, zwei Runden auf der Tanzfläche wieder gelegt hat. Ich wollte dir nicht die Laune verderben oder«, er warf Sönke einen Blick zu, der immer noch mit Henning sprach und Ella vergessen zu haben schien, »dich vom Jagen abhalten.« Aber er wusste plötzlich, dass er den Teufel tun und sie heute mit diesem Sönke – oder sonst einem Fremden – nach Hause gehen lassen würde. Was das zu bedeuten hatte, darüber würde er später nachdenken. Morgen. Oder irgendwann. »Dass ich heute hier gelandet bin, ist reiner Zufall, weil Henning mich gebeten hat, ihn zu begleiten.« Mutig – todesmutig womöglich – streichelte er mit dem Daumen über die weiche Haut auf ihrem Handrücken. Dann zog er sie einfach mit sich zur Tanzfläche. »Na los, trau dich mal was Neues.«

»Was Neues?« Sichtlich irritiert stellte sie ihr Weinglas auf dem Tablett eines vorbeieilenden Kellners ab und schnappte nach Luft, als Jörn sie mit einem leichten Ruck an sich zog. »Was soll am Tanzen neu sein?«

»Nicht am Tanzen an sich, sondern daran, es mit jemandem zu tun, den du bereits seit einer Ewigkeit kennst.« Schon führte er sie in einem flotten Foxtrott zur lauten Popmusik zwischen die anderen Tanzpaare.

Wie selbstverständlich passte Ella sich seinem Schritt an. »Es ist nicht so, dass ich nie mit jemandem aus Lichterhaven tanzen würde.«

»Aber ungern.« Er grinste vielsagend. »Das könnte ja deinem Ruf schaden, nicht wahr?«

Ella runzelte die Stirn. »Das klingt irgendwie...«

»Wie?«

»Falsch. Ich habe doch keinen Ruf.«

»Doch, mein Schatz, den hast du.« Er machte sich innerlich schon auf den Schlag gefasst, den der Kosename ihm einhandeln würde, doch in diesem Moment endete die fröhliche Tanzmusik und wechselte zu Chris de Burghs *Lady in Red*. Der Song passte derart frappierend zu Ellas Erscheinung, dass Jörn schlucken musste.

Ella schien plötzlich ebenfalls nicht ganz wohl in ihrer Haut zu sein. Sie lächelte zwar, jedoch bei Weitem nicht mehr so selbstsicher und angriffslustig wie eben noch. »Reicht das jetzt?«

»Nicht im Mindesten.« Er zog sie näher zu sich heran, erstaunt, dass sie sich nicht wehrte, und wechselte zu einem langsamen Tanzschritt, der dem Song angemessen war. »Wollen doch mal sehen, wie mutig du wirklich bist.«

»Spinnst du?« Sie vermied es, ihm in die Augen zu sehen, ließ es aber zu, dass er sie noch ein wenig näher zu sich heranzog, sodass sich ihre Körper leicht berührten. »Ich habe doch keine Angst vor dir.«

»Vielleicht nicht vor mir.« Aus den Augenwinkeln sah er sich vorsichtig um und konstatierte, dass sein Plan – so es denn einer war – aufgegangen zu sein schien. Eine ganze Reihe von Leuten – natürlich nur die einheimischen – blickten mehr oder weniger neugierig zu ihnen herüber. Auch Caroline und Hannah wirkten verblüfft und tuschelten heftig gestikulierend miteinander. Jörn spürte geradezu, wie es in der Gerüchteküche zu brodeln begann. Außerdem wurde ihm unnatürlich warm in Ellas unmittelbarer Nähe, doch das hatte er eindeutig sich selbst zuzuschreiben, also war er auch der Einzige, auf den er deswegen hätte wütend sein können. Dazu kam er aber gar nicht, weil es sich unglaublich gut anfühlte, mit Ella so eng zu tanzen.

Vorsichtig neigte er den Kopf so weit zu ihr hinab, dass sich ihre Wangen fast berührten, ganz leicht, nur ganz wenig. In seiner Magengrube meldete sich wieder dieses seltsame Brennen. »Man kann über Marius sagen, was man will, aber was seine Musikwahl angeht, übertrifft ihn so leicht niemand.«

Ella spannte sich ein wenig an, machte jedoch keine Anstalten, sich von ihm zurückzuziehen. Ihre Stimme klang aber ein wenig angestrengt. »Was soll das werden?«

»Wir tanzen.« Und im Moment wollte er auf keinen Fall jemals wieder damit aufhören.

»Kann es sein ...« Sie räusperte sich unterdrückt. »Starren uns die Leute an?«

»Nur ein paar.«

»Sie werden glauben, dass wir was miteinander haben.«

»Möglich.«

Ella schnaubte verärgert. »Du weißt doch selbst, wie schnell sich so was bei uns herumspricht. Damit vermasselst du meinen Sommer, wenn du so weitermachst.«

Jörn drehte den Kopf ein wenig und sah ihr ins Gesicht. »Warum hältst du mich dann nicht davon ab?« Sein Herzschlag nahm deutlich an Geschwindigkeit auf, als ihre Blicke sich trafen ... und für einen langen Moment miteinander verwoben.

»Weil ich keine Szene machen will.«

»Aha.« Er lächelte leicht und fragte sich, seit wann er sich kopflos in solche irrwitzigen Abenteuer stürzte. Denn der Tanz mit Ella war nichts anderes als das. Irrwitzig, geradezu verwegen. Vermutlich brachte er sich gerade um Kopf und Kragen. »Du bist doch noch nie vor einer schönen Szene zurückgeschreckt.«

Der fauchende Laut, den sie ausstieß, hätte ihn fast zum Lachen gebracht. »Also gut, ich gebe es zu. Ich weiß selbst nicht, was mich dazu bewegt, dieses Spielchen mitzuspielen. Vielleicht, weil ich Chris de Burgh zufällig mag.«

»Soso. Ja, das wird es sein.« Er freute sich, dass er sie tatsächlich aus dem Gleichgewicht gebracht hatte. So etwas gelang kaum jemandem bei Ella Jensen. Allerdings hatte er bis eben auch noch nicht gewusst, dass er überhaupt vorgehabt hatte, ihre innere Balance auf die Probe zu stellen. »Da gibt es nur ein Problem.« Er neigte den Kopf wieder so weit, dass ihre Wangen sich beinahe berührten. Inzwischen hatte Lionel Richie mit *Say you, say me* noch weitere Paare auf die Tanzfläche gelockt, sodass sie zumindest ein wenig vor den Blicken von Ellas Freundinnen abgeschirmt waren.

»Und das wäre?« Ellas Stimme klang gepresst, und sie schien nur noch flach zu atmen.

Das Brennen in Jörns Magengrube verstärkte sich. »Ich spiele im Gegensatz zu dir niemals Spielchen.« Natürlich wusste sie, dass er die Wahrheit sagte. Er sah es an der Art, wie sie schluckte und seinem Blick auswich. Dann sah sie ihm aber doch wieder in die Augen – neugierig, ein wenig erschrocken ... und verwirrt.

Nach einem langen Moment wurde ihr Blick grimmig. »Wage es ja nicht, mich vor allen Leuten zu küssen.«

Ein angenehmer Stich durchfuhr ihn bei dem Gedanken, doch er ließ sich nichts anmerken, sondern grinste nur. »Keine Sorge, das werde ich vorerst lieber nur tun, wenn wir ungestört sind. Du darfst entscheiden, wann du mich in der Öffentlichkeit küssen willst.«

Ellas Augen weiteten sich vor Empörung. »Sag mal, geht es dir noch gut?«

Er hob die Schultern. »Das weiß ich, ehrlich gesagt, nicht so genau. Schlecht fühle ich mich aber nicht gerade.«

»Na wunderbar.« Ella verdrehte die Augen. »Anscheinend hast du vor, mich in Verruf zu bringen.«

Nun musste er doch lachen. »Das würde ja bedeuten, dass du doch einen Ruf besitzt. Aber keine Sorge, ich will dir – oder ihm vielmehr – ganz sicher nicht schaden.«

»Das tust du aber«, zischte sie. »Du weißt ganz genau, dass ich nicht mit Einheimischen ... was auch immer tue. Was sollen die Leute denn denken, wenn sie uns hier praktisch knutschen sehen?«

»Also von Knutschen sind wir dann doch noch ein Stückchen entfernt.« Was er tatsächlich im Augenblick liebend gerne geändert hätte. Aber das war ihm dann doch noch ein bisschen zu gefährlich. Ella war nicht zu unterschätzen, wenn sie in Zorn geriet. Trotzdem reizte es ihn, es noch ein wenig weiter zu treiben. »Abgesehen davon merke ich immer noch nicht, dass du dich gegen diesen Tanz oder irgendetwas anderes zur Wehr setzt. Und das würdest du tun, wenn es dir wirklich so unangenehm wäre, wie du behauptest.« Er brachte seinen Mund ganz nah an ihr Ohr und spürte, wie sie prompt erschauerte. »Denk mal darüber nach.«

Da Lionel Richie verstummt war und die Musik zu Abbas *Dancing Queen* wechselte, ließ er Ella, wenn auch widerwillig, los und bedeutete ihr mit einem Lächeln, zurück zu den anderen zu gehen.

Sie wirbelte herum und ging hoch erhobenen Hauptes vor ihm her bis zu ihren Freundinnen und würdigte ihn keines weiteren Blickes mehr. Als er sich neben Henning stellte und gleichzeitig einen Kellner herbeiwinkte, hörte er seinen Freund einen leisen Pfiff ausstoßen.

»Mannomann. Ich wusste gar nicht, dass ihr beiden was miteinander habt.«

Jörn hüstelte. »Haben wir ja auch nicht.«

Henning prustete. »Und ich bin der Kaiser von China.«

»Also gut.« Jörn vermied es, allzu auffällig in Ellas Richtung zu blicken. »Noch nicht.«

»Das sah aber ziemlich eindeutig anders aus.«

»Ich arbeite daran.«

»Seit wann?«

»Seit …« Jörn runzelte die Stirn. »Gerade eben.«

»Pfff.« An der Miene seines Freundes konnte Jörn erkennen, dass er ihn durchschaut hatte. »Im Leben nicht.« Henning senkte die Stimme, sodass Jörn ihn kaum noch verstehen konnte. »Bist du dir sicher, dass du weißt, worauf du dich da einlässt?«

»Ganz ehrlich?« Jörn rieb sich übers Kinn. »Kein bisschen.«

✳✳✳

Kaum hatte Ella den Stehtisch erreicht, um den sich ihre beiden Freundinnen, Henning und noch ein paar andere Bekannte geschart hatten, als Hannah sie auch schon an der Hand fasste und mit einem energischen Ruck zur Seite zerrte. »Sag mal, Ella, was war das denn?«

Caroline folgte ihnen auf dem Fuße. »Sönke hat sich verabschiedet. Kein Wunder nach der Vorstellung, die ihr beide da gerade geboten habt.«

Hannah griff sich auch noch Ellas andere Hand. »Sag uns sofort, was da zwischen dir und Jörn vorgeht!«

»Ich bin fast umgefallen, als ich gesehen habe, wie mein Cousin dich angesehen hat«, fügte Caroline aufgeregt hinzu.

»Was meinst du?« Ella fühlte sich alles andere als wohl in ihrer Haut. Ihr Ohr kribbelte noch von Jörns warmem Atem, und ihr Herzschlag hatte vergessen, wie gleichmäßig und ruhig ging. »Da ist überhaupt nichts zwischen uns. Wir haben bloß getanzt.«

»Jetzt mach aber mal einen Punkt.« Erbost suchte Hannah ihren Blick. »Der halbe Club hat atemlos darauf gewartet, dass ihr euch gleich küsst. Und zwar filmreif, wenn du weißt, was ich meine. Ich hatte eine Gänsehaut!«

»Ich auch«, gab Caroline zu. »Und das will schon was heißen. Da ist definitiv nicht nichts zwischen euch.«

»Eher ein ziemlich großes Etwas«, bestätigte Hannah. »Und wir wollen jetzt ganz genau wissen, seit wann das mit euch läuft. Und keine Ausflüchte mehr. Wenn ich es nicht besser wüsste, würde ich sogar vermuten, dass ihr schon mal miteinander geschlafen habt. Aber das ist ausgeschlossen, denn das hättest du uns ja wohl kaum verschwiegen.« Sie kniff die Augen zu schmalen Schlitzen zusammen, als Ella nicht gleich antwortete. »Weiß ich es womöglich doch nicht besser?«

»Ella!« Fast schon entgeistert starrte Caroline Ella an. »Raus mit der Sprache!«

Ella wand sich. »Da ist wirklich nichts ... also fast nichts gewesen.«

»Fast nichts?« Hannah zog sie noch ein Stückchen weiter von den anderen fort.

Caroline schnappte sich ihr Weinglas vom Tisch und drückte es Ella in die Hand. »Trink! Und beichte!«

Ella trank in kleinen Schlucken, um Zeit zu gewinnen, doch sie wusste, dass sie aus der Nummer jetzt nicht mehr herauskam. »Da war wirklich nicht ... viel. Nur ... fast.« Als sie die strengen Blicke ihrer Freundinnen sah, seufzte sie. »Also gut, am vergangenen Samstag war eine klitzekleine Kleinigkeit.«

»Nachdem du heimlich von der Trauerfeier verschwunden bist?« Hannah stemmte die Hände in die Hüften. »Ich wusste doch, dass da mehr dahintergesteckt hat. Schon allein, dass Jörn uns abgehalten hat, dich bei ihm abzuholen, kam mir verdächtig vor.«

»Äh ...« Ella wurde warm beim Gedanken an die Ereignisse jenes Abends. »Das war aber wirklich nicht so geplant. Was denkt ihr denn von mir? Ich musste einfach weg, weil ich es auf der Feier nicht mehr ausgehalten habe. Mir ist nichts Besseres eingefallen, als zum Gartencenter zu fahren, ein paar Sachen zu kaufen und schon mal in Jörns Garten anzufangen. Blumen beruhigen mich und ... Na ja, später bin ich dann auf seinem Rasen eingeschlafen und erst wieder aufgewacht, als das Unwetter losging.« Mit wenigen Worten fasste sie zusammen, wie sie Barnabas gesucht und gefunden hatten. »Danach waren wir beide klatschnass, und er hat mich duschen lassen und mir ein paar Klamotten geliehen.« Sie spürte eine leichte Gänsehaut auf Armen und Rücken. »Dann sind die Dinge ... nun ja, ein wenig außer Kontrolle geraten.«

»Außer Kontrolle?« Caroline starrte sie immer noch mit dieser Mischung aus Entgeisterung und Verblüffung an. »Ihr hattet Sex?«

»Nein.« Vorsichtig sah Ella sich um, doch die Musik war glücklicherweise so laut, dass niemand sonst ihre Unterhaltung belauschen konnte. Marius hatte die altmodische Discokugel eingeschaltet, sodass bunte Lichtpunkte durch den Raum tanzten, während aus den Lautsprechern Lady Gagas *Pokerface* schallte. »So weit ist es nicht gekommen.«

»Warum nicht?« Hannah beäugte sie eingehend. »Ist dir noch rechtzeitig eingefallen, dass Jörn gar nicht deinem Beuteschema entspricht?«

»Nein.« Ellas Wangen begannen zu glühen. »Wir hatten kein Kondom.«

»Kein ... was?« Caroline hustete.

Hannah schüttelte ungläubig den Kopf. »Du meinst, das war das Einzige, was euch davon abgehalten hat ...?«

»Ich bin nicht stolz darauf.« Ella zupfte an ihrem Kleid herum.

»Darauf, dass du fast mit Jörn Sex gehabt hättest, oder darauf, dass du so blöd warst, kein Kondom einzustecken?«

Carolines trockene Frage ließ Ella zusammenzucken. »Beides, schätze ich.« Verlegen blickte sie zur Seite. »Ich kam von Oma Carlottas Beerdigung. Da nehme ich doch keine Kondome mit. Wahrscheinlich war ich einfach irgendwie anlehnungsbedürftig oder so was, sonst wäre das alles gar nicht passiert.«

»Rede dir das nur ein.« Hannah schüttelte mit strenger

Miene den Kopf. »Ella, Schatz, das eben sah nicht nach ein bisschen Anlehnungsbedürftigkeit aus. Wie gesagt, wenn ich es nicht besser wüsste ...« Sie brach ab. »Dir ist schon klar, dass er keiner deiner Zufallsbekanntschaften ist?«

»Wenn du ihm das Herz brichst, muss ich dich schlagen«, fügte Caroline hinzu. »Versteh mich nicht falsch. Ich habe dich sehr lieb, aber Jörn ist mein Cousin. Ich will nicht, dass du mit ihm spielst.«

»Moment, nun wartet doch mal!« Allmählich breitete sich ein Anflug von Panik in Ella aus. »Ich weiß genau, wer Jörn ist, und ich habe auch nicht vor, ihm das Herz zu brechen oder so etwas. Um Himmels willen! Ich habe überhaupt nichts mit ihm vor. Da ist nämlich nichts, versteht ihr? Null und gar nichts. Das am Samstag war ein Versehen. Er weiß das, ich weiß das. Ende der Geschichte.«

»Ah.« Stirnrunzelnd schielte Hannah hinüber zu Jörn und Henning, die sich angeregt mit zwei anderen Männern aus dem Ort unterhielten.

Als Ella ihrem Blick folgte, drehte Jörn gerade den Kopf und sah in ihre Richtung. Als ihre Blicke sich trafen, lächelte er fast unmerklich. Prompt kribbelte es vollkommen unangemessen in Ellas Magengrube, sodass sie den Blick rasch wieder abwandte.

Hannah räusperte sich vernehmlich. »Bist du dir sicher, dass er das weiß?« Sie legte Ella eine Hand auf den Arm. »Und dass du dir da nicht gerade etwas einredest?«

»Warum sollte ich mir etwas einreden?« Ella vermied es standhaft, noch einmal auch nur ansatzweise in Jörns Richtung zu sehen. »Es ist genau so, wie ich gesagt habe. Das eben war nur ...«

»Nur was?« Caroline trat dicht an sie heran, sodass Ella eine Freundin an jeder Seite hatte.

»Er wollte mich ein bisschen provozieren, das ist alles.« Das Kribbeln in ihrer Magengrube, gepaart mit ihrem beschleunigten Herzschlag allein beim Gedanken an den Tanz vorhin, bewies Ella mit Macht, dass sie sich selbst belog.

»Normalerweise bist du es, die ihn provoziert, nicht umgekehrt.« Hannah kräuselte nachdenklich die Lippen. »Das bedeutet etwas.«

»Das war ein albernes Spielchen von ihm«, versuchte Ella weiterhin abzuwiegeln. »Da steckt nichts weiter dahinter. Er weiß genau, dass ich nicht an ihm interessiert bin. Und er ist es auch nicht an mir.«

Hannah drückte ihren Arm. »Ella, Schatz, ich sage es nur ungern, aber in diesem Fall liegst du weit, weit daneben.«

»Tue ich nicht.« Fast schon verzweifelt versuchte Ella, die Sache mit einem Lachen abzutun. »Ich bitte euch! Jörn!«

»Ja, Jörn.« Carolines Miene blieb ernst. »Sieh dich bloß vor, Ella.«

»Jetzt übertreib doch nicht so!« Der Panikanflug wiederholte sich, nur diesmal eindringlicher.

»Ich übertreibe nicht. Ich gebe dir eins zu bedenken.« Caroline warf nun ebenfalls einen Blick zu ihrem Cousin hinüber. »Jörn ist nicht der Typ Mann, der Spielchen spielt. Er ist echt, wenn du weißt, was ich meine.«

Natürlich wusste Ella das. Genau aus diesem Grund hatte sie sich immer von ihm ferngehalten. Doch das Blatt schien sich nun gewendet zu haben – und sie wusste partout nicht, wie sie damit umgehen sollte. »Lasst uns heute nicht mehr darüber reden«, bat sie ihre Freundinnen. »Ich dachte, wir wollten ein bisschen feiern.«

10. Kapitel

Knapp eine Stunde später beschlossen Hannah und Caroline, dass es spät genug war, um nach Hause zu gehen. Ella stimmte ihnen zu und überlegte bereits, ob sie sich jeweils ein Taxi nehmen sollten, doch Henning, der lediglich ein Bier getrunken hatte und danach nur noch alkoholfreie Getränke, bot sich an, Hannah und Caroline nach Hause zu fahren, deren Wohnungen beide auf dem Weg zum Hotel *Seestern* lagen.

Es kam natürlich, wie Ella es schon fast befürchtet hatte: Sie blieb mit Jörn zurück, der sich anbot, sie nach Hause zu begleiten. Selbstverständlich lehnte sie zunächst ab, und selbstverständlich ging er nicht darauf ein. Also gingen sie wenig später nebeneinanderher die stillen Straßen Lichterhavens entlang.

»Willst du wirklich gleich noch den ganzen Weg zurück nach Hause laufen? Das sind locker alles in allem drei Kilometer«, versuchte sie ihn ein letztes Mal zur Vernunft zu bringen.

Jörn lächelte nur. »Wenn ich jemand aus Hamburg, München oder Berlin wäre, würde ich das jetzt glatt als Einladung auffassen, bei dir zu übernachten.«

Ruckartig hob sie den Kopf. »Das war es garantiert nicht, Jörn Paulsen. So weit kommt's noch. Ich wollte dir lediglich platt gelaufene Füße ersparen, indem ich einfach alleine nach Hause gehe.«

»Ich war bei der Bundeswehr.« Er warf ihr einen beredten

Blick zu. »Da habe ich deutlich längere Märsche unter anstrengenderen Bedingungen durchgestanden.«

Leicht irritiert musterte sie ihn. »Vergleichst du das hier mit einem Gewaltmarsch durch Wald und Feld?«

»Nein, du tust das.« Er lachte leise. »Obwohl ich sagen muss, dass ein paar dieser Märsche vielleicht sogar einfacher waren als dieser hier, weil wir stillschweigen mussten und ich mich nicht mit den Ausflüchten einer angetrunkenen Frau herumschlagen musste.«

»Ich bin nicht angetrunken.« Erbost funkelte Ella ihn an, räusperte sich dann aber verlegen. »Vielleicht ein bisschen angeschickert. Ist ja auch kein Wunder. Immerhin musste ich erst mal darüber hinwegkommen, dass du tatsächlich versucht hast, mich heute anzugraben.«

»Anzugraben?« Jörn lachte wieder, diesmal lauter. »Über deine Ausdrucksweise müssen wir uns bei Gelegenheit mal unterhalten. Ich habe lediglich die Gelegenheit genutzt, mit einer schönen Frau zu tanzen. Nicht mehr und nicht weniger.«

»Ja, klar.«

»Was du da hineininterpretierst, ist deine Sache.« Er zwinkerte ihr schelmisch zu.

»Ich interpretiere gar nichts ...« Sie hielt inne und ärgerte sich, weil sie ihm auf den Leim gegangen war. »Außerdem suche ich keine Ausflüchte. Weshalb auch?«

»Ja, weshalb?« Er stieß sie ganz leicht mit dem Ellenbogen an. »Vielleicht weil ich dich ein bisschen aus deiner Komfortzone geschubst habe. Der Abend war aber trotzdem ganz schön, oder?«

Sie hob die Schultern. »Kann sein.«

»War das nicht dein Plan? Ein bisschen Spaß am Wochenanfang haben?«

»Nein.«

Verwundert hob er die Augenbrauen. »Was denn dann?«

Ärger stieg in ihr hoch. »Ich wollte mich betrinken und einen netten Kerl abschleppen.«

Geräuschvoll stieß Jörn die Luft aus. »Gewissermaßen ist dir das doch gelungen.«

»Du bist kein netter Kerl.« Sie verdrehte die Augen. »Oder zu nett. Was weiß ich. Nicht meine Kragenweite. Und betrinken konnte ich mich auch nicht richtig, weil …«

»Weil?« Prüfend sah er sie von der Seite an.

»Weil ich lieber einen klaren Kopf behalten wollte, um nicht …« Sie schluckte. »Eine Dummheit reicht doch wohl zwischen uns.«

»Das kommt darauf an, was man in diesem Zusammenhang als Dummheit bezeichnet und ob diese Einschätzung angebracht ist.«

Abrupt blieb sie stehen. »Wie würdest du es denn einschätzen?«

Jörn blieb ebenfalls stehen, trat auf sie zu und dachte über ihre Frage irritierend lange nach. »Schicksal vielleicht.«

»Geht's noch?« Entgeistert starrte sie ihn an.

Er lachte wieder und legte ihr locker einen Arm um die Schultern. »Komm, gehen wir weiter, sonst wird dir noch kalt. Der Wind ist ziemlich frisch, und deine Jacke sieht nicht gerade besonders warm aus.«

Widerwillig passte sie sich seinem Schritt an, unsicher, wie sie sein Verhalten deuten sollte. Irgendwie entglitt ihr gerade die Kontrolle über das Gespräch. Sicherheitshalber schwieg sie deshalb für den Rest des Weges, und da auch Jörn es vorzog, nichts weiter dazu zu sagen, war das Einzige, was sie die nächsten zehn Minuten hörte, das Rauschen des Windes und hin und wieder das Brummen eines Automotors.

Als sie schließlich vor dem kurzen Zuweg zu ihrem Häuschen stehen blieben, entzog sie sich ihm sicherheitshalber. »Bilde dir ja nicht ein, dass ich dich noch mit hineinbitte.«

»Das hatte ich nicht erwartet.« Lächelnd blickte er auf sie herab. Träge lächelnd.

Schmetterlinge stoben in ihrem Bauch auf. »Ach nein?«

»Nein.« Er trat auf sie zu, den Blick immer noch auf ihre Augen gerichtet. »Das ist nicht meine Art.«

Spöttisch hob sie die Brauen. »Neulich konntest du mir nicht schnell genug die Klamotten vom Leib reißen, und jetzt willst du mir weismachen, dass du plötzlich nicht mehr daran interessiert bist, mit mir ins Bett zu gehen?«

Sein Lächeln schwand. »Ich habe nicht gesagt, dass ich daran kein Interesse mehr habe, sondern nur, dass es nicht meine Art ist, etwas zu überstürzen. Samstag war eine Ausnahme. Eine durchaus reizvolle, das gebe ich zu, aber wenn du mit mir ins Bett willst, musst du dich ein bisschen meinem Tempo anpassen, Ella.«

Erschrocken riss sie die Augen auf. »Ich habe nicht gesagt, dass ich mit dir ins Bett will.«

Er trat noch einen Schritt auf sie zu, sodass sich ihre Körper beinahe berührten. »Dann muss ich mich wohl verhört haben.«

»Und wie du das hast!«

»Bei meinem letzten Hörtest vor zwei Monaten hat Frau Dr. Lundgren mir einhundert Prozent Hörfähigkeit bescheinigt.«

Sie funkelte ihn wütend an. »Dann solltest du vielleicht eine zweite Meinung einholen.«

»Oder vielleicht warte ich einfach so lange, bis du dich wieder daran erinnerst, was du wolltest.«

Ihr Herz machte einen unangemessenen Satz. »Darauf kannst du warten, bis du schwarz wirst.«

»Wie du meinst.« Sie spürte, wie er ihr sanft die Hände auf die Schultern legte. »In der Zwischenzeit kann ich ja versuchen, dich umzustimmen.«

Ihr Puls beschleunigte sich, als er den Kopf ein wenig zu ihr neigte. »Was soll das werden?«

»Was ich gesagt habe.« Seine Stimme nahm einen rauen Klang an, der ihr eine Gänsehaut bescherte. »Du hast mein Interesse geweckt, Ella. Ob das eine Dummheit ist oder nicht, finden wir nur heraus, wenn wir ausprobieren, was passiert, wenn wir die Sache weiterverfolgen.«

»Das werden wir nicht tun.« Sie schluckte hektisch gegen ihr wild pochendes Herz an, als seine Lippen sich ihren näherten. »Das ist eine ganz, ganz schlechte Idee, Jörn.«

»Wirklich?« Dicht vor ihrem Mund hielt er inne.

Sie warf aus den Augenwinkeln einen kurzen Blick auf die Haustür. Sie musste nur einen Schritt zur Seite machen und noch einen und einen dritten. Dann wäre sie ... in Sicherheit. »Ja, weil ... wir ... gar nicht ...« Verdammt, sie hatte vergessen, was dagegensprach! Die Schmetterlinge in ihrem Bauch überschlugen sich geradezu, und ehe sie sich's versah, hatte sie den winzigen Abstand zu seinem Mund überwunden. Sie spürte, wie er gegen ihre Lippen lächelte, doch schon im nächsten Moment zog er sie in seine Arme und verstärkte den Druck seiner Lippen gegen die ihren. Ein nicht unangenehmer Stich durchfuhr sie und wandelte sich in ein beständiges, sehnsüchtiges Ziehen tief in ihrer Magengrube. Ihr wurde warm, viel zu warm. Dann heiß.

Jörn ließ seine Lippen sachte und doch bestimmt über ihren Mund wandern, was das Ziehen in ihrem Inneren noch verstärkte. Seine Hand wanderte über ihren Hals hinauf in ihr Haar. Dieser Kuss raubte ihr im wahrsten Sinne des Wortes den Atem. Als sie seine Zunge über ihre Unterlippe streicheln spürte, sog sie unwillkürlich die Luft ein – und wurde ganz schwindelig von den süßen, quälenden Empfindungen, die sie durchrieselten, während ihre Zungenspitzen einander umspielten.

Auch Jörns Atem ging schwerer, sein Körper drängte sich fester gegen ihren. Diese verfluchten stählernen Muskeln. Warum kam sie nur nicht gegen den Wunsch an, sie an ihrer nackten Haut zu spüren?

Spürbar widerstrebend löste Jörn seinen Mund von ihrem und suchte ihren Blick. »Ich würde sagen, das war ein guter Anfang.«

Ella schüttelte den Kopf. »Nein, das ist überhaupt kein Anfang. Ich werde nichts mit dir anfangen, Jörn Paulsen. Nicht mal in deinen wildesten Träumen.«

Sachte ließ er seine Hand aus ihren Haaren gleiten und umfasste ihre Wange. »Doch, das wirst du. Und Gott steh mir bei, ich werde dir nicht widerstehen können.« Ganz leicht nur liebkoste er mit dem Daumen die Haut an ihrer Wange. »Gute Nacht, Ella Jensen. Schlaf gut.« Damit wandte er sich ab und ging davon.

Ella stand einfach nur da und sah ihm hinterher, bis er um die Biegung der Straße verschwunden war. Erst als eine kalte Windbö sie anfuhr, erwachte sie aus ihrer Starre und eilte zur Haustür. Barnabas bellte, als sie den Schlüssel im Schloss drehte, und sprang freudig an ihr hoch, kaum dass sie das Haus betreten hatte.

Hallo, hallo, hallo! Du meine Güte, warst du lange weg. War das Jörn, den ich draußen gehört habe, oder habe ich das nur geträumt? Ich habe ziemlich tief geschlafen, weil ich mich, wenn ich schlafe, nicht ständig fragen muss, wo du wohl steckst und wie lange es noch dauert, bis du zurück bist. Ich bin jedenfalls sehr froh, dass du wieder hier bist, Ella. Jetzt bleibst du aber hier bei mir, oder? Übrigens muss ich noch mal dringend nach draußen.

»Ach herrje, Barnabas, was ist denn mit dir los? Hast du mich so sehr vermisst?« Ella schwankte ein wenig, denn offenbar hatte der Kuss die Wirkung des Alkohols in ihrem Blut verstärkt. Oder war es umgekehrt? Wie auch immer, ihr war schwindelig. »Musst du noch mal nach draußen?«

Ja, und wie! Warte, ich laufe schnell rüber zum Baum auf der anderen Straßenseite.

»Halt, stopp! O Gott.« Entsetzt blickte Ella dem Hund hinterher, der sich durch den Türspalt nach draußen gedrängt hatte und wie der Blitz über die nächtliche Straße sauste. »Barnabas, komm zurück!«

Moment noch. Ich muss erst mein Geschäft erledigen.

Verzweifelt rannte Ella auf die Straße. »Bitte lauf nicht wieder weg, Barnabas.«

Warum sollte ich? Barnabas schüttelte sich und trabte, als sei es das Normalste der Welt, wieder zurück ins Haus. *Jetzt geht es mir wieder gut. Der Wind da draußen ist übrigens ziemlich unangenehm.*

Verblüfft blickte Ella ihm nach, dann eilte sie ebenfalls zurück ins Haus und schloss hastig die Tür hinter sich. »Meine Güte, hast du mir einen Schrecken eingejagt.«

Warum denn? Ich musste doch nur mal dringend. Mit zur Seite geneigtem Kopf setzte der Hund sich hin und blickte fragend zu ihr auf.

Ella ließ sich auf ihre Knie nieder und zog Barnabas an sich. »Ich hatte schon Angst, dass ich die ganze Nacht hinter dir herlaufen muss.«

Nö, also im Dunkeln durch die Gegend zu rennen ist nichts für mich. Schon gar nicht bei dem Wind. Hey, so verschmust kenne ich dich ja gar nicht. Barnabas leckte Ella übers Ohr und den Hals. *Was hast du denn? Du wirkst so seltsam.*

»O Mann.« Stöhnend drückte Ella ihre Nase in das wuschelige Fell des Bearded Collies. »Ich bin ganz schön daneben.«

Kommt mir auch so vor. Aber ich mag es, mit dir zu kuscheln.

»Ich glaube, ich sitze ziemlich in der Patsche.«

Ach ja? Warum denn?

»Ich habe Jörn geküsst.«

Ach.

»Oder er mich.« Etwas zittrig sog sie die Luft ein und blickte Barnabas ins Gesicht. »Das ist eine Katastrophe.«

Ich habe keine Ahnung, was du meinst, aber rede nur weiter. Wenn du mich dabei so weiterkraulst wie gerade hinter meinem Ohr, finde ich das ziemlich gut.

»Wirklich, Barnabas, das ist ganz, ganz übel.«

Wenn du es sagst.

»Er wohnt nämlich hier in Lichterhaven, weißt du.«

Ja, klar weiß ich das. Wir waren doch sogar schon mal bei ihm zu Hause. Ein schönes großes Haus übrigens. Nicht so ein Schuhkarton wie das hier. Aber ich beschwere mich nicht, solange wir viel draußen herumtoben und spazieren gehen.

»Dummerweise kann er unglaublich gut küssen.« Ella drehte sich ein wenig und setzte sich einfach auf den Fußboden im Eingangsbereich. »Und mit unglaublich gut meine ich wirklich *unglaublich gut*!« Bei dem Gedanken, wie sich sein gesamter Körper gegen den ihren gepresst hatte, erschauerte sie unwillkürlich. Seit wann nur stand sie dermaßen auf Muskeln? Bei Bodybuildern winkte sie immer gleich ab, vor allem wenn sie es übertrieben und vor Kraft kaum laufen konnten. Aber Jörn … An ihm war alles echt. Jeder einzelne seiner Muskeln war durch die harte Arbeit auf der *Paulsen 1* entstanden – und vielleicht auch durch das Training, das er wahrscheinlich absolvierte, um als Feuerwehrmann in jeder Lage fit zu sein. In ein Fitnessstudio ging er dazu aber bestimmt nicht.

Seufzend legte Ella den Kopf in den Nacken und schloss die Augen. »Was soll ich denn jetzt bloß machen?«

Keine Ahnung. Nicht aufhören, mich zu kraulen, vielleicht? Barnabas stupste sie mit der Nase an und leckte ihr noch einmal übers Ohr.

Halb verzweifelt, halb erheitert, lachte Ella auf. »Das ist leider kein Ersatz, Barnabas.«

Aber du lachst, das ist schon mal gut.

Umständlich stand Ella wieder auf und zupfte an ihrem Kleid herum. Dabei musste sie wieder an den Tanz denken. An *Lady in Red*. »Ich will nichts mit Jörn Paulsen anfangen, Barnabas. Er ist ein Einheimischer. Und selbst wenn das nicht der Fall wäre …« Leicht schwankend begab sie sich ins Bad und schälte sich aus dem Kleid. »Das ist mir eine Nummer zu gefährlich«, dozierte sie weiter, während sie das wenige Make-up aus ihrem Gesicht entfernte. »Ich meine, wir verstehen uns doch jetzt schon nicht besonders. Was, wenn wir miteinander …« Sie verteilte Feuchtigkeitscreme auf ihren Wangen und der Stirn. »Das geht dich nichts an, Barnabas. Aber, weißt du, wenn wir dann keine Lust mehr haben und Schluss machen, müssen wir uns auf ewig aus dem Weg gehen. So ist das doch immer. Und dann ist es noch unangenehmer als jetzt schon. Deshalb muss ich die Finger von ihm lassen. Unbedingt.« Als sie sich umdrehte, stockte sie. Barnabas hatte sich bereits wieder in seinem Körbchen zusammengerollt und war eingeschlafen.

Auf Zehenspitzen schlich Ella zur Treppe und erklomm sie eilig. Unter ihre Decke gekuschelt, hoffte sie, rasch einzuschlafen, doch natürlich wollte ihr der Kuss nicht aus dem Kopf gehen. Jetzt noch spürte sie eine Gänsehaut und den Nachhall des herrlichen Ziehens in ihrer Körpermitte.

Ja, ganz eindeutig saß sie tief, tief in der Patsche.

***

Jörn hatte den Weg direkt am Ufer gewählt. Es war bereits nach Mitternacht, und das Wasser hatte gerade seinen Höchststand erreicht. In zwei Tagen war Neumond, sodass nur eine ganz schmale Mondsichel am Himmel zu erkennen war. Wolkenfetzen trieben immer wieder daran vorbei und ließen nur wenige Sterne wirklich hell aufscheinen. Der Wind hatte sich zu einer für die Küste so typischen steifen Brise gesteigert, und das war Jörn gerade recht, denn er wollte dringend seinen Kopf freipusten lassen. Dazu eignete sich im Allgemeinen nichts besser als ein nächtlicher Spaziergang bei mittlerer Windstärke am Ufer seiner geliebten Nordsee.

Irgendwann blieb er einfach stehen und hielt sein Gesicht direkt in den Wind. Das gleichmäßige Plätschern der Wellen gegen die Ufermauer beruhigte seine Seele, doch seine Gedanken kreisten weiter um die Frau, die er, wäre er vernünftig gewesen, niemals geküsst hätte. Nicht noch einmal zumindest. Doch Vernunft war das Letzte, was ihn heute umgetrieben hatte, als er sie im *Arche Noah* erblickt hatte.

Sie war schön, perfekt in seinen Augen – und im Umgang schwieriger als ein ganzer Sack voller Flöhe. Und widerspenstig. Fürchterlich widerspenstig.

Dennoch hatte sie es nicht nur zugelassen, dass er sie küsste. Nein, sie hatte den ersten Schritt getan. Am Samstag ebenso wie heute. Oder zumindest war sie heute alles andere als abgeneigt gewesen, sein Angebot anzunehmen. Sie hätte sich vor ihm zurückziehen können, doch sie hatte es nicht getan. Sie hatte ihre Lippen zuerst gegen seine gepresst. Sie war weder ausgewichen, noch hatte sie lange gezögert. Sie hatte diesen Kuss genauso gewollt wie er.

Doch wie sollte es nun weitergehen? War es überhaupt sinnvoll, die Sache weiterzuverfolgen? Jeder wusste, dass Ella gerne spielte, aber niemals ernst machte. Zumindest bisher nicht. Allerdings hatte sie auch noch niemals etwas mit einem Mann aus Lichterhaven angefangen. Bis jetzt. Für alles gab es ein erstes Mal. Vielleicht auch für …

»Himmel!« Mit entsetzter Miene starrte Jörn hinaus auf die nachtschwarze See. Was für seltsame Gedanken schlichen sich da gerade in sein Bewusstsein? War er von allen guten Geistern verlassen? Warum in drei Teufels Namen musste es ausgerechnet Ella Jensen sein?

Ihm war klar, dass es darauf keine Antwort gab. Zumindest keine, die er zu diesem Zeitpunkt hören wollte. Ella hatte sein Interesse geweckt, das stand fest. Warum, wieso, weshalb – das spielte keine Rolle. Doch wenn er sich wirklich auf sie einlassen wollte, brauchte er einen Plan. Alles andere war waghalsig, möglicherweise lebensgefährlich. Ganz zu schweigen davon, dass sie ihm das Leben so schon schwermachen würde. Wenn sie erst begriff, dass er ernsthaft vorhatte, sie für den Gedanken zu erwärmen, mit ihm eine Ausnahme von ihrer Keine-Eingeborenen-und-keine-feste-Beziehung-Regel zu machen, wäre es mit dem Frieden, den er so liebte, ein für alle Mal vorbei.

Ein Plan musste also her. Bald. Ihm schwante, dass er diese Nacht kein Auge zutun würde.

11. Kapitel

»Erde an Ella, Erde an Ella, bitte melden!« Caroline wedelte mit ihrer Hand dicht vor Ellas Gesicht herum.

»Wie? Was?« Verwirrt riss Ella sich vom Display ihres Handys los, das sie seit einigen Minuten angestarrt hatte, obwohl es gar nichts anzeigte. Sie hatte nur ihre Kurznachrichten und verpassten Anrufe gecheckt und ... keine vorgefunden.

»Ist alles in Ordnung mit dir? Du bist seit Tagen immer wieder abwesend.« Caroline setzte sich auf die Kante von Ellas Schreibtisch und musterte sie aufmerksam.

»Bin ich gar nicht.« Ella lachte – und hoffte, dass es nicht zu übertrieben klang. »Ich war nur gerade in Gedanken woanders. Die Geburtstagsfeier gestern und die Konferenz heute sind wirklich gut gelaufen, nicht wahr? Beide Kunden waren mehr als zufrieden. Jetzt muss ich nur noch ein paar Details notieren und die Rechnungen stellen.«

»Das geht aber nicht bei ausgeschaltetem Computer.« Mit dem Kinn wies Caroline auf den schwarzen Bildschirm. »Wo warst du denn mit deinen Gedanken? Bei Jörn?«

»Was? Nein!« Verflixt, zu schnell! Am liebsten hätte Ella sich auf die Zunge gebissen. »Oder ... na ja. Allmählich sollten wir mal über die Details für den Empfang am ersten Tag der Jubiläumsfeierlichkeiten sprechen. Ganz zu schweigen von der Dekoration. Einiges davon muss spätestens kommende Woche bestellt werden, sonst wird es nicht mehr rechtzeitig geliefert.«

»Er ist seit Mittwochmorgen auf der *Paulsen 1* unterwegs, da hat er keinen Handyempfang.«

Ella nickte. »Ich weiß, das hat er mir geschrieben.« Sie rief die Kurznachricht auf, die sie von Jörn am Mittwochmorgen erhalten hatte.

Caroline beugte sich vor und las die Nachricht und auch, was Ella darauf geantwortet hatte.

Jörn: Bin bis auf Weiteres auf der Paulsen 1 unterwegs, Krabben fischen. Holger hat eine Sommergrippe erwischt und liegt flach. Der Vorstand der Feuerwehr hat deinen Ideen zugestimmt. Ich dachte, du wolltest sie selbst präsentieren, aber wir haben vergeblich auf dich gewartet. Wenn ich zurück bin, melde ich mich wegen eines neuen Treffens.

Ella: Mir ist kurzfristig etwas dazwischengekommen. Außerdem wolltest du doch gar nicht, dass ich mit dabei bin.

Ella: Ach ja und Petri Heil, oder was man sonst so sagt.

»Petri Heil?« Mit hochgezogenen Brauen wandte Caroline sich an Ella. »Was soll das denn heißen?«

»Sagt man das nicht zu Fischern, wenn man ihnen Glück wünscht?«

»Was ist dir denn am Dienstag dazwischengekommen? Ich dachte, du wärst den ganzen Abend zu Hause gewesen.«

Ella zögerte und fühlte eine für sie ungewohnte Verlegenheit in sich aufsteigen. »Ja, war ich auch. Ich habe mit Barnabas ein paar der Spiele ausprobiert, die Christina mir vorgeschlagen hat, damit wir unsere Bindung stärken.«

»Ausgerechnet an dem Abend, an dem Jörn dem Feuerwehrvorstand unsere Pläne vorlegt? Ich dachte, da wolltest du unbedingt dabei sein – ganz egal, ob ihm das passt oder nicht.«

»Ja, äh, ich habe es mir anders überlegt. Es ist besser, wenn ich mich da raushalte, soweit es geht.«

Mit großen Augen starrte Caroline sie an. »Wer sind Sie, und was haben Sie mit Ella Jensen gemacht?« Abrupt sprang sie auf und ging zur halb offen stehenden Tür. »Hannah! Egal, was du gerade machst: Lass alles stehen und liegen und komm sofort hierher!«

»Nicht doch.« Erschrocken drehte Ella sich um. »Hannah will doch dieses neue Pastetenrezept ...« Sie verstummte, als Hannah in der Tür erschien, in der Hand ein Spültuch, an dem sie sich ihre Hände abtrocknete.

»Was ist los? Gibt es einen Notfall?«

»Und wie es den gibt.« Caroline setzte sich wieder auf die Schreibtischkante und bedeutete Hannah mit Gesten, sich den Stuhl heranzuziehen, der neben der Tür stand. »Mit Ella stimmt etwas nicht.«

»So ein Unsinn.« Ella rang die Hände. »Mit mir ist alles okay.«

Caroline ging gar nicht auf Ellas Protest ein. »Ist es vielleicht normal, dass sie sich eine Gelegenheit entgehen lässt, ihre Ideen für eine Veranstaltung höchstpersönlich zu präsentieren?«

Hannah runzelte die Stirn. »Bist du krank, Ella? Vielleicht diese Sommergrippe, die umgeht?«

»Und ist es vielleicht normal, dass sie sich gleichzeitig die Gelegenheit entgehen lässt, Jörn Paulsen zu ärgern?«

Zwischen Hannahs Augen entstand eine Falte. »Das ist keine Sommergrippe. Das ist ... Warte mal ...« Ihr Blick wanderte forschend über Ellas Gesicht.

»Das ist überhaupt nichts!« Energisch schüttelte Ella den Kopf.

»Du weichst ihm aus!« Hannah fasste sie an der Schulter. »Das gibt's doch nicht.«

Caroline nahm Ellas Hände. »Und jetzt bist du dauernd mit den Gedanken woanders.«

»Etwa bei ihm?« Hannah beugte sich vor und suchte Ellas Blick.

»Nein! So ist es überhaupt nicht. Ich dachte doch bloß …« Ella brach ab. Wem machte sie eigentlich etwas vor? Ihre beiden Freundinnen kannten sie in- und auswendig. Natürlich bemerkten sie, dass etwas sich verändert hatte. Also gab sie sich geschlagen. »Ich dachte, es sei besser, ihm eine Weile aus dem Weg zu gehen.«

»Weil?« Caroline legte den Kopf schräg.

»Weil ich keinen Fehler machen will.« Noch während sie die Worte aussprach, wusste Ella, dass sie den Fehler längst begangen hatte. Energisch entzog sie der Freundin ihre Hände und strich sich die Haare aus dem Gesicht. »Ihr wisst ja, dass Jörn mich am Montag nach Hause begleitet hat.«

Caroline und Hannah nickten mit gespannten Mienen.

Ellas Wangen begannen zu glühen. »Also … Vor meiner Haustür haben wir uns noch mal geküsst.«

»Ich wusste es!« Triumphierend hüpfte Hannah auf ihrem Stuhl auf und ab. »Und dann ging's zur Sache?«

Ella zuckte zusammen. »Nein. Dann ist er nach Hause gegangen.«

Zwei Augenpaare waren ungläubig auf sie gerichtet.

»Nun glotzt doch nicht so!« Erneut mit dieser ungewohnten Verlegenheit kämpfend, nestelte Ella an der bunten Perlenkette herum, die sie um den Hals trug.

Caroline lachte trocken. »Wir glotzen nicht, sondern versuchen herauszufinden, was mit dir passiert ist. Du bist noch nie einer Konfrontation aus dem Weg gegangen. Oder einer heißen Nacht.«

»Ich glaube, ich weiß, was das Problem ist.« Hannah legte Ella eine Hand auf den Arm. »Sie mag Jörn.«

»Nein!« Erschrocken zuckte Ella zurück.

»Doch.« Unbeeindruckt hielt Hannah Ellas Arm fest. »Und weil er ein Einheimischer ist und du ihn schon ewig kennst, weißt du jetzt nicht, wie du dich verhalten sollst. Die Typen, die du sonst aufreißt, sind ja meist nur kurz hier und dann auf Nimmerwiedersehen wieder weg. Jörn geht aber garantiert nirgendwohin – und du auch nicht.«

Seufzend gab Ella nach. »Er küsst verdammt gut.«

»Das gehört zu den Dingen, die ich über meinen Cousin nie wissen wollte.« Caroline grinste schief. »Aber andererseits freut es mich ja für euch.«

»Es gibt kein uns!«

»Ella, Schatz, ganz ruhig.« Mit einem beruhigenden Lächeln suchte Hannah erneut Ellas Blick. »So panisch kennen wir dich wirklich nicht. Liebe Zeit, wenn ein paar Küsse dich schon derart aus der Bahn werfen, muss aber deutlich mehr dahinterstecken als ein paar überschäumende Hormone. Kann es sein, dass du dich ein bisschen in unseren Feuerwehrboss verguckt hast?«

Ein heftiger Schreck durchzuckte Ella. »Auf gar keinen Fall! Ich ... O Gott.« Sie schlug die Hände vors Gesicht. »Was mache ich denn jetzt? Ich kann so was nicht. Ganz ausgeschlossen. Wenn wir Schluss machen, müssen wir für den Rest unseres Lebens umeinander herumeiern. Das ist doch Mist!«

Hannah und Caroline sahen einander kurz an. Caroline

hielt wieder eine von Ellas Händen fest. »Du springst gleich von null auf Ende. Meinst du nicht, das ist ein bisschen voreilig? Vielleicht macht ihr ja überhaupt nicht Schluss. Vielleicht läuft es so gut mit euch, dass ...«

»Nein.« Entgeistert hob Ella die freie Hand, als wollte sie schon den Gedanken abwehren. »Sprich es gar nicht erst aus. Das ist doch total verrückt. Wir haben uns nur geküsst. Na ja, und einmal ziemlich heftig rumgemacht, aber deshalb träume ich doch nicht gleich von Häusern und weißen Gartenzäunen und was weiß ich nicht alles. Ich doch nicht! Ihr kennt mich doch.«

»Natürlich kennen wir dich.« In einer beschwichtigenden Geste streichelte Hannah ihr über die Wange. »Du brauchst doch auch von gar nichts zu träumen. Ganz abgesehen davon ist Jörns Gartenzaun braun und nicht weiß.« Sie zwinkerte aufmunternd. »Aber wenn ihr euch so sehr zueinander hingezogen fühlt, solltest du vielleicht herausfinden, was dahintersteckt. Vielleicht ist es ja auch nur ein Strohfeuer, das erlischt, wenn ihr es einmal abbrennt. Danach könnt ihr dann immer noch zu eurer früheren Nicht-Beziehung zurückkehren und euch gelegentlich angiften.«

»Aber ...« Ella schüttelte den Kopf. »Ihr habt beide selbst gesagt, dass Jörn anders ist als die Männer, mit denen ich normalerweise Spaß habe.« Sie schluckte. »Ich will ihm ja auch nicht wehtun oder so was. Aber, verdammt noch mal, er küsst wirklich phänomenal. Und sein Körper ... Meine Güte, er scheint nur aus Muskeln zu bestehen – darauf stehe ich eigentlich nicht mal besonders. Und dann sein träges Lächeln, so als könne er meine Gedanken lesen und würde sich darüber amüsieren. Dafür würde ich ihm am liebsten die Augen auskratzen. Was soll ich denn jetzt machen?«

Ihre beiden Freundinnen wechselten erneut einen kurzen

Blick. Caroline erhob sich von der Tischkante und hielt Ella das Smartphone hin. »Schreib ihm eine Nachricht, dass du bei der nächsten Vorstandssitzung dabei sein wirst. Die kriegt er, wenn er nach Hause kommt. Nach der Sitzung geht ihr zusammen was essen. Dann ergibt sich bestimmt der nächste Schritt ganz von selbst.«

Zögernd nahm Ella ihr das Smartphone aus der Hand. »Er hat meine letzte Nachricht noch nicht mal gelesen.«

»Ja, weil er auf offener See keinen Empfang hat. Und wenn er zurückkommt, wird er erst mal hundemüde sein. Solche Fangtage auf der *Paulsen 1* sind brutal anstrengend. Ich bin früher ein-, zweimal mitgefahren. Das ist echt kein Zuckerschlecken. Aber bestimmt freut er sich über deine Nachricht, wenn er wieder da ist und klar denken kann.«

Skeptisch beäugte Ella ihr Smartphone, dann rief sie die Kurznachrichten-App auf.

»Ihr könntet ja noch mal ein Picknick auf der *Fischerin* machen«, schlug Hannah vor. »Oder du reservierst einen Tisch in der *Seemöwe*. Da ist es schön romantisch.«

»Nein.« Energisch schüttelte Ella den Kopf und ärgerte sich, dass ihre Hände tatsächlich ein ganz klein wenig zitterten, als sie die Kurznachricht schrieb. »Dann denkt er doch gleich, dass ich ihn verführen will.«

»Willst du doch auch.« Hannah grinste.

»Nein, will ich nicht.« Entschlossen klickte Ella auf Senden. Ihre Nachricht lautete:

Ella: Danke für die Freigabe durch deinen Vorstand. Bei der nächsten Sitzung müssen wir jede Menge Details beschließen. Mach dich auf viel Arbeit gefasst. Kommenden Dienstag wäre es passend.

Ihre beiden Freundinnen rissen ihr das Handy aus der Hand und lasen die wenigen Sätze. Caroline hüstelte. »Wow, das nenne ich mal Romantik pur.«

»Du willst es ihm wohl nicht leichtmachen.« Hannah gab Ella das Mobiltelefon zurück. »Oder dir selbst.«

Rasch schob Ella das Telefon in die Gesäßtasche ihrer Jeans. »An dieser Sache ist überhaupt nichts leicht. Wahrscheinlich habe ich den Verstand verloren, weil ich überhaupt in Erwägung ziehe, die Sache weiterzuverfolgen. Am besten wäre es bestimmt, wenn wir das, was passiert ist, einfach ignorieren und weitermachen wie bisher.«

»Mhm.« Caroline verzog spöttisch die Lippen. »Und wie gut ist dir das bisher gelungen?«

Ella wollte schon aufbrausen, doch Hannah hielt sie mit einem eindringlichen Blick zurück. »Ach was, erst mal ist Jörn ja noch auf hoher See. Also kann und wird zunächst einmal gar nichts passieren. Was haltet ihr davon, wenn wir drei heute Abend ein bisschen an den Hafen und auf die Strandpromenade gehen? Da spielen heute Abend mehrere Bands zum Saison-Opening. Das wird bestimmt lustig. Wir stopfen uns mit Gabriellas Eis voll und beobachten die Leute.«

»Warum nicht.« Ella versuchte sich zu entspannen. Ein schöner Abend mit ihren beiden besten Freundinnen war immer gut, ganz gleich, in welcher Verfassung sie sich gerade befand. Wobei sie natürlich normalerweise immer gute Laune hatte und zu allen möglichen Schandtaten bereit war. Warum also nicht auch heute? Herumsitzen und Trübsal blasen war einfach nicht ihre Art. »Ich kann aber nicht so lange bleiben, weil ich Barnabas nicht zu lange allein lassen will.«

»Bring ihn doch einfach mit«, schlug Caroline vor. »Er ist

bestimmt froh, wenn er nicht allein zu Hause auf dich warten muss.«

»Ich weiß nicht.« Ella zögerte. »Er ist immer noch oft so unberechenbar. Mit Christinas Training haben wir ja gerade erst angefangen.«

»Na und? Wir sind zu dritt. Da werden wir bestimmt mit ihm fertig.« Hannah erhob sich und stellte den Stuhl zurück neben die Tür. »Jetzt muss ich aber zurück in die Küche, ich will unbedingt noch dieses mittelalterliche Gemüsepastetenrezept ausprobieren. Treffen wir uns gegen sieben Uhr vor dem *Eisträume*?«

Caroline nickte zustimmend. »Von mir aus gerne.«

»Okay.« Auch Ella neigte zustimmend den Kopf. »Sieben Uhr passt mir gut.« Entschlossen schaltete sie den Computer ein, um ihre Notizen einzutragen und die beiden Rechnungen zu erstellen.

※※※

Mit tief in den Taschen ihrer hellgrauen Stoffhose vergrabenen Händen trat Caroline in die Küchentür und lehnte sich mit der Schulter gegen den Türstock. Hannah stand an der großen Arbeitsinsel und kleidete gerade eine runde Pie-Form mit dünn ausgerolltem Mürbeteig aus. Für einen langen Moment sah Caroline ihr zu, bevor sie das Wort ergriff. »Glaubst du, das geht gut?«

Hannah griff nach der Schüssel mit der Gemüsefüllung. »Zur Hölle – nein! Sie hat nicht die geringste Ahnung, was mit ihr los ist.«

»Müssen wir uns Sorgen machen?«

»Um Ella?« Gleichmäßig verteilte Hannah die Füllung in der Pie-Form. »Da bin ich noch unsicher. Wahrscheinlich schon, weil sie in Liebesdingen ein ziemlich unbeschriebenes Blatt ist. Was Jörn angeht«, sie hob den Kopf, »weiß ich es nicht. Du kennst ihn besser.«

Caroline stieß sich vom Türstock ab und trat neben ihre Freundin. »Er küsst jedenfalls nicht leichtfertig irgendeine Frau. Dass er sich dazu jetzt ausgerechnet Ella ausgesucht hat, kommt für mich ziemlich überraschend. Ich hätte nie gedacht, dass er auch nur die Spur interessiert an ihr ist.«

»Vielleicht war er das auch bis vor Kurzem nicht.« Hannah stellte die leere Schüssel in den Ausguss und begann, eine weitere Portion Mürbeteig auszurollen. »Es kann doch sein, dass es jetzt erst gefunkt hat. Offenbar gleich ziemlich heftig.« Sie lachte leise. »Aber er ist ein erwachsener Mann und bestimmt in der Lage, sich gegen Ella zu behaupten.«

»Bist du dir sicher?« Caroline trat an die Spüle und begann, die Schüssel zu spülen. »Wenn Ella ihn einmal in ihren Fängen hat … Ich will nicht, dass er verletzt wird. So lieb ich Ella auch habe, aber besonders zartfühlend geht sie mit ihren Affären nicht um.«

Mit geübten Handgriffen deckte Hannah die Pastete mit der Teigplatte ab und drückte die Ränder fest. »Wenn es eine ihrer Affären wäre, würde ich dir zustimmen, aber du hast sie doch vorhin erlebt. Sie ist vollkommen daneben und verunsichert. So habe ich sie noch nie gesehen. Nicht mal, als sie in der zehnten Klasse so unglaublich für Tim Leffson geschwärmt hat. Näher kam sie einer Verliebtheit meines Wissens nie. Aber selbst da war sie immer ganz sie selbst und absolut selbstsicher. Das heute war …«

»Erschreckend.« Caroline lachte trocken. »Du hast recht, so war Ella noch nie.«

»Also hat, soweit ich das überblicke, eher Jörn sie in seinen Fängen als sie ihn.« Schmunzelnd verknetete Hannah die Teigreste und rollte sie aus, um kleine Sterne und Halbmonde auszustechen, mit denen sie die Pastete verzieren würde. »Seine Seite der Geschichte kennen wir ja noch gar nicht.«

»Das werde ich ändern, sobald ich kann.« Rasch trocknete Caroline die Schüssel ab und stellte sie in den Schrank zurück.

»Vielleicht sollten wir uns erst mal nicht einmischen.« Hannah drehte sich zu Caroline um. »Möglicherweise ist es ja wirklich nur ein Strohfeuer ...«

»Du siehst nicht so aus, als würdest du daran glauben.«

»Tue ich auch nicht.« Hannah wandte sich wieder der Pastete zu, die sie nun mit verquirltem Eigelb bestrich. »Für mich sah es so aus, als sei Ella zum ersten Mal so richtig heftig verliebt. Und so, wie ich Jörn kenne, muss es ihm ähnlich gehen, sonst hätte er sich nicht auf Ella eingelassen.«

Nachdenklich sah Caroline ihrer Freundin zu, wie sie die Ofentür öffnete und die Pastete hineinschob. Warme Luft drang ihnen entgegen. »Also abwarten und Tee trinken, meinst du?«

»Bleibt uns etwas anderes übrig?« Nachdem die Ofentür wieder geschlossen war, stellte Hannah den Kurzzeitmesser ein und begann, die Arbeitsfläche zu reinigen. »Die beiden müssen das untereinander ausmachen. Wir können gar nichts tun, wenn wir uns kein blaues Auge holen wollen. Aber wir können für Ella da sein, wenn sie uns braucht.« Sie hielt kurz inne. »Machst du dir Sorgen, dass du zwischen die Fronten geraten könntest, weil Jörn dein Cousin ist?«

Nachdenklich vergrub Caroline ihre Hände wieder in den Hosentaschen. »So weit kommt es hoffentlich nicht. Ich frage mich bloß ...«

»... ob das gut gehen kann, ich weiß.« Hannah lächelte

ihr aufmunternd zu. »Ich bin genauso von den Socken wie du, glaub mir das. Aber vielleicht erleben wir ja eine große Überraschung.«

Caroline hüstelte. »Ich dachte, das hätten wir schon ...«

※※※

Stöhnend rieb Ella sich über die Stirn. Ihre Idee, gleich, nachdem sie mit der Büroarbeit fertig gewesen war, ins Gartencenter zu fahren, um weitere Erde und Pflanzen für Jörns Garten zu besorgen, war nicht besonders klug gewesen. Anscheinend hatte halb Lichterhaven nichts anderes zu tun, als das Gartencenter zu stürmen. Zwar war es heute nicht so heiß wie die gesamte vergangene Woche und der Himmel bedeckt. Aber vermutlich hatte das die Leute nur noch darin bestärkt, sich ihren Gärten zu widmen. Bei dreißig Grad und knalligem Sonnenschein gingen die meisten lieber schwimmen oder faulenzten auf der Terrasse.

Doch nun war sie endlich den vollen Gängen und der langen Schlange an der Kasse entkommen und musste nur noch ihre Einkäufe vom Auto bis in Jörns Garten schleppen. Rasch stieg sie aus dem Wagen und öffnete die Kofferraumklappe, doch noch ehe sie nach einem der Trays voller Blühstauden greifen konnte, hielt hinter ihr ein weiteres Auto. Überrascht drehte sie sich um und erschrak ein klein wenig, als eine kräftige, sportlich wirkende Frau ausstieg und auf sie zukam. Inette Paulsens kurzes dunkelblondes Haar war etwas dunkler als das ihres Sohnes, doch ihre Gesichtszüge ähnelten den seinen ganz eindeutig. Nur zwei Schritte vor Ella blieb sie stehen. »Nanu, das ist ja eine Überraschung. Hallo, Ella, wie geht es dir denn? Oder, Verzeihung, Ihnen. Ich kenne euch Mädchen schon so lange, da fällt es mir immer noch schwer, euch als Erwachsene zu sehen. Aber ich will natürlich nicht unhöflich sein.«

»Oh, äh, nein.« Ella lächelte Jörns Mutter freundlich zu. »Sie dürfen ruhig weiter Du zu mir sagen, dann komme ich mir nicht so alt vor.«

»Alt?« Inette lachte herzlich. »Frag mich mal! Du bist doch noch ein junger Hüpfer. Aber eigentlich hast du recht. Wir sollten beide Du zueinander sagen. Vielleicht fühle ich mich dann auch noch eine Spur jünger. Und immerhin kenne ich ja deine Mutter und deinen Vater schon seit Ewigkeiten, da wird es wohl Zeit, dass wir das Gesieze sein lassen. Versteh mich nicht falsch, als ihr noch Kinder oder Teenager wart, fand ich das schon sehr angemessen. Ich habe meinen Jungs beigebracht, dass man die Erwachsenen mit Respekt zu behandeln hat, und diese Einstellung vertrete ich nach wie vor. Doch irgendwann relativiert sich alles, nicht wahr?« Wieder lachte sie. »Aber was rede und rede ich da in einem fort? Sag einfach Inette zu mir und verrate mir, was du da alles in deinem Kofferraum gebunkert hast. Ich wollte eigentlich nur rasch ein paar Sachen in Jörns Kühlschrank stellen, weil er die ganze Woche nicht zum Einkaufen gekommen ist. Er musste für Holger auf der *Paulsen 1* einspringen, weil der mit Grippe total flachlag. Unsere Kunden fragen nur leider nicht danach, ob der zuständige Kapitän fit ist oder nicht. Eigentlich wäre Jörn erst übernächste Woche wieder an der Reihe gewesen rauszufahren. Nun ja, so was passiert eben hin und wieder. Als Mutter ist mir natürlich daran gelegen, dass mein Junge nicht verhungert, nur weil die Geschäfte schon geschlossen haben, wenn er heute Abend vom Kutter kommt. Er muss sich ja nun mal an Ebbe und Flut orientieren, deshalb kommt er erst mitten in der Nacht nach Hause.«

Ella nickte zu Inettes Worten. »Das stelle ich mir sehr anstrengend vor.«

»Oh ja, das kannst du laut sagen. Diesmal sind sie auch gleich drei Tage am Stück rausgefahren, waren also seit Mittwoch überhaupt noch nicht an Land. Mit etwas Glück sind sie heute gegen Mitternacht oder etwas danach wieder im Hafen. Kommt drauf an, ob die Flut dann schon reicht, um reinzukommen. Und dann müssen sie den Fang noch abladen und teilweise versandfertig machen. Der Rest wird morgen früh um sechs an unsere hiesigen Kunden ausgeliefert. Darum kümmere ich mich dann zusammen mit Nelly und Tom.« Sie hielt inne und sah sich neugierig um. »Wo steckt denn Barnabas? Hast du ihn zu Hause gelassen?«

»Ja.« Ella schielte unauffällig auf ihre Armbanduhr. »Ich habe das Auto voll bis oben hin, da hätte er überhaupt keinen Platz gehabt. Aber ich muss mich beeilen, denn zu lange allein lassen möchte ich ihn nicht.«

»Weißt du was? Lass mich nur schnell die Einkäufe ins Haus bringen, dann helfe ich dir beim Tragen. Diese Säcke sehen schwer aus. Als Jörn mir erzählte, dass du dich angeboten hast, die Beete wieder in Ordnung zu bringen, war ich, ehrlich gesagt, ein bisschen überrascht.« Inette ging zu ihrem schwarzen VW Polo zurück und hob eine hoch mit Lebensmitteln befüllte Klappbox von der Rückbank. »Versteh mich bitte nicht falsch, ich bin mir sicher, dass du als Floristin super geeignet für den Job bist, aber ich stand bisher immer unter dem Eindruck, dass du und Jörn ... na ja, dass ihr nicht gerade die besten Freunde seid.« In ihren Worten steckte eine sehr eindeutige Frage, die Ella erneut vor Augen führte, dass sie verrückt war, wenn sie auch nur eine Sekunde weiter daran dachte, etwas mit Jörn anzufangen.

Mit Mühe brachte sie ein unverfängliches Lachen zustande. »Stimmt schon, wir sind nicht die besten Freunde. Aber als Jörn mir sagte, er wolle die ganzen Beete einebnen und nur Gras einsäen, konnte ich das einfach nicht zulassen.«

»Das hat er gesagt?« Halb entsetzt, halb erheitert schüttelte Inette sich. Rasch trug sie die Lebensmittel zur Haustür und schloss auf. »Hoffentlich hast du ihm ordentlich den Kopf gewaschen. Die schönen Beete einebnen, also wirklich. Auf solche Ideen können auch nur Männer kommen. Entschuldige mich bitte kurz.« Sie verschwand samt Lebensmitteln im Inneren des Hauses. Ella packte sich zwei Trays mit Pflanzen und brachte sie hinters Haus. Als sie zurückkehrte, stand Inette bereits wieder neben dem offenen Kofferraum und wartete auf sie. »Ich kann ihn ja ein bisschen verstehen«, fuhr sie unumwunden fort. »Er hat immer viel um die Ohren mit der *Fischerin* und dem Krabbenfang und der Feuerwehr. Da will er es sich natürlich so einfach wie möglich machen. Aber du hast ganz recht. Meine Schwiegermutter würde sich im Grab umdrehen, wenn sie erführe, dass ihre wunderschönen Blumen- und Staudenbeete verschwinden sollen. Ich würde mich ja selbst darum kümmern, aber neben dem Fischladen und allem, was sonst noch anliegt, bleibt mir nicht genügend Zeit. Ganz zu schweigen davon«, sie hüstelte schmunzelnd, »dass ich nicht unbedingt einen grünen Daumen habe. Bei uns im Garten wachsen so gut wie nur unverwüstliche Steingartengewächse und einjährige Schnittblumen, bei denen ich nicht viel falsch machen kann. Meine Schwiegermutter hingegen war eine Gärtnerin mit Leib und Seele. Bei ihr wuchs einfach alles wunderbar üppig, und Ungeziefer hat sich nicht einmal auf fünf Meter in die Nähe ihres Gartens getraut.

Keine Ahnung, wie sie das gemacht hat, aber Schnecken, Raupen, Wühlmäuse, alle hatten einen Heidenrespekt vor ihr und haben einen Bogen um ihre Pflanzen gemacht. Bis auf das eine Jahr, ich glaube, es war 1996 oder 97. Da hatten wir eine grässliche Nacktschneckenplage. Die Biester haben einfach alles gefressen, was auch nur ansatzweise grün war, und sich vermehrt, als wollten sie die Weltherrschaft an sich reißen.« Bei der Erinnerung lachte Inette. »Du musst Jörn mal darauf ansprechen. Er war damals ja erst sieben oder acht Jahre alt und hatte einen Heidenspaß, die ganzen Schnecken aus dem Garten seiner Oma abzusammeln. Eimerweise hat er sie dann rüber zu den Dennersens auf den Bauernhof gebracht. Lotte hat die Schnecken an ihre Hühner verfüttert. So gute Eier hätten die Hennen noch nie gelegt, hat sie behauptet. Das musste sie den meisten ihrer Feriengäste aber tunlichst verschweigen, denn wenn du Leuten aus der Großstadt erzählst, dass die Hühner, die ihre Frühstückseier legen, sich zuvor an Nacktschnecken ergötzt haben, ergreifen sie womöglich die Flucht.«

Bei der Vorstellung musste Ella ebenfalls lachen. »Stimmt, das könnte sich geschäftsschädigend auswirken.«

Inette trat dicht an den Kofferraum heran. »Na, dann komm, tragen wir die schweren Säcke zusammen rüber in den Garten. Darf ich dir übrigens sagen, dass mir dein Oberteil unglaublich gut gefällt? Dieses Dunkelrot mit Silber steht dir wirklich gut, und auch dieser hübsche V-Ausschnitt. Und die silberne Hose ist auch sehr chic. Mit deiner Figur kannst du so was sehr gut tragen. Lange Beine und Rundungen da, wo sie hingehören.«

»Danke.« Überrascht über das Kompliment blickte Ella an sich hinab. Sie hatte sich nach der Arbeit noch nicht umgezogen, obwohl die Klamotten eigentlich nicht für

Gartenarbeit geeignet waren. Doch wozu gab es den Schongang in der Waschmaschine? »Wir haben heute das Catering für eine Ärztekonferenz gemacht, in dem neuen Konferenzzentrum im Gewerbegebiet.«

»Ach ja, Jörn hat mir erzählt, dass er mit dem Kreisfeuerwehrinspektor gemeinsam die Abnahme der Brandschutzvorkehrungen gemacht hat. Dieses Konferenzzentrum ist zum Teil auf Martina Clausens, Pardon, Brunners Betreiben entstanden, nicht wahr?«

»Ja, Hannah meinte, Martina hätte die Betreiberin zufällig kennengelernt, als die hier Urlaub gemacht hat, und die beiden sind ziemlich schnell einig gewesen, dass so ein Zentrum in Lichterhaven noch fehlt. Es hat aber, glaube ich, fast zwei Jahre gedauert, bis das Projekt durch den Stadtrat war und dann auch die Baugenehmigung vorlag. Danach ging aber alles ganz schnell.« Ella lächelte, weil sie heute einen guten Eindruck bei der Betreiberin des Zentrums hinterlassen hatten. Die Frau war eine knallharte Geschäftsfrau, die solche Zentren in ganz Norddeutschland betrieb. Wenn sie zufrieden war, würden die *Foodsisters* vielleicht einen festen Vertrag ergattern können.

»Deiner Miene nach war es heute ein voller Erfolg für euch.« Inette stieß die Luft aus, als sie den ersten Achtzigliterssack neben dem Gewächshaus abgelegt hatten. »Puh, die Dinger sind noch schwerer, als sie aussehen. Die hättest du doch unmöglich alleine bis hierher schleppen können.«

»Ich hätte es mit der Schubkarre versucht.« Ella rieb sich kurz den Rücken, der ein wenig protestierte. »Und ja, es ist heute sehr gut für uns gelaufen.«

»Ich finde es beeindruckend, wie viel ihr in der kurzen Zeit mit eurem Unternehmen erreicht habt.« Lächelnd machte Inette sich auf den Weg zurück zum Auto, sodass

Ella ihr rasch folgte, um mitzubekommen, was sie weiter sagte. »Schafft ihr das überhaupt noch alles zu dritt? Ich meine, ihr habt doch mittlerweile schon recht viele Aufträge, nicht wahr? Und jetzt auch noch das Stadtfest samt Feuerwehrjubiläum.«

»Wir heuern inzwischen oft Aushilfen an«, gab Ella zu. »Für fest angestellte Mitarbeiter reicht es noch nicht ganz, aber mittelfristig müssen wir schon darüber nachdenken, zumindest für das Kellnern und die Essensausgabe an Büfetts jemanden fest einzustellen.«

»Ich wünsche euch auf jeden Fall weiterhin ganz viel Erfolg.« Inette zögerte, bevor sie nach dem nächsten Sack im Kofferraum griff. »Was das Jubiläum angeht: Jörn war nicht allzu begeistert, als er erfahren hat, dass die Stadt euch engagiert hat, anstatt ihm und seinem Vorstand die ganze Planung zu überlassen. Ich hoffe, ihr kommt trotzdem einigermaßen miteinander aus.« Aufmerksam musterte sie Ella. »Ihr seid zwei sehr gegensätzliche Charaktere. Zumindest scheint es auf den ersten Blick so zu sein. Jörn ist in vielerlei Hinsicht ein Traditionalist. Lass dich davon aber bloß nicht abschrecken. Er muss es ja nicht nur sich selbst recht machen, sondern auch dem gesamten Vorstand und darüber hinaus der vollständigen Feuerwehrtruppe, die durch seinen Einsatz in kurzer Zeit enorm gewachsen ist. Das ist eine ziemlich bunte Mischung an Meinungen und Charakteren. Zwar sind viele der jüngeren Mitglieder bestimmt begeistert von euren Ideen, aber die älteren werden sich vermutlich ein wenig sträuben und an ihren althergebrachten Ansichten festhalten.«

»Jörn hat mir am Mittwoch mitgeteilt, dass der Vorstand meine oder vielmehr unsere Pläne abgesegnet hat.«

»Oh, gut.« Inette lächelte sichtlich erleichtert und griff

nach der einen Seite des nächsten Erdesacks. »Damit ist die größte Hürde wohl genommen.«

Ella fasste sich die andere Seite des Sacks, und gemeinsam gingen sie erneut hinters Haus. »Ich war ein bisschen überrascht, dass der Vorstand so schnell zugesagt hat. Jörn schien von vielen meiner Ideen nicht wirklich überzeugt zu sein.«

»Tatsächlich?« Nachdem sie den Sack abgelegt hatten, reckte Inette sich ein wenig. »Da musst du dich täuschen. Mir und seinem Vater gegenüber hat er nur lobende Worte für deine Ideen gefunden.« Sie zögerte. »Wenn ich es recht überlege, war das für mich auch etwas überraschend, wenn man bedenkt, wie, nun ja, wenig ihr euch sonst versteht. Aber ich habe mich gefreut, dass du ihn überzeugen konntest.«

Verwundert sah Ella Jörns Mutter an. »Mir gegenüber war er ziemlich skeptisch.«

Lachend winkte Inette ab. »Vielleicht wollte er dich nur ein wenig aufziehen. Er boxt nichts im Feuerwehrvorstand durch, wovon er nicht absolut überzeugt ist.«

Als Ella an die anstrengenden Verhandlungen zurückdachte, die sie mit ihm hatte führen müssen, wunderte sie sich doch sehr.

»Sag mal …« Während sie erneut zum Auto zurückkehrten, sah Inette sie neugierig von der Seite an. »Es geht mich zwar überhaupt nichts an. Aber in der Stadt erzählt man sich, ihr beide wärt neulich abends bei Sonnenuntergang zusammen auf der *Fischerin* gesichtet worden. Stimmt das?«

Verdammt! Ella stöhnte innerlich. Sie hatte sich fast schon in Sicherheit gewähnt, doch natürlich hatte Inette Paulsen die Gerüchte bereits vernommen. Immerhin war sie die Inhaberin des größten und besten Fischladens in

Lichterhaven. Dort traf sich früher oder später alles, was Rang und Namen hatte. Fieberhaft versuchte Ella nun, eine unverfängliche Antwort zu geben. »Jörn hat mir geholfen, Barnabas zu finden, der mir abgehauen war. Danach haben wir uns Pizza geholt und auf der *Fischerin* gegessen, weil sonst nirgendwo ein Sitzplatz zu finden war.«

»Ach so, wenn das alles war.« Inette lachte herzlich. »Mir wurde die Geschichte so zugetragen, als wäret ihr mindestens händchenhaltend und knutschend gesehen worden.«

»Was?« Erschrocken starrte Ella sie an.

»Ach herrje, ich hätte gleich wissen müssen, dass das alles mal wieder total aufgebauscht wurde. Auch dass Jörn dich Montagabend nach Hause gebracht hat. Das war doch wirklich keine große Sache, habe ich gesagt. Auch wenn Lichterhaven kein gefährliches Pflaster ist, sollte niemand, egal ob Männlein oder Weiblein, nachts alleine herumlaufen. Für die Lichterhavener kann man ja die Hand ins Feuer legen – na ja, zumindest für die meisten, aber wer weiß schon, was das für Leute sind, die hier Urlaub machen? Ich fand es ausgesprochen umsichtig von Jörn, dass er dich nach Hause begleitet hat. Aber du weißt ja, wie das ist. Irgendjemand hat euch gesehen und gleich eine Geschichte erfunden, dass ihr was miteinander hättet.«

Ellas Kehle verengte sich ein wenig, und sie schluckte hastig dagegen an. »Er hat mich nur begleitet, nichts weiter.« Ihre Wangen begannen zu glühen. Seit wann passierte ihr das eigentlich? Hoffentlich war sie nicht rot geworden. So weit kam es noch.

»Nicht, dass ich etwas dagegen hätte, wenn du und Jörn …« Inette machte wedelnde Bewegungen mit ihren Händen. »Du weißt schon. Es würde mich sehr überraschen, aber andererseits sind ganz bestimmt schon seltsamere

Dinge auf diesem Planeten geschehen. Auch wenn ihr sehr verschieden seid, sagt man doch, dass Gegensätze sich anziehen, nicht wahr?«

»Es ist wirklich nichts zwischen uns.« Noch einmal schluckte Ella. Da sie nun den dritten Sack schleppten, war es ihr nicht möglich, ihre Hände an die Wangen zu legen, die sich anfühlten, als hätten sie die Farbe eines Feuerwehrautos angenommen. »Wir sind nur ... Freunde oder so etwas Ähnliches. Und auch das nur bedingt, weil, na ja ...«

»Weil ihr euch lieber in die Haare kriegt, als miteinander friedlich auszukommen.« Inette kicherte. »Ja, so ist das manchmal. Jörn hätte uns auch bestimmt erzählt, wenn mehr dahintergesteckt hätte. Aber sag, warum ist Barnabas dir denn weggelaufen? So etwas hat er doch bei Carlotta nie gemacht.«

Ella atmete innerlich auf, dass sie diesem verfänglichen Thema entkommen zu sein schien, und erzählte so neutral wie nur möglich von ihren Problemen mit Barnabas und dem Training, das sie jetzt bei Christina absolvierten. Währenddessen trugen sie auch noch die restlichen Einkäufe in den Garten und stellten sie ins Gewächshaus.

»So was aber auch.« Mitfühlend tätschelte Inette kurz Ellas Arm, nachdem sie das Gewächshaus wieder verlassen hatten. »Das ist ja wirklich schlimm. Aber gut, dass du dich nicht unterkriegen lässt. Bestimmt trauert Barnabas noch um sein Frauchen und muss sich erst auf dich einstellen. Und du hattest ja auch noch nie einen eigenen Hund, oder?«

»Nein.« Ella schüttelte den Kopf. »Ich hatte auch gar nicht damit gerechnet, dass Oma Carlotta mir sozusagen das Sorgerecht überträgt.« Sie blinzelte kurz, als sie an die Testamentseröffnung am Mittwochnachmittag dachte, bei der Alex Messner, der zuständige Notar, noch einmal bestätigt hatte, dass Ellas Großmutter sie als neue Besitzerin des eigenwilligen Bearded Collies eingesetzt hatte.

»Na, dann müsst ihr euch beide erst eingewöhnen. Aber so wie ich dich einschätze, schaffst du das mit links.« Inette sah kurz auf ihre Armbanduhr. »Jetzt muss ich aber weiter. Ich habe noch einiges zu tun und bin nachher noch mit meinem Mann zum Essen verabredet.« Sie grinste mädchenhaft. »Das ist übrigens ein Tipp, den ich dir nur wärmstens ans Herz legen kann. Wenn du mal verheiratet bist, achte darauf, dass du mit deinem Mann immer genügend Paarzeit einplanst. Auch wenn es manchmal schwierig ist, gerade wenn die Kinder noch klein sind. Aber eine gute Ehe lebt vom Geben und Nehmen und dem Wir-Gefühl. Deshalb verabreden Jörns Vater und ich uns mindestens zweimal im Monat ganz altmodisch zu einem Date. Heute gehen wir essen und danach ins Kino.«

»Das ist schön.« Ella hüstelte. »Da wünsche ich viel Spaß.«

»Den werden wir haben.« Inette lachte sie an. »Jetzt habe ich dich ein bisschen erschreckt, was? Immerhin bist du ja weder verheiratet noch mit irgendjemandem fest zusammen, nicht wahr? Mach dir keine Gedanken, der Richtige kommt irgendwann, und bis dahin ist es nur recht und billig, wenn du dich als Single wohlfühlst.«

»Ja, ähm, das tue ich.«

»Siehst du. Du machst das schon genau richtig.«

Ella wusste plötzlich nicht mehr so recht, was sie noch sagen sollte, deshalb beschloss sie, die Flucht zu ergreifen. »Ich glaube, ich muss jetzt auch wieder los. Um die Pflanzen kümmere ich mich morgen und am Montag. Wahrscheinlich muss Barnabas noch mal raus, und später will ich mit Hannah und Caroline runter zur Strandpromenade.«

»Ach ja, da ist heute Saisonauftakt mit Live-Musik,

stimmt ja.« Herzlich lächelte Inette ihr zu. »Da amüsiert ihr euch bestimmt blendend. Viel Spaß und grüß mir Caroline und Hannah ganz lieb, ja?« Mit einem Winken ging sie zu ihrem Auto und stieg ein.

Ella tat es ihr gleich. Erleichtert atmete sie auf, während sie den Motor anließ und langsam die Straße entlangfuhr. Ein wenig merkwürdig fühlte sie sich nach diesem unverhofften Treffen mit Jörns Mutter. Aber letztlich war alles viel einfacher gelaufen, als sie befürchtet hatte. Wie gut, dass Inette ihr gleich geglaubt hatte, dass zwischen ihr und Jörn nichts lief. Nicht auszudenken, wenn diese nette Frau womöglich einen falschen Eindruck von ihr gewänne. Lichterhaven war einfach zu klein – und die Familie Paulsen insgesamt zu nett –, als dass Ella so etwas riskieren würde.

※※※

Inette wartete, bis Ellas Wagen außer Sichtweite war, bevor sie ihr Smartphone hervorzog und eine Textnachricht an ihre Freundinnen Francesca Hayderoglu und Sylvia Jensen schrieb.

Inette: Francie, du hattest recht. Sylvia, wir müssen reden.

Sie wartete nur eine halbe Minute, bis beide Frauen die Nachricht abgerufen hatten. Nur Augenblicke später machte sich ihre Skype-App mit einem Signalton bemerkbar, weil beide Frauen sie zu erreichen versuchten. Inette richtete ein Gruppengespräch ein und sah sich gleich darauf zwei sehr neugierigen Gesichtern gegenüber.

Francesca ergriff zuerst das Wort. »Womit genau hatte ich recht?«

Inette lächelte. »Zwischen meinem Sohn und Ella geht etwas vor.«

»Bist du dir ganz sicher?« Sylvia runzelte ungläubig die Stirn. »Die beiden waren schon immer wie Katz und Hund.«

»Es gibt auch Katzen und Hunde, du einander mögen«, warf Francesca ein.

»Aber Ella …« Energisch schüttelte Sylvia den Kopf. »Sie hat nie … Ich kann mir das nur schwer vorstellen. Jörn war schon immer ein rotes Tuch für sie. Und außerdem will sie doch mit aller Gewalt nichts mit jemandem aus Lichterhaven anfangen. Redet ihr euch das vielleicht einfach nur ein? Kann ja sein, dass man die beiden ein- oder zweimal zusammen gesehen hat. Das bedeutet nicht, dass sie was miteinander haben.«

»Ich habe auch nicht behauptet, dass sie etwas miteinander haben«, korrigierte Inette hastig. »Noch nicht. Aber irgendetwas ist definitiv zwischen den beiden vorgefallen. Ihr hättet Ella sehen sollen, als ich sie eben auf die Sache mit der *Fischerin* angesprochen habe.«

»Du hast sie getroffen?« Francesca stieß beinahe mit der Nase gegen das Display ihres Smartphones. »Was du nicht sagst. Wo denn?«

»Vor Jörns Haus.« Bedeutungsvoll schwieg Inette einen Moment, bevor sie weitersprach. »Sie hat Erde und Pflanzen für seinen Garten besorgt, und ich habe ihr geholfen, die Sachen auszuladen. Eigentlich hatte ich Jörn nur ein paar Lebensmittel in den Kühlschrank packen wollen, aber als ich Ella sah, habe ich die Gelegenheit beim Schopf gepackt und ihr ein bisschen auf den Zahn gefühlt. Sylvia, als ich sie auf ihr Date mit Jörn auf der *Fischerin* ansprach und darauf, dass er sie am Montag nach Hause begleitet hat, ist sie rot geworden.«

»Was?« Sylvias Stimme klang schrill, deshalb räusperte sie sich hastig. »Du machst wohl Witze. Ella ist in ihrem ganzen Leben noch nicht rot geworden. Dazu ist sie viel zu selbstbewusst.«

»Tja, was soll ich sagen?« Lässig hob Inette die Schultern. »Ich stand direkt vor ihr, und wenn es nicht zu auffällig gewesen wäre, hätte ich ein Foto gemacht, damit du es mir glaubst. Ich war selbst überrascht. Die Frage ist jetzt, was wir mit dieser Situation anfangen.«

»Mit dieser Situation anfangen?« Sylvia kräuselte die Lippen. »Gar nichts. Abgesehen davon, dass ich das erst glaube, wenn ich es selbst sehe, mische ich mich grundsätzlich nicht in Ellas Liebesleben ein.«

»Na, also Liebesleben kann man das aber nicht gerade nennen«, wandte Francesca ein. »Sie flirtet auf Teufel komm raus herum. Das mag ja für eine Weile ganz schön sein, aber doch nicht auf Dauer!«

»Das ist ganz allein ihre Sache«, beharrte Sylvia. »Wenn sie sich nicht fest binden will, dann akzeptiere ich das. Ich kann ihr kaum vorschreiben, wie sie ihr Leben leben soll.«

»Das sollst du ja auch gar nicht«, wandte Inette ein. »Aber jetzt hat sie sich ganz offenbar in meinen Jörn verliebt. Nein, schau nicht so ungläubig. Die Anzeichen waren mehr als eindeutig, auch wenn sie es selbst wahrscheinlich noch nicht weiß oder wissen will. Mir ist bekannt, wie sie tickt und dass sie normalerweise nicht mit Männern aus Lichterhaven ausgeht. Jetzt hat sie aber offenbar diese Grenze übertreten, und zwar mit meinem Erstgeborenen. Da wird es mir wohl erlaubt sein, mir Sorgen zu machen.«

»Jörn ist genauso erwachsen wie Ella.« Sylvias Miene war ernst geworden. »Er kann wohl seine eigenen Entscheidungen treffen. Wenn, nein, *falls* wirklich etwas zwischen ihnen sein sollte, dann müssen sie das unter sich ausmachen.«

»Das sollen sie ja auch.« Beschwichtigend hob Inette eine Hand. »Und versteh mich bitte nicht falsch. Wenn Ella und Jörn … also, wenn aus ihnen ein Paar würde, wäre ich die Erste, die einen Freudentanz aufführt. Sie ist klug, erfolgreich, liebenswert und hübsch. Was kann man sich mehr von einer Schwiegertochter erhoffen? Ich hatte nur den Eindruck, dass sie nicht ganz glücklich mit ihren Gefühlen ist.«

»Kein Wunder.« Francesca lachte trocken. »So, wie sie bisher gelebt hat, muss ihr die Aussicht auf etwas Festes erschreckend vorkommen. Dass sie sich aber auch ausgerechnet Jörn ausgesucht hat – oder er sich sie … Sie beide einander«, beschloss sie schmunzelnd. »Hund und Katz ist gar kein Ausdruck. Da trifft Feuer auf Eis. Aber wer weiß, vielleicht wird daraus ein hübsches Süppchen.«

»Ihr seid ja verrückt.« Ungläubig starrte Sylvia in die Kamera ihres Handys. »Die beiden werden sich gegenseitig das Leben schwermachen, sonst nichts. Ich mag Jörn wirklich, aber er ist doch überhaupt nicht Ellas Typ.«

Inette kicherte. »Das stimmt auffallend. Umgekehrt wird aber auch ein Schuh daraus. Nun schau nicht so böse. Alles, was ich sagen will, ist, dass wir die beiden im Auge behalten sollten und sie, falls sich da wirklich etwas anbahnt, ein bisschen unterstützen, wenn nötig. Und sei es auch nur auf moralischer Ebene.«

»Das ist eine sehr gute Idee«, stimmte Francesca zu. »Ich werde auf jeden Fall Augen und Ohren offen halten und euch berichten, was mir zugetragen wird.«

12. Kapitel

»So einen schönen Abend haben wir schon lange nicht mehr miteinander verbracht. Die Party am Montag war zwar auch schön, aber das hier toppt es um Längen.« Mit einem zufriedenen Lächeln rekelte Hannah sich auf der Bank am Hafen, die sie vor Kurzem als Sitzgelegenheit erobert hatten. Die Lichterhavener Hauptstraße und der gesamte Hafen und Museumshafen waren mit Lampen, Lichterketten und bunten Lampions erleuchtet, und sowohl hier als auch unten an den Liegewiesen hinter dem Deich spielten verschiedene Musikgruppen einen bunten Mix aus Rock- und Popmusik aus vier Jahrzehnten.

Ein wenig hatte sich der Andrang von Einheimischen, Besuchern aus den umliegenden Ortschaften und Touristen bereits gelichtet, doch noch immer war eine Menge los in der kleinen Stadt. Die drei Freundinnen waren übereingekommen, heute einen männerfreien Abend zu genießen, deshalb hatten sie sich von flirtenden Exemplaren des anderen Geschlechts weitgehend ferngehalten und einfach nur Mädchenspaß gehabt, wie Caroline es scherzhaft genannt hatte.

»Da hast du vollkommen recht«, stimmte Ella ihr zu und warf die Serviette, mit der sie ihr Eishörnchen gehalten hatte, in den Abfalleimer neben der Bank. »So etwas sollten wir viel öfter zusammen machen.«

Hannah kicherte. »Ja, auf jeden Fall. Aber wenn wir jedes Mal so viel Eis in uns reinstopfen, werden wir am Ende des Sommers alle zwei Kleidergrößen zugelegt haben.«

»Das war doch nur eine Ausnahme heute.« Genüsslich leckte Caroline etwas Schokolade von ihren Fingern. »Morgen früh werde ich vierzig statt zwanzig Minuten auf dem Crosstrainer strampeln, dann gleicht es sich hoffentlich wieder aus.«

»Wenn wir bemannt wären, gäbe es noch eine andere Möglichkeit, die überzähligen Kalorien wieder loszuwerden.« Hannah lehnte sich zurück und blickte in den nächtlichen Himmel hinauf. »Aber so, wie es momentan aussieht, müssen doch eher die Sportgeräte herhalten. Zumindest für Caroline und mich. Du, Ella, bist die Einzige, bei der die Möglichkeit besteht, in absehbarer Zeit heißen Sex zu ergattern.«

»O, bitte!« Caroline schauderte, lachte dann aber. »So ganz will ich mir das nicht vorstellen. Jörn ist immerhin mein Cousin und fast wie ein Bruder für mich.«

»Na und? Wünschst du ihm etwa keinen heißen Sex?« Hannah grinste anzüglich.

»Doch, schon, aber wenn meine Fast-Schwester Ella seine Partnerin dabei sein soll, ist das doch ein wenig surreal, findest du nicht?«

»Könnt ihr bitte mal mit dem Unsinn aufhören?« Verärgert starrte Ella ihre beiden besten Freundinnen an. »Heute Abend ist männerfrei, hatten wir das nicht beschlossen? Und überhaupt – ich werde keinen Sex mit Jörn haben.«

»Doch, wirst du.« Hannahs Grinsen blieb beharrlich auf ihren Lippen. »Und ich wünsche dir von Herzen, dass er darin genauso gut ist wie im Küssen.«

Einen Laut der Verzweiflung ausstoßend, richtete Ella ihren Blick auf das bunte Treiben am Hafen. »Ich bin heute seiner Mutter begegnet, als ich neue Pflanzen und Erde zu seinem Haus gebracht habe.«

»Ach?« Unisono richteten sich Hannah und Caroline auf und sahen sie neugierig an.

»Ja, ach.« Eine Welle dieser ungewohnten Verlegenheit schwappte über Ella hinweg. »Sie wusste natürlich schon von ... der *Fischerin* und so.«

»Und so?« Hannah legte den Kopf schräg.

»Dass Jörn sie nach Hause gebracht hat«, folgerte Caroline. »Ist doch klar, dass ihr das brühwarm zugetragen wird. Wie hat sie denn reagiert?«

Achselzuckend blickte Ella immer noch zum Hafen hinüber. Ein Kutter war gerade eingelaufen. Sie erkannte ihn sofort. Es war die *Paulsen 1*. »Sie war sehr nett.«

»Inette ist immer nett«, befand Caroline.

»Sie hat mir das Du angeboten.«

»Wird ja auch allmählich Zeit.« Auf Ellas konsternierten Blick hin kicherte Caroline. »Nicht wegen der Sache mit dir und Jörn, sondern ganz allgemein. Wir sind doch alle erwachsen und irgendwie befreundet. Das Siezen war ja ganz okay, als wir noch Kinder waren, aber jetzt?«

»Sie sagte, dass sie nichts dagegen hätte, wenn Jörn und ich ...« Ella spürte ein merkwürdiges Holpern und Zucken in der Herzgegend, als sie auf dem Krabbenkutter Jörns hochgewachsene, breitschultrige Gestalt entdeckte.

»Warum sollte sie auch etwas dagegen haben?« Sachte stieß Hannah sie mit dem Ellenbogen an. »Ist doch schön, wenn sie dich mag.«

»Aber ich habe etwas dagegen, dass sie nichts dagegen hat.« Mit Gewalt riss Ella sich von Jörns Anblick los. Er war gerade dabei, große Kisten von Bord zu schleppen. Zwei junge Männer halfen ihm dabei – der eine war sein Matrose, der andere ein Auszubildender. »Das kann alles nicht gut gehen. Am Ende wird sie mich hassen, und was dann? Mama ist gut mit ihr befreundet und wird sich dann genötigt fühlen, sich auf meine Seite zu schlagen, und schon haben wir die schönste Fehde am Laufen.«

»Warum sollte Inette dich dafür hassen, dass du Sex mit ihrem Sohn hast?« Hannah schüttelte – erneut grinsend – den Kopf. »Du springst schon wieder von null auf Ende. Warum bist du eigentlich so erpicht darauf, unbedingt mit Jörn Schluss machen zu wollen oder zu müssen?«

»Das bin ich doch gar nicht.« Ella stockte und runzelte die Stirn. Ihr Blick wanderte unwillkürlich zum Krabbenkutter zurück. »Aber die Wahrscheinlichkeit, dass das passiert, ist doch denkbar groß.«

»Warum eigentlich?« Caroline folgte ihrem Blick. »Glaubst du, dir wird so schnell langweilig mit ihm?«

»Langweilig?« Die Furchen auf Ellas Stirn vertieften sich. »Darüber habe ich noch gar nicht nachgedacht.«

»Aber aus irgendeinem Grund gehst du davon aus, dass ihr nicht lange Freude aneinander haben werdet.« Auch Hannahs Blick heftete sich nun auf die *Paulsen 1*. Jörn schleppte noch immer Kisten, und die beiden jungen Männer verstauten sie in einem weißen Transporter. »Oder fürchtest du, Jörn könnte sich umgekehrt mit dir schnell langweilen?«

»Nein, ich …« Irritiert schüttelte Ella den Kopf. »Ich weiß es auch nicht.«

»Oder glaubst du immer noch, dass nicht mehr zwischen euch ist als ein Hormonüberschuss?« Caroline seufzte. »In dem Fall wäre die Sache doch nach einem Versuch ausgestanden.«

»Genau, wie wir dir schon mal auseinandergesetzt haben«, pflichtete Hannah ihr bei. »Ihr hüpft einmal in die

Kiste, und danach geht ihr wieder zur Tagesordnung über. Thema erledigt. Davon muss Jörns Mutter gar nichts erfahren.«

»Sie kriegt nur etwas mit, wenn es nicht bei dem einen Mal bleiben sollte«, strickte Caroline den Gedankengang weiter. »Aber dann hast du zumindest den Beweis, dass die Anziehung zwischen euch nicht allein auf biochemischen Reaktionen beruht.«

»Seit wann geht ihr solche Sachen derart analytisch an?« Verwirrt blickte Ella von einer Freundin zur anderen.

»Seit du total durcheinander bist, sobald Jörn auch nur auf fünfzig Meter in deine Nähe kommt.« Mit dem Kinn wies Hannah in Richtung des Kutters. »Meiner Meinung nach solltest du der Sache endlich auf den Grund gehen und den ersten Schritt machen.«

In Ellas Magengrube begann es zu kribbeln. »Ja, vermutlich muss ich das tun.«

»Dann mal los, die Gelegenheit ist gerade günstig.«

Erschrocken hob Ella den Kopf. »Jetzt?«

Lachend nickte Hannah. »Na klar jetzt. Natürlich musst du ihn vorher unter die Dusche schicken, denn nach drei Tagen nonstop Krabbenkutter wird er selbst wie eine Garnele riechen, aber das lässt sich ja wohl einrichten.«

»Aber ...« Ella schluckte, denn allein bei dem Gedanken pochte ihr Herz bis in ihre Kehle. »Ich habe Barnabas dabei.« Sie deutete auf den Bearded Collie, der zu ihren Füßen lag und schnarchte.

»Na und?« Auch Caroline schien von der Idee angetan zu sein. »Jörns Haus ist doch groß genug. Da wird sich bestimmt ein Plätzchen finden, wo Barnabas schlafen kann, ohne euch zu stören.«

»Ihr seid ja verrückt.« Energisch schüttelte Ella den Kopf.

»Das geht so nicht. Außerdem ist er bestimmt erschöpft nach der langen Fangfahrt.«

»Dann hauch ihm ein bisschen neues Leben ein.« Hannah drückte ihre Hand. »Wir sagen ja nicht, dass du gleich mit der Tür ins Haus fallen sollst.«

»Ach nein? Das klang aber eben genau so.«

»Geh einfach zu ihm rüber und sag Hallo. Der Rest ergibt sich dann ganz bestimmt irgendwie von selbst.« Caroline erhob sich. »Und Hannah und ich gehen jetzt nach Hause.«

»Genau.« Auch Hannah stand auf.

Prompt erwachte Barnabas und hob verschlafen den Kopf. *Nanu, was ist denn los? Wo sind wir denn? Ach ja, am Hafen, wo so viele Leute sind und ein ziemlicher Lärm herrscht. Davon bin ich so müde geworden, dass ich eine Runde schlafen musste. Aber anscheinend gehen wir jetzt wieder nach Hause.* Er erhob sich und schüttelte sich heftig. *Dann mal los, Ella. Auf meinem Schlafkissen ist es viel gemütlicher als hier auf dem harten Pflaster.* Schon schoss er einfach los und riss Ella fast die Leine aus der Hand.

»Hey, stopp!« Fast wäre Ella gestolpert und hingefallen. »Meine Güte, Barnabas! Was soll das denn?«

»Er hat's anscheinend eilig.« Caroline lachte und half Ella, die Leine wieder in den Griff zu bekommen.

Na, immerhin dachte ich, es passiert jetzt was. Bis nach Hause ist es auch noch eine ganz schöne Strecke. Je eher wir loslaufen, desto eher sind wir da. Wuff. Wieder schüttelte Barnabas sich und blickte fragend zu Ella hoch.

»Sitz, Barnabas.« Dem Wort ließ Ella rasch das entsprechende Handzeichen folgen und freute sich, als der Hund tatsächlich gehorchte. »Super, fein.«

Und was jetzt? Steht ihr doch wieder nur hier herum? Das ist langweilig.

»An deiner Stelle würde ich mich jetzt ein bisschen sputen.« Caroline deutete mit dem Kinn in Richtung der *Paulsen 1*. »Die sind gleich mit dem Abladen fertig, und dann wird Jörn nach Hause gehen oder fahren.« Sie hakte sich bei Hannah unter. »Komm, lass uns schon mal verschwinden, sonst findet Ella doch noch eine Ausrede.« Sie lächelte Ella liebevoll zu. »Na los, worauf wartest du noch? Du bist doch sonst nicht so ängstlich, wenn es darum geht, einen Mann abzuschleppen.«

»Ich will Jörn nicht abschleppen!« Das Kribbeln in Ellas Magengrube verstärkte sich unwillkürlich. »Das klingt ja, als sei ich ein männerfressendes Monster.«

»Aber nein, das bist du nicht.« Lachend küsste Hannah sie auf die Wange. »Und es ist ganz egal, wie du es nennst: Geh zu ihm und sag Hallo. Und morgen berichtest du uns alles haarklein.«

»Genau. Bis morgen.« Auch Caroline küsste Ella auf die Wange, und nachdem beide Freundinnen Barnabas hinter den Ohren gekrault hatten, gingen sie untergehakt die Hauptstraße hinauf in Richtung des Parkplatzes oben am Markt, wo Caroline ihr Auto geparkt hatte.

Auch Ellas Wagen stand dort, und kurz überlegte sie, ob es nicht doch angebracht wäre, sich zu verdünnisieren. Das ärgerte sie zwar, weil sie noch nie feige gewesen war, aber was Jörn anging, war irgendwie alles anders und neu für sie.

»Hallo, Ella, das ist aber eine angenehme Überraschung.« Die Männerstimme hinter ihr ließ sie heftig zusammenzucken. Als sie sich umdrehte, sah sie sich einem attraktiven, schlaksigen Mann mit kurzem braunem Haar und modischem Kinnbärtchen gegenüber. In seinen grauen Augen glitzerte es vergnügt. »Haben deine beiden siamesischen

Schwestern dich einfach allein zurückgelassen? Das ist aber nicht besonders nett.«

Geräuschvoll stieß Ella die Luft aus. »Hanno! Du hast mich erschreckt.« Leicht irritiert musterte sie ihren ehemaligen Schulkameraden. »Was machst du denn so alleine hier?«

»Dasselbe wie du, vermute ich.« Er lächelte breit. »Auf die Pirsch gehen. Ich hätte aber nicht im Traum gedacht, dass ich dir hier begegnen würde, noch dazu ganz alleine. Scheint mein Glückstag zu sein. Oder vielmehr meine Glücksnacht.«

»Von wegen.« Sie mochte Hanno, denn er lebte nach einer ähnlichen Philosophie wie sie, mit dem kleinen Unterschied, dass er auch vor Lichterhavener Frauen nicht zurückschreckte. Er hatte schon öfter versucht, bei ihr zu landen, doch selbst wenn er kein Einheimischer gewesen wäre, hätte sie dankend abgewinkt. Er war ihr zu flatterhaft – und das sollte schon etwas heißen! – und in ihren Augen ein großer Kindskopf. »Dein Glück wird sein, wenn ich dir nicht gleich zu einem kühlen Bad im Hafenbecken verhelfe. Du weißt doch, dass ich gegen deinen Charme immun bin.«

»Das muss sich erst noch erweisen.« Wie selbstverständlich legte Hanno ihr einen Arm um die Schultern. »Noch habe ich meinen Charme ja gar nicht richtig bei dir versprüht.«

Sein übertriebener Dackelblick reizte sie zum Lachen. »Da kannst du so viel sprühen, wie du willst, Hanno-Schätzchen.« Kichernd legte sie ihm einen Arm um die Hüfte und lehnte sich freundschaftlich an ihn. »Ich bin nicht interessiert.«

»Du hast es wirklich drauf, einem Mann mit einem

Lächeln und einem einzigen Satz das Herz zu brechen.« Schmunzelnd zog Hanno sie etwas fester an sich und gab ihr einen Kuss auf die Schläfe. »Du weißt gar nicht, was du versäumst.«

»Doch, ich kann es mir ziemlich gut vorstellen.« Lächelnd löste sie sich wieder von ihm und nahm die Leine etwas kürzer. »Komm, Barnabas, wir gehen jetzt.«

Also doch! Na endlich. Ich dachte schon, wir gehen mit diesem Mann da mit. Der sieht zwar ungefährlich aus, aber irgendwie fände ich das nicht so toll. Ich will in mein Körbchen, und zwar hurtig!

»Du willst doch wohl nicht alleine zu Fuß nach Hause gehen, oder?« Hannos Miene war ernst geworden. »Das empfehle ich dir nicht, auch nicht zusammen mit dem Hund. Heute sind ziemlich viele Fremde hier, und die meisten haben zu viel getrunken.«

»Ich habe mein Auto oben am Markt stehen.«

»Dann begleite ich dich das Stück noch.«

»Das ist nicht nötig, weil …« So gern sie Hanno auch hatte, sie wollte ihn loswerden. Also fasste sie einen Entschluss. »Ich habe Jörn versprochen, ihn nach Hause zu fahren, wenn er von seiner Fangfahrt zurück ist. Und so wie es aussieht, ist er gerade eingetrudelt.«

Hanno folgte ihrem Blick hinüber zu dem Krabbenkutter. Jörn und seine beiden jüngeren Kollegen standen noch neben dem weißen Transporter und unterhielten sich mit einem weiteren Mann, offenbar dem Fahrer. »Du und Jörn? Das ist ja was ganz Neues.«

»Ja.« Sie schluckte gegen das leichte Schwanken ihrer Stimme an. »Kann man so sagen.«

»Also seid ihr zusammen?«

Das Kribbeln in ihrer Magengrube meldete sich zurück.

»Das nicht gerade. Wir ... überlegen gerade, ob das eine gute Idee ist.«

Hanno lachte laut auf. »Ihr beide? Das ist so absurd, dass es schon wieder funktionieren könnte. Dann wünsche ich euch noch viel Spaß beim Überlegen. Ich werde mal sehen, ob sich drüben am Wasser noch was Interessantes tut.«

»Ich wünsche dir viel Erfolg bei der Pirsch. Wie sagt man da? Waidmannsheil?«

Hanno, der bereits losgegangen war, drehte sich im Gehen noch einmal um und hob grinsend die Hand. »Waidmannsdank!«

Kopfschüttelnd sah sie ihm noch einen Moment nach. Ob er recht hatte? War das mit ihr und Jörn wirklich so absurd, dass eine Aussicht auf Erfolg bestand? Aber was bedeutete Erfolg in dieser Hinsicht überhaupt? Sie würde es wohl nie herausfinden, wenn sie weiterhin ihrer neu erworbenen Feigheit Vorschub leistete. »Komm, Barnabas, da drüben ist Jörn. Sollen wir ihm kurz Hallo sagen?«

Was? Wo ist Jörn? Barnabas spitzte die Ohren und hob die Nase in den Wind. *Oh ja, tatsächlich, ich habe ihn entdeckt. Warum sagst du mir nicht gleich, dass er hier ist? Ich muss ihn sofort begrüßen!* Mit einem freudigen Bellen, das in einen lang gezogenen Heulton überging, preschte Barnabas los und riss Ella prompt die Leine aus der Hand. Quer durch die umherflanierenden Leute sauste er auf die *Paulsen 1* zu.

»Barnabas, warte!« Ella seufzte. »O Mann, so viel zu *mal gerade Hallo sagen*.« Sie konnte beobachten, wie Barnabas Jörn erreichte, der sich anscheinend gerade von den anderen Männern hatte verabschieden wollen. Überrascht fing er den übermütigen Hund auf und versuchte, ihn zu beruhigen. Dabei blickten ebenso viele Leute in seine Richtung wie in Ellas, offenbar neugierig, was hier vor sich ging.

Ellas Herzschlag beschleunigte sich prompt, als sie quer durch ihr unfreiwillig entstandenes Publikum auf Jörn zuging.

***

»Immer mit der Ruhe, Kumpel.« Sanft wuschelte Jörn dem aufgeregten Bearded Collie durchs Fell, dann richtete er sich langsam auf und blickte Ella entgegen, die mit leicht konsternierter Miene auf ihn zukam. In seiner Herzgegend zuckte es bei ihrem Anblick nicht unerheblich. Sie sah gut aus – viel zu gut. Wunderschön. Hautenge Bluejeans, halbhohe cremefarbene Riemchensandalen und ein ebenfalls cremefarbenes ärmelloses Blüschen mit modischen Raffungen an der Knopfleiste. Dazu blaue Armreifen und eine ebenfalls blaue Holzperlenkette. Wie sie es anstellte, in so vergleichsweise unauffälligen Klamotten zu strahlen wie der hellste Stern am Himmel, war ihm schleierhaft – aber auch vollkommen egal. Für ihn war sie wie eine Erscheinung, ganz gleich, wie sie das anstellte. Je näher sie kam, desto heftiger zwickte es in seiner Magengrube, und aus dem Zucken in seinem Herzen wurde ein unstetes Rumpeln. Verdammtes Weib! Er saß ganz schön tief in der Tinte, wenn allein ihr Anblick ihn derart aus dem Gleichgewicht brachte.

»Entschuldige bitte.« Ihre Stimme klang ein wenig gepresst. Hastig angelte sie nach der Hundeleine, die auf dem Boden schleifte. »Barnabas ist mir schon wieder einfach entwischt.«

»Schon gut. Anscheinend wollte er mir Guten Tag sagen. Oder vielmehr Gute Nacht.«

Aber natürlich, das muss ich doch. Du bist schließlich einer meiner besten Freunde! Wuff!

»Das wollte ich auch.« Ella räusperte sich. »Also Guten Abend sagen. Oder Hallo.«

»Tatsächlich.« Aufmerksam musterte er sie. Lag es daran, dass er total übermüdet war, oder wirkte sie verlegen? Nein, das konnte nicht sein. Ella Jensen war niemals verlegen. Aber falls doch ... Aus dem Zwicken wurde ein erwartungsvolles Ziehen in seinem Inneren. »Bist du ganz alleine hier?«

»Ich war mit Hannah und Caroline unterwegs, die Bands anhören und so. Aber die beiden sind eben nach Hause gegangen.« Sie wickelte die Leine zweimal um ihre Hand und löste sie gleich wieder, nur um sie erneut um die Hand zu wickeln.

»Sie haben dich hier alleine zurückgelassen?«

»Ja, das war wohl Absicht.«

Er runzelte die Stirn. »Weil du noch alleine losziehen wolltest?«

»Nicht ganz.«

»Es sah aber fast so aus.« Er ärgerte sich, dass ihm das herausgerutscht war, aber jetzt war es nun einmal geschehen. »Lange warst du ja nicht ohne Gesellschaft.«

Überrascht hob Ella den Kopf. »Ich habe Hanno getroffen, ja. Das hast du gesehen?«

»Zu übersehen war es nicht, dazu wart ihr zu nah am Kai.«

Zwischen ihren blauen Augen entstand eine Falte. »Er hat wie immer versucht, bei mir zu landen. Das ist so eine Art Sport zwischen uns. Er tut so, als wolle er mich anmachen, und ich gebe ihm einen Korb. Das machen wir schon seit der neunten Klasse so.«

»Von mir aus.« Jörn schob seine Hände in die Taschen seiner grauen Arbeitshose und wippte auf den Fußballen. »Wolltest du noch etwas anderes als Hallo sagen?«

Die Falte zwischen Ellas Augen vertiefte sich. »Nein, offenbar nicht. Das war eine blöde Idee. Komm, Barnabas, wir gehen jetzt auch nach Hause.«

Okay, wenn du meinst.

Jörn fluchte halblaut. »Warte, Ella.« Er machte einen Schritt auf sie zu, blieb aber wieder stehen, weil er wusste, dass er nicht gerade angenehm roch. »Tut mir leid, ich wollte dich nicht verärgern.«

»Du klingst, als wärst du sauer auf mich.« Sie verschränkte die Arme vor der Brust, löste sie aber gleich wieder, weil sie sich in der Leine verhedderte.

»Ich bin nicht sauer auf dich.« Frustriert fuhr er sich durchs Haar. Seit Tagen hatte er sich immer wieder vorgestellt, wie es sein würde, ihr wieder gegenüberzutreten, und jetzt vermasselte er es. »Eher auf mich selbst.«

»Warum?«

Die Frage aller Fragen. Er seufzte innerlich. »Was soll's. Wahrscheinlich, weil ich eifersüchtig geworden bin, als ich dich vorhin mit Hanno gesehen habe.«

»Du bist was?« Verblüfft starrte sie ihn an.

Was ist denn jetzt? Gehen wir doch nicht nach Hause? Also da soll mal einer die Menschen verstehen. Mit einem leisen Schnauben setzte Barnabas sich genau zwischen Ella und Jörn.

»Ja, ich weiß, es klingt merkwürdig. Ich weiß selbst noch nicht, was ich davon halten soll.« Als sie nichts darauf sagte, musterte er sie noch einmal eingehend. »Wolltest du wirklich nur Hallo sagen?«

»Für den Anfang, ja.« Wieder begann sie mit der Leine herumzuspielen. Ein sicheres Zeichen, dass sie nervös war. Noch ein Novum, das ihn erstaunte. »Wie war denn die, äh, Fangfahrt?«

Er lächelte leicht. »Ganz gut. Wir haben die komplette Kühlkammer auf der *Paulsen 1* bis oben hin voll mit Krabben. Einen Teil bringen Christian und Stefan jetzt noch rüber in unser Kühlhaus, der Rest ist gerade abgeholt worden.«

»Ja, das habe ich gesehen.«

»Meine Mutter wird mit Tom und meiner Cousine Nelly morgen früh die Krabben aus dem Kühlhaus mit der Krabbenpulmaschine weiterverarbeiten und an unsere Kunden vor Ort ausliefern.«

»Ich weiß.«

»Ach ja?«

Ella nickte. »Ich habe heute Nachmittag deine Mutter getroffen, als ich Erde und Pflanzen für deinen Garten gebracht habe.«

»Aha.« So ganz wusste er nicht, was er davon halten sollte, und so wie Ella sich gab, ging es ihr anscheinend ähnlich.

Ella blickte zu dem Krabbenkutter hinüber. »Ist das nicht anstrengend, jeden Tag ohne Pause arbeiten zu müssen? Ich meine, wir haben auch oft Caterings an Wochenenden, aber dann machen wir zwei Tage in der Woche frei.«

»Wir arbeiten nicht immer sieben Tage die Woche. Nur manchmal.« Er trat noch einen Schritt auf sie zu. »Ich habe morgen frei und, wenn alles gut geht, das ganze nächste Wochenende. Zum Glück ist der Paulsen-Clan so groß, dass wir uns ganz gut abwechseln können. Außer natürlich, jemand wird krank.«

»Geht es denn Holger schon besser?«

»Ja.« Jörn klopfte auf die Beintasche, in der sein Smartphone steckte. »Ich habe vorhin endlich alle Nachrichten erhalten, die in den letzten Tagen eingetroffen sind. Ab

Montag wird er den Kutter wieder übernehmen.« Er hielt kurz inne. »Dienstag geht übrigens in Ordnung.«

»Dienstag?«

»Sitzung. Feuerwehrvorstand.«

Ella lächelte leicht. »Ach ja, okay, dann trage ich das in meinen Kalender ein.«

»Drückst du dich diesmal nicht?«

Ihr Kopf hob sich ruckartig. »Ich habe mich nicht gedrückt.«

Er hätte sie gerne berührt, unterließ es jedoch, um den eindringlichen Krabbengeruch nicht auf sie zu übertragen. »Wirklich nicht? Mir kam es so vor.«

»Was du dir alles einbildest ...« Sie wich seinem Blick aus. »Na gut, ich dachte, es wäre besser, wenn wir uns eine Weile aus dem Weg gehen.«

Das scheint hier länger zu dauern. Schnüff. Vielleicht schlafe ich dann doch noch ein bisschen hier an Ort und Stelle. Auch wenn das unebene Pflaster hier nicht gerade bequem ist. Mit einem vernehmlichen Schnaufen ließ Barnabas sich regelrecht zu Boden fallen und bettete den Kopf auf die Pfoten.

Jörn warf dem Hund einen amüsierten Blick zu. »Und dennoch tauchst du jetzt hier auf, um Hallo zu sagen.«

»Das war gar nicht meine Idee.« Sie blickte erneut angestrengt an ihm vorbei zum Kutter. »Caroline und Hannah dachten ...« Was die beiden gedacht hatten, verschwieg sie ihm jedoch. »Du bist bestimmt total erschöpft nach drei Tagen auf dem Wasser.«

Jörn nickte leicht. »Kann man so sagen, ja.«

»Dann gehst du am besten jetzt nach Hause und schläfst dich aus.«

»Klingt verlockend.« Auch wenn es verrückt war –

vollkommen irrsinnig sogar –, setzte er spontan alles auf eine Karte. »Möchtest du mitkommen?«

Verblüfft merkte sie auf. »Wohin?« Sie kräuselte die Lippen. »Zu dir nach Hause?«

»Das war mein Ziel, ja.«

Sie zögerte. »Und was soll ich ... Ich meine, wenn du doch schlafen willst ...«

»Das will ich unbedingt.« Lachend fuhr er sich erneut durchs Haar. Er hatte überhaupt keinen Plan, aber irgendwie fühlte sich das verblüffend gut an. »Ich könnte mir aber vorstellen, dass das zu zweit deutlich angenehmer ist als allein.«

Sichtlich perplex runzelte Ella die Stirn. »Verstehe ich das richtig? Du willst, dass wir miteinander ...«

»Schlafen, ja.« Ihre Miene brachte ihn zum Grinsen. »Keine Sorge, für Sex reicht es bei mir heute nicht mehr. Auch wenn ich inzwischen meinen Kondomvorrat aufgestockt habe.« Er zwinkerte ihr zu. »Sicher ist sicher. Aber ich dachte tatsächlich an ein Experiment. Du und ich in einem Bett, schlafend. Nicht mehr und nicht weniger.« Er neigte den Kopf leicht zur Seite. »Was ist, traust du dich das? Mit einem Eingeborenen?«

13. Kapitel

Im ersten Moment wusste Ella nicht, was sie sagen sollte. »Ist das dein Ernst?«

Das Grinsen auf Jörns Lippen schwand, plötzlich wirkte er nachdenklich. »Anscheinend schon.« Er hielt kurz inne, bevor er weitersprach. »Ich möchte wissen, wie es sich anfühlt, dir nah zu sein, Ella. Ohne den Druck, den Sex verursachen würde.«

Sie stutzte. »Sex verursacht doch keinen Druck.«

»Doch.« Eindringlich suchte er ihren Blick. »Zwischen uns schon, zumindest im Augenblick noch. Ich hatte drei Tage und Nächte Zeit, darüber nachzudenken. Ursprünglich wollte ich es anders angehen, sobald ich wieder an Land bin, aber jetzt ergibt sich eben eine Gelegenheit, mit der ich nicht gerechnet hatte.«

Ella spürte dem merkwürdigen Ziehen in ihrem Inneren nach, von dem sie nicht einschätzen konnte, was es zu bedeuten hatte. Angst? Vorfreude? Beides zugleich? »Ich bin also eine Gelegenheit für dich?«

»Nein.« Sein Gesichtsausdruck wurde noch ernster. »Das heute ist eine Gelegenheit. Was du für mich bist oder sein könntest, muss ich erst herausfinden, und ich schätze, so geht es dir umgekehrt ebenfalls. Warum also diese Gelegenheit nicht beim Schopf packen und ausprobieren, was passiert, wenn wir uns ganz ohne besondere Erwartungen nahekommen? Und glaub mir, erwarten kannst du heute von mir wirklich nicht mehr viel.« Ein schwaches Lächeln zeichnete sich auf seinen Lippen ab. »Auch wenn ich das ein bisschen bedauere, denn du siehst unglaublich hübsch aus in diesem Oberteil.«

»Äh ... Danke.« Das unerwartete Kompliment verursachte Ella eine Gänsehaut und leichtes Herzklopfen. Der Gedanke, mit zu ihm zu gehen, verunsicherte sie zusehends. Gleichzeitig reizte sie die Versuchung und weckte zumindest ein wenig ihre schelmische Seite. »Wenn ich auf diesen Vorschlag eingehe, dann aber nur unter einer Bedingung.«

»Und die wäre?«

»Du duschst vorher so lange, bis du nicht mehr wie ein Iltis müffelst.«

Jörn lachte auf. »Keine Sorge, das steht auf meiner Liste ganz oben.« Er blinzelte ihr zu. »Sogar noch vor dem Wunsch, dich ohne diese Bluse und diese Jeans in meinem Bett liegen zu sehen.«

Ella gluckste. »Im Leben nicht. Keinem heterosexuellen Mann, der noch alle Sinne beieinanderhat, ist Duschen wichtiger als eine nackte Frau.«

»Okay.« Jörn grinste breit. »Aber beides liegt für mich im Moment doch ziemlich gleichauf.«

***

Je näher sie Jörns Haus kamen, desto nervöser gebärdete sich Ellas Innerstes. Ihr Herzschlag holperte, und in ihrem Bauch stob eine ganze Armee von Schmetterlingen umher. Das war vollkommen verrückt, oder? Sie war eine erwachsene Frau und fürchtete sich fast schon davor, mit einem Mann das Bett zu teilen. Obwohl – oder gerade weil – er eine vollkommen sexlose Nacht vorausgesagt hatte. Er hatte sich im Lagerhaus die stinkenden Arbeitsklamotten ausgezogen und gegen einfache Jeans und ein graues T-Shirt eingetauscht. Zwar roch er immer noch streng nach Fisch, aber zumindest nicht mehr so beißend, dass sich der Geruch in den Polstern seiner Autositze festsetzen konnte. Seine Schmutzwäsche – die er noch rasch vom Kutter geholt hatte – lag in einem Plastikbeutel im Kofferraum, und nachdem er den Wagen in der Garage geparkt hatte, nahm er den Beutel mit zum Haus.

Ella ließ indes Barnabas aus dem Auto, der auf Jörns Befehl sehr brav auf der Rückbank mitgefahren war. Dann folgte sie Jörn, ließ sich aber Zeit, weil der Hund sich noch einmal erleichtern musste.

Jörn wartet geduldig vor der bereits offenen Haustür. »Na, immer noch mutig genug, mit hereinzukommen?«

Ella lachte betont spöttisch. »Du tust ja gerade so, als würde ich mich in die Hände eines gefährlichen Mannes begeben.«

»Könnte doch sein, dass ich das tatsächlich bin.« Er schloss die Tür hinter ihr und schaltete das Licht ein. »Vielleicht hast du mich bisher nur unterschätzt.«

Möglicherweise hatte sie das. »Ein Kettensägenmörder wirst du doch wohl nicht sein, oder?«

Rasch ging er an ihr vorbei in einen kleinen Raum, der sich als Waschküche entpuppte. Dort stopfte er den Inhalt des Plastikbeutels in die Trommel der Waschmaschine, gab ein gutes Quantum Waschpulver dazu und schaltete das Gerät ein. »Ich muss kein Mörder aus einem Horrorfilm sein, um dich in Gefahr zu bringen, Ella Jensen.« Da sie den Fehler gemacht hatte, ihm in die Waschküche zu folgen, stand er plötzlich sehr dicht vor ihr. Prompt erwiesen sich seine Worte als wahr, denn ihr Herzschlag verdoppelte seine Frequenz, und ihr wurde unnatürlich warm. Er schien es zu bemerken – und ebenfalls nicht ganz ungerührt zu bleiben. Kurz sah es so aus, als wolle er sie berühren, doch er tat es nicht. »Ebenso wie du gar nichts weiter tun musst, als in meiner Nähe aufzutauchen, um mich in deinen Bann zu schlagen. Keine Ahnung, warum das plötzlich so ist, aber vielleicht finden wir es ja bald heraus.« Wie zufällig trat er einen Schritt zurück und zog das T-Shirt aus. »Wenn du mich jetzt entschuldigen würdest, ich werde mindestens eine Viertelstunde lang duschen.« Er zwinkerte ihr zu. »Du weißt ja, wo das Schlafzimmer ist, und kannst gerne das Badezimmer oben benutzen, wenn du willst.« Damit verschwand er im Gästebad. Nur Augenblicke später vernahm Ella das Rauschen der Dusche.

Tja, und was nun? Warum sind wir hier? Barnabas hatte mit der Nase dicht am Boden das Erdgeschoss inspiziert und stupste Ella nun mit fragendem Blick an. *Ich wollte eigentlich nach Hause. Wo soll ich denn jetzt schlafen?*

»Ach, Barnabas ...« Ratlos blickte sie in das erwartungsvolle Hundegesicht. »Was machen wir denn mit dir? Bestimmt hast du Durst, und irgendwo musst du ja auch schlafen.«

Exakt.

Eingehend sah sie sich um und entdeckte schließlich unter einem Stapel gefalteter Handtücher auf der kleinen Anrichte die orangefarbene Decke, die Jörn neulich für den Hund benutzt hatte. Rasch nahm sie sie an sich und brachte sie ins Wohnzimmer. Nach einigem Zögern breitete sie sie neben der Couch aus. »Schau mal, Barnabas, magst du hier liegen? Du hast dann sogar freien Blick durch die Terrassentür.« Sie wusste, dass Barnabas das bei ihr zu Hause auch immer ausnutzte und stets so lag, dass er durch die Glastür schauen konnte.

Hm ... mal sehen. Die Decke kenne ich doch, die riecht ein bisschen nach Jörn. Der Platz ist ganz in Ordnung, schätze ich. Probeweise trampelte er ein wenig auf dem provisorischen Lager herum und drehte sich mehrmals im Kreis. Dann setzte er sich und schnaubte. *Alles klar, das geht so. Zumindest für ein Weilchen. Mein Körbchen zu Hause ist zwar viel weicher und gemütlicher, aber anscheinend bleiben wir ja jetzt erst mal hier. Durst hätte ich aber tatsächlich auch noch.*

»Jetzt schaue ich mal, ob ich so etwas wie einen Wassernapf für dich finde.« Ella ging hinüber in die Küche und öffnete mehrere Hängeschränke, bis sie eine dickwandige irdene Schüssel fand, die nicht umkippen konnte. Sie war mit einem altmodischen Blumenmuster verziert und stammte vermutlich von Jörns Großmutter. Oma Carlotta hatte eine ganz ähnliche besessen. Rasch füllte Ella Wasser hinein und stellte die Schüssel seitlich neben den Durchgang zum Wohnbereich. »Schau, Barnabas, hier steht dein Wasser.«

Sogleich kam Barnabas herübergelaufen und schnüffelte an der Schüssel. *Oh, gut, Wasser. Danke sehr!* Gierig schlabberte er fast ein Drittel des Wassers aus der Schüssel, leckte sich mehrmals über die Schnauze und verteilte dabei ringsum gleichmäßig eine Mischung aus Wasser und Hundesabber. *Das hat gutgetan. Jetzt gehe ich schlafen.*

»Ach, Barnabas, du bist ein Sabbertier.« Seufzend griff Ella nach dem Schwammtuch, das auf der Spüle lag, und beseitigte den See, den der Hund hinterlassen hatte. So ganz hatte sie sich noch nicht daran gewöhnt, dass er sein Trinkwasser stets so großflächig verteilte – vor allem, wenn sie mit Socken oder nackten Füßen in eine der Lachen trat.

Das Schwammtuch wusch sie sorgfältig aus, hängte es

zum Trocknen über den Rand des Beckens und schaltete die Lichter im Erdgeschoss bis auf das im Flur aus. Dann stieg sie die Treppe hinauf ins Obergeschoss und warf einen Blick ins Schlafzimmer. Jörn hatte sein Bett offenbar erst kürzlich frisch bezogen, denn der Geruch des Waschmittels hing in der Luft. Er schien aber schon einmal darin geschlafen zu haben, denn auch wenn die Decken leidlich geradegezogen waren, konnte man doch erkennen, dass sie benutzt worden waren. Der Wäschebehälter in der Ecke quoll leicht über, und der Deckel thronte etwas schief auf der zuoberst liegenden Jeans. Eine einzelne schwarze Socke war daneben zu Boden gefallen.

Eine der Kleiderschranktüren stand halb offen und gab den Blick auf ein mehr oder weniger geordnetes Chaos frei, das aussah, als hätten zwar alle Sachen eigentlich einen festen Platz, wären aber in aller Eile durchwühlt worden. Wahrscheinlich hatte Jörn sehr schnell ein paar Klamotten für die Fangfahrt zusammenpacken müssen. Mit einem amüsierten Lächeln schloss Ella die Tür und dachte daran, wie chaotisch ihr eigener Kleiderschrank zuweilen aussah, wenn sie für einen bestimmten Anlass diverse Outfits ausprobierte. Warum war sie eigentlich davon ausgegangen, dass Jörn zur Sorte pedantischer Ordnungsliebhaber gehörte? Sein Haus war zwar aufgeräumt, doch hier und da zeigte sich auch eine gewisse Nachlässigkeit, und das machte ihn in ihren Augen sehr sympathisch. Wenn ihr eines suspekt war, dann Menschen, die stets alles perfekt machten und die in Häusern oder Wohnungen lebten, in denen man vom Boden essen konnte und sich wie im Museum fühlte.

Langsam ließ Ella sich auf der Bettkante nieder und zog ihre Sandalen aus. Die Situation wirkte immer noch reichlich surreal auf sie. Tat sie hier wirklich das Richtige? Sie konnte sich diese Frage einfach nicht beantworten. Fest stand, dass es sie reizte, einfach auszuprobieren, was Jörn ihr vorgeschlagen hatte, auch wenn es allem entgegenstand, was sie sich bisher schon beinahe mantraartig vorgebetet hatte.

Schließlich gab sie sich einen Ruck und öffnete erneut den Kleiderschrank, um sich auf die Suche nach einem Shirt zu begeben, das ihr als Nachthemdersatz dienen könnte. Sie fand eines in Dunkelblau mit dem Logo und Schriftzug der Lichterhavener Feuerwehr. Da es am Hals schon ein wenig ausgeleiert war, nahm sie an, dass Jörn es nicht mehr zu offiziellen Anlässen trug. Außerdem gab es einen ganzen Stapel deutlich neuerer Feuerwehrshirts. Also trug sie dieses hier hinüber ins Bad. Von unten hörte sie immer noch das Wasser der Dusche rauschen. Jörn machte also ernst. Zehn Minuten waren ganz sicher schon längst vergangen.

Nachdem Ella sich aus ihren Kleidern geschält hatte und in das Shirt geschlüpft war, blickte sie forschend in den Spiegel über dem Waschbecken. War sie verrückt oder einfach nur ein bisschen wagemutiger als sonst? Was war überhaupt los mit ihr? In Gegenwart eines Mannes war sie noch nie so unsicher gewesen, und dieses beständige Herzklopfen und die Schmetterlinge im Bauch waren auch nichts, was sie üblicherweise empfand. Ein gutes Maß an sexueller Anziehung kannte sie, und die Lust daran, mit einem Mann Spaß zu haben. Doch das hier war etwas anders. Es ging irgendwie tiefer, obwohl sie das überhaupt nicht wollte oder vorantrieb. Es kam ganz von selbst.

Seufzend benutzte sie etwas von der Waschlotion, die in einem Spender auf dem Waschbecken stand, um sich das Gesicht zu reinigen. Danach sah sie erneut in den Spiegel und musterte sich sehr eingehend. »Was stimmt nicht mit dir?«, fragte sie sich halblaut. »Man könnte ja fast meinen ...« Sie hielt inne und spürte dem Kribbeln in ihrer Magengrube nach, das sie gar nicht mehr zu verlassen schien, seit sie hier war. »O Mann.« Ihr Herz machte einen unangemessenen Satz. »Du wirst doch wohl nicht wirklich ...?« Kraftlos machte sie zwei Schritte rückwärts und setzte sich auf den Rand der Badewanne. Hatten Hannah und Caroline etwa recht? War sie in Jörn verliebt? Wie hatte das passieren können? Und warum? Sie kannte ihn schon, seit sie denken konnte. Er war zwar knapp drei Jahre älter als sie, dennoch hatte er immer mehr oder weniger zur selben Clique gehört. In Lichterhaven mischten sich die Altersgruppen schon seit jeher. Alles, was in etwa einer Generation angehörte, war miteinander befreundet, mal mehr, mal weniger intensiv. Jörn und sie immer eher weniger. Und jetzt? Was war denn plötzlich so anders? Sie konnte es sich nicht erklären.

Einen halb verzweifelten, halb genervten Laut ausstoßend, griff Ella sich mit beiden Händen in die Haare und zauste sie. Verliebt in Jörn Paulsen? Saß sie deshalb gerade hier in seinem Badezimmer und wartete darauf, dass er aus der Dusche kam, um mit ihr zu ... schlafen? Warum schockierte sie das nicht viel mehr? Sie hatte immer gedacht, dass allein der Gedanke, sich zu verlieben, für sie nicht infrage kam. Dass sie dazu vielleicht auch gar nicht fähig war. Dass sie eher die Flucht ergreifen würde, wenn ihr so etwas doch einmal passieren würde. Aber sie tat es nicht. Sie saß hier ... und versuchte, sich mit dem Gedanken anzufreunden, mehr für Jörn zu empfinden als für einen anderen Mann je zuvor. Vielleicht wäre es einfacher, wenn es nicht so plötzlich über sie gekommen wäre. Wenn sie zum Beispiel schon immer für ihn geschwärmt hätte, was aber ganz sicher nicht der Fall war.

Ihm schien es ähnlich zu gehen, zumindest auf körperlicher Ebene. Ob er darüber hinaus mehr für sie empfand, konnte sie natürlich nicht wissen. Doch Jörn Paulsen war ein sehr bodenständiger Mann. Als einen Traditionalisten in vielerlei Hinsicht hatte seine Mutter ihn bezeichnet. Er stand mit beiden Beinen fest im Leben und war in Lichterhaven so tief verwurzelt, wie man es nur sein konnte. Sein Familienstammbaum reichte etliche Jahrhunderte zurück.

Auch Ellas Wurzeln waren in Lichterhaven verankert, aber sie würde sich nie als traditionsbewusst bezeichnen. Zumindest wenn es um solche Dinge wie Liebe, Ehe, Kinderkriegen und diesen ganzen Kram ging. Zumindest hatte sie sich darüber nie viele Gedanken gemacht. Dazu war sie zu sehr damit beschäftigt gewesen, ihr Singleleben zu genießen.

»Herrje, was mache ich denn jetzt?« Sie zuckte ein wenig zusammen, weil sie erneut halblaut vor sich hin geredet hatte. Jetzt fing sie schon an, Selbstgespräche zu führen! Wegen eines Mannes!

Ewig auf dem Wannenrand zu sitzen war jedenfalls keine Lösung. Insbesondere weil das Rauschen der Dusche endlich aufgehört hatte. Eilig trat Ella wieder an den Spiegel und musterte sich noch einmal. Sah man ihr an, dass sie sich verliebt hatte? Hoffentlich nicht. Die Sache war auch so schon verwirrend genug. Bestimmt war es besser, Jörn erst einmal nichts davon wissen zu lassen. Ordnend fuhr Ella sich noch ein paarmal durch ihr langes schwarzes Haar, dann straffte sie die Schultern und begab sich wieder ins Schlafzimmer. Dort ging sie mehrmals vor dem Bett auf und ab und setzte sich schließlich im Schneidersitz mitten darauf. Sie hörte Jörn im Erdgeschoss rumoren und auch seine Stimme, als er mit Barnabas sprach. Dann seine Schritte auf der Treppe.

Ihr Herz holperte und beschleunigte seinen Takt, als er in der Tür erschien – nur mit einer eng sitzenden schwarzen Shorts bekleidet. Sogleich stieg auch ihr Blutdruck in schwindelerregende Höhen. »Hi.« Sie lächelte und hoffte, dass man ihr den Aufruhr, der in ihrem Inneren tobte, nicht ansah. »Wieder sauber?« Was für eine dämliche Frage! Am liebsten hätte sie sich auf die Zunge gebissen.

Jörn nickte lächelnd und trat ans Fenster, um die Vorhänge zu schließen. »Den Krabbenmief habe ich durch den Abfluss entlassen.« Als er sich wieder zu ihr umdrehte, stutzte er. »Was ist? Stimmt etwas nicht?«

Ella spürte, wie ihr ganz heiß wurde, weil er sie dabei ertappt hatte, wie sie ihn anstarrte. »Du würdest dich wirklich gut als Mr. Juni in einem Pin-up-Kalender machen. Oder gleich in einem ganzen Kalender nur über dich.«

»Ach ja?« Kurz blickte er an sich hinab. »Wäre mir nie in den Sinn gekommen.«

»Hat dir noch nie eine Frau Komplimente über deinen Körper gemacht? Diese Muskeln fordern doch geradezu dazu heraus.«

Er lachte trocken. »Nicht, dass ich wüsste.« Vorsichtig setzte er sich zu ihr aufs Bett. »Du stehst also auf Muskeln?«

Seine Nähe ließ ihren Puls verrücktspielen. »Nein, eigentlich gar nicht mal so sehr.« Etwas hektisch schluckte sie gegen das Pochen in ihrer Kehle an, das ein Echo in ihrer Körpermitte auslöste. »Vielleicht liegt es daran, dass deine Muskeln nicht im Fitnessstudio entstanden sind, sondern, na ja, durch harte Arbeit. Das sind sie doch, oder?«

»Die allermeisten.« Lächelnd zupfte er am Ärmel des Feuerwehr-T-Shirts. »Ich trainiere eigentlich nur, um gegen alle möglichen Berufskrankheiten anzukämpfen, bevor sie entstehen, und auch das nicht unbedingt regelmäßig. Für ein

Fitnessstudio fehlen mir die Zeit und der Nerv. Nebenan habe ich einen Raum mit einem Rudergerät und einem Fahrrad und ein paar Hanteln, und manchmal gehe ich im Watt joggen. Das muss reichen.«

»Das tut es ganz offensichtlich.« Sie konnte ihren Blick kaum von seiner breiten Brust und dem sich darunter anschließenden Sixpack losreißen. »Eigentlich müsstest du einen ganzen Harem haben. Geh nur einmal oben ohne durch Lichterhaven und unten an den Liegewiesen entlang, und du wirst dich vor Anbeterinnen nicht retten können.«

»Und was soll ich dann mit denen anfangen?« Er ließ ein wenig die Schultern rollen, zog die Bettdecke beiseite und legte sich hin.

»Spaß haben zum Beispiel?« Rasch krabbelte auch Ella auf ihrer Seite unter die Decke und drehte sich auf die Seite.

»Mit wildfremden Frauen, die nur an meinem Körper interessiert sind? Nein, danke.« Lächelnd rückte er etwas näher an sie heran. »Meine Vorstellungen von Spaß sind etwas anders gelagert.«

»Sind sie das?« Sie rang kurz nach Atem, als er blitzschnell seinen Arm nach ihr ausstreckte und sie zu sich heranzog, bis ihre Körper, nur getrennt von den Bettdecken, aneinanderstießen.

»Allerdings. Das hier kommt schon verdächtig nahe heran.« Geschickt schob er ihre Decke beiseite und breitete die seine über ihnen beiden aus.

Die Wärme seines Körpers schlug ihr entgegen und heizte ihr Blut auf. »Ach ja? Wer sagt dir denn, dass ich nicht auch bloß an deinem Adoniskörper interessiert bin?«

»Adoniskörper?« Lachend warf er den Kopf in den Nacken. »Kann es sein, dass du ein bisschen verrückt bist, Ella Jensen?«

Sein Lachen war ansteckend – noch etwas, das sie nicht erwartet hatte. »Kann sein. Hat dir das etwa noch niemand gesagt?«

Aus seinem Lachen wurde ein Lächeln. »Wenn von dir die Rede ist, fallen normalerweise andere Vokabeln als verrückt.«

»Und welche?« Sie erschauerte ein wenig, als er unter der Decke nach ihr tastete und seine Hand schließlich auf ihre Hüfte legte. Ganz locker und sachte war seine Berührung, und doch kribbelte und pulsierte es plötzlich wie wild in ihrem Inneren.

»Hübsch, intelligent, interessant ...« Mit jedem Wort wurde seine Stimme eine Spur rauer. »Schön, witzig, unkonventionell.« Seine Hand auf ihrer Hüfte wurde schwerer. Mit sanfter Bestimmtheit zog er sie noch dichter zu sich heran, bis ihre Körper einander der Länge nach berührten und ihr die Luft wegblieb. »Geschäftstüchtig ...«

»Geschäftstüchtig?« Erstaunt hob sie die Brauen.

»Und heiß.« Er näherte sich ihrem Gesicht und schnupperte. »Du riechst gut.«

Ella erschauerte erneut. »Das ist nur deine Waschlotion.«

»Nein.« In seine Augen trat ein undeutbarer Ausdruck. »Das bist du, Ella. Unverkennbar.«

Darauf fiel ihr partout keine Antwort ein, vor allem, weil seine Nase ihre Wange streifte, ganz leicht nur, und sie seinen warmen Atem auf ihrer Haut spürte. Sein Arm schlang sich um ihre Mitte, sodass sie dicht an seinen Körper gepresst war. Beinahe wurde ihr schwindelig von den verschiedenen Empfindungen, die sie durchrieselten. Sie konnte seine harten Muskeln spüren, und sogar seinen steten, leicht beschleunigten Herzschlag. Seine Beine an ihren und ... ja, er war ganz eindeutig ebenso erregt wie sie. Mit

Mühe brachte sie ihre nächsten Worte heraus: »Ich dachte, das hier soll kein Sex werden.«

»Wird es auch nicht.« Er lächelte sein träges Lächeln. »Dazu bin ich heute nicht mehr fähig.«

»Bist du dir sicher?« Gänsehaut breitete sich auf ihrem Körper aus, als er begann, mit den Fingerspitzen ihren Rücken zu liebkosen. »Soweit ich das beurteilen kann, bist du durchaus dazu bereit.«

Sein Lächeln vertiefte sich. »Die Hormone in meinem Blut haben noch nicht mitbekommen, dass mein Körper vollkommen erledigt ist. Wenn wir miteinander Sex haben, will ich das zu hundert Prozent auskosten, und dazu wäre ich heute Nacht nicht mehr in der Lage.«

»Dann solltest du vielleicht nicht ...« Sie hielt inne, weil ihr immer mehr die Luft wegblieb.

»Was? Dich berühren? Doch, das muss ich unbedingt.« Seine Hand stahl sich unter ihr Shirt und wanderten zärtlich an ihrer Seite empor und wieder bis zur Hüfte hinab. »Du fühlst dich nämlich mindestens so gut an, wie du riechst, Ella Jensen.«

Instinktiv drängte sie sich noch fester an ihn, griff nach seiner Schulter, spürte seine Erektion noch deutlicher. Ihr Herz pumpte das Blut in schnellen Stößen durch ihre Adern, während es in ihrer Körpermitte verlangend pulsierte. Auch ihr stieg sein Geruch in die Nase – und machte sie noch schwindeliger. Sie schluckte. »Und was jetzt?«

»Jetzt ...«, seine Hand wanderte wieder über ihre Seite nach oben, und seine Fingerspitzen streiften ganz leicht ihre Brust, »erzählst du mir, wie es dir diese Woche ergangen ist.«

Verblüfft sah sie ihn an. »Wie soll es mir ergangen sein? Wir hatten ein paar kleinere Aufträge. Geburtstagsfeiern und so und ein großes Catering im neuen Konferenzzentrum.«

»Und wie ist das gelaufen?« Ebenso träge, wie er lächeln konnte, verstand er es auch, sie anzufassen. Ganz allmählich schob er seine Hand weiter vor und umschloss schließlich ihre Brust.

Ella sog hörbar die Luft ein und versuchte, einen zusammenhängenden Satz zu bilden. »Es ist gut gelaufen.« Als sein Daumen über ihre aufgerichtete Brustwarze strich, durchfuhr sie ein heißer Stich. »Hervorragend sogar.« Sie konnte kaum atmen; in ihrer Magengrube wandelte sich das Kribbeln zu einem Brennen. »Was tust du da?«

Jörn lächelte nur. »Caroline hat mir eine Nachricht geschrieben, dass es phänomenal gut gelaufen sei. Das waren ihre Worte. Tut mir leid, dass ich das alles erst heute erfahren habe, als wir wieder im Hafen waren. Auf See ist der Handyempfang eher nicht vorhanden, und das Satellitentelefon und den Funk benutzen wir nur in Notfällen.«

»Das muss dir nicht leidtun.« Ellas Körper schien in Flammen zu stehen, dabei tat Jörn nichts anders, als sie zärtlich zu streicheln. Zärtlich und träge. »Wir sind ja nicht ... Ich meine ...«

»Was sind wir nicht?« Sein Gesicht näherte sich erneut dem ihren, doch er hielt dicht vor ihren Lippen inne.

»Ich weiß es nicht«, gab sie zu. Sein Blick war jetzt so fest und intensiv auf ihre Augen gerichtet, dass sie davon gefangen genommen wurde.

»Ich interessiere mich für dich, Ella.« Seine Stimme klang wieder rauer. »Nicht nur für deinen Körper. Obwohl er mir unbestritten gut gefällt.« Zum Beweis strich er erneut mit dem Daumen über ihre Brustwarze, die sich daraufhin hart zusammenzog. Die rauen Schwielen an seinen Händen fühlten sich verboten gut auf ihrer Haut an.

»Glaubst du …« Sie stockte, als seine Lippen ihren Mundwinkel berührten. Ihr Herzschlag geriet noch mehr außer Kontrolle. »Ergibt das hier irgendeinen Sinn?«

»Nein, wahrscheinlich nicht.« Sein Atem auf ihrer Haut ließ sämtliche Nervenenden vibrieren. Wieder streifte er ihren Mundwinkel. »Oder zumindest noch nicht. Ich würde gerne herausfinden, ob wir den Sinn gemeinsam finden können.«

Unwillkürlich hielt sie den Atem an, erkannte die Mischung aus Bitte und Frage in seinen Augen und kam ihm schließlich entgegen. Ihre Lippen berührten sich, warm, sanft und fest zugleich. Ella hatte das Gefühl, als flösse eine Mischung aus Feuer und Lust durch sie hindurch, gepaart mit noch einer Empfindung, die sie nicht zuordnen konnte, die sich aber zugleich schön und beängstigend anfühlte.

Jörn stöhnte unterdrückt, zog seine Hand unter ihrem Shirt hervor und vergrub seine Finger gleich darauf in ihrem Haar. Zärtlich wanderte sein Mund über ihre Lippen, während seine Zunge begehrlich nach der ihren suchte.

Für einen Moment war es, als wanke die Welt um Ella – und schien dann stehen zu bleiben. War das möglich? Noch nie hatte ein Mann sie so geküsst. So … voller Sehnsucht. So als kenne er bereits alle ihre Geheimnisse und wollte trotzdem noch viel, viel mehr von ihr erfahren. Sie spürte seinen Herzschlag, der ebenso wie ihrer wild und unstet war, und grub ihre Nägel in die Haut an seiner Schulter, rang nach Atem.

Mit einem zugleich erregten und zufriedenen Lächeln löste Jörn seine Lippen wieder von ihren, drehte sich ein wenig, um das Licht der Nachttischlampe zu löschen, und dann wieder so, dass sie dicht bei ihm zu liegen kam, den Kopf bequem auf seinen Arm gebettet. Den anderen Arm schlang er um ihre Mitte. Dann vergrub er sein Gesicht an ihrer Schläfe. »Gute Nacht, Ella.«

Verwundert blickte sie in die plötzliche Dunkelheit. Jörns Atem ging noch ein paarmal unregelmäßig, dann aber sehr bald tief und gleichmäßig. Seine Glieder wurden schwer, und sein Griff um ihre Mitte schien sich im Schlaf noch zu verstärken. Besitzergreifend. Etwas, was Ella sonst nicht mochte, doch jetzt fühlte es sich erstaunlich gut an. Ihr Blut brodelte immer noch erregt durch ihre Adern, und ihre Erregung ließ nur allmählich nach. Dieser Mann brachte ihren Körper vollkommen durcheinander – und ihr Herz anscheinend auch. Noch nie hatte sie sich bei jemandem gleichzeitig begehrt und sicher gefühlt. Doch als sie nun den nächtlichen Geräuschen lauschte, die durch das gekippte Fenster hereindrangen, wollte sie um nichts in der Welt woanders sein als hier, in Jörns Armen. War sie verrückt geworden, sich in ihn zu verlieben?

Draußen rauschte der Wind, dann vernahm sie das Pladdern eines Regengusses. Sie fühlte sich so unglaublich sicher hier in seinem Bett, seinen warmen Atem an ihrer Schläfe, sein Arm, der sie mit sanfter Bestimmtheit festhielt. Sie war nie eine Frau gewesen, die Sicherheit suchte, schon gar nicht bei einem Mann. Als sie ein Auto am Haus vorbeifahren hörte, fragte sie sich unwillkürlich, was die Lichterhavener wohl denken würden, wenn sie wüssten, dass sie hier bei Jörn war. Was würden Hannah und Caroline sagen? Okay, das konnte sie sich ausmalen. Aber alle anderen? Sie waren beide hier aufgewachsen. Alle – oder doch sehr viele – Lichterhavener wussten, nach welchen Prinzipien Ella lebte. Oder gelebt hatte, denn jetzt war sie eindeutig gegen sich selbst vertragsbrüchig geworden – und es fühlte sich unsagbar gut an.

Dieses merkwürdige Gefühl von Geborgenheit breitete sich wellenartig in ihr aus, bis es auch noch den letzten Winkel ihres Seins erreicht hatte. Höchst seltsam und ein bisschen erschreckend. Dennoch hatte sie nicht das Bedürfnis, sich der Situation zu entziehen. Zumindest noch nicht. Wer wusste schon, wie sich die Sache morgen bei Tageslicht anfühlen würde. Doch jetzt kuschelte sie sich an Jörns Seite zurecht, bis sie bequem lag, und genoss einfach das Gefühl, ihm nah zu sein, so unglaublich das auch sein mochte.

14. Kapitel

Als Jörn erwachte, war es ungefähr halb sieben. Das schloss er aus dem Lichteinfall hinter den Vorhängen und dem Grad seiner Erholung nach ungefähr fünfeinhalb Stunden Schlaf. Er fühlte sich wohl – nein, unglaublich gut, als ihm klar wurde, dass er tatsächlich Ella Jensen in den Armen hielt. Sie schienen sich im Schlaf mehrmals hin und her gedreht zu haben, denn die Decke war zerwühlt und ihr Kopf lag nicht mehr auf seinem Arm, sondern auf ihrem Kissen, doch ihr Gesicht war unterhalb seiner Achsel gegen seine Rippen gepresst, und ebenso wie er sie mit einem Arm umfangen hielt, hatte sie einen Arm um seinen Bauch geschlungen. Sehr fest und besitzergreifend sogar, was ihn schmunzeln ließ. Womöglich verriet sie im Schlaf mehr von sich, als sie im Wachzustand zugeben würde.

Erst nach und nach überkam ihn die Erinnerung an den vergangenen Abend, oder vielmehr die Nacht, und das Glücksgefühl, welches dieser Erinnerung auf dem Fuße folgte, überraschte ihn. Auch wenn ihm bereits während der letzten drei Tage klargeworden war, dass er etwas Ungewöhnliches für Ella empfand, das er tiefer ergründen musste, war die Erkenntnis, die ihn jetzt überkam, doch reichlich verblüffend ... und ein wenig erschreckend. Er hatte sich verliebt. In die anstrengendste, nervenaufreibendste und zugleich schönste und aufregendste Frau in ganz Lichterhaven. Wahrscheinlich war es besser, sie das vorerst nicht wissen zu lassen, denn so wie er sie kannte, würde er sie damit ganz schnell in die Flucht schlagen. Auch wenn sie ihm ebenfalls ganz und gar nicht gleichgültig begegnete, war er sich doch ziemlich sicher, dass es einiges an Überzeugungsarbeit kosten würde, sie für sich zu gewinnen.

Dass er das versuchen würde, stand außer Frage, denn wenn Jörn eines war, dann entschlossen. Er war kein komplizierter Mann und kannte sich selbst nur allzu gut. Auch wenn es ihn erstaunte, verblüffte, ziemlich sicher auch noch oft ärgern und viele Nerven kosten würde: Sein Herz wusste bereits, was es wollte. Vielleicht, mit etwas Glück, fühlte die wunderschöne Frau in seinen Armen genauso.

Mit einem undeutlichen Murmeln regte Ella sich, presste ihre Nase fester gegen seine Rippen, sog die Luft ein und drängte sich enger an ihn. Jörns Körper reagierte prompt und unwillkürlich. Auch wenn er mitnichten vorhatte, weiter zu gehen als in der Nacht – alles brauchte seine Zeit und das rechte Timing –, so konnte er der Versuchung doch nicht widerstehen, sie zu berühren. Sanft strich er Ella eine schwarze Haarsträhne hinters Ohr und glitt dann mit den Fingerspitzen ihre Kinnlinie entlang, ihren Hals hinab, ihre Schulter entlang.

Auf ihrem Arm bildete sich eine Gänsehaut, was ihn ermutigte. Er zog die Decke über ihnen ein wenig zurecht und tastete sich dann weiter vor bis zu ihrer Hüfte, genoss die warme, weiche Haut unter seiner schwieligen Hand. Sie fühlte sich so unglaublich gut an, dass er nun gar nicht mehr aufhören konnte, sie anzufassen. Mutig tastete er sich wieder zurück nach oben und umfasste ihre rechte Brust, die sich warm und weich wie passgenau in seine Handfläche schmiegte. Noch immer war Ella nicht aufgewacht, doch er spürte, wie sich ihre Brustwarze unwillkürlich zusammenzog. Ella erschauerte leicht, dann schlug sie doch die Augen auf. »Was genau hast du da vor, Jörn Paulsen?«

Er lächelte leicht. »Ach ... nichts Besonderes. Schlaf ruhig noch ein bisschen weiter.«

»Von wegen.« Sie lächelte zwar amüsiert, doch in ihren Augen konnte er eine gewisse Unsicherheit erkennen. Anscheinend erinnerte sie sich ebenfalls erst nach und nach daran, weshalb sie hier war und dass sie tatsächlich die Nacht miteinander verbracht hatten – wenn auch etwas unkonventionell. »Hast du gut geschlafen?«

»Hervorragend sogar. Auch wenn es jetzt etwas missverständlich klingen mag, aber du bist das beste Schlafmittel, das man sich wünschen kann.«

»Schlafmittel?« Ungläubig riss sie die Augen auf, dann lachte sie herzlich. »Du hast das mit den Komplimenten wirklich drauf, Jörn.«

Er grinste, weil er sich genau diese Reaktion erhofft hatte. »Ich muss schon ein bisschen kreativ werden, wenn ich Ella Jensen beeindrucken will.«

»Beeindrucken willst du mich?«

»Ein bisschen schon, ja. Das ist wohl so ein Männerding. Wir wollen den Frauen, die wir ... interessant finden, gerne imponieren.«

Sie schwieg einen Moment und schien genau bemerkt zu haben, dass er ganz kurz gezögert hatte. »Was wolltest du eigentlich sagen? ›Frauen, die wir ...‹?«

Ihm wurde schon wieder unnatürlich warm unter ihrem Blick. Um Zeit zu gewinnen, zog er sie wie am Vorabend fest an sich und begann sie erneut zu streicheln. »Ich verweigere vorerst die Aussage.«

»Warum?« Sie erschauerte spürbar unter seinen Berührungen, doch dieses Mal erwiderte sie sie. Ihre Hand stahl sich an seine Seite, glitt sachte über seine Rippen nach oben und dann über seinen Brustkorb, wo sie verharrte.

Ein Gutteil seines Blutes schoss geradewegs hinab in seine Lendengegend und begann dort zu pulsieren. »Weil ich die richtige Bezeichnung für das, was in mir vorgeht, erst noch finden muss«, gab er schließlich zu, auch wenn er womöglich Gefahr lief, sie damit zu verscheuchen, weil sie mit Sicherheit ahnte, was er damit andeutete. Doch zu seiner Überraschung neigte sie nur leicht den Kopf und ging nicht weiter darauf ein.

»Wie spät ist es eigentlich?«, fragte sie stattdessen.

»Kurz nach halb sieben, schätze ich. Auf meinem Nachttisch steht ein Wecker.«

Prompt beugte Ella sich vor und versuchte, über seine Schulter auf das Display der Uhr zu sehen. Dabei kam sie ihm noch viel näher, und er nutzte die Gelegenheit instinktiv. Mit einem raschen Griff zog er sie mit sich, als er sich auf den Rücken drehte, sodass sie schließlich auf ihm lag. »Und, habe ich richtig geschätzt?«

»Ja, ziemlich genau zwanzig vor sieben.« Sie schluckte und holte tief Luft. Dann ließ sie ihre Beine links und rechts neben ihm auf die Matratze gleiten und stützte sich mit den Knien ab. Auf diese Weise rieb sich ihre Körpermitte angenehm und alarmierend zugleich an seiner Erektion. Für einen Moment sah er Sternchen.

Der Blick aus Ellas blauen Augen war unverwandt auf ihn gerichtet, ihre Pupillen waren stark erweitert. Ihr Atem ging ein wenig unstet, was bewies, dass sie ebenfalls erregt war. »Hast du dir das mit dem Sex noch einmal überlegt? Ausgeschlafen scheinst du ja bereits zu sein.«

»So verlockend der Gedanke – und die Situation – gerade ist: Nein, ich habe es mir nicht anders überlegt.« Seine

Stimme klang rau, doch er tat nichts dagegen. Ella durfte ruhig wissen, wie sie auf ihn wirkte, doch jetzt war nicht der richtige Zeitpunkt, auch wenn es ihn fast umbrachte, sich zurückzuhalten. »Ein bisschen wirst du dich noch gedulden müssen.«

»Ich muss mich gedulden?« Unterschwellig war Empörung aus ihren Worten herauszuhören.

Jörn grinste. »Okay, ich ebenfalls. Es ist einfach noch nicht so weit.«

»Ach? Wer sagt das?«

»Na, ich.«

Mit etwas mehr Nachdruck rieb Ella sich an ihm. »Habe ich dabei nicht auch ein Wörtchen mitzureden?«

»Selbstverständlich hast du das.« Das Blut pulsierte immer heftiger in seinem Unterleib und ließ ihn fast die Beherrschung verlieren. »Du lebst wohl gern gefährlich, Ella Jensen.«

»Vielleicht. Aber du hast damit angefangen.« Ihre Stimme schwankte und war ebenfalls ein wenig rau geworden, was ihn noch mehr erregte.

»Stimmt, das habe ich.« Energisch schob er sie von sich herunter und drehte sich gleichzeitig, bis er auf ihr zu liegen kam. »Trotzdem werden wir das hier nicht mit einem Morgenquickie beginnen.«

»Werden wir nicht? Und wenn ich da anderer Ansicht bin?« Ihre Hand stahl sich nach unten, umfasste seinen Hintern. Gleichzeitig bewegte sie sich sehr aufreizend und eindeutig unter ihm.

Fast wurde ihm schwarz vor Augen, so sehr wollte er sie. »Dann müssen wir das wohl ausdiskutieren.«

»Du machst wohl Witze!«

Lachend rollten sie auf dem Bett hin und her, berührten

sich dabei mehr spielerisch, aber dennoch auf eine Art und Weise, die deutlich zeigte, wie sehr sie beide einander begehrten.

Kichernd warf Ella ihr Kissen nach Jörn. »Ist das irgendein teuflischer Plan, mit dem du mich bestrafst?«

Verblüfft wehrte er das Kissen ab und zwickte sie in die Seite. »Wofür sollte ich dich bestrafen?«

Sie zwickte ihn ebenfalls und kreischte vergnügt, als er sie packte, sich wieder auf sie rollte und sie zu kitzeln begann. »Ich ... weiß nicht. Für alles, was ich dir je angetan habe?« Sie japste »Hör auf, verflixt, woher weißt du, dass ich so schrecklich kitzlig bin?«

»Das war geraten.« Er hielt inne und blickte etwas ernster auf sie hinab. »Was hast du mir denn angetan? Ich kann mich an keine Untat erinnern.«

»Na, also so schlecht kann dein Gedächtnis doch nicht sein.« Sie atmete immer noch etwas hektisch. »Ich kann gar nicht mehr zählen, wie oft wir früher aneinandergeraten sind.«

»Aber doch nicht, weil du mir etwas angetan hast.« Er wurde ernst. »Wir waren einfach nicht kompatibel.«

»Und du glaubst, jetzt sind wir es?« Auch ihre Miene wurde ernst. »Einfach so aus dem Nichts?«

»Nein.« Sein Blick wurde von ihren Lippen wie magisch angezogen. »Nicht einfach so. Ich vermute aber, dass wir einander nie wirklich gut gekannt haben. Das möchte ich jetzt gerne ändern.« Ehe sie etwas erwidern konnte, verschloss er ihre Lippen mit seinen.

Für ein, zwei Sekunden verharrten sie so, dann erwiderte sie den Kuss zärtlich und hungrig zugleich. Fast war es, als schlösse sich ein Kreis zwischen ihnen, so seltsam dieser Gedanke auch anmutete. Jörns Herz zuckte heftig in seiner

Brust, wellenartig breitete sich eine Mischung aus Zärtlichkeit, Sehnsucht und Lust in ihm und zwischen ihnen aus.

Plötzlich flog die Schlafzimmertür auf, und Barnabas sprang mit einem lauten *Wau* aufs Bett und begann, wild auf ihnen herumzutrampeln.

Ha! Hab ich es doch richtig gehört. Ihr seid endlich wach. Also bitte, steht sofort auf und lasst mich mal nach draußen. Ich muss mal dringend. Und Hunger habe ich auch. Hopp, hopp, nicht so lahm!

»Großer Gott!« Erschrocken drehte Jörn sich zur Seite, weil der Hund ihm beinahe zwischen die Beine getrampelt wäre.

»Heiliger Bimbam!« Lachend drehte auch Ella sich weg. »Das ist ja ein gemeingefährlicher Angriff!«

Wie soll ich euch denn sonst zum Aufstehen bewegen? Los jetzt, es ist dringend!

»Kann es sein, dass er mal rausmuss?« Ächzend setzte Jörn sich auf.

Na endlich. Du hast es erfasst.

»Ja, wahrscheinlich.« Auch Ella richtete sich auf und fuhr sich durch ihr verstrubbeltes Haar. »Ich ziehe mich mal schnell an und ... na ja, dann werde ich mich wohl mit Barnabas auf den Heimweg machen.«

»Nichts da.« Lächelnd beugte Jörn sich zu ihr hinüber und zog ihren Kopf zu sich heran, bis sich ihre Lippen leicht berührten. »So leicht lasse ich dich nicht entkommen. Erst mal gibt es Frühstück. Geh du ruhig ins Bad, ich kümmere mich um Hund und Nahrung.«

»Okay.« Ella lächelte verlegen. »Wenn du meinst.«

»Ganz unbedingt. Mein Magen knurrt und deiner, wenn ich mich nicht täusche, ebenfalls.«

Hunger hätte ich auch. Wuff. Aber erst mal drückt es

ganz entsetzlich. Ich hätte nicht heute Nacht die ganze Wasserschüssel leer trinken sollen.

»Ja, stimmt.« Ella erhob sich und zupfte an dem übergroßen Feuerwehrshirt herum. »Dann gehe ich mal rasch duschen.«

Lächelnd und mit einem warmen Wohlgefühl in der Magengrube sah Jörn ihr nach, wie sie im Bad verschwand. Dann holte er sich eine saubere Jeans und ebenfalls ein Feuerwehr-T-Shirt und zog beides an. »Komm, Barnabas, schauen wir mal, wie das Wetter heute ist.«

Mir egal, Hauptsache, es ist irgendwo ein Baum in der Nähe.

***

Als Ella die Küche betrat, roch es bereits verführerisch nach Kaffee und gebratenem Speck. Auf dem Esstisch sah sie zwei Gedecke und einen Korb mit frischen Brötchen und Croissants. Offenbar wurde Jörn wie viele andere Lichterhavener sonntags von der Bäckerei Leuthaus beliefert.

Gerade war er dabei, in einer Schüssel Eier zu verquirlen, die er in eine zweite Pfanne neben der mit den kross bratenden Baconstreifen goss. Als sie etwas unschlüssig mitten in der Küche stehen blieb, sah er sie lächelnd über die Schulter an. »Im Kühlschrank steht auch Orangensaft, wenn du magst. Meine Mutter hat es mal wieder besonders gut gemeint und mich mit mehr Lebensmitteln versorgt, als ich alleine essen kann.«

»Ich weiß, äh, ich habe sie ja getroffen, als sie die Sachen gebracht hat.« Um sich nicht so deplatziert zu fühlen, öffnete sie die Kühlschranktür und warf einen Blick hinein. »Drei Pakete Eier?«

Jörn lachte. »Eier lassen sich schneller zubereiten als Fisch oder Fleisch, deshalb ist mein Konsum recht hoch. Die hier sind frisch von ...«

»... Dennersens. Ich erkenne die Kartons.« Auch Ella bezog ihre Eier und den Großteil ihres Fleisches von Dennersens Bauernhof. »Ich habe schon ewig kein Sonntagsfrühstück mit Eiern und Speck gehabt. Meistens verschlafe ich sonntags die Frühstückszeit und gehe gleich zum Mittagessen über – wenn überhaupt. Wenn wir sonntags arbeiten, muss ein Müsli reichen.«

»Dann schlage ich vor, du setzt dich und lässt dich heute ein bisschen verwöhnen.« Lächelnd wandte Jörn sich wieder den Pfannen zu, würzte noch ein wenig nach und gab das Rührei in eine bunte Porzellanschüssel und die Baconstreifen auf einen kleinen Teller.

Ella nahm Schüssel und Teller an sich und brachte beides zum Tisch. »Du musst mich nicht verwöhnen. Ich bin nicht besonders anspruchsvoll.«

Jörn brachte die Kaffeekanne mit und setzte sich ihr gegenüber. »Doch, das muss ich unbedingt. Immerhin haben wir die Nacht miteinander verbracht. Da ist ein Frühstück das Mindeste, was ich dir anbieten kann.«

Nachdenklich musterte Ella ihn. Er hatte sich noch nicht rasiert, deshalb spross ein Viertagebart in seinem Gesicht, der ihn irgendwie verwegen wirken ließ. Sein Haar war leicht verstrubbelt, und er trug wieder diese verflucht sexy Brille. »Du bist wirklich ein seltsamer Mann. Jeder andere hätte die Situation gestern ausgenutzt.« Sie hielt einen Moment inne. »Und ich hätte mich nicht dagegen zur Wehr gesetzt.«

»Vielleicht nicht, aber wahrscheinlich würden wir dann jetzt hier sitzen und uns mehr oder weniger verlegen anschweigen, weil die Sache nur ein halbgares Unterfangen gewesen wäre.« Seelenruhig griff Jörn nach einem Brötchen, schnitt es auf und bestrich es mit Butter und Erdbeermarmelade.

Ella gluckste amüsiert. »Halbgar? Über deine Ausdrucksweise müssen wir uns aber auch mal unterhalten.«

Jörn zwinkerte ihr heiter zu. »Nun erzähl mir mal, was du heute alles vorhast.«

»Ich?« Auch Ella nahm sich ein Brötchen. »Keine Ahnung. Ich habe noch keine konkreten Pläne. Wahrscheinlich werde ich etwas mit Barnabas unternehmen. Unsere Bindung stärken und so.«

Was ist mit mir? Barnabas, der sich in der Nähe des Esstischs hingelegt hatte, hob erwartungsvoll den Kopf. *Redet ihr über mich? Vielleicht darüber, mir so einen leckeren Speckstreifen zu geben? Das fände ich höchst nett von euch.*

»Läuft es denn schon besser mit euch beiden?« Während er sprach, häufte Jörn sich Rührei auf seinen Teller. »Mir scheint, du bist nicht mehr ganz so hektisch im Umgang mit ihm.«

»Kann sein.« Ella nahm sich ein Stückchen Bacon und biss hinein. Genießerisch schloss sie die Augen. »Der Speck von Dennersens ist der beste auf diesem Planeten.« Als sie die Augen wieder öffnete, begegnete sie Jörns intensivem Blick und spürte, wie die Schmetterlinge in ihrem Bauch aufstoben. »Ich versuche, mich an Christinas Anweisungen zu halten. Na ja, und an deine.« Sie wollte nach der Kaffeekanne greifen, doch Jörn kam ihr zuvor und füllte ihre Tasse. Ella gab Milch und Zucker dazu und nippte vorsichtig. »Übrigens wolltest du mir noch die Handzeichen zeigen, die Oma Carlotta immer benutzt hat.«

»Stimmt. Das würde ich heute auch gerne tun, aber das

wird nicht vor dem späten Nachmittag möglich sein.« Jörn schenkte sich selbst ebenfalls Kaffee ein und gab Milch dazu. »Ab elf bin ich mit der Feuerwehrtruppe zum Festwagenbau verabredet. Bis drei Uhr sind wir mindestens beschäftigt. Vermutlich sogar noch länger.«

»Aha.« Ella nickte. Natürlich hatte Jörn schon etwas vor. Er war immer irgendwo in ehrenamtliche Tätigkeiten eingebunden, speziell so kurz vor dem Jubiläum.

»Du könntest auch kommen und dir die Festwagen ansehen. Vielleicht hast du noch ein paar Ideen. Immerhin muss eure Deko ja auch dazu passen.«

Überrascht hob sie den Kopf. »Ich soll zum Feuerwehrhaus kommen?«

»Nein, wir bauen die Wagen drüben auf dem Hof meines Bruders. Da ist mehr Platz, und er hat eine Scheune extra dafür freigeräumt.«

Im ersten Moment wollte Ella ablehnen, im zweiten zustimmen. Dann dachte sie noch einmal nach und schüttelte schließlich den Kopf. »Ich glaube, es ist besser, wenn ich mich da raushalte. Du kannst mir die Wagen ja ein andermal zeigen.«

Aufmerksam musterte Jörn sie. »Weichst du etwa schon wieder aus?«

Sie zuckte mit den Achseln. »Kann sein. Ich will nur einfach nicht, dass die Leute über uns reden. Ich meine, das tun sie ja jetzt schon zur Genüge. Aber wenn ich da nachher auftauche, womöglich mit dir zusammen ...«

»Was wäre so schlimm daran?« Mit der für ihn so typischen entspannten Art lehnte Jörn sich auf seinem Stuhl zurück und maß sie mit forschenden Blicken. »Du bist erwachsen und kannst tun und lassen, was und mit wem du willst.«

»Natürlich kann ich das. Aber was sollen wir denn sagen, wenn die anderen fragen, was mit uns ist? Wir sind nicht zusammen oder so ... Zumindest nicht ... so richtig. Ich weiß überhaupt nicht, was das hier werden soll.« Vage wies sie erst auf ihn, dann auf sich. »Ganz sicher werde ich niemandem auf die Nase binden, dass ich mit dir schlafe, ohne mit dir zu schlafen. Und alles andere wäre entweder gelogen oder viel zu kompliziert zu erklären.«

»Aber nur, weil du es kompliziert machst.« Jörns Miene war ernst geworden. »Glaubst du nicht, dass ein einfaches *Wir sind befreundet* reichen würde? Der Grad unseres Zusammenseins geht erstens niemanden etwas an, und zweitens können wir ihn nach Herzenslust selbst bestimmen.«

»Aber wir sind nicht befreundet.« Sie schluckte krampfhaft und stocherte mit der Gabel in ihrem Rührei herum. »Also nicht ... einfach nur befreundet.« Erbost starrte sie ihn an. »Verdammt noch mal, das ist nun mal kompliziert. Ich kann so was nicht.«

Jörn blieb äußerlich ganz ruhig, doch in seinen Augen blitzte es verärgert auf. »Ich hätte nicht gedacht, dass Ella Jensen vor irgendetwas Angst haben könnte. Schon gar nicht vor mir.«

»Ich habe keine Angst vor dir! Das ist ja lächerlich!« Erbost funkelte sie ihn an.

Ein vielsagendes Lächeln erschien auf Jörns Lippen. »Dann vor uns. Muss ich wirklich die fiesen Methoden herauskramen und dich einen Feigling nennen?« Unvermittelt beugte er sich vor. »Oder ist es dir peinlich, mit mir gesehen zu werden?«

»Spinnst du?« Verblüfft runzelte sie die Stirn. »Weshalb sollte es mir peinlich sein?«

Jörn entspannte sich gleich wieder. »Na bitte. Wenn es so

gewesen wäre, hätte ich dir auch was erzählt. Also sag mir bitte, was schlimmstenfalls passieren könnte, das dich so abschreckt. Worst Case: Alle glauben, du hättest dein Jagdrevier jetzt auf Lichterhaven ausgeweitet und ich bin dein erstes, unschuldiges Opfer.« Er grinste schief. »So ganz falsch lägen sie mit dieser Annahme nicht mal.«

»Doch! Ich jage nicht. Schon gar nicht in Lichterhaven. Und du bist auch nicht mein Opfer. Eher schon ...« Sie verstummte und spürte, wie ihre Wangen sich erwärmten.

Jörn nahm sich ein zweites Brötchen. »Überleg es dir einfach noch mal. Wo der Hof meines Bruders liegt, weißt du ja. Und wenn du doch nicht willst ... Wir können später auch einfach telefonieren und etwas anderes ausmachen. Irgendwas, wo man uns nicht in der Öffentlichkeit sieht.«

Ella blickte auf ihren Teller. »Lass uns nichts überstürzen. Ich bin nicht gut in solchen Sachen.«

»Was denn für Sachen?«

»Beziehungssachen.« Verlegen hob sie die Schultern. »Ich brauche ein bisschen Zeit.«

15. Kapitel

»Nun zieh doch nicht schon wieder so, Barnabas.« Seufzend stemmte Ella sich gegen die Leine, die Barnabas ihr mal wieder fast aus der Hand riss. »Sitz!«

Och, Mensch, dabei ist es hier so spannend. Jede Menge Leute und Gerüche und sogar andere Hunde. Aber gut, dann eben nicht. Eigentlich kenne ich ja die Hauptstraße und den Hafen auch total gut. Mein Frauchen Carlotta ist ja jeden Tag mit mir hier entlanggegangen, wenn wir rüber zum Hundestrand wollten.

»Fein, Barnabas.« Dankbar, dass Barnabas tatsächlich auf ihr Kommando gehört hatte, atmete Ella auf und blieb neben ihm stehen. Das Wetter hatte sich seit dem Vormittag erheblich gebessert. Aus dem faden Sonne-Wolken-Gemisch war strahlender Sonnenschein geworden. Immer noch zogen Schleierwolken vorbei, doch die Sonne vertrieb sie zusehends. Eine angenehme Brise wehte vom Watt her, und die Temperaturen erlaubten es, sich im T-Shirt draußen aufzuhalten.

Die Lichterhavener Hauptstraße und der angrenzende Hafen wimmelten bei solchem Wetter natürlich von Touristen, aber auch viele Einheimische hatte es aus ihren Häusern und Gärten in die Stadt getrieben, um ein Eis oder eine Kleinigkeit in einem der Bistros oder Restaurants zu essen oder einfach nur ein paar Schritte zu gehen.

Jetzt um die Mittagszeit waren sämtliche verfügbaren Sitzplätze in den Gaststätten besetzt, und auch auf den

Bänken ringsum saßen die Menschen, plauderten munter miteinander und genossen den Sonntag.

Kurz spielte Ella mit dem Gedanken, sich bei Gabriella im *Eisträume* eine Portion ihrer neuesten Lieblingseissorte zu kaufen, entschied sich dann aber dagegen. Sie hatte gestern mit Caroline und Hannah schon viel zu viel Eis verdrückt. Besser war es vermutlich, wenn sie runter zum Deich oder zum Weg direkt am Watt ging und dort mindestens eine Stunde mit Barnabas einen flotten Schritt vorlegte.

Während sie sich noch umsah, entdeckte sie in einiger Entfernung Christina, die mit einer blonden Frau von etwa Mitte sechzig sprach, die einen schwarzen Hütehund an der Leine führte. An Christinas Gesten war zu erkennen, dass sie der Frau etwas erklärte. Offenbar eine sonntägliche Übungsstunde, also steckte Ben vermutlich wieder mal in seinem Atelier unten am Hafen fest und arbeitete an einer seiner Visionen. Ben Brungsdahl war ein inzwischen weltberühmter Bildhauer und lebte mit Christina und dem American Bulldog Boss in einem wunderschönen Loft in einer ehemaligen Lagerhalle direkt neben der Werft von Lars Verhoigen und Thorsten Brunner. Das Atelier des Künstlers befand sich im Erdgeschoss des riesigen Gebäudes, sodass er nicht weit zu gehen brauchte, wenn er von einer Vision gepackt wurde. Ella bewunderte die Kunstwerke, die er erschuf, mit regelrechter Ehrfurcht, und ebenso die innige Beziehung, die zwischen ihm und Christina gewachsen war. Die beiden hatten sich vor drei Jahren kennengelernt, als Ben sich in Lichterhaven eine kleine Auszeit hatte nehmen wollen, und am Ende dieser dreimonatigen Auszeit waren sie miteinander verlobt gewesen. Und das, obgleich die beiden auf den ersten Blick so verschieden waren. Er war Künstler durch und durch, und Christinas

Herz schlug für ihre Hundeschule und die Fellnasen, die sich zusammen mit ihren Herrchen und Frauchen in ihre Obhut begaben. Beide gingen voll in ihren Berufen auf, waren auf ihre jeweilige Weise Freigeister, und doch harmonierten sie geradezu perfekt als Paar. Ella war schon gespannt, wie die beiden ihr Leben gestalten würden, wenn erst die Zwillinge geboren waren. Zwillinge! Allein der Gedanke verursachte Ella eine Gänsehaut. Aber sie war sich sicher, dass Christina und Ben wunderbare Eltern sein würden.

Die blonde Frau in Christinas Gesellschaft sprach nun mit ihrem Hund und machte anschließend offenbar eine Übung, die Christina ihr vorgegeben hatte. Dabei ging sie langsam und ruhig an den Tischen vorbei, die vor dem Bistro *Möwennest* standen und allesamt von Gästen besetzt waren. Dann machten die beiden kehrt und wiederholten die Übung. Der große schwarze Hund versuchte zunächst, die Sitzenden neugierig zu begrüßen und zu beschnüffeln. Erst bei der dritten Wiederholung und einigen offenbar korrigierenden Anweisungen durch Christina schafften es Hund und Frauchen, einigermaßen gelassen an den Tischen vorbeizugehen. Christina ging zu den Gästen und sprach kurz mit ihnen. Anscheinend bedankte sie sich dafür, dass die Leute so geduldig geblieben waren.

Ella seufzte innerlich. Der schwarze Hund schien insgesamt ein sehr ruhiger und freundlicher Kamerad zu sein, wenn auch ein bisschen übermütig gegenüber Fremden. Also fast so wie Barnabas, nur mit dem Unterschied, dass Letzterer viel zu impulsiv war und sich immer noch nicht so richtig an Ella orientierte, sondern lieber sein eigenes Ding durchzog. Jetzt gerade war er allerdings erstaunlich folgsam.

»Du bist ja plötzlich so brav.« Erstaunt blickte Ella auf den Bearded Collie hinab.

Barnabas blickte mit einem Hecheln, das wie ein Lächeln wirkte, zu ihr auf. *Na ja, du bist ja heute auch nicht so genervt und hektisch, da kann ich mich viel besser entspannen.*

»Ich glaube, wir machen jetzt einen richtig großen Spaziergang am Watt, was meinst du?«

Von mir aus gerne. Spazierengehen ist toll! Barnabas wedelte leicht mit der Rute.

»Und danach …« Sie dachte nach, doch ihr fiel keine passende Betätigung ein. »Na, mal sehen.« Sie vermied es standhaft, an Jörns Angebot zu denken, sich zur Feuerwehrtruppe zu gesellen und beim Wagenbau zu helfen – oder zuzusehen oder was auch immer. Sie fühlte sich dem einfach noch nicht gewachsen. Es war schon verwirrend genug, sich mit der Tatsache auseinanderzusetzen, dass sie sich verliebt hatte. Jetzt auch noch gleich öffentlich dazu stehen zu müssen, dass der Mann, dem ihr Herz so unvermittelt zugeflogen war, ausgerechnet Jörn Paulsen hieß, war einfach nicht drin. Die Leute würden reden, Dinge erfinden, und plötzlich wären sie wahrscheinlich verlobt oder so etwas – wenn auch nur in der Fantasie der Leute.

»Komm, Barnabas, wir gehen mal rüber zum Deich und schauen, ob dort weniger los ist.«

Na dann mal los! Unvermittelt sprang der Hund auf und schoss voran. Durch den Ruck entglitt Ella die Leine.

»Stopp, Barnabas!« Fluchend rannte Ella hinter dem Hund her, der fröhlich bellend in Richtung Hafen losdüste. Nach einigen Metern gab sie es jedoch auf, denn der Bearded Collie war natürlich viel zu schnell für sie. Frustriert schlug Ella die Hände vors Gesicht und versuchte, den Panikanflug niederzukämpfen. »Bleib ruhig«, murmelte sie vor sich hin und erinnerte sich prompt an Jörns bedächtige Art. »Entspann dich.« Als sie die Worte mehrmals wiederholte, halfen sie tatsächlich ein wenig. Dann ging sie gemessenen Schrittes in dieselbe Richtung, die Barnabas eingeschlagen hatte.

Aus der Ferne sah sie, wie Barnabas die Stufen zum Deich hinaufsprang. Oben angekommen, blieb er stehen und drehte sich zu ihr um. Er schien auf sie zu warten.

Im ersten Impuls wollte Ella ihren Schritt beschleunigen, doch Jörns Stimme hallte in ihrem Kopf wider: »Entspann dich!« Also tat sie genau das – oder bemühte sich zumindest darum und ging ruhig und nicht zu schnell auf die Deichtreppe zu. Als sie sie fast erreicht hatte, schoss Barnabas mit einem hellen Bellen die Stufen herab und direkt auf sie zu. Schlitternd kam er vor ihr zum Stehen.

Meine Güte, endlich bist du da! Ich dachte schon, ich hätte dich verloren. Und dann kommst du nicht mal wie sonst hinter mir her. Da hatte ich wirklich Angst, du würdest vielleicht abdrehen und weglaufen. Das fände ich gar nicht toll. Immerhin sollst du ja jetzt mein neues Frauchen sein. Da kann ich dich doch nicht einfach aus den Augen verlieren. Wau. Gut, dass du mir nicht verloren gegangen bist.
Freudig schwänzelte Barnabas um Ella herum und stieß sie immer wieder mit seiner feuchten Nase an.

»Gut gemacht!« Von rechts trat Christina auf sie zu. Die blond gelockte Frau und der schwarze Hütehund standen ebenfalls in der Nähe. Ella hatte sie gar nicht bemerkt. Christina lächelte ihr breit zu. »Du hast dich genau richtig verhalten. Diesmal warst du auch gar nicht so nervös. Barnabas hat genau gemerkt, dass du dich nicht von seinen Sperenzchen hast beeindrucken lassen. Ich glaube, er hatte sogar ein bisschen Sorge, dass du ihn gar nicht beachten würdest und einfach deiner Wege gehst.«

Und wie ich das befürchtet habe! Das hat Frauchen Carlotta früher nämlich oft gemacht, und dann habe ich sie überall suchen müssen. Sie hat gesagt, damit treibt sie mir meine pubertären Flausen aus, was auch immer das bedeuten mag. Ich hätte nicht gedacht, dass Ella so was auch machen würde.

»Wirklich?« Daran hatte Ella gar nicht gedacht. Dazu war sie zu sehr damit beschäftigt gewesen, sich vorzubeten, ruhig zu bleiben. »Ich dachte bloß, dass er weiterrennt, wenn ich schneller werde.«

»Ja, weil er dann gedacht hätte, du wolltest mit ihm Fangen spielen.«

Das tun wir ja sonst auch immer. Oder etwa nicht?

Christina lachte. »Behalte diese innere Ruhe bei, dann klappt es mit euch beiden bald noch viel besser.«

»Innere Ruhe?« Verlegen hüstelte Ella. »Ehrlich gesagt ist es damit nicht weit her. Ich versuche es zwar …«

»Am Anfang kannst du ruhig nur so tun als ob, bis es dir in Fleisch und Blut übergegangen ist. Für Barnabas wird es keinen Unterschied machen. Er spürt aber, wenn du dich verkrampfst oder nervös wirst.«

»Das ist ein sehr schöner Hund«, mischte die blonde Frau sich ein. »Ein Bearded Collie, nicht wahr? Und er scheint noch ziemlich jung zu sein.«

»Ja.« Ella wandte sich ihr zu, und prompt versuchte Barnabas, zu dem schwarzen Hütehund hinzustreben. »Nicht. Sitz, Barnabas!« Als er gehorchte, nahm sie die Leine kürzer. »So ist es fein.«

Ja, aber ich will diesen anderen Hund gerne kennenlernen. Er sieht aus wie ein guter Kumpel.

»Wir können die beiden sich ruhig kennenlernen lassen.« Die blonde Frau lächelte Ella ermutigend zu. »Mein Buddy ist sehr verträglich mit anderen Hunden, auch Rüden, und hat die Ruhe weg.«

Ella zögerte. »Barnabas ist aber ziemlich wild.«

Christina nickte ihr zu. »Vielleicht gehen wir dazu besser rüber zum Hundestrand. Dort auf der großen Wiese können die beiden einander beschnuppern. Was meinst du, hättest du Lust dazu?« Sie sah Ella fragend an.

»Ja, warum nicht?«

»Ich heiße übrigens Irmgard Hustert. Und wie gesagt, das hier ist Buddy.« Christinas Begleiterin streichelte den schwarzen Hund an ihrer Seite liebevoll am Hals. »Wir machen gerade Urlaub in Lichterhaven und haben ganz spontan einen Ferienkurs in Christinas Hundeschule belegt.«

Die drei Frauen stiegen hintereinander die Deichtreppe hinauf und auf der anderen Seite wieder hinab. Diesmal preschte Barnabas nicht vor, weil er zu sehr damit beschäftigt war, sich nach Buddy umzusehen.

Unten angekommen, redete Irmgard weiter. »Buddy ist zwar ein sehr pflegeleichter Hund, aber er ist nicht daran gewöhnt, sich in der Stadt aufzuhalten. Wir sind immer draußen in der freien Natur unterwegs oder in unserem Garten. Das war nie ein Problem, doch seit ich verwitwet bin, möchte ich ihn gern auch mal ins Café oder Restaurant mitnehmen, damit er nicht immer allein zu Hause auf mich warten muss. Ich bin drei Wochen hier, und als ich das Kursangebot der Hundeschule entdeckt habe, musste ich das natürlich gleich ausprobieren.«

»Ich biete neuerdings gelegentlich Kurz- und Intensivkurse für Feriengäste an«, fügte Christina hinzu. »Da üben wir dann genau eine oder höchstens zwei Sachen so lange, bis sie klappen. Buddy ist wirklich ein Schatz und lernt ganz schnell.« Sie lächelte Irmgard zu. »Sie werden sehen, noch zwei Trainingseinheiten, und Sie werden ihn überallhin mitnehmen können.«

»Das wäre wirklich toll.« Irmgard strahlte.

»Ich wünschte, mit Barnabas und mir ginge es auch so schnell.« Seufzend blickte Ella auf den Bearded Collie, der sich jetzt zum Glück recht brav verhielt.

»Haben Sie ihn aus dem Tierheim?« Neugierig musterte Irmgard sie von der Seite. »Da hört man ja oft, dass es anfangs ein paar Probleme geben kann, bis sich alles eingespielt hat.«

»Nein, ich habe ihn von meiner Oma. Sie hat ihn mir vererbt. Erst kürzlich.« Der Gedanke an Oma Carlotta ließ Ellas Herz schwer werden.

»Oh, das tut mir sehr leid. Dann hat er also sein Frauchen verloren und Sie Ihre Großmutter.« Mitfühlend neigte Irmgard den Kopf. »Mein Beileid – euch beiden.«

Schnüff. Danke. Barnabas schnaufte leise. *Du bist sehr nett.*

Überrascht blickte Ella auf den Hund hinab. »Ich glaube, das hat er verstanden.«

»Selbstverständlich hat er das.« Christina lächelte und übernahm die Führung in Richtung des Hundestrandes. Dort angekommen, gab sie ein paar Anweisungen, und dann durften Buddy und Barnabas sich endlich gegenseitig beschnüffeln und kennenlernen.

»Traust du dich, Barnabas von der Leine zu lassen?« Fragend deutete Christina auf die große Wiese. »Die beiden scheinen sich gut zu verstehen. Sie könnten hier ein bisschen spielen.«

»Ich weiß nicht.« Zögernd wickelte Ella die Leine um ihre Hand. »Was mache ich, wenn er wegläuft?«

»Das wird er schon nicht. Buddy läuft ja auch nicht weg, und er kommt auf Zuruf zu mir zurück. Warum sollte

Barnabas dann wegrennen?« Ermutigend lächelte Irmgard ihr zu. »Versuchen Sie es doch einfach mal.«

»Okay ...« Vorsichtig löste Ella die Leine von Barnabas' Halsband, hielt ihn aber noch fest.

»Ich bin ja auch noch da, und ich bin mir ziemlich sicher, dass alles gut gehen wird.« Auch Christina nickte ihr aufmunternd zu.

»Also gut.« Ella ließ das Halsband los, und Barnabas rannte im gleichen Moment los wie Buddy. Die beiden sausten im Halbkreis und sprangen fröhlich umeinander herum.

»Setzen wir uns doch.« Christina deutete auf eine der Parkbänke und ließ sich selbst mit einem unterdrückten Ächzen darauf nieder. »Die beiden Mäuse in meinem Bauch haben gerade beschlossen, dass ein Match im Kickboxing jetzt genau richtig wäre.«

»Ach herrje, geht es Ihnen gut?« Besorgt setzte Irmgard sich auf Christinas linke Seite.

»Jaja, alles okay. Ich fühle mich nur gerade wie ein Punchingball.« Lachend tätschelte Christina ihren Babybauch.

»Bei Zwillingen kann ich mir das gut vorstellen.« Irmgard lächelte ihr warm zu.

Ella setzte sich auf Christinas rechte Seite. »Wann ist es eigentlich so weit?«

Christina lächelte sie an. »Laut Rechnung der Ärztin sind es heute auf den Tag genau zwölf Wochen. Aber Zwillinge kommen oft früher, also ist im Grunde alles möglich. Ich wünschte nur, wir würden vorher noch herausfinden, welches Geschlecht sie haben. Aber wir hatten immer noch kein Glück. Die beiden sind zwei kleine Geheimniskrämer.«

Irmgard lachte. »Früher wusste man auch nicht, ob es ein Junge oder ein Mädchen wird. Das ist doch auch sehr spannend, oder nicht?«

»Ja, vor allem, wenn man die Einrichtung für die Kinderzimmer aussuchen muss. Ich habe mich jetzt für Gelb und Grün entschieden, das passt für Mädchen wie Jungen.« Umständlich rutschte Christina hin und her, dann lehnte sie sich entspannt zurück. »Siehst du, Ella, Barnabas läuft nicht weg. Aber er hat einen Heidenspaß mit Buddy.«

Die beiden Hunde tollten nach wie vor fröhlich um die Bank herum und bellten hin und wieder hell.

»Ja, sieht ganz so aus.« Auch Ella lehnte sich zurück und wurde ruhiger.

»Sie kommen also auch hier aus Lichterhaven?« Interessiert wandte Irmgard sich Ella zu. »Das stelle ich mir traumhaft vor. Ein Leben lang in der Nähe der Nordsee und noch dazu in einer so schönen kleinen Stadt zu wohnen. Hier ist es doch bestimmt ganz traumhaft, um eine Familie zu gründen.«

Ella hüstelte.

Christina lachte auf. »Ella ist nicht so der Familientyp. Sie wartet schon ganz gespannt auf unser Stadtfest im Juli. Dann wird nämlich auch unsere Feuerwehr ihr hundertfünfzigjähriges Jubiläum feiern, und dazu kommen unzählige nette Feuerwehrmänner aus der Umgebung in die Stadt.«

»Sie flirten also gerne?« Irmgard lächelte. »Kein Wunder, eine so hübsche junge Frau wie Sie. Und es besteht ja auch gar keine Eile, oder? Der Mann fürs Leben taucht schon früher oder später auf. Das passiert meistens unverhofft, wenn man es am wenigsten erwartet. Wenn ich da an meinen Mann denke …« Ihr Blick wurde wehmütig. »Wissen Sie, wir sind uns schon 1973 zum ersten Mal begegnet, aber wie das so ist … Es war einfach nicht die richtige Zeit für uns. Die kam erst viel, viel später, als wir 2000 erneut in Kontakt kamen, nachdem wir beide bereits eine Ehe hinter uns hatten. Es war vielleicht Zufall, vielleicht aber auch vorherbestimmt, dass unsere Wege sich erneut kreuzten, wer weiß das schon? Ich bin sehr glücklich, dass wir wunderbare zwanzig Jahre gemeinsam verbringen durften. Glauben Sie mir, das Leben spielt schon manchmal seltsam. Aber wenn Sie dem Richtigen begegnen und spüren, dass es auch der richtige Moment ist, dann greifen Sie zu. Vergeuden Sie bloß keine Zeit, das bereuen Sie irgendwann.« Sie lachte wieder. »Entschuldigen Sie, aber das ist einfach ein Rat, den ich aus meiner Lebenserfahrung heraus jedem gebe, der ihn hören möchte.«

»Sie haben recht.« Christina lächelte versonnen. »Das Leben spielt schon manchmal verrückt. Als ich meinem Mann zum ersten Mal begegnet bin, hat er mich achtkantig aus seinem Atelier geworfen, und ich dachte, er sei ein ekelhafter Großkotz. Tja, und dann habe ich ihn näher kennengelernt – und heute kann ich mir ein Leben ohne ihn gar nicht mehr vorstellen.«

»Sehen Sie, genau meine Rede.« Irmgard nickte bekräftigend, dann blickte sie auf das Watt hinaus, das in der Sonne glitzerte. »Hach, ich könnte ewig hier sitzen und einfach nur schauen. Wenn ich gewusst hätte, dass es hier so idyllisch ist, wäre ich schon viel früher und zusammen mit meinem Mann hergekommen, um Urlaub zu machen. Ich habe ganz zufällig von diesem Ort in einem Buch gelesen, wissen Sie. Es gibt da diese Autorin, die wunderbar romantische Romane über Lichterhaven schreibt. Irgendwann wollte ich es unbedingt mal mit eigenen Augen sehen … und nun bin ich hier.«

Christina nickte. »Von diesen Büchern habe ich gehört. Vielleicht kann meine Schwägerin Melanie die Autorin ja mal für eine Lesung in Lichterhaven begeistern. Sie führt die Kunsthandlung drüben in der Hauptstraße. *Sybillas Schatztruhe.* Dort finden oft Ausstellungen und Lesungen statt, meistens in Zusammenarbeit mit der Buchhandlung und der Bücherei. Ich werde Mel mal darauf ansprechen. Dieser Autorin würde ich gern so einiges erzählen, das sie in ihren Büchern verwenden könnte. Manchmal kommt es mir so vor, als würde ich selbst in einem Roman leben. Natürlich in einem mit Happy End, etwas anderes gäbe es bei mir nicht.«

Irmgard lachte herzlich. »Ja, manchmal kommt man sich vor, als würde jemand im Hintergrund die Strippen ziehen, nicht wahr?«

Die beiden Frauen plauderten noch eine ganze Weile munter weiter, während Ella einfach nur zuhörte und sich sehr merkwürdig fühlte. War wirklich alles vorherbestimmt? Zog jemand im Hintergrund die Strippen? Oder war alles, was passierte, reiner Zufall? Sie wusste es nicht und konnte sich auch nicht entscheiden, welche der beiden Alternativen ihr lieber wäre. Fest stand, dass sie sich aus heiterem Himmel verliebt hatte – in einen Mann, von dem sie es noch vor wenigen Wochen nicht im Traum gedacht hätte. Wie geschah so etwas? Sie konnte sich nicht einmal genau erinnern, wann es passiert war oder was genau den Ausschlag gegeben hatte.

»Du bist ja so still, Ella.« Sachte stieß Christina sie mit dem Ellenbogen an. »Stimmt etwas nicht?«

»Doch, doch, alles in Ordnung.« Entschlossen riss Ella sich von ihren verwirrenden Gedankengängen los. »Ich habe nur gerade überlegt, was ich mit dem Rest des Tages anfangen soll.«

»Die Frage stellt sich mir nicht.« Christina reckte sich

ein wenig. »Ich muss gleich noch ein bisschen liegen gebliebenen Papierkram erledigen und habe versprochen, Ben nachher abzuholen. Er hat sich überreden lassen, beim Bau der beiden neuen Feuerwehrfestwagen zu helfen. Alex und Lars sind auch dort. Vielleicht solltest du auch mal vorbeischauen. Immerhin bist du doch für die Festdekorationen zuständig, nicht wahr? Nicht dass die Feuerwehrtruppe am Ende etwas bastelt, das nicht in dein Konzept passt.«

Mit einem mulmigen Gefühl im Bauch nickte Ella. »Ja, vielleicht sollte ich das wirklich tun.«

»Dann sehen wir uns ja vielleicht später noch.« Christina erhob sich, und auch Irmgard stand auf und rief nach Buddy. Der schwarze Hütehund hielt sofort in seinem Spiel inne, hob den Kopf und kam dann mit fliegenden Ohren auf sein Frauchen zugerannt. Barnabas bellte und folgte ihm auf dem Fuße.

Während Irmgard Buddy lobte und streichelte, beugte Ella sich von Herzen erleichtert über Barnabas und kraulte ihn hinter den Ohren. »Na, du, hat das Spielen Spaß gemacht?«

Und wie! Hechelnd drückte der Hund sich gegen ihre Beine, sodass sie die Leine ganz leicht wieder an seinem Halsband befestigen konnte. *So lustig habe ich schon lange nicht mehr gespielt.*

»Wenn du das nächste Mal zum Training kommst, wird Boss auch da sein.« Auch Christina streichelte Barnabas kurz. »Die beiden werden sich bestimmt auch gut verstehen. Allerdings ist Boss ein bisschen mehr das Trampeltier vom Dienst. Wenn er mal loslegt, geht man besser in Deckung, wenn man nicht absolut standfest ist.« Kichernd wandte sie sich an Irmgard. »Sie wohnen ja in Melanies

Ferienhaus, nicht wahr? Dann können wir ein Stück des Wegs zusammen gehen.«

»Ja, sehr gerne.« Irmgard hielt Ella ihre Hand hin. »Es hat mich sehr gefreut, Ihre Bekanntschaft zu machen, Ella. Vielleicht begegnen wir uns ja in der nächsten Zeit noch mal, dann können Barnabas und Buddy gerne wieder miteinander spielen.«

»Ja, klar, wenn es sich ergibt.« Ella schüttelte Irmgards Hand und sah den beiden Frauen kurz nach, bevor sie sich wieder dem Watt zuwandte und eine ganze Weile in unbestimmte Ferne blickte. Der warme Sommerwind strich über ihr Gesicht, Möwen sausten kreischend in fröhlichen Kapriolen über sie hinweg. In der Ferne zog ein riesiger Hochseefrachter auf dem Weg zu einem weit entfernten Ziel vorbei.

Barnabas stupste sie mit der Nase an. *Was machen wir denn jetzt? Ehrlich gesagt bin ich ziemlich müde. Willst du immer noch diesen großen Spaziergang machen?*

Gedankenverloren streichelte Ella dem Hund über die Ohren und ließ ihren Blick nach Osten wandern, wo in der Ferne der Lichterhavener Leuchtturm zu sehen war. Nur wenig südlich davon befand sich der Hof von Max und Inga Paulsen. Sollte sie? Sollte sie nicht? Noch während sie sich diese Fragen stellte, setzte sie sich in Bewegung – in Richtung Westen.

16. Kapitel

»Mist, das Ding hält einfach nicht.« Fluchend beugte Jörn sich über ein Stück der unteren Seitenwand des Festwagens, an dem er zusammen mit mehreren anderen Feuerwehrleuten bereits seit über zwei Stunden arbeitete. »Die Mutter hält so nicht. Ich brauche längere Schrauben.« Er blickte über die Schulter. »Henning, reich mir mal den vierzehner Maulschlüssel.«

»Hier, fang.« Mit nur leichtem Schwung warf Henning ihm das gewünschte Werkzeug zu und trat gleich darauf mit mehreren langen Schrauben in der Hand neben ihn. »Wer hatte eigentlich die Idee, hier mit OSB-Platten zu arbeiten? Das hält auch mit den längeren Schrauben nicht.«

»Haha. Jetzt sagst du mir das, wo wir die Hälfte schon angebracht haben. Was für ein Material sollen wir denn sonst verwenden?«

Henning trat einen Schritt zurück und musterte das Grundgerüst des Feuerwehrautos, das einem Modell aus den Fünfzigerjahren nachempfunden war. »Ich würde dünnes Blech nehmen. Das ist außerdem viel haltbarer und kann von der Form her passend gebogen werden.«

»Zu teuer.« Jörn seufzte. »Außerdem muss das Biegen und Kanten eine Firma übernehmen, das können wir ja hier nicht einfach so machen.«

»Das Kanten und Biegen könnten wir bei uns in der Werft erledigen«, mischte Lars Verhoigen sich ein. Mit einem nachdenklichen Blick musterte er das halb fertige

Gefährt und strich sich dabei mit gespreizten Fingern durch sein schwarzes Haar. »Ganz ehrlich? Ich muss Henning recht geben. Bei dem ersten Festwagen letztes Jahr ging es perfekt mit den OSB-Platten, aber das Ding hier ist doch ein bisschen anders und würde viel schnittiger aussehen, wenn wir den Rumpf aus Blech bauen könnten.«

»Wer soll das denn bezahlen?« Jörn gab es auf, die beiden widerspenstigen Bauteile mittels Schrauben miteinander verbinden zu wollen. »Das gibt unser Budget einfach nicht her.«

»Ich könnte mal bei Costales nachfragen«, schlug Henning vor. »In einem seiner Werke drüben in Hamburg könnten die Teile ganz sicher leicht hergestellt werden. Die spende ich dann für den guten Zweck.«

»Ist das dein Ernst?« Verblüfft richtete Jörn sich auf. »Das wäre aber eine sehr großzügige Spende.« Hüstelnd fügte er hinzu: »Ich könnte dir nicht mal eine Spendenquittung ausstellen, weil unser Kameradschaftsverein nicht als gemeinnützig anerkannt ist.«

»Hatte ich um eine Spendenquittung gebeten?« Henning winkte ab. »Was soll ich mit meinem vielen Geld, wenn ich es nicht auch mal einfach so für einen guten und zugleich spaßigen Zweck ausgeben darf?«

»Spaßig nennst du diese Arbeit?« Lachend fuhr Lars sich über den Nacken. »Da gibt es für meinen Geschmack aber eindeutig Lustigeres.«

»Ach was, ist doch alles super.« Henning machte eine ausholende Geste in Richtung der rund fünfzehn Männer und Frauen, die an den beiden Festwagen arbeiteten, und deutete danach auch noch auf die Gruppe von genauso vielen Kindern und Jugendlichen, die kichernd, frotzelnd und vor allen Dingen mit Feuereifer dabei waren, die vielen kleinen Einzelteile, die auf langen Partytischen im Hof ausgelegt waren, in Rot und Weiß anzumalen. »Ich hatte jedenfalls schon lange nicht mehr so viel Spaß.« Unvermittelt hielt er inne, dann grinste er breit. »Oh, là, là! Na, das ist ja eine interessante Überraschung.«

»Was meinst du?« Jörn folgte seinem Blick und spürte, wie sein Herz einen heftigen Satz machte, als er Ella den Weg herauf auf den Hof zusteuern sah. Sie hatte ihr Auto an der Straße geparkt und führte Barnabas an der Leine, der ungewöhnlich brav neben ihr herging. Zwar hatte Jörn insgeheim gehofft, dass sie es sich anders überlegen würde, jedoch nicht wirklich damit gerechnet. Wenn Ella Jensen einmal einen Entschluss gefasst hatte, blieb sie im Allgemeinen auch dabei. Dass sie Zeit brauchte – nun, das konnte er ihr nicht verdenken. Immerhin war die Sache zwischen ihnen enorm schnell zu etwas geworden, was auch er noch nicht vollends zuordnen konnte. Dass sie jetzt doch hierherkam, hatte etwas zu bedeuten. Er wusste nur nicht, was, und wollte sich auch nicht irgendwelchen falschen Hoffnungen hingeben. Dennoch freute er sich, sie zu sehen.

»Wieso ist die Überraschung interessant?« Lars hob grüßend eine Hand, woraufhin Ella ihm kurz zulächelte. Das Lächeln schwand allerdings wieder, als sie Jörn erblickte. Dennoch ging sie weiter entschlossen auf ihn zu.

»Hast du es noch nicht gehört?« Hennings Grinsen ging mittlerweile beinahe von Ohr zu Ohr. »Ella und Jörn sind neuerdings ein Paar.«

Jörn hustete. »Sind wir nicht.«

»Dann gaff sie nicht an wie ein liebestoller Depp.«

Jörn riss sich zusammen, so gut es ging. »Ich habe dir doch gesagt, dass ich noch daran arbeite. Das gilt immer noch, also lass sie bloß in Ruhe.«

»Ich will doch gar nichts von ihr.« Feixend winkte auch Henning Ella zu.

Jörn verdrehte die Augen. »Du weißt genau, was ich meine.«

»Dann stimmt es also wirklich?« Lars musterte Jörn interessiert. »Luisa war der Meinung, dass es sich nur um ein äußerst verdrehtes Gerücht handeln kann. Hallo, Ella, wie geht es dir?«

Ella blieb bei den Männern stehen und vermied es auffällig, Jörn ins Gesicht zu sehen. »Hallo, Lars. Ich wollte mal sehen, was ihr hier so treibt. Jörn meinte vorhin, ich solle mal vorbeikommen und mir die Festwagen ansehen ... Wegen der Deko für das Fest und so ... Damit alles passt.«

»Ach.« Henning blickte vielsagend von einem zum anderen. »Vorhin hat er das zu dir gesagt? Wann genau?«

Ella zuckte leicht zusammen, lächelte dann aber einigermaßen tapfer. »Heute Morgen.«

»Heute Mooorgen!« Bedeutungsvoll zog Henning das Wort in die Länge.

»Ja, beim Frühstück.« Jörn warf seinem Freund einen warnenden Blick zu. »Was ist daran so besonders?«

»Ach, gar nichts ...« Henning begriff offenbar endlich, dass er sich zurückhalten sollte. »Was schleppst du denn da für einen schicken Fetzen mit dir herum, Ella? Das ist doch sonst nicht dein Stil.« Er deutete auf das alte, karierte Männerhemd, das Ella über dem Arm trug.

Hastig hielt sie es Jörn hin. »Das ist für eure Übungspuppe Ottokar. Ich habe es geflickt, aber dauernd vergessen, es ins Feuerwehrhaus zu bringen. Jetzt dachte ich ... na ja.«

Jörn nahm ihr das Hemd ab. Dabei berührten sich ihre Hände leicht, und sie zuckte verlegen zurück. Jörn jedoch blieb wie immer ruhig. »Danke. Dann muss unser armer

Ottokar jetzt endlich keinen Striptease mehr machen.« Wie erhofft zuckten Ellas Mundwinkel leicht, auch wenn kein erneutes Lächeln daraus wurde. Er legte sich das Hemd über die Schulter und deutete auf die Festwagen. »Du kommst genau richtig. Gleich gibt es Kaffee, Tee und Kuchen. Wenn die Meute beim Essen ist, kannst du dir alles in Ruhe ansehen.«

Ella hatte ihren Blick bereits auf den vorderen Wagen gerichtet. »Ich brauche keine Ruhe, um zu sehen, dass das völlig am Thema vorbei ist.«

»Was?« Verblüfft sah er sie an.

»Dieser Wagen hier. Mal abgesehen davon, dass das mit den OSB-Platten blöd aussieht und bestimmt nicht halten wird, ist das Konzept viel zu altbacken.«

»Altbacken?«, echote er. »Das soll der Nachbau eines Oldtimers sein.«

»Das sehe ich.« Lässig winkte Ella ab und umrundete das Gefährt, Barnabas im Schlepptau, der immer noch sehr still und irgendwie müde wirkte. »Wenn es zu unserem Dekokonzept passen soll, muss daran noch einiges geändert werden.«

»Was für ein Glück, dass wir gerade beschlossen haben, auf Blech umzusteigen.« Henning feixte immer noch ein bisschen.

»Unser Konzept sieht, wenn du dich erinnerst, eine witzige, leichte Komponente vor«, wandte Ella sich an Jörn. »Ein bisschen comicmäßig, ein bisschen karikierend. Das könnte man bei diesem Wagen ebenfalls anwenden, aber man müsste dazu die Formen ein wenig verändern. Überzeichnen sozusagen. Ich könnte ein paar Bilder raussuchen, die zeigen, was ich meine. Und bei dem anderen Wagen …« Sie blickte zu dem ebenfalls erst teilweise fertigen zweiten Gefährt hinüber und musterte es eingehend.

»Das wird ein Spritzenwagen aus dem neunzehnten Jahrhundert«, erklärte Jörn rasch.

»Sehr schön.« Sie hatte jetzt diesen entschlossenen, geschäftsmäßigen Ausdruck in den Augen, der anzeigte, dass sie Ideen hatte, die sie unbedingt in die Tat umsetzen wollte, ganz gleich, wie sehr er sich sträubte. »Hier muss eigentlich gar nichts geändert werden.«

Er atmete auf, stutzte dann aber. »Eigentlich?«

»Zeig mir mal eure Kostüme.«

Als hätte er es geahnt. »Was für Kostüme?«

Schwungvoll wirbelte Ella zu ihm herum. »Na, die Kostüme, die diejenigen tragen werden, die auf dem Spritzenwagen fahren.« Ihre Augen weiteten sich. »Sag bloß, ihr habt keine …? Du heiliger Bimbam! Das müssen wir umgehend ändern. Ich rufe eine Bekannte an, die in einem Kostümverleih in Cuxhaven arbeitet. Sie kann bestimmt etwas besorgen. Gib mir morgen gleich die Kleidergrößen aller Beteiligten durch.« Sie tippte sich gegen die Unterlippe. »Am besten auch für die Besatzungen der anderen beiden Wagen. Wir brauchen etwas Einheitliches, das zum Konzept des Stadtfestes passt, aber auch zu unseren speziellen Dekoplänen für das Jubiläum. Mist, das wird knapp, aber ich kriege das hin, keine Sorge.«

»Äh …« Jörn kratzte sich am Kopf. »Alle Kleidergrößen bis morgen?«

»Schuhgrößen natürlich auch und vielleicht noch den Kopfumfang. Oder die Helmgröße, falls es so was gibt. Mal sehen, ob ich etwas organisieren kann, das alt und gleichzeitig witzig aussieht.«

»Ella!« Energisch schüttelte er den Kopf. »Du kannst doch nicht plötzlich mit so vielen neuen Ideen ankommen. Wie sollen wir das denn in der kurzen Zeit umsetzen?«

»Lasst euch was einfallen.« Sie lächelte grimmig. »Tun wir *Foodsisters* ja auch. Wenn wir ein Event planen, dann hat es Hand und Fuß. Das hier«, sie deutete noch einmal auf den vorderen Wagen, »ist alles nur halb garer Kram.«

»Was höre ich da von halb garem Kram?« Inette Paulsen war hinter Jörn aufgetaucht. »Kaffee, Tee und Kuchen stehen bereit. Die Kinder sind schon über das Büfett hergefallen. Wenn ihr auch noch etwas haben wollt, müsst ihr euch beeilen.« Sie strahlte Ella an. »Hallo! Na, das ist aber eine Überraschung. Ich wusste nicht, dass du heute auch hier sein würdest. Wie schön.«

Jörn räusperte sich. »Schön wäre es, wenn sie nicht so mir nichts, dir nichts alle unsere Baupläne als altbacken verworfen hätte.«

»Sie sind nun mal altbacken und passen nicht zu unserem Gesamtkonzept.« Ella hob lässig die Schultern. Jetzt schien sie wieder ganz in ihrem Element zu sein, selbstsicher und ein wenig herablassend, so wie er sie immer gekannt hatte. Auch wenn er sich gerade ausgesprochen ärgerte – er konnte seinen Blick nicht von ihr abwenden, geschweige denn sein Herz bändigen, das in ihrer Gegenwart neuerdings die Angewohnheit hatte, verrücktzuspielen.

»So wie unsere nicht vorhandenen Kostüme«, fügte er grimmig hinzu.

»Genau.« Fast schon huldvoll nickte sie. »Jetzt hast du es erfasst.« Sie wandte sich an Inette. »Stell dir vor, sie haben doch tatsächlich keine passenden Kostüme zu den verschiedenen Festwagen. Und das, obwohl das Stadtfest doch sogar eine bestimmte Epoche vorschreibt.«

Inette lachte herzlich. »Siehst du, Jörn, ich habe doch gleich gesagt, dass ihr Kostüme braucht.«

»Jetzt fang du nicht auch noch an.« Leicht verzweifelt verdrehte Jörn die Augen.

»Hast du denn schon Ideen für die Kostüme?«, wandte seine Mutter sich an Ella.

»Oh ja, absolut. Ich muss nur noch überlegen, wie ich sie am besten in der ausreichenden Zahl herbeikriege.«

Inette hakte sich bei Ella unter. »Komm, du musst mir alles darüber erzählen. Magst du lieber einen Tee oder Kaffee? Inga hat Kirschkuchen gebacken, und ich habe einen ganzen Berg Nussecken beigesteuert.«

»Tee, bitte …«

Konsterniert blickte Jörn den beiden Frauen nach, die, den sichtlich genervten Barnabas im Schlepptau, auf das provisorische Kuchenbüfett zusteuerten und sich angeregt miteinander unterhielten.

»Wenn das nicht mal ein Zeichen des Himmels ist.« Schmunzelnd trat Henning neben Jörn und blickte den Frauen ebenfalls hinterher.

»Was meinst du?« Stirnrunzelnd warf Jörn seinem Freund einen Seitenblick zu.

»Na, die beiden Frauen in deinem Leben verbünden sich. Entweder rennst du jetzt, so schnell du kannst, oder du suchst schon mal den Ring aus.«

»Warum sollte ich wegrennen?«

Henning hustete. Sah ihn an. Und hustete noch einmal. »Heilige Scheiße. Das sollte ein Witz sein. Ich wusste nicht …«

»Was wusstest du nicht?« Jörn heftete seinen Blick wieder auf Ella, die sich mit seiner Mutter an einen der Gartentische gesetzt hatte und mit ausholenden Gesten etwas beschrieb, das ihm ganz sicher noch Kopfzerbrechen bereiten würde.

»Dass du ... Dass ihr ... Ich meine, seid ihr denn jetzt ...?«
»Wir sind gar nichts.«
Henning räusperte sich vernehmlich. »Noch nicht.«
»Genau.«
»Aber du arbeitest daran.«
Jörn warf ihm einen beredten Blick zu. »Wie ich schon sagte.«
»Heilige Scheiße!«
Allmählich wurde es Jörn zu albern. »Du wiederholst dich.«
»Aber doch nur, weil ich erst mal verdauen muss, was ich gerade erfahren habe. Woher hätte ich denn wissen sollen, dass es dir so ernst ist? Ich dachte, bis vor Kurzem wärt ihr noch das alte Antiteam aus Hund und Katze gewesen.«
»Waren wir ja auch.« Ella mit seiner Mutter in so vertrautem, freundschaftlichem Gespräch zu sehen fühlte sich verdammt gut an.
»Heilige Sch... schon gut, schon gut.« Auf Jörns strengen Blick hin zog Henning den Kopf ein. »Und da behaupten alle, Ella sei die Spontane und Ausgeflippte. Bist du dir im Klaren darüber, was du da vorhast?«
»Das hast du mich schon mal gefragt.«
Henning nickte mit Nachdruck. »Deshalb ja. Ist plötzlich die Erleuchtung über dich gekommen? Ich meine, wir reden hier immerhin von Ella Jensen.«
»Und?« Fragend musterte Jörn seinen Freund.
»Na ja ... Ella, die flirty Partyqueen.« Wieder zog Henning den Kopf ein. »Das ist nicht abwertend gemeint, sondern nur ein bisschen besorgt. Hast du keine Angst, dir die Pfoten gehörig zu verbrennen? Oder Schlimmeres?«
Doch, und wie. »Du kennst sie vielleicht nicht gut genug.«

»Du aber schon? Auf einmal?« Nachdenklich ließ Henning seinen Blick zwischen Ella und Jörn hin und her wandern. »Sie hat noch nicht ein einziges Mal hergeschaut, seit sie mit deiner Mutter abgezogen ist.«

»Weil sie nicht will, dass Typen wie du sich das Maul über uns zerreißen.«

Henning lachte auf. »Als ob Ella jemals auch nur einen Gedanken daran verschwendet hätte, was die Leute über sie reden.« Als Jörn einfach nur schwieg und ihn weiter unverwandt ansah, wurde er wieder ernst. »Oh. Okay. Meinen Segen hast du.« Nach einem Atemzug grinste er wieder. »Ich hoffe, der Sex ist wenigstens überirdisch.«

Jörn lachte trocken. »Das hoffe ich auch … wenn es so weit ist.«

»Was?« Erneut hustete Henning, diesmal so heftig, als habe er sich an seiner eigenen Zunge verschluckt. »Ihr habt noch nicht …? Worauf wartet ihr denn?«

»Dir das zu erklären ist mir zu anstrengend.« Betont unbeteiligt ging Jörn auf den Tisch mit dem Kuchen zu. »Außerdem geht es dich nicht das Geringste an. Willst du auch ein Stück Kirschkuchen?«

»Oo-kay.« Hennings forschender Blick wanderte wieder zu Ella, und diesmal blickte Ella auch zu ihnen herüber. Sie drehte den Kopf gleich wieder zur Seite, so als wäre ihr Blick nur rein zufällig zu ihnen gewandert.

»Hier.« Jörn drückte Henning einen Teller mit Kirschkuchen in die Hand. »Jetzt bist du derjenige, der gafft.«

»Entschuldige.« Henning angelte in dem runden Korb auf dem Tisch nach einer Kuchengabel. »Ich muss nur gerade mein Weltbild ein wenig zurechtrücken. Aber es sind wohl schon verrücktere Dinge passiert. Vielleicht kann ich von dir ja noch was lernen – oder von euch beiden.«

»Inwiefern lernen?« Verwundert sah Jörn seinen Freund von der Seite an. Gemeinsam gingen sie zum Tisch neben Ella und Inette, zu denen sich inzwischen auch Max und seine Frau Inga gesellt hatten. Inga hielt den erst zweijährigen Jonathan auf dem Schoß und reichte ihm, ohne richtig hinzusehen, kleine Kuchenstückchen, die er sich fröhlich in den Mund stopfte. Dabei fiel die Hälfte regelmäßig zu Boden, und Barnabas, der sich lang ausgestreckt hatte, fischte mit der Zunge danach.

»Na, in Sachen Frauen.« Henning grinste schief. »Oder genauer gesagt, wie man genau die für sich gewinnt, die einen am wenigsten will.«

»Seit wann hast du denn Probleme, Frauen aufzureißen?« Spöttisch verzog Jörn die Lippen. »Ich dachte, sie fallen dir reihenweise vor die Füße.«

»Ja, aber genau die will ich ja nicht.«

»Und welche dann?«

Henning schwieg einen langen Moment, dann zuckte er die Achseln. »Ach, weißt du, das sind vielleicht nur verrückte Ideen, weil ich mich an so viele Dinge von früher erinnere, seit ich wieder hier bin.«

»Was für verrückte Ideen?« Nun war Jörns Interesse doch geweckt. »Und was haben sie mit früher zu tun?« Plötzlich kam ihm ein Verdacht. »Warte mal, du meinst doch nicht ... Du bist doch wohl nicht noch immer ...?«

»Halt die Klappe.« Hastig winkte Henning ab. »Wahrscheinlich alles nur Hirngespinste. Weißt du was? Vergiss, was ich gesagt habe. Ich meine, wer braucht schon eine Frau? Also mal abgesehen von dir.« Angelegentlich teilte er seinen Kuchen in kleine, mundgerechte Stücke. »Ich ganz sicher nicht. Erst mal werde ich Großvaters Haus wiederaufbauen und modernisieren und die Werkstatt zum Laufen bringen. Damit bin ich eine Weile beschäftigt. Eine Frau wäre mir da doch nur im Weg.«

»Im Weg?« Irritiert runzelte Jörn die Stirn.

»Na ja, du weißt schon. Frauen lenken dich ab. Meistens auf die gute Art und Weise, aber ich will mich erst mal darauf konzentrieren, mein neues Leben aufzubauen. Henning Magnusson zwei Punkt null. Mein Privatleben hat vorerst Sendepause.«

***

Da Barnabas sich weigerte, auch nur einen Schritt weiterzugehen, und nun unter dem Tisch zusammengerollt demonstrativ schnarchte, ließ Ella sich überreden, mit Inette zusammen die künstlerischen Aktivitäten der Jugendfeuerwehr anzusehen. Es dauerte nicht lange, bis sie selbst den Pinsel schwang und inmitten von zehn- bis sechzehnjährigen Jungen und Mädchen Griffe, Holme und jede Menge andere Bauteile rot oder weiß anmalte. Zwei etwa fünfzehnjährige Mädchen waren dabei, eine riesige, auf einen Rahmen gespannte Leinwand rot zu streichen. Offenbar sollte sie ein Teil der Kulissen im Festzelt werden. Als Ella erfuhr, was die Mädchen vorhatten, nachdem der rote Grund fertig war, gab sie ihnen noch ein paar Tipps und Hinweise, damit am Ende alles zu ihrer geplanten Dekoration passte. Dabei vergaß sie vollkommen die Zeit und staunte, als Inette neben ihr auftauchte und ihr mitteilte, dass es schon fast sechzehn Uhr war.

»Nicht, dass du noch etwas vorhast und wir dich festhalten.« Lachend reichte Jörns Mutter ihr ein Glas Limonade. »Ihr wart hier gerade so vertieft in eure Arbeit …«

»Nein, schon gut, ich habe heute nichts Besonderes mehr

vor.« Dankbar nahm Ella ein paar Schlucke. »Die letzten Wochenenden hatten wir immer irgendwelche Events, da tut es gut, mal einfach tun und lassen zu können, wozu man Lust hat.«

»Wie wahr.« Lächelnd berührte Inette sie an der Schulter. »Du kannst gut mit Kindern und Jugendlichen umgehen, Ella. So jemand ist Gold wert in dieser verrückten Truppe. Du glaubst nicht, was das hier manchmal für ein Sack Flöhe ist. Aber seit du hier mithilfst, benehmen sich sogar die Halbstarken einigermaßen gesittet.«

»Ach was.« Ella wollte nicht zugeben, dass sie sich von dem Kompliment geschmeichelt fühlte, deshalb zuckte sie lässig mit den Achseln. »Neue Besen kehren einfach gut, schätze ich. Wenn die Kids mich ein bisschen besser kennen, gibt sich das bestimmt bald.«

»Da wäre ich mir nicht so sicher.« Auf Inettes Lippen erschien ein seltsames Lächeln. »Deine Hilfe ist jedenfalls immer herzlich willkommen. Ich hoffe, mein Sohn hat dir das bereits gesagt. Falls nicht, muss ich ihm heftig auf die Zehen treten.«

»Wir hatten noch gar keine Gelegenheit, miteinander zu reden.« Diese ärgerliche Hitze stieg Ella schon wieder in die Wangen. Wenn das doch bloß wieder aufhören würde! Als ihr Blick auf zwei Jungen von sechzehn oder siebzehn Jahren fiel, die sich, jeweils einen Eimer in der Hand, an die beiden Mädels mit der roten Leinwand heranpirschten, um irgendeinen Unsinn anzustellen, runzelte sie die Stirn. Dann hob sie Daumen und Zeigefinger an die Lippen und stieß einen schrillen Pfiff aus.

Die Jungs zuckten zusammen und hielten mitten in der Bewegung inne. Ella stemmte die Hände in die Seiten. »Tino, Michael, was genau habt ihr zwei da vor?«

Die Mädchen hatten sich erschrocken zu den Jungen umgedreht und gleich darauf kreischend in Sicherheit gebracht. Die Jungen grinsten nur schief.

»Ach, nichts. Gar nichts.« Michael Leuthaus, dessen Eltern die größte und beste Bäckerei Lichterhavens führten, stellte seinen Eimer beiläufig beiseite. »Oder, Tino? Wir sind nur zufällig hier.«

»Ja, genau, nur zufällig.« Tino tat ebenfalls, als könne er kein Wässerchen trüben, und stellte den Eimer neben den anderen.

Ella hob spöttisch die Augenbrauen. »Na, dann seht mal zu, dass ihr auch ganz zufällig Land gewinnt. Lasst die Mädchen in Ruhe arbeiten. Denn wenn nicht …« Bedeutungsvoll schwieg sie.

»Was dann?« Michael, der eindeutig der Mutigere der beiden war, reckte herausfordernd das Kinn.

»Dann …« Sie grinste, als sie Jörn sah, der gerade vorbeiging. Rasch griff sie nach seinem Arm und zog ihn zu sich heran. »Dann wird der oberste Boss euch die lästigste und langweiligste Arbeit aufbrummen, die er im oder um das Feuerwehrhaus herum finden kann. Nicht wahr, Jörn?«

»Äh …« Ratlos blickte Jörn von Ella auf ihre Hand, die seinen Arm immer noch fest umfasst hielt, und dann zu den beiden Rabauken. »Ich brauche noch Freiwillige, die die Einsatzfahrzeuge von innen reinigen.«

Zweistimmiges genervtes Stöhnen war die Antwort.

Ella lächelte triumphierend. »Na bitte. Entweder ihr benehmt euch, oder …«

»Schon gut, schon gut.« Michael zog den Kopf ein. »Komm, Tino, wir bringen die Eimer weg.«

»Halt, Stopp, die Eimer bleiben hier.« Ella stemmte die

Hände in die Hüften. »Was auch immer da drin ist, bleibt hier, wo ich es sehen kann.«

Die beiden Jungen verzogen das Gesicht und verkrümelten sich. Unterdessen trat Ella an die beiden Eimer heran und nickte mit gekräuselten Lippen. Sie enthielten augenscheinlich nur Wasser – eiskaltes Wasser, wie ihr eine kurze Fingerprobe verriet. »Hinterhältige Bande«, murmelte sie, lächelte dabei jedoch, weil sie sich nur zu gut daran erinnerte, dass sie früher auch nicht anders gewesen war.

»Das ist ja gerade noch mal gut gegangen.« Jörn nahm die Eimer und leerte sie am Rand des Hofes auf einem schmalen Rasenstreifen aus. »Die Kerlchen haben nichts als Unsinn im Sinn.« Lächelnd drehte er sich wieder zu Ella um. »Danke, dass du sie zurechtgestaucht hast. Du scheinst sie ja gut im Griff zu haben.«

»Und wie!« Inette gesellte sich wieder zu ihnen. »Jemanden wie Ella könntest du in deiner Truppe gut brauchen.«

Ella hob abwehrend die Hände. »Nicht doch. Ich hätte überhaupt keine Zeit für so ein Ehrenamt.«

»Ach was, du brauchst ja nur da zu sein, wenn wieder mal so ein Event wie das hier stattfindet.« Lachend klopfte Inette ihr auf die Schulter. »Das reicht schon, um Jörn zu entlasten. Er kann seine Augen ja nicht überall gleichzeitig haben. Insbesondere wenn sein Stellvertreter wieder mal lieber Maulaffen feilhält und Bier trinkt.« Sie warf Helge Mendelsen, dem stellvertretenden Wehrführer, einen scheelen Blick zu. Der blonde Mann war Mitte vierzig, kräftig gebaut, leicht untersetzt und ein notorischer Frauenheld, der auch gerne dem Alkohol zusprach. »Helge!« Verärgert runzelte Inette die Stirn. »Wer hat dir denn schon wieder ein Bier gegeben? Hier wird gearbeitet, nicht gebechert. Warte gefälligst damit, bis wir Feierabend machen.«

»Ach, lass ihn doch.« Inga trat zu ihnen, den kleinen Jonathan auf dem Arm und Lilly, die bereits vier Jahre alt war, dicht neben sich. »Wir sind doch sowieso fast fertig für heute, oder nicht?« Suchend blickte sie sich um und winkte ihren Mann herbei. »Max, wärst du wohl so nett, kannst du die Kinder ins Bett bringen? Ich muss hier noch etliches erledigen und mit aufräumen und so ...«

Max warf Inga einen seltsamen Blick zu und nahm ihr den bereits halb schlafenden Jungen ab. »Klar doch.« Er gab seinem Sohn einen Kuss. »Na, du kleiner Schlumpf? Bist du schon schrecklich müde?«

»Mhm, mhm.« Jonathan schüttelte matt den Kopf, konnte aber kaum die Augen offen halten.

»Ich muss mal, Papa«, meldete Lilly sich zu Wort.

»Dann mal los, im Schweinsgalopp!« Max nahm seine Tochter an der Hand und verschwand mit beiden Kindern im Haus, während Inga in die entgegengesetzte Richtung davonging.

Ella sah ihm lächelnd nach. »Er ist ein toller Vater.«

»Ja, das ist er.« Auch Inette folgte ihrem jüngeren Sohn mit liebevollen Blicken. »Wir dachten ja erst, dass er und Inga ein bisschen sehr jung wären, als sie beschlossen zu heiraten und den Hof zu übernehmen und eine Familie zu gründen. Aber jetzt ...« Sie sah zu Inga hinüber, die bei Helge stehen geblieben war und mit ihm über irgendetwas lachte. »Nun ja. Jetzt ist es so, und wir würden die beiden kleinen Schätze um keinen Preis der Welt wieder hergeben wollen.«

»Das kann ich verstehen.« Lächelnd trat Ella einen Schritt beiseite, als die beiden Mädchen die rote Kulisse an ihr vorbeitrugen. »Lilly sieht ja wirklich aus wie ein Engelchen, nicht wahr?«

»Oh ja, dabei hat sie es faustdick hinter den Ohren.« Inette lachte herzlich. »Aber Jonathan ist auch so unglaublich süß. Ich könnte ihn dauernd knuddeln.« Energisch straffte sie die Schultern. »Aber genug davon. Jetzt räumen wir erst mal auf, damit Max hier nachher wieder mit dem Traktor durchfahren kann.«

17. Kapitel

»Siehst du, und wenn du einfach nur nach vorne zeigst, so mit leichtem Schwung von unten, dann heißt das *Weiter*.« Jörn machte die Handbewegung mehrmals vor. »Denk daran, anfangs immer das jeweilige Wort mitzusprechen, bis Barnabas darauf perfekt hört. Danach kannst du es auch mal ohne Worte versuchen. So hat Carlotta es mir zumindest erklärt.«

»Ja, das hat Christina auch gesagt.« Ella hoffte, dass sie sich die verschiedenen Handzeichen und Kommandos würde merken können. Nachdem sie auf dem Hof von Jörns Bruder aufgeräumt hatten und die Mitglieder der Feuerwehrtruppe alle nach Hause gegangen waren, hatte Jörn Ella einfach an der Hand genommen und war schweigend mit ihr und Barnabas in Richtung Leuchtturm gegangen und von dort aus zu einer großen Wiese oberhalb der berühmten Piratenbucht, die im Augenblick wegen der Flut nicht zugänglich war.

Anfangs noch etwas verlegen und befangen, war Ella mit ihm gegangen. Jörn hatte sie den gesamten Nachmittag eher wenig beachtet und nur dann, wenn es absolut notwendig gewesen war, mit ihr gesprochen. Erst hatte sie vermutet, dass er vielleicht verärgert war, doch dann hatte sie begriffen, dass er sich einfach an ihre Bitte hielt, kein Aufsehen zu erregen. Fast war sie ein bisschen enttäuscht, dass er so gelassen blieb und sich nicht anmerken ließ, was in ihm vorging. Selbst jetzt war und blieb er vollkommen ruhig in seiner trägen, bedächtigen Art. Er ließ ihr Raum und Zeit, wie sie es gewollt hatte. Aber ... Verflixt! Wollte sie das wirklich?

»Stimmt etwas nicht?« Forschend suchte Jörn ihren Blick, wohl weil sie schon seit gut einer Minute geschwiegen und hinüber zum Leuchtturm geschaut hatte. »Du siehst wütend aus.«

»Ich bin nicht wütend.« Doch, das war sie. Sie wusste nur nicht genau, warum.

»Was dann?«

Sie hob die Schultern. »Du wolltest doch unbedingt, dass ich heute beim Wagenbau aufschlage.«

»Nein.« Er schüttelte leicht den Kopf. »Ich habe es dir angeboten, aber du wolltest nicht. Warum bist du doch aufgetaucht?«

»Weil ...« Sie zögerte. »Wegen Irmgard.«

»Wer ist Irmgard?« Verblüfft musterte er sie.

»Eine ... Frau, die mit ihrem Hund bei Christina in der Hundeschule ist. In einem Ferienkurs. Ich habe sie heute Mittag kennengelernt und ... sie hat etwas gesagt ... Egal. Jedenfalls dachte ich, es wäre vielleicht doch mal interessant, euch zu besuchen.«

»Interessant, aha.« An Jörns Stimme war zu erkennen, dass er ihr nicht ganz folgen konnte. »Aber es hat dir nicht gefallen.«

»Was?« Verwundert hob sie den Kopf. »Doch, es war nett ... und lustig. Ich hatte Spaß.«

Jörn entspannte sich etwas, wodurch sie erst bemerkte, dass er sich leicht angespannt hatte. »Und trotzdem bist du jetzt sauer.«

»Nein, ich ...« Sie wusste es doch selbst nicht! »Du hast so getan, als wären wir nur oberflächliche Bekannte.«

»Ich habe überhaupt nicht so getan, als wären wir irgendetwas.« Ernst sah er ihr ins Gesicht. »Ich spiele keine Spielchen, vergessen? Du wolltest Zeit, also gebe ich dir Zeit.«

»Ja.« Sie schluckte. »Shit. Das ist alles viel zu kompliziert.«

»Warum?« Auf Jörns Stirn erschien eine steile Falte.

»Weil ... Ach, was soll's.« Ehe sie es sich anders überlegen konnte, trat Ella dicht an Jörn heran, stellte sich auf die Zehenspitzen und zog gleichzeitig seinen Kopf zu sich herab, bis ihre Lippen sich berührten.

Barnabas, der dicht neben ihnen auf dem Boden lag, brummelte vor sich hin. *Also, was ist das jetzt wieder? Was machen die zwei denn da mit diesem Mund auf Mund? Ich dachte, wir spielen ein bisschen. Ich habe immerhin eine ganze Weile geschlafen und bin jetzt wieder richtig fit. Jörn und Ella sehen aber gerade nicht so aus, als wollten sie mit mir herumtoben. Wie ärgerlich. Und langweilig. Gähn.*

Überrascht stieß Jörn die Luft aus, erwiderte den Kuss jedoch, ohne zu zögern. Ein heftiger Stich durchzuckte Ella. Als ihre Zungen sich berührten, kribbelte und flatterte es tief in ihrer Magengrube. Ihr Puls verdoppelte seine Frequenz, und für einen winzigen Moment war ihr, als schwanke der Boden unter ihren Füßen. Nur mit Mühe schaffte sie es, sich wieder von ihm zu lösen. »Okay ...« Ihr Atem ging unregelmäßig und stoßweise. »Ich schätze, das wollte ich bloß wissen.«

Auf Jörns Lippen erschien ein feines Lächeln. »Du bist ein dummes Huhn, Ella.«

»Was?« Empört hob sie die Brauen.

»Das hättest du die ganze Zeit haben können.«

»Ja, aber ...«

»Nichts aber.« Zärtlich strich er ihr eine Haarsträhne

hinters Ohr, die ihr jedoch vom Wind sogleich wieder ins Gesicht geweht wurde. »Nur weil ich dir Zeit gebe, habe ich es mir nicht anders überlegt. Falls du das vielleicht gedacht haben solltest.«

»Nein, habe ich nicht.« Sie schluckte gegen ihren immer noch wilden Herzschlag an. Hatte sie das wirklich nicht gedacht? Oder befürchtet? War sie tatsächlich ein dummes Huhn?

»Du musst nämlich wissen ...« Sanft zog er sie an den Hüften zu sich heran, bis ihre Körper sich wieder berührten. »Wenn ich mir einmal etwas in den Kopf gesetzt habe, dann gebe ich nicht so leicht auf. Tja, und im Augenblick beanspruchst du einen ziemlich großen Teil meiner Gedanken.«

»Ist das so?« Ein aufregendes Ziehen tief in ihrem Inneren gesellte sich zu den üblichen Schmetterlingen, die sich stets bemerkbar machten, sobald sie in seine Nähe kam.

»Allerdings. Du kannst noch so sehr versuchen, mich zu ärgern, es wird nichts daran ändern, was ich über dich denke – oder für dich fühle.«

Ella erschrak bei seinen Worten ein wenig, aber auf eine merkwürdig erregende Weise. Dennoch runzelte sie die Stirn. »Wie kommst du darauf, dass ich versuche, dich zu ärgern?«

Bedeutungsvoll zog er die Augenbrauen hoch. »Altbackene Entwürfe und ein Haufen schräger Kostüme, von denen ich meine Leute erst mal überzeugen muss?«

»Sie werden nicht schräg. Und damit will ich dich auch nicht ärgern.«

»Sondern?«

Sie zuckte mit den Achseln. »Ich bin der Dekoprofi, oder? Wir *Foodsisters* wurden engagiert, damit euer Jubiläum zusammen mit dem Stadtfest der Renner wird. Demnach ist es mein Job, dich auf solche Missstände hinzuweisen und gangbare Alternativen aufzuzeigen.«

»Missstände?« Seine Augen weiteten sich. »Kannst du dir vorstellen, wie viel Arbeit wir jetzt schon haben? Und jetzt noch diese neuen Ideen und deine ganzen neuen Pläne. Wir haben nur noch ein paar Wochen Zeit!«

»Ich weiß sehr genau, wie viel Arbeit in der Vorbereitung eines solchen Festes steckt.« Er hatte sie, während er sprach, die ganze Zeit nicht losgelassen, sodass sie nun, obwohl sie leicht verärgert war, ihre Arme um seine Hüften legte. »Ich habe schon so manches Event ganz ohne Hilfe oder Unterstützung geplant und organisiert. Vielleicht nicht gleich für eine ganze Stadt plus Feuerwehr, aber ich denke schon, dass ich etwas von meinem Job verstehe.«

»Das habe ich nicht bezweifelt.« Seine Hände wanderten von ihren Hüften weiter zu ihrem Rücken und dann abwärts, bis sie auf ihrem Po lagen. »Ich muss das alles aber neben meinem Beruf ehrenamtlich erledigen. Ihr werdet wenigstens dafür bezahlt. Ich werde mir die Nächte um die Ohren schlagen müssen, um das alles einigermaßen hinzubekommen. Selbst wenn ich vieles auf die Vereinsmitglieder verteilen kann, muss ich doch ständig darauf achten, dass auch alles so gemacht wird, dass es am Ende gut wird – und du nicht wieder meckerst, dass etwas nicht modern genug geworden ist.«

»Ich meckere nicht.« Sie kicherte. »Okay, vielleicht manchmal schon, aber nur, weil ich genau weiß, dass ihr es besser könnt.« Sie hielt inne, als sein Griff um ihren Hintern sich verstärkte. »Was hast du da gerade vor?«

»Ich?« Er grinste schalkhaft. »Warum?«

»Ich meine ja nur.«

»Was meinst du?« Unvermittelt kniff er sie in den Hintern und im nächsten Moment in die Seiten, wo sie besonders kitzelig war.

»Hey!« Mit einem Schrei ließ sie ihn los und sprang zur Seite. Dabei verhedderte sie sich in der Hundeleine, woraufhin Barnabas bellend aufsprang.

Was? Wie? Jetzt ist hier plötzlich doch Action angesagt? Da will ich mitmachen.

»Von wegen hey.« Lachend tat Jörn so, als wolle er sie erneut kneifen.

Ella wich ihm aus und ging gleich darauf zum Angriff über. »Na warte, dir werd ich's zeigen! Kein Mann kneift mir ungestraft in den Hintern.« Kichernd versuchte sie, Jörn ebenfalls zu zwicken, doch er war erstaunlich flink und wendig und wich ihr immer wieder gekonnt aus. Die Leine hatte er losgelassen, doch Ella musste trotzdem aufpassen, dass sie nicht darüber stolperte – oder über den Hund, der fröhlich bellend um sie herum und zwischen ihnen hindurchsauste. Daraus entwickelte sich ein wildes Spiel, bei dem jeder gegen jeden antrat. Schon nach kurzer Zeit hielt Ella sich vor Lachen nur noch die Seiten und ließ sich schließlich kraftlos ins Gras fallen.

Sogleich sprang Barnabas auf sie zu und versuchte, ihr Gesicht abzulecken. Dabei trampelte er unbarmherzig auf ihr herum – und gleich darauf auch auf Jörn, der sich neben ihr niedergelassen hatte.

Wuff, jau, das ist mal ein tolles Spiel! Das gefällt mir. Was macht Frauchen denn jetzt hier im Gras? Ach, egal, sie lacht, also ist alles toll. Und mein bester guter Kumpel Jörn spielt auch mit. Was kann es Schöneres geben?

»Nicht, Barnabas, was machst du denn?« Kichernd und japsend rollte Ella sich im Gras hin und her, um der nassen

Hundezunge zu entkommen, doch das stachelte den Hund nur noch mehr auf. Auch Jörn lachte herzlich und versuchte, Barnabas zu sich zu rufen, um ihn von Ella abzulenken. Das gelang aber nur teilweise, und zuletzt kugelten sie alle drei lachend durcheinander.

Irgendwann gab Ella es auf, sich zu wehren, und blieb einfach auf dem Rücken liegen.

Nanu, was ist denn jetzt los? Barnabas hielt verblüfft inne und ließ sich der Länge nach auf sie fallen, sodass seine Nase gegen ihr Kinn stieß. *Hab ich jetzt etwa gewonnen? Wau, das gefällt mir. Und hier liegt es sich ganz ausgezeichnet, muss ich sagen. Daran könnte ich mich gewöhnen.*

»Meine Güte, bist du schwer.« Heftig atmend blickte Ella in das Hundegesicht, das aussah, als lache Barnabas genau wie sie. Eine Welle der Zuneigung für den Bearded Collie durchfloss sie wie ein warmer Strom. Zärtlich strich sie ihm übers Fell und ließ es sich gefallen, dass er erneut über ihr Kinn leckte.

»Ihr seid ein klasse Team, weißt du das?« Jörn hatte sich auf die Seite gedreht und den Kopf in die Hand gestützt. Lächelnd beobachtete er sie und den Hund. »Ihr wisst es nur noch nicht.«

»Glaubst du?« Seine Feststellung freute sie mehr, als sie sich hätte vorstellen können. »Wir haben doch jetzt nur albern herumgetobt.«

»Jeder Mensch muss hin und wieder mal albern sein.« Er zwinkerte ihr zu. »Und jeder Hund ebenso.«

Wie wahr. Ich liebe so was.

»Ja, vielleicht.« Ella entspannte sich und blickte lächelnd in den blauen Himmel hinauf, an dem immer wieder weiße Wolken vorbeizogen. »Hast du heute Abend schon etwas vor?«

Jörn streckte die Hand aus und begann, mit einer ihrer langen Haarsträhnen zu spielen. »Ich dachte schon, du fragst nie. Was hältst du davon, wenn wir gemeinsam etwas kochen und uns hinterher einen Film ansehen?«

Überrascht wandte Ella ihm das Gesicht zu. »Kochen? Wir? Zusammen?« Verlegen räusperte sie sich. »Ich fürchte, da muss ich passen. Es sei denn, du willst zum Abendbrot noch mal Rührei essen. Oder Spiegelei. Für viel mehr reichen meine Kochkünste nämlich nicht.«

»Was?« Ungläubig lachte er auf. »Und das von einer der drei *Foodsisters*?«

»Hannah ist unsere begnadete Köchin, und Caroline backt wie eine Göttin. Na ja, kochen kann sie auch ziemlich gut. Ich bin mehr so die handwerklich Begabte. Mit Blumen und Grünzeug zaubere ich dir alles, was du willst, und wenn es um Dekorationen geht, macht mir so leicht niemand ein X für ein U vor. Aber kochen kann ich leider so gar nicht. Oder halt nur Kleinigkeiten. Oder Toast. Ich kann hervorragend Toast zubereiten. Oder Aufbackbrötchen.«

Jörn grinste breit, und in seine Augen trat ein verschmitzter Ausdruck. »Dann weiß ich, was wir demnächst zusammen machen können, nämlich einen Kochkurs. Bei mir gibt es nämlich auch aus gutem Grund so oft Eier. Ich kann zwar auch ein Stück Fleisch oder Fisch ganz annehmbar gebekommen, aber zu viel mehr reicht es bei mir auch nicht.«

»Einen Kochkurs willst du belegen?« Verblüfft starrte sie ihn an.

»Nicht ich. Wir.« Wieder spielte er mit ihrer Haarsträhne. »Vielleicht können wir Hannah ja dazu überreden, uns Privatstunden zu geben.«

»Um Gottes willen, nur das nicht.« Rigoros schüttelte Ella den Kopf. »Sie ist eine fürchterliche Lehrerin. Immer setzt sie viel zu viel voraus, und wenn man dann sagt, dass man etwas nicht verstanden hat, schaut sie ungefähr so.« Ella verdrehte so übertrieben, wie sie nur konnte, ihre Augen. »Sie hat es ja nicht mal geschafft, ihrer großen Schwester das Kochen beizubringen. Martina ist noch viel schlimmer als ich. Sie kann eigentlich nur Sachen auftauen und erwärmen. Aber sie hat ja jetzt Thorsten, der, wie ich gehört habe, ziemlich gut kocht und ihr inzwischen sogar ein paar einfache Handgriffe beigebracht hat. Das hat Hannah nie geschafft. Also, so lieb ich sie auch habe, einen Kochkurs belege ich bei ihr nicht.«

»Dann suchen wir uns ein YouTube-Video heraus und kochen das nach. Es gibt da doch bestimmt unzählige Kochkurse und -shows«, schlug Jörn erheitert vor. Als sie zögerte, beugte er sich ein wenig vor. »Komm schon, das wird lustig.«

»Oder eine Katastrophe, nach der wir beide mit Lebensmittelvergiftung ins Krankenhaus eingeliefert werden.«

Er lachte wieder. »Quatsch. Und falls doch, sorge ich dafür, dass wir im selben Zimmer liegen dürfen.«

»Zu welchem Zweck?« Sie erschauerte leicht, weil er mit den Fingerspitzen an ihrem Hals und ihrer Kinnlinie entlangfuhr.

»Nette Gesellschaft. Was hast du denn gedacht?«

Schmunzelnd fing sie seine Hand auf, und prompt verflochten ihre Finger sich miteinander. »Ich denke gar nichts, mal abgesehen davon, dass es keine Krankenhauszimmer gibt, in denen Männer und Frauen zusammen liegen dürfen. Außerdem wären wir ja dann krank. Ich glaube nicht, dass das so angenehm wäre. Insbesondere weil wir unsere gegenseitige Gesellschaft bis vor Kurzem ganz bestimmt nicht als nett eingestuft hätten.«

»Meinungen kann man ganz offensichtlich ändern. Aber wie du meinst. Dann versuchen wir eben, einander nicht zu vergiften.« Zärtlich streichelte er mit dem Daumen über ihren Handrücken. »So können wir zu Hause bleiben und die Gesellschaft des anderen auf andere Weise genießen.«

Sie schluckte gegen ihren aufgeregten Herzschlag an. »Und wie zum Beispiel?«

»Ich bin mir ziemlich sicher, dass uns da eine Menge einfallen wird.« Er drehte sich auf den Rücken und blickte zum Himmel hinauf. »Oder hattest du etwas ganz anderes vor?«

»Ich?« Angestrengt versuchte sie, sich zu erinnern, was sie für einen Vorschlag hatte machen wollen. Dabei bemerkte sie, dass sie gar keinen Plan gehabt hatte, sondern einfach nur mehr Zeit mit Jörn verbringen wollte. »Nein, ich hatte noch gar keine Pläne.« Sie blickte auf Barnabas, der immer noch platt und schwer auf ihr lag. »Vielleicht eine schöne Nachtwanderung mit Barnabas.«

»Die Idee ist nicht schlecht.« Jörn hielt kurz inne. »Aber es soll heute Abend und Nacht noch Regen geben.«

»Regen?« Ella hob den Kopf und blickte instinktiv in Richtung Nordsee. Und tatsächlich, in der Ferne brauten sich Regenwolken zusammen. »Mist.«

»Dann verschieben wir die Nachtwanderung auf ein andermal und bleiben für heute beim Kochen plus Film?« Fragend sah Jörn sie von der Seite an.

Ella schmunzelte. »Okay, auf deine Verantwortung. Wehe, ich muss hungern, weil das, was wir da fabrizieren, für die Tonne ist.«

***

»Diese Armen Ritter waren wirklich lecker.« Zufrieden lehnte Ella sich auf ihrem Stuhl zurück und klopfte sich auf den Bauch. »Und kombiniert mit kross gebratenem Speck und Ahornsirup einfach der Hit. Ich wusste gar nicht, dass Elke Dennersen auch Kochvideos auf der Webseite ihres Bauernhofs veröffentlicht.«

»Seit sie die Vorsitzende der Landfrauen ist, hat sie einen eigenen YouTube-Kanal.« Lächelnd stellte Jörn die Teller zusammen und trug sie zur Spüle. Dann kehrte er um und setzte sich wieder. »Jetzt filmt sie auch oft ihre Kochvorführungen für die Landfrauen und stellt sie dort ein. Sie sagt, dass sie auf diese Weise vor allem die jüngeren Frauen für den Landfrauenverband begeistern will. Anscheinend klappt das sogar. Allerdings kriegt sie jetzt auch so viele Zuschriften von Männern, die ihre Rezepte mit Begeisterung nachkochen, dass sie schon mal überlegt hat, ob man nicht auch eine Landmännergruppe ins Leben rufen sollte.«

Ella lachte auf. »Das wäre mal ein Schritt in Richtung Gleichberechtigung. Aber woher weißt du das alles?«

»Na, von Bruno Dennersen. Er ist doch auch bei der Feuerwehr. Und wenn er es mir nicht erzählt, dann entweder meine Mutter, nachdem sie Elke im Laden getroffen hat, oder Elke selbst, wenn ich einmal die Woche bei ihr im Hofladen einkaufe.«

»Mir erzählt sie nie so viel.« Ella hüstelte. »Vielleicht frage ich auch nicht genug nach. Ich befürchte immer, dass sie mich dann ebenfalls ausquetscht. Du weißt doch, wie sie ist. Klatsch und Tratsch zieht sie an wie ein Magnet.«

»Ja, aber auf eine sehr liebenswerte Art.« Jörn deutete auf Ellas leere Radlerflasche. »Möchtest du noch eins?«

Ella zögerte. »Das wäre dann mein drittes heute Abend. Dann kann ich nicht mehr fahren.«

»Na und? Wäre das so schlimm?«

Sie knabberte an ihrer Unterlippe. »Nein, wahrscheinlich nicht. Aber wenn das zur Gewohnheit wird, muss ich mir demnächst Wäsche zum Wechseln ins Auto legen.«

In Jörns Augen trat ein eigenartiger Ausdruck. »Und noch mal: Wäre das so schlimm?«

Sie räusperte sich. »Schlimm nicht. Nur ungewohnt.«

»Also noch ein drittes Radler für dich und ein zweites für mich.« Jörn stand auf und ging zum Kühlschrank. Als er zurückkam, runzelte er die Stirn. »Was ist? Du guckst so komisch.«

Ella hatte sich nachdenklich umgesehen, insbesondere seine Küche zog immer wieder ihre Blicke auf sich. »Wann willst du eigentlich mal deine Kücheneinrichtung modernisieren? Nichts gegen die Sachen deiner Großeltern, aber meinst du nicht, dass sie einverstanden wären, wenn du alles an das einundzwanzigste Jahrhundert anpassen würdest?«

»Dagegen hätten sie bestimmt nichts einzuwenden«, gab er mit einem schiefen Grinsen zu. »Aber heute reden wir nicht darüber.«

»Warum nicht?«

»Weil wir uns sonst ganz sicher in die Haare kriegen. Ich sehe dir an, dass du schon mindestens zwanzig Ideen hast. Und das, obwohl du offenkundig nicht mal kochen kannst.«

»In einer gut ausgestatteten Küche fühlt sich jeder Mensch wohl – und hätte vielleicht noch mehr Lust, das Kochen zu lernen.«

»Ist das so? Wie interessant. Trotzdem sparen wir uns das Thema für ein andermal auf. Wie ich dich kenne, artet das Ganze sonst nämlich so weit aus, dass wir den Rest des Abends mit Zeichenstift und Zollstock durch die Küche rennen und uns die Köpfe heißreden. Nicht dass ich das nicht unter anderen Umständen durchaus genießen lernen könnte, aber nicht heute.«

»Genießen lernen?«

Er lächelte ihr zu. »Du streitest dich gerne. Oder vielmehr beharrst du gerne so lange auf deiner Meinung, bis ich nicht mehr anders kann, als dir Kontra zu geben. Allmählich durchschaue ich dich, Ella Jensen, und beginne, mich daran anzupassen.«

»Was gibt es an mir zu durchschauen?« Sein intensiver und zugleich liebevoller Blick ging ihr durch und durch. »Dir auf den Geist zu gehen bis zum Äußersten ist meistens die einzige Möglichkeit, deine Aufmerksamkeit zu erlangen. Das war schon immer so.«

»Ah ja?« Interessiert musterte er sie. »Deshalb hast du mich zeitlebens immer wieder so getriezt?«

»Also getriezt würde ich es nicht nennen ... Also gut, ja, vielleicht. Ein bisschen. Du bist immer so ...« Sie suchte vergeblich nach dem richtigen Wort. »Nichts kann dich aus der Bahn werfen, und um dich dazu zu bewegen, in irgendeiner Form zu reagieren, muss man schon die Holzhammermethode anwenden.«

Er hob überrascht die Augenbrauen. »Ein nettes Wort hätte es vielleicht auch getan.«

»Nein, hätte es nicht.« Sie warf ihm einen beredten Blick zu. »Weil du so was notorisch ignoriert hättest.«

»Notorisch vielleicht nicht gerade.« Nachdenklich erwiderte er ihren Blick. »Okay, ganz falsch liegst du damit nicht. Ich habe mir angewöhnt, dich zu ignorieren, weil ich mir nie sicher war, was du mit deinen gelegentlichen Spitzen bezwecken wolltest. Und eine Nettigkeit aus deinem Mund war irgendwie noch alarmierender. Ich bin nicht der Typ fürs leichte, oberflächliche Flirten. Und wenn es von dir kam, war es mir besonders suspekt. Denn normalerweise hast du ja eher genervt – und dir Männer von außerhalb gesucht.«

Einen langen Moment dachte Ella über seine Worte nach. »Klarer Fall von Kommunikationschaos«, schloss sie schlussendlich und lachte, wenn auch leicht verunsichert. »Also, es ist nicht so, dass ich damals oder irgendwann etwas von dir wollte.«

»Ach nein?« Er grinste wieder schalkhaft. »Was du nicht sagst. Dito.«

»Ich fand es nur so nervtötend, dass du wie ein verdammter Fels in der Brandung alles von dir abprallen lassen kannst.«

»Während dein Temperament gerne mal mit dir durchgeht«, fügte er hinzu, hielt kurz inne und setzte dann hinzu: »Ich bin nun mal, wie ich bin.«

»Dito.« Grinsend nahm sie einen Schluck von ihrem frischen Radler. »Gegensätzlicher könnten wir wohl kaum sein, oder?«

Er hob die Schultern und trank ebenfalls einen Schluck. »Man sagt, dass Gegensätze sich anziehen und ergänzen.«

»Ja, kann sein, aber ...« Zögernd brach sie ab.

»Was aber?«

»Warum jetzt auf einmal? Warum nicht schon früher, während der Schulzeit oder irgendwann danach? Was ist jetzt plötzlich so anders?«, stellte sie die Fragen, die sie schon seit Tagen beschäftigten.

Nach einem weiteren Schluck stellte Jörn die Flasche auf den Tisch zurück. »Ganz ehrlich?«

»Ich bitte darum.«

»Keine Ahnung. Es war einfach plötzlich da, dieses ... Gefühl.«

»Ja.« Ihr Puls beschleunigte sich unter seinen Blicken erneut. »Einfach so.«

Ehe sie noch etwas hinzufügen konnte, stand Jörn auf und nahm sie bei der Hand. »Wie wäre es jetzt mit einem guten Film?«

Überrascht folgte sie ihm zur Couch. »Ja, klar, warum nicht? Das war ja schließlich der Plan.«

»Du planst viel lieber, als ich dachte.« Jörn setzte sich und zog sie einfach mit sich, sodass sie dicht neben ihm in den weichen Polstern landete. »Ich dachte, bei dir muss immer alles spontan aus dem Bauch heraus passieren.«

»Manches schon, aber ohne einen guten Plan funktionieren die meisten Ideen am Ende nicht wirklich gut. Und in meinem Job bin ich sowieso auf gute Planung angewiesen. Das sind wir alle drei, sonst würden wir im Chaos versinken. Ich kann ganz gut planen und organisieren, deshalb haben Hannah und Caroline schon ganz zu Anfang bestimmt, dass ich diesen Part übernehmen müsse. Auch wenn das neben meiner Aufgabe als Floristin und Dekorateurin ziemlich viel Mehrarbeit ist.« Sie lächelte ihm zu. »Für einen Fels in der Brandung bist du aber auch deutlich spontaner, als ich gedacht hätte.«

»Danke für die Blumen.« Jörn angelte nach der Fernbedienung auf dem Couchtisch. »Ich bin nun mal gerne auf alle Eventualitäten vorbereitet. Das liegt mir wahrscheinlich im Blut. Wir Paulsens sind seit vielen Generationen Fischer, und in diesem Beruf muss man stets für alles gewappnet sein und darf nicht leicht die Nerven verlieren. Allein das Wetter ist so wechselhaft, dass man es sich kaum leisten kann, sprunghaft zu denken oder zu handeln. Man muss vorher schon genau wissen, was man in welcher Situation zu tun hat und was nicht.«

»Aber die Hälfte der Zeit gondelst du inzwischen mit Touristen übers Wasser.«

Lachend schaltete Jörn den Fernseher ein. »Stimmt. Dadurch habe ich lernen müssen, die Flexibilität, die ich, gepaart mit Ruhe, der See und dem Wetter entgegenbringen muss, auch auf die Menschen anzuwenden. Aber da heißt es tatsächlich oft, spontan zu entscheiden, was als Nächstes zu tun ist. Das lockert die Stimmung.«

»Du liebst deinen Beruf«, stellte sie fest. »Beide Bereiche. Das Krabbenfischen genauso wie die Touristentouren.«

»Unbestritten«, gab er zu. »Genauso wie du deine Arbeit liebst.« Er blinzelte ihr zu. »Auch wenn du dich manchmal mit ärgerlichen Felsen in der Brandung streiten musst.«

»Ich habe mich inzwischen daran gewöhnt.« Sie blinzelte zurück. »Was schauen wir denn nun überhaupt?«

Jörn startete einen Streamingdienst und scrollte durch die angezeigten Filme. »Worauf hättest du denn Lust?«

»Etwas Lustiges plus Action.«

Eine Weile blickte sie gespannt auf die Filmtitel, die über den Bildschirm wanderten. Dann richteten sie sich gleichzeitig auf: »*Kingsman!*«

»Gute Wahl«, setzte Jörn anerkennend hinzu. »Hier gibt es sogar beide Filme. Das könnte also ein langer Abend werden.«

»Von mir aus. Ich liebe die *Kingsman*-Filme.«

Überrascht sah er sie an. »Dass wir den gleichen Filmgeschmack haben, hätte ich auch nie gedacht.«

»Also bitte! Alles, wo Colin Firth mitspielt, ist anbetungswürdig!« Sie wackelte vielsagend mit den Augenbrauen. »Seit ich ihn vor Jahren zum ersten Mal in *Tatsächlich ... Liebe* gesehen habe und dann in meiner Jane-Austen-Phase auch noch in *Stolz und Vorurteil*, bin ich eingefleischter Fan!«

»Und damit endet unser gemeinsamer Filmgeschmack auch schon wieder.« Amüsiert schüttelte er den Kopf. »Okay, *Tatsächlich ... Liebe* ist ganz amüsant, und der Kitsch hält sich in Grenzen. Aber *Stolz und Vorurteil*? Ich hab mal aus Versehen diese Verfilmung mit Keira Knightley gesehen und bin fast vom Stuhl gefallen. Mit dem Buch hat dieser Film fast gar nichts gemein.«

»Du hast Jane Austen gelesen?«

Jörn nickte. »Klar. Im Original sogar. Das ist mir immer lieber, weil ich gerne die Originalworte des Autors – oder in dem Fall der Autorin – genießen möchte. Im Englisch-Leistungskurs haben wir damals *Persuasion* gelesen, seitdem war ich angefixt.«

»Das haben wir damals auch gelesen.« Ella lächelte bei der Erinnerung. »Und mir ging es ähnlich. Danach habe ich alles gefressen, was von Jane Austen zu finden war.«

Für einen Moment sahen sie einander gleichermaßen nachdenklich wie verwundert an. Dann grinste Ella breit. »Ich habe zwar im Gegensatz zu dir nichts gegen die Verfilmung mit Keira Knightley – obwohl du natürlich recht hast, sie ist ziemlich frei gestaltet, aber die mit Colin Firth ist viel, viel besser. Ganz nah am Buch. Genauso wie noch ein paar andere BBC-Verfilmungen der Austen-Romane. Die musst du dir unbedingt mal ansehen. Im Original natürlich.«

»Also, ich weiß nicht.« Er zögerte. »Wenn sie nicht so entsetzlich auf Hollywood gepolt sind.«

»Nein, überhaupt nicht. Sie sind absolut authentisch.«

»Okay, aber nicht heute.«

Ella schnappte sich die Fernbedienung. »Nein, nicht heute. Jetzt sind erst mal die *Kingsman*-Filme dran.« Und damit startete sie den ersten der beiden Filme.

Oh, schauen wir fern? Barnabas, der auf seiner Decke

neben der Couch gelegen und an einem trockenen Brötchen vom Morgen genagt hatte, hob interessiert den Kopf. *Das mag ich irgendwie. Vor allem, wenn mein Frauchen und mein bester guter Kumpel Jörn es gemeinsam mit mir tun. Ob ich …? Ach, ich versuche es einfach mal.*

»Na, was hast du denn vor?« Jörn musterte fragend den Hund, der aufgestanden war und sich an ihre Beine drängte. Als er eine Pfote auf den Couchrand legte, lachte er. »Darf Barnabas bei dir auf die Couch?«

»Eigentlich nicht, aber ich habe es aufgegeben, ihn runterzuwerfen.« Auch Ella lachte. »Er sieht dann immer so entsetzlich traurig aus, dass es mir das Herz zerreißt.«

Na, es ist doch auch fürchterlich, wenn ich nicht auf so einer bequemen Couch liegen darf. Ich mach's ja auch nicht dauernd, sondern nur zu besonderen Anlässen. Wenn ich mich besonders gut fühle. Wuff.

»Na gut, Kumpel, dann komm rauf.« Auffordernd klopfte Jörn auf die Sitzfläche.

Oh, danke sehr! Juhu! Mit einem Satz war Barnabas oben und drehte sich umständlich auf Jörn, dann trampelte er über Ellas Schoß hinweg auf ihre linke Seite. Dort rollte er sich zusammen und bettete seinen Kopf auf ihr Bein. *So ist es perfekt. Darf ich so liegen bleiben?*

Überrascht blickte Ella auf den Hund hinab.

»Ich sag's doch.« Jörn küsste sie zärtlich auf die Schläfe. »Ihr werdet noch ein Dreamteam. Warte es ab.«

Ella kicherte und hielt den Film an. »Jetzt haben wir den Anfang verpasst. Also noch mal von vorne.« Sie setzte den Film auf Anfang, drückte aber auf Pause. »Apropos Dreamteam. Mir fällt da gerade etwas ein … Nein, vergiss es.«

»Was denn?« Leicht alarmiert richtete Jörn sich auf. »Wenn du mir etwas sagen willst, tu es bitte.«

Ella biss sich auf die Unterlippe. »Ich weiß nicht, warum mir das jetzt gerade einfällt. Es ist nur ...«

»Raus mit der Sprache!« Halb streng, halb besorgt musterte Jörn sie.

Noch einmal knabberte sie an ihrer Unterlippe. »Also gut. Weißt du, ob zwischen deinem Bruder und seiner Frau alles in Ordnung ist?«

»Zwischen Max und Inga?« Vollkommen verblüfft runzelte Jörn die Stirn. »Wie kommst du denn jetzt darauf?«

»Ich weiß es nicht, das sagte ich doch. Mir war nur so ... heute Nachmittag. Sie benehmen sich so überhöflich, wenn sie miteinander reden.«

»Überhöflich?«

»Ja, so als wenn ...« Ella seufzte. »Genauso sind meine Eltern miteinander umgegangen, kurz bevor sie sich getrennt haben. Sie waren immer total freundlich und höflich ... und ein bisschen distanziert zueinander. Wahrscheinlich dachten sie, dass ich auf diese Weise nicht mitbekomme, was los ist. Immerhin hat meine Mutter Papa mit jemandem betrogen.«

»Ich dachte, sie hätten sich einvernehmlich getrennt.«

»Ja, letztendlich schon«, bestätigte sie. »Aber trotzdem war es eine schwierige Zeit für beide. Und für mich auch, weil ich erst mal gar nicht kapiert habe, was da los ist und warum meine Eltern nicht mehr verheiratet sein wollen. Ich mag Mamas Freundin total gerne, und Papas neue Frau ist die beste Stiefmutter, die man sich wünschen kann. Aber selbst unter den allerbesten Voraussetzungen ist eine Trennung der Eltern harter Tobak.«

»Ja, wahrscheinlich.« Nachdenklich lehnte Jörn sich zurück. Auf seiner Stirn war eine steile Falte erschienen. »Und du glaubst, dass es zwischen Max und Inga nicht mehr stimmt?«

»Ich glaube gar nichts. Mir kam es nur so seltsam vor, wie sie miteinander umgegangen sind. Vielleicht sehe ich auch nur Gespenster, aber ich hatte so ein richtiges Déjà-vu, weißt du. Ich meine, ich kenne die beiden ja auch schon seit Ewigkeiten. Sie waren in meinem Jahrgang in der Schule … und sind schon seit der zwölften Klasse ein Paar. Das Traumpaar schlechthin, zumindest haben das damals alle gesagt.«

»Ich weiß.«

Ella seufzte. »Jetzt habe ich die Stimmung verdorben. Ich hätte nichts sagen sollen.«

»Nein, schon gut. Mir ist noch nichts aufgefallen, aber das muss ja nichts heißen.«

»Ich glaube, deine Mutter ahnt auch etwas. Sie hat ein paarmal so seltsam geschaut, wenn Inga vorbeiging oder als sie mit Helge geflirtet hat.«

»Geflirtet?« Entgeistert starrte Jörn sie an. »Mit Helge?«

»Na ja, vielleicht nicht richtig geflirtet. Mehr gelacht und … okay, doch geflirtet.«

»Heiliges Kanonenrohr.« Konsterniert starrte Jörn auf den Bildschirm. »Das muss ich erst mal überdenken.«

»Sollen wir lieber doch nicht den Film anschauen?«

»Doch, unbedingt.« Jörn nahm ihr die Fernbedienung aus der Hand. »Bei den *Kingsman*-Filmen lässt es sich wunderbar nachdenken – im Unterbewusstsein.«

»Ach?« Amüsiert lehnte sie sich gegen seine Schulter und richtete den Blick auf den Bildschirm. »Wenn du es sagst.«

»Absolut. Ich … Oh nein. Shit!« Jörn stöhnte, als der Funkmeldeempfänger sein kreischendes Plärren von sich gab und gleichzeitig der Alarm auf seinem Handy losging. Diesmal war sogar die Sirene auf dem Dach des Feuerwehrhauses zu hören.

Erschrocken sprang Ella auf. »Liebe Zeit, brennt es?«

»Vermutlich.« Jörn war bereits zum Esstisch gegangen, wo sein Smartphone gelegen hatte, und rief die Alarmierung auf. »Nein, ein Unfall drüben auf der Autobahnzufahrt. Mehrere beteiligte Fahrzeuge.« Schon war er auf dem Weg zur Kellertür. »Tut mir leid, Ella.«

»Nein, schon gut. Pflicht ist Pflicht.« Etwas atemlos sah sie zu, wie er im Keller verschwand und nur wenig später in Feuerwehrhose und Sneakers wieder zurückkehrte.

»Vielleicht bin ich schnell wieder hier.« Kurz wuschelte er Barnabas durchs Fell, der aufgeregt um ihn herumschwänzelte.

Was ist denn jetzt auf einmal los, und was war das für ein schrecklicher Lärm eben? Gut, dass ihr den sofort wieder abgestellt habt, sonst wären mir die Ohren abgefallen. Und warum will Jörn denn so plötzlich weg? Ich dachte, wir machen uns einen gemütlichen Kuschelabend auf der Couch. Schnüff.

»Falls nicht ...« Jörn drehte sich in der Haustür noch einmal um. »Fahr nicht mehr mit dem Auto, ja? Ich habe nicht so viel getrunken, aber du hattest drei große Radler. Nimm dir ein Taxi, okay?«

»Okay.« Sie schluckte. »Sei vorsichtig, ja?«

»Na klar. Wir telefonieren.«

»Klar.«

Die Tür klappte hinter ihm zu, und nur Sekunden später vernahm sie das Sirren des Garagentors und gleich danach den Motor von Jörns Wagen.

»Und was jetzt?« Unschlüssig blickte Ella auf den Fernseher, dann fasste sie, ganz spontan, einen Entschluss.

18. Kapitel

Als Jörn gegen Viertel vor eins seinen Wagen in der Garage parkte, hatte er so etwas wie ein Déjà-vu. Das Haus war dunkel und still, so wie bei seiner Rückkehr von seinem letzten Einsatz. Zwar stand Ellas Wagen an der Straße, aber wahrscheinlich hatte sie wirklich ein Taxi genommen. Es war zum Haareraufen! Immer wieder schlüpfte sie ihm durch die Finger, wenn er gerade gedacht hatte, er sei ihr einen Schritt nähergekommen. Wahrscheinlich würde er noch jede Menge Geduld aufbringen müssen, um sie wirklich für sich zu gewinnen. Verfluchtes Weib!

Seufzend stieg er aus und zog den Kopf ein, als eine heftige Windbö ihn anfuhr und ihm einen Schwall Regen ins Gesicht blies. Er war müde und erschöpft nach diesem Rettungseinsatz. Doch ein wenig menschliche Wärme hätte er jetzt sehr zu schätzen gewusst. Als er die Tür aufschloss, prallte er verblüfft zurück, denn Barnabas schoss auf ihn zu und begrüßte ihn fröhlich wedelnd.

Hallo, Jörn, da bist du ja endlich wieder. Ich dachte schon, du würdest gar nicht mehr zurückkehren. Wo warst du denn bloß so lange? Ach, egal, Hauptsache, du bist wieder hier. Könntest du mich wohl noch mal kurz rauslassen?

»Barnabas, was machst du denn hier? Ich dachte, ihr wärt längst nach Hause gefahren.« Rasch ließ Jörn den leise winselnden Hund nach draußen, wo er sich an einem Busch erleichterte, aber gleich wieder hereingerannt kam und sich heftig schüttelte.

Bah, es regnet ja wie verrückt. Das ist ekelhaft.
»Wo ist denn dein Frauchen?« Jörns Herzschlag war ein wenig aus dem Takt geraten, als ihm klar wurde, was die Anwesenheit des Hundes bedeutete.
Ella liegt oben im Bett und schläft. Soll ich dich hinführen? Dann los! Wuff.
Als Jörn einen Blick in sein Schlafzimmer warf, wurde ihm ganz warm und seltsam zumute. Ella hatte sich auf der linken Bettseite unter der Decke zusammengerollt und schlief tief und fest. Sie war nicht nach Hause gegangen. Sie war hiergeblieben, bei ihm.
So leise er konnte, schlich Jörn ins Bad, schälte sich aus seinen Kleidern und unterzog sich einer Katzenwäsche. Zu mehr war er nicht mehr in der Lage. Außerdem musste er morgen – oder vielmehr heute – früh raus und brauchte dringend noch ein paar Stunden Schlaf.
Ella rührte sich und murmelte etwas, als er sich neben ihr unter die Decke schob, seinen Arm um sie schlang und sich zufrieden an sie schmiegte. Ihr warmer Körper und ihre weichen Rundungen ließen natürlich seinen Körper auf sie reagieren, woraufhin sie ihm das Gesicht halb zuwandte.
»Wie spät ist es?«
»Fast eins. Schlaf weiter.« Er küsste sie auf die Schläfe, dann aufs Haar.
»Leichter gesagt als getan.« Demonstrativ drängte sie ihr Hinterteil gegen seine Erektion.
Er lachte leise. »Wir haben irgendwie noch nicht das richtige Timing erwischt, fürchte ich.«
»Anscheinend nicht.« Sie legte eine Hand auf seinen Arm, mit dem er sie umfangen hielt. »Kann es sein, dass du nach Schleifstaub und Motoröl riechst?«
»Das ist sehr gut möglich.« Er hüstelte. »Tut mir leid.«

»Was ist denn passiert?«

»Zwei Pkw sind in der Autobahnzufahrt ineinander gefahren, und ein nachfolgender Lkw, der Hackschnitzel geladen hatte, ist in die Unfallstelle reingerauscht und umgekippt.« Er seufzte. »Zwei Leute mussten aus dem einen Wagen herausgeschnitten und ins Krankenhaus gebracht werden. Der Unfallverursacher hatte zu viel getrunken, er ist mit einem Schrecken davongekommen. Und der Lkw-Fahrer hat einen schweren Schock und ist ebenfalls im Krankenhaus. Wir mussten die Auffahrt lange sperren, und es hat ewig gedauert, die Fahrbahn wieder freizuräumen.«

»Du liebe Zeit, wie schrecklich. Habt ihr solche Einsätze öfter?« Ella kuschelte sich fester an ihn, was einerseits dazu führte, dass seine Erregung wuchs, ihm aber andererseits auch ein herrlich leichtes, geborgenes Gefühl verschaffte, das er so noch nie verspürt hatte.

»Manchmal. Auf der Autobahn passiert natürlich immer mal was, und wenn das in unser Revier fällt, werden wir alarmiert.«

»Darüber habe ich mir noch nie viele Gedanken gemacht. Hoffentlich geht es den Leuten, die ins Krankenhaus mussten, bald wieder gut. Der alkoholisierte Fahrer gehört mit dem nassen Handtuch erschlagen. So was Leichtsinniges!«

»Ja.« Lächelnd vergrub er seine Nase in ihrem Haar. »Zum Glück bist du vernünftiger.« Er hielt inne. »Ich dachte, du wärst mit einem Taxi nach Hause gefahren.«

»Ich wollte erst den Film schauen, und danach hatte ich keine Lust mehr, ein Taxi zu rufen.«

»Na, so ein Glück.« Zufrieden schloss er die Augen, auch wenn er an ihrer Stimme gehört hatte, dass sie den Film nur vorschob. Ihr Beweggrund war ein anderer, doch er wollte nicht nachbohren, dazu war er zu glücklich, dass sie überhaupt hier war. »Ich habe über die Sache mit Max und Inga nachgedacht«, murmelte er in Ellas Haar.

»Dazu hattest du Zeit?«

»Du würdest dich wundern. Wenn man auf Straßensperren achtgeben muss, während ein Kran und ein Abschleppdienst versuchen, einen auf der Seite liegenden Lkw wieder auf die Räder zu stellen, schweifen die Gedanken ziemlich leicht ab.«

»Aha.«

»Ich werde bei nächster Gelegenheit mal mit Max reden. Ich meine, er ist mein kleiner Bruder. Wenn etwas mit seiner Ehe nicht stimmt ... Vielleicht kann ich irgendwie für ihn da sein.«

»Schön.« Ella seufzte leise.

»Was ist daran schön?«

»Dass du nicht gesagt hast, dass du ihm helfen, sondern einfach für ihn da sein willst.«

»Helfen werde ich ihm in so einer Situation vermutlich gar nicht können. Wenn die zwei Probleme haben, müssen sie erst mal selbst damit klarkommen. Wenn ich als der große Bruder mich da einmische, kann das nach hinten losgehen.«

»Ich weiß, deshalb ja.« Ella klang schläfrig. »Wie kommt es, dass du so weise bist? Ist mir früher nie aufgefallen.«

Darauf wusste er keine Antwort, doch das war auch nicht nötig, denn er spürte und hörte an Ellas gleichmäßigem Atem, dass sie wieder eingeschlafen war.

19. Kapitel

Ein kalter Wind, der fast schon Sturmstärke erreicht hatte, zerrte an Ellas Haaren und an ihrem warmen grauen Parka, während sie über den Uferweg lief, Barnabas dich neben sich. Das Wetter war seit Sonntag nicht besser, sondern schlimmer geworden. Es regnete häufig, und die Temperaturen waren in den einstelligen Bereich abgerutscht. Das war an sich nichts Ungewöhnliches an der Küste im Juni. Auch wenn die Sommer allgemein immer wärmer wurden, gab es doch schon seit jeher solche Ausreißer. Ella war daran gewöhnt – so wie die meisten Bewohner Lichterhavens. Auch die Touristen fanden sich im Allgemeinen schnell damit ab. Noch war der Wind auch nicht so stark, dass die Fähre nach Helgoland oder die Touristenkutter im Hafen bleiben mussten. Da jetzt, am späten Mittwochnachmittag, gerade die Flut auf ihren Höchststand zusteuerte, waren Fischer wie Ausflugsschiffe so gut wie alle unterwegs. Auch Jörn war mit der *Fischerin* draußen, um den unverdrossenen Urlaubsgästen einen Blick auf die heute zugegebenermaßen sehr graue, jedoch trotzdem ganz und gar nicht eintönige Nordsee zu bieten. Bestimmt hatten sie schon ordentlich Seegang. Oma Carlotta hatte das geliebt. Am meisten hatte sie von den Fahrten bei starkem Seegang geschwärmt. Wenn alle anderen längst mit grünem Gesicht über der Reling gehangen und ihr Essen von sich gegeben hatten, war Ellas Großmutter besonders glücklich gewesen und hatte sich frei gefühlt.

Ella versuchte sich vorzustellen, wie Jörn den uralten restaurierten Kutter über das Wasser steuerte und den Fahrgästen dabei etwas über das Leben am und im Meer oder Anekdoten aus Lichterhavens abwechslungsreicher Historie erzählte. Vielleicht sollte sie einmal mitfahren und sich das selbst anhören. Er musste unheimlich gut sein, andernfalls wären die Fahrten auf der *Fischerin* nicht so gut wie immer ausgebucht – sogar an Tagen wie heute.

Seit Montagfrüh hatten sie sich nicht mehr gesehen – zumindest nicht privat. Gestern war sie mutig bei seiner Vorstandsbesprechung aufgetaucht und hatte den Anwesenden ihre vielfältigen Ideen unterbreitet und auch schon gut ausgearbeitete Aktionspläne vorgelegt. Der Abend war lang geworden, weil sich einige der Vorstandsmitglieder erst gesträubt hatten und dann, als Ella sie endlich überzeugt hatte, jeden einzelnen Punkt mehrmals durchgehen wollten.

Es war schon fast elf Uhr gewesen, als Jörn das Meeting für beendet erklärt hatte. Da sein Wecker morgens sogar noch vor ihrem klingelte, nämlich um kurz nach fünf, hatten sie sich dagegen entschieden, noch etwas gemeinsam zu unternehmen – sah man einmal von einem unglaublich intensiven Kuss ab, den sie ausgetauscht hatten, nachdem alle anderen fort gewesen waren. Auch heute würden sie sich nicht sehen, weil Jörn jetzt noch bis in den Abend hinein auf der *Fischerin* und später noch mit seinen Büchern beschäftigt sein würde. Ella hatte zwar zwischendurch zweimal bei seinem Haus haltgemacht und ein wenig im Garten gewerkelt, doch davon hatte er vermutlich noch gar nichts bemerkt.

Heute hatte sie zusammen mit dem Bürgermeister sowie dessen Stellvertreterin und Martina Brunner, die seit Sonntag aus den Flitterwochen zurück war, die Details zu den

Caterings für die offiziellen Veranstaltungen der Stadtverwaltung im Festzelt durchgesprochen und den Rest ihrer Arbeitszeit damit verbracht, Bestellungen aufzugeben und sich im Internet auf die Suche nach passenden Kostümen für die Feuerwehrleute zu machen. Über ihre Bekannte in Cuxhaven sowie in einem Outlet für Faschingsbedarf war sie schließlich fündig geworden, was bedeutete, dass ihr ein weiterer Überredungsmarathon mit Jörn und seinem Vorstand bevorstehen würde.

Auch morgen und am Freitag war sie bis unters Dach mit Arbeit eingedeckt. Da die *Foodsisters* jedoch in weiser Voraussicht zugunsten des Stadtfestes weniger private Aufträge angenommen hatten, um nicht in Terminbedrängnis zu geraten, würden sie am Wochenende frei haben. Nur der Bau der Festwagen stand an. Ella würde wahrscheinlich wieder mithelfen, denn der vergangene Sonntagnachmittag hatte ihr eine Menge Spaß bereitet.

Im Augenblick befand sie sich auf dem Rückweg von Christinas Hundeschule, wo sie mit Barnabas eine weitere Trainingseinheit absolviert hatte. Auf dem Hinweg war es noch leidlich trocken gewesen, doch jetzt setzte allmählich ein unangenehmer Sprühregen ein, sodass Ella sich insgeheim wünschte, sie hätte das Auto genommen. Doch von ihrem Firmensitz in der Innenstadt war es nicht allzu weit bis zur Hundeschule, und heute Morgen hatte sie den langen Spaziergang von zu Hause zur Arbeit noch genossen. Doch von der Hundeschule aus am Wasser entlang bis zu ihrem bescheidenen Domizil war es nun doch deutlich weiter.

Als sie zwei Drittel des Wegs hinter sich gebracht hatte, beschloss sie, sich lieber auf die andere Seite des Deichs zu begeben, und kaum dass sie sich im Windschatten des

Deichs befand, fühlte sich die Luft um einige Grad wärmer an.

Puh, das war aber eine gute Idee, Ella. Ich habe ja nichts gegen Wind, aber das eben war schon nicht mehr angenehm. Mein Fell ist ganz nass und kalt! Schnüff. Hoffentlich sind wir bald zu Hause.

»Du hast vollkommen recht.« Ella schüttelte sich ganz ähnlich wie Barnabas, der dabei auch noch laut schnaubte. »Das ist ein richtiges Schietwetter. Wenn ich geahnt hätte, dass es so ungemütlich wird, wären wir heute Morgen mit dem Auto gefahren.« Sie hatte dem pessimistischen Wetterbericht einfach keinen Glauben schenken wollen. »Bald sind wir da. Zu Hause ist es schön trocken und warm.«

Das will ich auch schwer hoffen!

Während sie fast im Laufschritt weitergingen, piepste Ellas Smartphone. Rasch zog sie es aus der Jackentasche und warf einen Blick aufs Display.

> **Caroline:** Sind auf dem Rückweg vom Großmarkt. Es war die Hölle los. Hannah will heute Abend ins Arche Noah. Singles Night. Kommst du mit?

Abrupt blieb Ella stehen, sodass Barnabas ihr versehentlich fast die Leine aus der Hand gerissen hätte.

Huch, was ist denn jetzt? Warum bleiben wir stehen? Wegen dieses komischen Dings, das ihr Handy nennt? Die Dinger sind echt manchmal lästig. Ich will nach Hause!

»Entschuldige, Barnabas. Ich muss schnell eine Antwort tippen.« Ella überlegte fieberhaft, was sie schreiben sollte. Normalerweise war sie für die Singles Night immer zu haben, schon weil immer sehr gute Musik lief. Doch seltsamerweise reizte sie die Aussicht auf die Happy Hour und neue Bekanntschaften heute so gar nicht.

Natürlich nicht. Sie war ja verliebt. In Jörn, der sich im Moment auf hoher See befand. Wieder piepste ihr Handy.

Caroline: Hey, was ist? Hannah sagt, sie will mal wieder so richtig schön absingen. Gibt es das Wort überhaupt? Du weißt ja, dass sie so gut wie alle Kuschelrock-Titel auswendig kann. Rückwärts, falls nötig. :-) Im Gegensatz zu mir hat sie auch eine tolle Stimme. Machst du mit? Bitte, bitte?

Seufzend gab Ella sich geschlagen. Ein Abend mit ihren beiden Freundinnen konnte nie schaden.

Ella: Wir treffen uns dort. Gegen acht? Mal sehen, ob ich bis dahin meine Stimme geölt habe.

Caroline: Untersteh dich. Wenn du auch noch anfängst, so schrecklich perfekt zu singen, komme ich mir vor wie die krächzende Krähe. Ich hatte gehofft, du würdest mir beistehen.

Ella: Krähen sind furchtbar intelligente Vögel.

Caroline: Haha. Danke sehr. :-D Bis um acht Uhr dann. Hab dich lieb.

Ella: Dito.

Nun würde sie sich also überlegen müssen, was sie anziehen sollte. Und duschen musste sie auch noch. Und ihr Haar hochstecken. Oder doch lieber offen lassen?

Da in diesem Moment aus dem Nieselregen ein ausgewachsener Schauer wurde, verfiel sie wieder in Laufschritt. Barnabas bellte, so als wolle er sie noch zusätzlich antreiben, und zog sie eifrig mit sich, bis sie endlich zu Hause angekommen waren. Die beiden Platanen links und rechts von ihrem Häuschen wurden vom Wind ordentlich durchgeschüttelt. Zwei kleinere Blumenkübel waren umgekippt und auf den Zuweg gerollt. Ella ließ die Leine los, was sie sich neuerdings zumindest so nah an ihrem Haus traute. Sogleich flüchtete Barnabas bis vor die Haustür, wo es noch einigermaßen trocken war. Derweil richtete Ella die Kübel wieder auf. Erde war herausgerieselt, die sie so gut es ging wieder in die Behältnisse zurückverfrachtete. Dann trug sie alle Pflanzkübel und Dekorationen, die nicht im Boden verankert waren, bis ans Haus und reihte sie neben dem Eingang in einer geschützten Nische zwischen Treppe und Hauswand auf. Das tat sie bei Sturm immer, damit nichts kaputtging oder wegflog. Und einen Sturm erwarteten sie ganz offensichtlich. Am Morgen hatte es noch geheißen, dass es nicht so arg werden würde, sondern nur grau und nass, doch inzwischen war sie anderer Ansicht. Am besten schaltete sie gleich mal das Radio ein und checkte ihre Wetter-App.

Erst einmal musste sie aber Barnabas abtrocknen und ihm sein Futter geben. Dann aß sie selbst eine Kleinigkeit – Toast mit Rührei, was sie unweigerlich an Jörn denken ließ. Spontan wollte sie ihm eine Nachricht schreiben, doch im letzten Augenblick fiel ihr ein, dass er ja gerade keinen Empfang hatte. Also würde sie ihm später am Abend eine Nachricht schicken.

Ein Blick in ihren Kleiderschrank ließ sie die Augen verdrehen. Sie hatte bereits ihre Sommersachen nach vorne geräumt und musste sich nun durch ihre Klamotten wühlen, bis sie eine den Temperaturen angemessene rote, mit weißen und blauen Miniblüten bedruckte Bluse mit halbem Arm fand, die ihr für den heutigen Anlass gefiel. Chic, wenn sie zwei, sexy, wenn sie drei Knöpfe offen ließ. Dazu eine hautenge Bluejeans, die gerade so abgeschabt aussah, dass sie der aktuellen Mode entsprach. Halbhohe Pumps in etwa dem Farbton der blauen Blüten. Blaue Blümchenohrringe mit der passenden Halskette für die verspielte Note.

Als sie sich nach einer ausgiebigen Dusche in ihrem Outfit im Spiegel betrachtete, musste sie über sich selbst lachen. Wann hatte sie zuletzt Jeans zur Singles Night angezogen? Ein Kleid oder ein kurzer Rock waren normalerweise ihre erste Wahl, selbst bei diesem Wetter. Sie würde ja mit dem Auto fahren und ganz in der Nähe des *Arche Noah* parken. Dennoch zog sie sich nicht noch einmal um. Wenn die Aussicht bestanden hätte, Jörn noch einmal ganz zufällig dort zu treffen, wäre es etwas anderes gewesen, aber so?

Halt! Hatte sie das gerade wirklich gedacht? Verblüfft starrte sie ihr Spiegelbild an. Ging das nicht ein bisschen zu weit? Wenn sie so weitermachte, würde sie … ja, was eigentlich? Irgendetwas änderte sich in ihrem Universum gerade grundlegend, und manchmal hatte sie das Gefühl, nicht ganz Schritt halten zu können.

Ihr Handy piepste mehrmals, sodass sie rasch in die Küche eilte, wo sie es auf der Anrichte abgelegt hatte. In der *Foodsisters*-Chatgruppe waren Nachrichten eingegangen.

Hannah: Habe vorhin zufällig Henning getroffen. Er kommt nachher auch ins Arche Noah. Könnte lustig werden, oder? Falls ihn die Fans nicht entdecken und belagern.

Caroline: Solange er sein übergroßes Ego zu Hause lässt und uns nicht auf den Keks geht.

Hannah: Warum sollte er uns auf den Keks gehen?

Caroline: Hat er früher auch oft genug getan.

Ella: Mir soll es recht sein. Es werden ja wohl auch noch andere Bekannte dort sein, oder?

Caroline: Hoffentlich. Macho-Großmaul Henning ist ohne Puffer nicht zu ertragen.

Ella: Seit wann bist du so schlecht auf ihn zu sprechen? Dir hat er doch nie was getan.

Caroline: Sein Gehabe nervt mich einfach.

Hannah: Helft mir mal: Kann er überhaupt singen?

Ella kicherte vor sich hin. Das war typisch für Hannah. Sie nahm sich anbahnenden Konflikten gerne den Wind aus den Segeln, indem sie schwungvoll das Thema wechselte. Und zum Glück funktionierte es auch diesmal.

Caroline: Besser als ich ganz sicher.

Ella: Wir brauchen keinen Mann, um schön zu singen.

Von ihren Freundinnen trafen fast gleichzeitig mehrere lachende Emojis ein.

✻✻✻

Gähnend reckte Jörn sich auf seinem Bürostuhl und rieb sich die Augen hinter den Brillengläsern. Endlich hatte er seine Buchführung wieder auf dem neuesten Stand und die neuen Vorlagen für die Eintrittskarten zur *Fischerin* und zur *Lichterhavener Sonne* für die beginnende Hauptsaison an die Druckerei geschickt. Nun musste er nur noch den Bericht über den Einsatz am Sonntagabend verfassen. Das hatte er bis jetzt noch nicht geschafft und ärgerte sich ein bisschen darüber. Doch am Montag war er wegen einer verzögerten Abholung des Tagesfangs an Krabben aufgehalten worden, gestern hatte die Vorstandssitzung stattgefunden, und auch heute war es schon wieder reichlich spät. Doch so gerne er sich mit einem Radler auf die Couch geworfen und noch ein paar Seiten in dem Krimi gelesen hätte, den er kürzlich angefangen hatte – die Pflicht ging vor.

Auch für Ella hatte er seit Sonntag keine Zeit mehr gehabt, was ihn wurmte. Auch wenn es vielleicht albern war, befürchtete er immer noch, dass sie ihm wieder entgleiten könnte, wenn er ihr nicht genügend Aufmerksamkeit schenkte.

Als hätte sie gespürt, dass er an sie dachte, gab sein Smartphone den Signalton von sich, den er speziell für Ellas Nachrichten eingestellt hatte.

Ella: Na, noch schwer beschäftigt?

Er lächelte leicht und spürte kurz dem angenehmen Ziehen nach, das sich von seiner Magengrube bis in seine Herzgegend ausbreitete.

Jörn: Hör bloß auf. Wer diesen dämlichen Papierkram erfunden hat, gehört im Fegefeuer genau damit auf ewig gequält.

Jörn: Und du?

Ella: Ich sitze gerade mit Caroline und Hannah im Arche Noah. Hannah singt herzallerliebst jedes Lied mit. Marius legt gerade die ganz alten Kuschelrock-Scheiben auf.

Jörn verspürte einen nicht sehr angenehmen Stich. Ella ging schon wieder aus?

Jörn: Ist heute nicht Singles Night im Arche Noah?

Ella: Und wie. Ich bin schon dreimal angemacht worden.

Kein Wunder, sie war ja auch eine tolle Frau. Jörn schluckte gegen den Anflug von Eifersucht an, der sich seiner bemächtigen wollte.

Jörn: Ist jemand dabei, der dir gefällt?

Ella: Keine Ahnung. Wie gesagt, wir singen gerade. Also Hannah hauptsächlich. Ich bin die zweite Stimme, und Caroline gibt die Background-Tänzerin.

Jörn wusste nicht, ob er lachen oder sich über sich selbst ärgern sollte.

Ella: Henning ist auch hier. Hannah hat ihn gerade zum

Duett herausgefordert. Mann, der kann ja echt ganz passabel singen. Musst du dir anhören.

Jörn: So, muss ich das?

Anstelle einer Antwort kam eine Minute später ein kurzes Video, das Hannah und Henning zeigte, wie sie *Something stupid* von Robbie Williams und Nicole Kidman intonierten. Im Hintergrund lief die entsprechende Musik, doch die beiden übertönten sie – und sehr gekonnt noch dazu.

Jörn: Beeindruckend.

Ella: Finde ich auch.

Jörn: Hast du wirklich schon drei Typen abblitzen lassen? Ich dachte, die Singles Night ist dazu da, um zu flirten … und so.

Ella: Ich flirte doch.

Jörn: Mit wem?

Ella: Mit dir.

Jörns Herz machte einen Satz.

Jörn: Wir flirten?

Ella: Ein bisschen. Es sei denn, du hast keine Lust dazu.

Ihrer Nachricht folgte ein Selfie, dass Ella mit einem übertriebenen Kussmund zeigte. Jörn lachte laut auf.

Jörn: Wie könnte ich da widerstehen?

Ella: Schade, dass du nicht hier bist. Sie spielen jetzt gerade Lady in Red.

Jörn staunte. Hatte Ella das gerade wirklich geschrieben? Ja, eindeutig. Er hatte es praktisch schwarz auf weiß.

Jörn: Wie ich auf deinem Selfie sehe, passt der Song wieder perfekt zu dir. Du siehst sehr hübsch aus.

Ella: Danke sehr.

Seufzend warf Jörn einen Blick auf den Schreibkram, den er heute unbedingt noch erledigen musste. Wäre der verflixte Einsatzbericht nicht so wichtig, hätte er glatt darüber nachgedacht, noch auf einen Sprung ins *Arche Noah* zu gehen. Aber vielleicht ging es auch anders.

Jörn: Wie wäre es mit einem Date? So einem richtigen, meine ich, mit romantischem Essen und allem Drum und Dran. Am Freitagabend im Seestern? Ich könnte dich so gegen sieben Uhr abholen.

***

Ella starrte überrascht auf das Display ihres Smartphones und vergaß für einen Moment, wo sie war. Ein richtiges, echtes Date mit Jörn? In aller Öffentlichkeit? Bei dem Gedanken schwirrten die Schmetterlinge in ihrem Bauch in wilden Loopings umher. Ehe sie richtig nachdenken konnte, hatte sie bereits eine Antwort getippt.

Ella: Wirklich mit allem Drum und Dran?

Jörn: Das lassen wir auf uns zukommen. Barnabas kann auch mitkommen. Im Seestern gibt es neuerdings eigene Teller und Näpfe für fellnasige Gäste.

Ella lachte, schluckte gegen ihren wilden Herzschlag an und schrieb erneut ihre Antwort, bevor sie darüber nachdenken konnte.

Ella: Okay, das machen wir. Freitag um sieben bei mir.

Nachdem sie auf Senden getippt hatte, stieß sie heftig die Luft aus und bemerkte erst jetzt, dass sie sie angehalten hatte.
»Was ist los, Ella?« Caroline trat dicht neben sie und legte ihr eine Hand auf den Arm. »Geht es dir nicht gut? Du zitterst ja!«
»Ich zittere nicht!« Doch, das tat sie. Zumindest ihre Hände bebten leicht, sodass sie beinahe ihr Smartphone fallen gelassen hätte.
»Ist etwas passiert?« Besorgt beugte sich Caroline über das Display und stieß einen ungläubigen Laut aus. »Hannah!« Sie riss Ella das Mobiltelefon aus der Hand. Das Display hatte sich gerade abgeschaltet, doch Caroline schaltete es wieder ein und entsperrte es mit dem Sicherheitsmuster, das sie natürlich kannte. »Hannah!«, wiederholte sie noch lauter und winkte hektisch der Freundin, die immer noch

mit Henning im Duett sang – inzwischen war es *Especially for you* von Kylie Minogue und Jason Donovan. »Komm sofort her und sieh dir das an!«

»Caroline! Was soll das denn?« Erschrocken versuchte Ella, ihr Handy zurückzuerobern, doch Caroline hielt es außerhalb ihrer Reichweite.

»Nix da. Das muss Hannah sehen, sonst glaubt sie es am Ende nicht.«

»Was ist denn los? Wir waren gerade so gut in Fahrt.« Lachend, jedoch mit neugieriger Miene kam Hannah näher, dicht gefolgt von Henning, der natürlich auch wissen wollte, was Caroline so in Aufregung versetzt hatte.

Caroline hielt ihr den Chatverlauf zwischen Jörn und Ella unter die Nase. »Sieh dir das an. Die beiden haben ein Date. Am Freitag im *Seestern*. Und du dachtest, Ella würde kneifen.«

»Was?« Ella hob den Kopf und starrte Hannah an, die daraufhin mit den Achseln zuckte und aufmerksam die Nachrichten studierte, die zwischen Ella und Jörn hin und her gegangen waren.

»Ich hatte gehofft, dass du ihm eine Chance gibst, aber ehrlich gesagt nicht so recht daran geglaubt. Du hast doch noch nie …« Sie stieß einen Pfiff aus. »Sieh mal einer an, ihr schreibt euch aber neuerdings ziemlich viele Nachrichten.«

»Hör auf damit!« Entschlossen nahm Ella ihr Smartphone wieder an sich. »Das geht euch überhaupt nichts an.«

»Stimmt.« Hannah grinste. »Und stimmt auch wieder nicht, weil wir deine besten Freundinnen sind und fast wie Schwestern und deshalb unbedingt wissen müssen, wenn sich solche schwerwiegenden Dinge in deinem Leben ereignen. Warum hast du uns nicht gesagt, dass ihr miteinander schlaft?«

Caroline fuhr auf. »Ihr schlaft miteinander?«

»Ich habe es eben ganz genau gelesen, bevor sie mir das Handy abgenommen hat.« Hannahs Grinsen verbreitete sich noch mehr. »Ich finde das toll.«

»Wir schlafen nicht miteinander!« Ella stöhnte innerlich, denn die Hitze, die ihr in die Wangen kroch, verriet ihr, dass sie rot geworden war. Himmel, das war etwas, woran sie sich niemals gewöhnen würde. Warum passierte ihr das plötzlich andauernd? Sie war nie zuvor jemals rot geworden. Wegen nichts und niemandem.

»Warum schreibt Jörn dann, dass es schön war, mit dir zu schlafen?« Mit einem bezeichnenden Blick deutete Hannah auf das Handy, das Ella daraufhin in der Gesäßtasche ihrer Jeans verstaute.

»Das hat er geschrieben?« Henning hüstelte und stieß Ella freundschaftlich in die Seite. »Das ist aber jetzt schnell gegangen. Ich dachte, er arbeitet noch daran.«

»Er tut was?« Irritiert sah Ella Henning an.

»Ach …« Er winkte rasch ab. »Vergiss es.«

»Ihr habt über mich geredet?«

»So wie ihr Mädels gerade über Jörn redet, schätze ich.« Er lächelte. »Wir sind Freunde. Warum sollte er mir nicht von seiner neuesten Eroberung erzählen?«

»Ich bin nicht seine Eroberung. Und noch mal: Wir schlafen nicht … Wir haben noch nicht … Verdammt noch mal, das geht *dich* erst recht nichts an, Henning Magnusson!«

»Okay, okay. Schon gut.« Beschwichtigend hob Henning beide Hände. »Was kann ich dafür, wenn Jörn dir solche Sachen schreibt und Hannah sie herausposaunt. Da muss man doch auf die entsprechenden Schlussfolgerungen kommen. Abgesehen davon, freue ich mich für euch. Es ist ein bisschen surreal, dass gerade ihr beide euch gefunden habt, aber hey! Gegensätze ziehen sich an. Yin und Yang. Ist doch alles paletti.«

»Paletti?« Caroline schüttelte spöttisch den Kopf. Dann legte sie Ella einen Arm um die Schultern. »Warum schreibt er, dass es schön war mit dir, wenn ihr gar nicht miteinander geschlafen habt? Ist das irgendein Spiel oder Code, oder hat Hannah nur Halluzinationen gehabt und da steht etwas ganz anderes?«

»Ich habe nicht halluziniert!« Hannah schüttelte energisch den Kopf. »Da stand wortwörtlich ...«

»Ich weiß, was da steht.« Ella seufzte. »Wir haben ja miteinander geschlafen. Nur eben nicht ... miteinander geschlafen.«

Für einen Moment herrschte Stille, abgesehen von der Musik, die zu *Unchained Melody* gewechselt hatte. Dann griffen Hannah und Caroline gleichzeitig nach Ellas Händen und drückten sie.

»Wow!« Hannah musterte Ella mit sichtlichem Erstaunen. »Ihr habt die Nacht zusammen in einem Bett verbracht, und nichts ist passiert?«

Ella zuckte mit den Achseln. »Also nicht ganz nichts, aber nicht ... das.«

»Verdammt, der Kerl muss eine Wahnsinnsbeherrschung an den Tag legen.« Henning schüttelte halb bewundernd, halb amüsiert den Kopf. »Ein heißer Feger wie du praktisch auf dem Präsentierteller ... Nein, genau genommen sogar noch besser, weil direkt in seinem Bett! Oder war es deins? Egal. Verdammt, muss es ihm ernst sein. Das hält doch kein normaler Mann aus, ohne verrückt zu werden. Außer er bezweckt etwas damit.«

Ella hob erschrocken den Kopf. »Was meinst du damit?«

Hennings Miene wurde ernst. »So was schafft ein Mann

nur, wenn da etwas Besonderes im Raum steht. Etwas Großes, das über ein bisschen Sex hinausgeht. Und selbst dann dürfte es verdammt ... hart sein, wenn du weißt, was ich meine.« Er zwinkerte ihr vielsagend zu.

Caroline stieß ihm unsanft den Ellenbogen in die Seite, sodass er japste. »Hör auf damit! Was hast du eigentlich hier zu suchen? Das ist ein Freundinnen-Moment. Kerle werden da nicht gebraucht. Welche mit Macho-Allüren, wie du sie an den Tag legst, schon gleich gar nicht.«

»Was du nicht sagst.« Henning musterte sie spöttisch von Kopf bis Fuß. »Ich muss meinen ersten Eindruck von dir revidieren. Du bist nicht mehr die stille Caroline, sondern die mit den Haaren auf den Zähnen.«

»Es ist mir egal, was du für einen Eindruck von mir hast, Henning. Hier geht es um Ella, nicht um dich oder mich. Also halt dich zurück.«

»Kinder, bitte nicht zu streiten anfangen!« Energisch drängte sich Hannah zwischen die beiden. »Wie wäre es, Henning, wenn du uns noch etwas zu trinken besorgst? In der Zwischenzeit halten wir unser Mädchengespräch ab, und hinterher können wir noch eine Runde singen.«

***

Als Ella etwas mehr als zwei Stunden später wieder zu Hause war, ließ sie Barnabas kurz nach draußen und warf sich dann mit einem halb verzweifelten, halb resignierten Stöhnen auf ihre Couch. Es war ein denkwürdiger Abend gewesen, in vielerlei Hinsicht. Nicht nur hatte sie insgesamt vier Männer zurückgewiesen, die ihr noch vor Kurzem durchaus für einen netten Flirt gefallen hätten, sie bedauerte es sogar nicht einmal. Ihre Gedanken waren ständig um

Jörn gekreist und um die Hoffnung, dass er sich vielleicht doch noch von seinen Pflichten losreißen und auf einen Abstecher in den Club kommen würde.

Sie hatte ihn … ja, verdammt noch mal, sie hatte ihn vermisst. Der Zustand hielt sich beharrlich seit Montagmorgen. Was, wenn er nie wieder verging? Ein wenig erschreckte sie dieser Gedanke, doch gleichzeitig fühlte er sich auch auf eigenartige Weise aufregend an. Trotzdem – oder gerade deshalb – wusste sie jetzt nichts mit sich anzufangen. Der inzwischen ausgewachsene Sturm pfiff um ihr kleines Häuschen und ließ das Holz knarren. Auch das Rauschen und Rascheln in den Kronen der beiden Platanen konnte sie gut hören; es wirkte unheimlich.

Ella war in Lichterhaven aufgewachsen und hatte schon so manchen Sturm oder gar Orkan mit Sturmflut erlebt. Doch schon immer waren ihr diese Naturgewalten suspekt gewesen. Wenn es nur um ein Gewitter ging, blieb sie inzwischen ganz ruhig, wo sie als kleines Mädchen noch regelmäßig unter der Bettdecke Schutz gesucht hatte. Doch Stürme wie der, der sich gerade über ihnen zusammenbraute, verursachten ihr nach wie vor Unbehagen. Oma Carlotta hatte darüber stets gutmütig gelacht und ihr mit weisen Worten Mut zugesprochen. Sie hatte Sturm geliebt – wenn sie auch den Ernst einer Lage nie unterschätzt hatte. Heute, ganz allein in ihrem winzigen Domizil und innerlich aufgewühlt von so vielen neuen Gefühlen, wünschte Ella sich nichts mehr, als dass ihre Großmutter wieder da wäre, um ihr gut zuzureden. Sie vermisste Oma Carlotta so sehr. Bisher war sie noch gar nicht wirklich dazu gekommen, sich ihren Verlust so wirklich einzugestehen und die Trauer zuzulassen. Nun aber traten ihr die Tränen in die Augen, und ihre Kehle schnürte sich schmerzhaft zu.

Hastig sprang sie auf und eilte hinüber ins Bad. Mit fahrigen Bewegungen entfernte sie das Make-up aus ihrem Gesicht und verteilte Feuchtigkeitscreme auf ihren Wangen. Danach zog sie sich aus und schlüpfte in einen ihrer knappen Seidenpyjamas. Was für ein Kontrast zu den großen Männer-T-Shirts, die sie nun schon zweimal bei Jörn als Nachthemdersatz getragen hatte. Ihn schien das überhaupt nicht zu stören, doch für einen kurzen Moment fragte sie sich, wie ihm der rosa Fetzen, den sie nun trug, wohl gefallen würde. Als sie sich kürzlich diese Frage schon einmal gestellt hatte, war sie noch davon ausgegangen, dass er vielleicht überhaupt nicht reagieren würde, wenn er sie so sähe. Nun wusste sie es besser und überlegte prompt, ob sie den Pyjama am Freitag in ihre Übernachtungstasche packen sollte, um die Probe aufs Exempel zu machen. Denn dass sie nach dem Date bei ihm übernachten würde, stand fest. Viel länger hielt sie nämlich diese vorsichtige Zurückhaltung, die sie in Bezug auf Sex an den Tag legten, nicht mehr aus.

Erleichtert, dass ihre Gedanken eine neue Richtung eingeschlagen hatten, wenn auch eine frustrierende, weil sie sich verflixt noch mal nach Jörns Nähe – und Körper – sehnte, legte sie sich erneut auf die Couch und zog ihre pinkfarbene Kuscheldecke über sich zurecht. Es war zwar schon spät, aber sie war noch zu aufgedreht, um ins Bett zu gehen. Vielleicht schaute sie sich einfach noch einen romantischen Film auf Netflix an, bis sie die nötige Bettschwere hatte. Sie landete ausgerechnet bei einem Weihnachtsfilm, den sie im vergangenen Dezember zusammen mit Oma Carlotta entdeckt und gleich mehrmals angesehen hatte. Er hieß *The Holiday Calendar* und handelte von zwei jungen Menschen, die sich schon ewig kennen und befreundet sind. Doch erst im Laufe des Films wird der

Heldin klar, dass sie ihren besten Freund nicht nur als Freund liebt. Und außerdem ging es um einen wunderschönen altmodischen Adventskalender, den die Heldin von ihrer verstorbenen Großmutter geerbt hatte. Diese beiden Faktoren zusammen führten dazu, dass sich erneut ein Kloß in ihrer Kehle bildete und Ella bald schon leise vor sich hin weinte, während sie der Handlung folgte, die sie in mancher, wenn auch nicht in jeder Hinsicht an ihr eigenes Leben erinnerte.

Äh, hallo? Ella? Was ist denn los mit dir? Warum weinst du und siehst so unglücklich aus? Barnabas war aus seinem Körbchen aufgestanden und dicht an Ella herangetreten. Vorsichtig schnüffelte er erst an ihren Händen, dann an ihrem Gesicht. *Das gefällt mir aber gar nicht. Ich mag es nicht, wenn mein neues Frauchen traurig ist. Kann ich dir irgendwie helfen? Schnüff?*

Ella gluckste unterdrückt, als Barnabas ihr sanft ins Gesicht prustete. »Was ist denn, Barnabas?«

Na, du weinst. Ich weiß nicht, was ich da machen soll. Kann ich dich irgendwie aufheitern?

»Mir geht es gerade nicht so richtig gut, weißt du.«

Das sehe ich. Und spüren kann ich es auch.

»Du vermisst sie auch, nicht wahr? Irgendwie? Auf Hundeart?«

Wen vermisse ich? Mein früheres Frauchen Carlotta? Ja, natürlich. Immer wenn wir an den Hafen gehen, hoffe ich, dass sie da irgendwo bei dem Kutter steht, auf dem wir immer mit Jörn mitgefahren sind. Und manchmal möchte ich zu unserem alten Zuhause laufen und mich vergewissern, ob sie nicht doch wieder dort ist. Aber sie kehrt nicht wieder zurück, das weiß ich tief innen drin in mir. Barnabas schnaubte leise und legte Ella den Kopf auf die Brust. *In-*

zwischen ist es aber nicht mehr so schlimm, weil ich jetzt bei dir bin, und auch wenn es anfangs nicht so toll war, mag ich dich jetzt doch immer mehr und bin froh, dass ich bei dir sein darf.

»Ich vermisse sie ganz schrecklich.« Ella schniefte und rieb sich über die Augen, doch die Tränen flossen einfach immer weiter.

Prompt versuchte Barnabas, ihr über die Wangen zu lecken. *Nicht noch mehr weinen, Ella-Frauchen! Da wird mir auch ganz traurig zumute. Du schmeckst ganz salzig. Bitte lach wieder, ja?*

»Iih, nicht doch!« Wider Willen musste Ella kichern. »Du bist mir schon einer. Willst du mich trösten?«

Ja. Funktioniert es?

»Na, dann komm mal rauf. Ein bisschen Kuscheln schadet wahrscheinlich nicht.« Auffordernd klopfte Ella auf ihren Oberschenkel. »Los, hopp, komm rauf.«

Was, echt? Rauf auf die Couch? Zu dir und kuscheln? Na gut, warum nicht. Wenn du davon wieder fröhlich wirst. Mit einem Satz hopste Barnabas auf die Couch – oder vielmehr auf Ellas Bauch. Sie ächzte, als er auf ihrem Magen herumtrampelte. Dann ließ er sich der Länge nach auf sie fallen und bettete den Kopf auf ihre Brust. Mit großen treuen Augen sah er sie an. *So in etwa? Das ist nicht übel. Darf ich so liegen bleiben?*

»Du liebe Zeit, ich vergesse immer, wie schwer du bist.« Mit einem halben Lächeln rückte sie ein wenig hin und her, bis sie ebenfalls wieder bequem lag. Sanft begann sie, Barnabas hinter den Ohren zu kraulen, und richtete ihren Blick wieder auf den Fernseher, wo der magische Adventskalender gerade sein erstes geheimnisvolles Türchen öffnete. Draußen ging rauschend und pladdernd ein heftiger Regenguss nieder. Der Sturm rüttelte an allem, was nicht niet- und nagelfest war.

Eine Weile rannen Ella noch Tränen aus den Augenwinkeln, während sie der Filmhandlung folgte und Barnabas streichelte, der nach einer Weile leise und fürchterlich liebenswert zu schnarchen anfing. Irgendwann fielen auch ihr schließlich die Augen zu. Das Ende des Films bekam sie nicht mehr mit.

20. Kapitel

Schon zum dritten Mal an diesem Freitag schrillte die Sirene auf dem Dach des Feuerwehrhauses über die Dächer Lichterhavens hinweg. Ella zuckte heftig zusammen, als sie den lang gezogenen Warnton hörte, und erinnerte sich prompt an das scheußliche Plärren des Funkmeldeempfängers in Jörns Küche. Barnabas, der unter ihrem Schreibtisch zu ihren Füßen lag, winselte ungehalten.

Bah, schon wieder dieser schräge Ton! Was ist das denn bloß? Ich mag das nicht.

Seit Mittwoch war der Sturm immer stärker geworden und sollte bis zum Freitagabend zu einem ausgewachsenen Orkan anwachsen. Eine Sturmflut kam auf Lichterhaven zu und würde die Bewohner übers Wochenende in Atem halten. Schon heute Morgen, gleich nach dem ersten Einsatz der Feuerwehr, hatte Jörn angerufen und das Date abgesagt. Er würde mit seiner Truppe in Schichten Dienst im Feuerwehrhaus schieben, für den Fall, dass der Strom ausfiel, und natürlich, um im Notfall Hilfe leisten zu können.

Auch wenn Ella enttäuscht war, verstand sie natürlich nur zu gut, dass er als Chef der freiwilligen Feuerwehr keine andere Wahl hatte. Darüber hinaus würde das *Seestern* sowieso seine Pforten schließen, denn es war auf Säulen über der Nordsee gebaut und bei Sturmflut nicht zugänglich.

»Ich glaube, wir können für heute Feierabend machen.« Caroline war in der Bürotür erschienen und lehnte sich mit der Schulter gegen den Türstock. »Kundschaft wird heute nicht mehr kommen. Außerdem sollten wir alle Eingänge gegen das Wasser sichern. Wir liegen hier zwar eigentlich weit genug vom Hafen entfernt, aber man kann ja nie wissen.«

»Du hast recht.« Ella speicherte ihre bearbeitete Datei, schaltete den Computer aus und zog sicherheitshalber den Netzstecker. Vorhin hatte es bereits mehrmals gedonnert. Wenn weitere Gewitter aufzogen, wollte sie kein Risiko eingehen und die teure Elektronik gefährden, mit der sie sich jüngst ausgestattet hatten, um ihre Arbeitsabläufe zu optimieren. Dann stand sie auf und schnappte sich ihren blauen Regenmantel, den sie zum Trocknen ans Türblatt gehängt hatte. »Holen wir die Sandsäcke aus dem Keller.«

Gemeinsam begaben sie sich ins Erdgeschoss, wo Hannah sich gerade ebenfalls ihr gelbes Regencape überwarf. Sie hatte das Radio eingeschaltet, um die Nachrichten und den Wetterbericht nicht zu verpassen. Als sie die Freundinnen sah, hielt sie ihnen ihr Smartphone hin. »Schaut mal in die Lichterhaven-App. Der Bürgermeister hat alle Einwohner aufgefordert, ihre Häuser sturm- und wasserfest zu machen und, wenn möglich, beim Absichern der Hafenanlagen und der Hauptstraße zu helfen.«

Gleichzeitig zogen Ella und Caroline ihre Handys hervor und riefen die Service-App der Stadtverwaltung auf. Ella nickte grimmig. »Das wird wohl ein langer Abend. Lasst uns hier schnell fertig werden, und dann machen wir uns auf den Weg.«

»Martina hat mir schon eine Nachricht geschrieben, dass sie Hilfe bei der Verpflegung der freiwilligen Helfer brauchen könnte.« Hannah deutete hinter sich auf die Küchentür. »Ich wollte gleich mal zu ihr ins Rathaus fahren und fragen, was wir tun können. Kai wird zwar bestimmt im *Möwennest* eine Verpflegungsstelle aufmachen, und das *Alibaba* auch, aber trotzdem wird noch zusätzliche Arbeit anfallen. Ich überlege gerade, ob ich nicht noch einen schnellen Eintopf oder so was zaubern kann, den wir ausgeben könnten.«

»Einfache Brötchen und Muffins könnte ich auch ziemlich schnell in größerer Menge herstellen«, schlug Caroline vor.

Ella nickte zustimmend. »Okay, Hannah klärt das, und wir fangen schon mal mit den Sandsäcken an.« Sie öffnete die Kellertür. »Ich könnte auch mal Jörn fragen, ob die Feuerwehr versorgt ist oder irgendetwas braucht.«

Caroline folgte ihr in den uralten, aus Bruchstein gemauerten Keller ihres Firmensitzes. »Wie blöd, dass euer Date jetzt im wahrsten Sinne des Wortes ins Wasser fällt.«

»Ja.« Ella packte den ersten der zehn Kilo schweren Sandsäcke, von denen sie zwanzig Stück im Keller lagerten, um damit im Bedarfsfall alle Zugänge des Hauses vor eindringendem Wasser zu schützen. »Aber das lässt sich leider nicht ändern.«

Auch Caroline wuchtete einen der Säcke in die Höhe und folgte ihr wieder nach oben. »Darf ich dir mal eine Frage stellen? Du darfst mir aber nicht böse sein.«

»Warum sollte ich dir böse sein?« Nachdem sie die Säcke draußen im Hof abgelegt hatten, gingen sie los, um die nächsten zu holen. Barnabas saß indes im Flur und sah ihnen interessiert zu. Nach draußen lief er jedoch nicht. Ella hatte inzwischen herausgefunden, dass er von heftigem Regen noch weniger begeistert war als sie und es vorzog, im trockenen Haus zu bleiben, wenn das Wetter so mies war wie jetzt gerade.

»Na ja, weil …« Caroline hielt kurz inne. »Ihr – du und Jörn – habt ja noch nicht miteinander geschlafen. Also nicht so richtig.«

»Und?« Ella überlegte, ob sie auch zwei Säcke gleichzeitig würde tragen können, entschied sich jedoch dagegen.

»Glaubst du … Also kann es sein, dass du …« Verlegen brach Caroline ab.

»Dass ich was?« Mitten auf der Treppe blieb Ella stehen und blickte ihre Freundin über die Schulter an.

»Wirst du das Interesse an Jörn verlieren, nachdem ihr, na ja, Sex hattet?«

»Wie kommst du denn darauf?« Rasch setzte Ella sich wieder in Bewegung, damit Caroline ihr Gesicht nicht sah. Insgeheim hatte sie sich diese Frage nämlich auch schon gestellt.

»Weil ihr euch so viel Zeit lasst. Das sieht dir gar nicht ähnlich.«

Ella ließ ihren Sack auf die beiden anderen im Hof fallen. »Das war ja auch Jörns Idee, nicht meine. Er sagt, Sex verursache zu viel Druck zwischen uns.«

»Baut diese Enthaltsamkeit nicht eher noch weiteren Druck auf?« Diesmal ging Caroline voraus zurück in den Keller. »Ihr wolltet heute … nach dem Date … oder?«

»Kann sein, ja. Vielleicht. Wahrscheinlich.« Ella griff nach dem nächsten Sack, hob ihn aber noch nicht an. »In so einer seltsamen Situation war ich noch nie.«

»Du meinst verliebt?«

Ella schluckte, nickte dann aber. »Ja.«

»Bist du denn glücklich?« Caroline hob den nächsten Sack an. »Mit ihm? In dieser platonischen Situation?«

»Ich weiß nicht.« Auch Ella trug den nächsten Sack nach oben. »Ich kann nicht aufhören, an ihn zu denken.«

»Und an Sex.« Caroline lächelte schalkhaft.

»Das auch.«

»Aber du denkst schon auch noch an etwas anderes, wenn es um ihn geht?«

»Warum fragst du das so komisch?« Fragend runzelte Ella die Stirn.

»Weil ich versuche herauszufinden, ob ihr nur das Unvermeidliche hinauszögert oder ob Jörns Taktik dazu führt, dass du sesshaft wirst.«

»Sesshaft?« Erschrocken starrte Ella ihre Freundin an.

»Siehst du, genau deshalb frage ich. Wenn du nur dieses Wort hörst, gerätst du in Panik. Jörn ist aber ein grundsolider Mann mit ziemlich offensichtlichen Wünschen und Bedürfnissen. Wenn du nach ein-, zweimal Sex kein Interesse mehr an ihm haben solltest, wäre das ziemlich unfair ihm gegenüber.«

»Ich ... weiß.« Stirnrunzelnd blickte Ella auf die Sandsäcke im Hof.

»Ich wollte es nur gesagt haben.« Caroline trat neben sie und legte ihr einen Arm um die Schultern. »Nicht, um dich traurig zu machen oder zu verunsichern. Dass du dich auf dünnem Eis befindest und noch dazu auf vollkommen neuem Terrain, verstehe ich nur zu gut. Aber Jörn ist nun mal mein Cousin und Fast-Bruder. Ich habe ihn gern und will nicht, dass er verletzt wird – oder du.«

»Und was soll ich deiner Meinung nach jetzt tun? Die Sache ganz abblasen und Schluss machen?« Allein der Gedanke drehte Ella den Magen um.

»Nein, um Himmels willen, wo denkst du hin!« Entsetzt schüttelte Caroline den Kopf. »Ich dachte eher, dass du die Sache allmählich mal beschleunigen solltest, um dir Klarheit zu verschaffen. Oder vielmehr euch. Je länger ihr so wie jetzt umeinander herumeiert, desto komplizierter wird es.«

»Wir eiern doch nicht ...« Ella stockte. »Ach, Mist, natürlich eiern wir umeinander herum. Du hast vollkommen recht. Aber was soll ich denn machen?«

»Heute?« Seufzend folgte Caroline ihr erneut in den Keller. »Gar nichts. Jetzt müssen wir erst mal dieser blöden Sturmflut trotzen.«

***

»Lagebesprechung.« Jörn klopfte seinem Stellvertreter Helge im Vorbeigehen auf die Schulter und deutete auf das Einsatzleiter-Fahrzeug, das am Rand des Hafens geparkt war.

Helge folgte ihm zum Wagen, und sie setzten sich rasch auf Fahrer- und Beifahrersitz. Jörn atmete auf, als die Türen geschlossen waren. Der Regen pladderte laut und gleichmäßig auf das Dach, und die Orkanböen schüttelten das Fahrzeug ordentlich durch, obwohl es hinter der Kaimauer relativ geschützt stand. Gewohnheitsmäßig checkte Jörn seine Nachrichten und fand zwei neue von dem sechsköpfigen Team, das im Feuerwehrhaus Dienst schob. »Thorsten hat die zweite Tauchpumpe wieder zum Laufen gebracht, sehr gut.« Er nickte anerkennend vor sich hin. »Das macht uns flexibler, falls irgendwo Keller volllaufen sollten. Ansonsten ist alles vergleichsweise ruhig. Die Stromversorgung scheint auch stabil zu bleiben.«

»Hoffen wir, dass es so bleibt. Jetzt noch ein Stromausfall muss wirklich nicht sein.« Helge seufzte. »Mit den Säcken kommen wir ja gut voran. Noch eine Stunde, und die Hauptstraße ist so weit dicht. Gut, dass dein Bruder und dein Vater mit den beiden Treckern und Kippladern beim Transport helfen. Der Wetterbericht sagt ja nicht gerade rosige Stunden voraus. Der Wasserstand soll so hoch werden wie seit fünf Jahren nicht mehr.«

Grimmig nickte Jörn vor sich hin. »Wir sollten ein Dreierteam losschicken, um bei den Haushalten in besonders exponierter Lage nach dem Rechten zu sehen.«

»Die meisten wissen sich doch auch so zu helfen.«

»Aber sicher ist sicher«, beharrte Jörn. »Du könntest Willi, Max und Henning zusammen rausschicken.«

»Henning gehört doch gar nicht zur Truppe.«

Jörn zuckte mit den Achseln. »Muss er auch nicht, um nur nach dem Rechten zu sehen. Außerdem will er den Grundkurs belegen und Mitglied werden. Wir können heute jede Hilfe gebrauchen.«

»Gut, wie du meinst. Aber versichert ist er dann trotzdem nicht.«

»Er soll ja nicht bei einem Einsatz mitmachen.« Genervt musterte Jörn seinen Stellvertreter von der Seite. »Stimmt etwas nicht?«

»Warum?« Helge wirkte leicht betreten. »Nee, alles klar bei mir. Ich meine ja nur. Hennings Einsatz für uns in allen Ehren, aber wir müssen auch an seine Sicherheit denken.«

»Das tue ich schon, keine Sorge. Wie gesagt, er weiß genau, dass er sich im Fall eines Einsatzes zurückhalten muss. Aber mit dem Aufklärungstrupp kann er problemlos mitgehen. Außerdem müsste die zweite Schicht allmählich eintrudeln. Kannst du dafür sorgen, dass die Übergabe reibungslos läuft?«

»Klar, kein Problem.« Helge legte den Kopf schräg. »Apropos Schichtwechsel. Du hast deinen schon zum zweiten Mal verpasst. Seit wann bist du auf den Beinen?«

»Seit heute früh um fünf.«

»Dann würde ich dir raten, dich an deinen eigenen Plan zu halten.« Helge nahm ein Klemmbrett vom Rücksitz und tippte auf das oben liegende Blatt Papier. »Demnach hast du ab jetzt frei bis morgen früh um sieben.«

»Ich kann doch nicht einfach so …« Jörn fuhr sich mit gespreizten Fingern durchs Haar. »Shit. Du hast recht.« Für einen langen Moment blickte er auf den Bereich zwischen Hafen und Lichterhavener Hauptstraße, wo unzählige freiwillige Helferinnen und Helfer dabei waren, Sandsäcke aufzuschichten und die Häuser direkt am Wasser sturmsicher zu machen. Auch drüben an der Werft wuselten Leute herum, um Gebäudeeingänge zu sichern, Fahrzeuge in Sicherheit zu bringen und Gegenstände, die wegfliegen könnten, aus der Reichweite des Orkans zu transportieren. Im danebenliegenden ehemaligen Lagerhaus, das inzwischen Ben Brungsdahls Atelier und darüber sein und Christinas Loft beherbergte, war alles hell erleuchtet, doch Jörn wusste, dass die beiden ebenfalls irgendwo draußen mithalfen. Wenn es um die Sicherheit der Stadt und ihrer Bewohner ging, hielten die Lichterhavener schon seit jeher fest zusammen.

Das *Alibaba* und das *Möwennest* hatten heute Speisen zum Supersonderrabatt im Angebot und würden ihre Küchen länger als sonst geöffnet halten. Ella, Caroline und Hannah hatten das *Eisträume* gekapert und gaben von dort aus zusätzlich kostenlos Eintopf, Muffins und Brötchen aus. Oder zumindest hatten sie das bis vor Kurzem getan. Inzwischen waren ihre Vorräte nämlich aufgebraucht, und sie hatten das Feld geräumt. Jörn hätte gerne noch ein Wort mit Ella geredet, doch sie war verschwunden, bevor er die Gelegenheit gehabt hatte. Vermutlich war sie inzwischen nach Hause gegangen – und das sollte er jetzt wohl auch tun.

»Es nutzt niemandem, wenn du dich überbelastest und dann unaufmerksam wirst.« Helge klopfte ihm auf die Schulter. »Schlaf dich ordentlich aus, und morgen früh kannst du dann meine Schicht übernehmen. Vielleicht hat sich die Lage bis dahin ja wieder so weit entspannt, dass wir alle ein einigermaßen gemütliches Wochenende haben können.«

»Dein Wort in Gottes Gehörgang.« Jörn öffnete die Wagentür. »Wenn etwas ist, gebt mir Bescheid. Mein Handy ist ununterbrochen an.«

»Klar. Hau schon ab.« Helge nickte ihm zu. »Wir kriegen das hin.«

Rasch schloss Jörn die Fahrertür wieder hinter sich und setzte sich den Feuerwehrhelm auf, den er beim Einsteigen abgenommen hatte. Der Regen prasselte immer noch unvermindert vom Himmel, aufgepeitscht vom Sturmwind, der sich in wilden Böen gegen alles warf, was ihm im Weg stand. Inzwischen war es kurz nach halb elf. Helge hatte vollkommen recht. Eigentlich hätte Jörn schon am frühen Nachmittag Pause machen müssen, um jetzt die Nachtschicht einzuläuten. Doch er hatte seinen Posten nicht verlassen. Auch jetzt widerstrebte es ihm, seine Leute einfach zurückzulassen. Wenn er sich allerdings selbst nicht an die Regeln hielt, würde er wohl kaum verlangen können, dass es die anderen taten, und Helge würde als sein Stellvertreter genau wissen, was zu tun war. Also rief er einigen seiner Leute noch einen kurzen Gruß zu und begab sich dann auf den Weg die Hauptstraße hinauf, um sich noch rasch eine Pizza zu holen. Er hatte schon seit dem Mittag nichts mehr gegessen, und sein Magen hing ihm in den Kniekehlen.

Sein Auto hatte er auf dem Parkplatz am Markt abgestellt, und als er es erreicht hatte, überlegte er, ob er einen kurzen Abstecher zum Feuerwehrhaus machen sollte, um dort nach dem Rechten zu sehen. Er entschied sich aber dagegen. Regeln waren Regeln und galten auch für ihn.

Aus einem spontanen Entschluss heraus fuhr er nicht nach Hause, sondern zum Platanenweg, um nachzusehen, ob Ella noch wach war. Er wurde jedoch enttäuscht, denn alle Fenster waren dunkel, und auch ihr Auto parkte nicht vor dem Haus. Wo sie wohl um diese Zeit steckte? Vielleicht bei Hannah und Caroline oder bei ihren Eltern. Eine Nachricht hatte sie ihm nicht geschrieben.

Seine Enttäuschung darüber, dass seit ihrem Telefonat am Morgen, bei dem er das Date hatte absagen müssen, Funkstille zwischen ihnen geherrscht hatte, wich in dem Moment, als er in den Sandkornweg einbog. Ellas Wagen parkte vor seinem Haus, und hinter dem Küchenfenster brannte Licht. Für einen kurzen Moment stutzte er. Wie war sie denn ins Haus gekommen? Sie besaß doch gar keinen Schlüssel. Rasch stellte er seinen Wagen in der Garage ab und eilte zur Haustür. Noch bevor er aufschließen konnte, schwang die Tür auf, und Barnabas schoss an ihm vorbei nach draußen.

Wau, hallo, Jörn! Wo kommst du denn her? Entschuldige, ich muss mal gaaaanz rasch wohin. Bin gleich wieder zurück. Schon war der Hund an ihm vorbei zu einem Gebüsch gesaust.

»Hallo, Jörn.« Ella lächelte etwas verlegen. »Ich habe dich gar nicht kommen hören.«

Jörn blickte sie einen langen Moment nur schweigend an und spürte dem warmen Gefühl nach, das sich zwischen Herz und Bauch ausbreitete.

»Äh … ich hoffe, es ist dir recht, dass ich hier einfach so eingebrochen bin. Oder vielmehr habe ich Max getroffen und ihn gefragt, ob er einen Zweitschlüssel für dein Haus hat.« Ella trat einen Schritt beiseite, als Barnabas mit fliegenden Ohren wieder zurückgerannt kam und vor dem Regen ins Haus flüchtete. »Ich dachte, dass ich, wenn wir schon kein richtiges Date haben, dir wenigstens eine Kleinigkeit zu essen bringen kann.« Ihr Blick fiel auf die Pizzaschachtel, die er in der Hand hielt. »Tja, das war wohl überflüssig.«

»Nein, war es nicht.« Endlich hatte er sich gefangen. Rasch schob er sie ins Haus, legte die Pizzaschachtel auf dem Schränkchen neben der Tür ab und zog sie so heftig an sich, dass sie gegen ihn prallte. Bevor sie auch nur Luft holen konnte, presste er seinen Mund auf ihren. Endlich.

Ella grub die Finger in seine Schultern, öffnete bereitwillig ihre Lippen und vertiefte den Kuss. Ein heißes Brennen schoss durch ihn hindurch, als ihre Zungen sich berührten. Verlangend drängte er sich fester gegen sie, vergrub die Finger der rechten Hand in ihrem Haar und umfasste mit der linken Hand ihren Po. Ein betörend erotischer Ton entrang sich ihrer Kehle. Sie schwankte, doch er hielt sie so fest an sich gedrückt, wie es nur ging. »Verdammtes Weib«, keuchte er gegen ihren Mund.

»Was?« Verblüfft riss sie die Augen auf.

Er lächelte schief. »Ich habe dich vermisst.«

»Tja, also …« Ihr Atem ging unstet nach diesem Überfall. »Das merke ich.«

Vorsichtig lockerte er seinen Griff etwas, nur um festzustellen, dass sie dennoch ganz dicht bei ihm blieb. Eine neue Welle warmer Gefühle flutete ihn. »Was hast du denn zu essen mitgebracht? Passt es zu Pizza Spezial?«

»Wenn du Kais Matjessalat auf die Pizza packen möchtest,

dann ja.« Ella lachte. »Ich wollte erst etwas von Hannahs Eintopf abzweigen, aber wir wurden bis auf den letzten Tropfen geplündert. Nur von Carolines Quarkbrötchen sind noch ein paar übrig, die können wir aber auch morgen früh aufbacken.«

»Morgen früh?« Langsam ließ er seine linke Hand von ihrem Po hinauf zu ihrer Hüfte wandern.

»Oder musst du gleich wieder weg?«

»Nein, ich habe morgen früh ab sieben wieder Schicht.« Plötzlich war er unsagbar froh über die Regeln, die er eingeführt hatte. Dennoch musste er sich noch einmal vergewissern. »Du willst über Nacht bleiben?«

»Es sei denn, du schickst mich weg.« Sie schluckte, und ihr Lächeln schwand. »Ich würde gerne ...«

»Was?« Sachte ließ er seine Hand von ihrer Hüfte über ihre Seite weiter nach oben wandern und dann wieder hinab. Sie fühlte sich so verdammt gut an, dass er kaum noch einen klaren Gedanken fassen konnte.

»Etwas herausfinden.«

»Und zwar was?« Er spürte, wie sie erschauerte, als er mit den Fingern der rechten Hand ganz sachte über die Haut an ihrem Nacken streichelte.

»Caroline hat mich heute gefragt ...« Sie stockte kurz. »Sie wollte von mir wissen ...«

»Was wollte sie von dir wissen?« Aufmerksam musterte er sie.

Ihr Blick irrte links und rechts an ihm vorbei. »Ob ich ...« Wieder zögerte sie. »Glaubst du, das hier ist alles nur Sex?«

Verblüfft lachte er auf. »Korrigiere mich, aber soweit ich mich erinnere, hatten wir bisher noch keinen.«

»Ja, schon, aber ... Einmal fast und seitdem eiern wir darum herum wie ...«

»Wie was?«

»Keine Ahnung.« Ratlos hob sie die Schultern. »Als hätten wir Angst davor, was passiert, wenn ... es passiert ist.«

Allmählich begann er zu begreifen. Und lächelte. »Ich habe nicht die geringste Angst davor, was danach mit uns passiert.«

Ellas Augen weiteten sich. »Und wenn ich ... also wenn ich das Interesse verliere, wenn wir ... nachdem wir ... Ich meine ...«

»Ich finde, du denkst viel zu viel nach.« Zärtlich küsste er sie auf den Mundwinkel. »Etwas, was man im Allgemeinen eher mir vorwirft. Aber spinnen wir den Gedanken mal weiter.« Er nahm sie an der Hand und zog sie mit sich – nicht etwa ins Wohnzimmer oder in die Küche, sondern geradewegs die Treppe hinauf. »Wie kommst du darauf, dass das zwischen uns nur Sex ist und nichts weiter?«

»Weil ...« Sie überlegte sichtlich angestrengt. »Damit hat es angefangen. Glaube ich zumindest. Der Abend in der Küche.«

»An dem uns das Kondom gefehlt hat.« Er grinste bei der Erinnerung. »Mit irgendetwas muss jede Geschichte anfangen. Bei uns war es mein Mangel an Weitsicht hinsichtlich Verhütungsmitteln.«

»Aber wenn wir damals ... wenn wir es getan hätten, glaubst du, dass wir jetzt auch hier stünden?«

Das war in der Tat eine interessante Frage. »Exakt hier vielleicht nicht. Die Geschichte hätte einen etwas anderen Verlauf genommen.« Wieder küsste er sie, diesmal auf den anderen Mundwinkel. »Ich glaube, es war eine glückliche Fügung, dass ich an dem Abend keine Kondome zur Hand hatte. Andernfalls hätte ich jetzt nicht die Gelegenheit, dir zu beweisen, dass wir mehr sind als eine Ausschüttung von

Hormonen. Denn das scheinst du wieder mal oder immer noch zu glauben. Hätten wir damals miteinander geschlafen, müsste ich das Pferd vermutlich jetzt von hinten aufzäumen. So aber können wir schön der Reihe nach ausprobieren, was zwischen uns alles möglich ist.«

»Der Reihe nach?«

»Ich gehe gern planvoll vor, das weißt du doch.« Seelenruhig – zumindest äußerlich – begann er, die Knöpfe ihrer hellblauen Bluse zu öffnen. »Dir nicht ganz unähnlich, wie ich feststellen durfte. Nur dass deine Pläne die meinen erst mal gewaltig durchkreuzen, bevor wir es auf einen gemeinsamen Weg schaffen.«

»Aber wenn ...«

»Nichts wenn.« Er holte tief Luft, als er den dunkelblauen Spitzen-BH unter ihrer Bluse erblickte. Vorsichtig streifte er sie ihr von den Schultern und ließ sie zu Boden fallen. »Falls ...« Er strich mit den Fingerspitzen an den Kanten des BHs entlang. »Für den Fall, dass du hinterher tatsächlich das Interesse an mir verlieren solltest, lass dir gesagt sein, dass ich erwachsen bin. Es würde mir nicht gefallen.« Er senkte seine Lippen auf ihre Schulter und spürte, wie sie erneut erschauerte. »Aber ich könnte damit umgehen.« Wie genau, darüber wollte er überhaupt nicht nachdenken. Sie roch unglaublich gut – und schmeckte noch besser. Mit Lippen und Zunge streifte er über ihre Schulter bis in ihre Halsbeuge.

Ella sog tief die Luft ein, als er die Stelle fand, von der er sich noch sehr gut erinnerte, dass sie besonders empfindsam war. Etwas fester strich er mit der Zunge darüber, saugte sich fest.

Ella keuchte unterdrückt auf und krallte sich an seinen Oberarmen fest. »Großer Gott, das ist ... so ...«

»Was?«, murmelt er gegen ihre Haut.

»Hör ja nicht damit auf!«

Er lächelte, weil sie damals fast das Gleiche gesagt hatte. »Die Frage, die ich viel eher stellen würde, ist eine andere.«

»Ach ja?« Ella warf den Kopf in den Nacken, als er mit den Lippen weiter zu ihren Brüsten wanderte, den zarten Stoff des BHs über ihrer linken Brust zur Seite schob und die bereits aufgerichtete Brustwarze vorsichtig in den Mund nahm. Hundert verschiedene Empfindungen erfüllten ihn. Manche schossen heiß durch ihn hindurch, andere rieselten wie flüssiges Silber und Gold durch seine Adern. *Endlich!*, war alles, was er denken konnte.

***

Ein wildes Prickeln überzog Ellas Haut überall dort, wo Jörn sie mit den Lippen und der Zunge berührte. Köstliches Ziehen vermischte sich mit heißem Pulsieren in ihrer Körpermitte. Es fiel ihr zunehmend schwer, klar zu denken, doch als er nicht weitersprach, musste sie nachhaken. »Was für eine Frage meinst du?«

Er hielt inne, hob den Kopf und fing ihren Blick auf. »Was machen wir, wenn es nicht bloß Sex ist, sondern viel mehr?«

Sie schluckte hörbar. »Ich weiß nicht ...«

»Siehst du, ich auch nicht. Warum finden wir es nicht erst mal heraus?«

»Das hat Caroline auch gesagt.«

Er lächelte leicht. »Ich wusste schon immer, dass meine Cousine eine kluge Frau ist.«

»Aber ...«

»Schsch.« Rasch legte er ihr einen Zeigefinger an die

Lippen. »Finden wir es erst mal heraus.« Zärtlich strich er ihr die langen Haarsträhnen hinters Ohr.

Selbst diese beiläufige Geste erregte sie. Wie eigentlich alles an ihm. Deshalb schob sie nun rasch sein langarmiges Feuerwehrshirt hoch und half ihm, es auszuziehen. Endlich konnte sie seine glatte, straffe Haut unter den Händen spüren – und diese unglaublichen Muskeln, die sie ganz kirre machten. Er erschauerte, als sie über seinen Brustkorb und seine Seiten nach unten streichelte. Im nächsten Moment trafen ihre Lippen aufeinander, gleich darauf ihre Zungen. Heiße, wohlige Stiche durchzuckten sie wieder und wieder, während sie sich gierig küssten und gleichzeitig überall berührten, wo sie nackte Haut fanden. Es dauerte nicht lange, bis sie sich auch ihrer Schuhe, Socken und Hosen entledigt hatten und aufs Bett sanken.

In etwa so weit waren sie schon einmal gekommen, vor einer Woche. Ella rang nach Atem, als Jörn sie erst zu sich heranzog und sich gleich darauf mit ihr drehte, sodass sie auf ihm zu liegen kam. Das kam ihr bekannt vor. Auch diesmal stützte sie sich rechts und links von seinen Hüften mit den Knien ab, um Halt zu gewinnen, wodurch sie sehr deutlich seine Erektion zu spüren bekam. Hitze schoss in ihre Körpermitte und pulsierte dort wild.

Jörns Hände schlossen sich um ihre Hüfte und rutschten von dort noch ein wenig tiefer, umfassten ihren Hintern. Sein Atem ging schnell und ungleichmäßig. »Verdammt, du fühlst dich gut an, Ella Jensen.«

»Dito, Jörn Paulsen.« Begehrlich strich sie erneut über seinen Brustkorb und kostete dann versuchsweise seine Brustwarzen, die sich prompt hart zusammenzogen.

Er sog scharf die Luft ein und packte fester zu. »Das ist gefährliches Terrain, Ella.«

»Ach ja?« Lächelnd wanderte sie mit ihren Lippen weiter abwärts, kroch ein wenig nach unten, um seine Rippen und diese herrlichen Bauchmuskeln mit kleinen Küssen zu überhäufen. Sie sah und spürte, wie seine Bauchdecke flatterte.

»Allerdings.« Seine Stimme war rau geworden. »Brandgefährlich.«

»Dann ist es ja gut, dass du ein Feuerwehrmann bist«, scherzte sie.

Seine Hände waren nun nicht mehr an ihrem Po, sondern an ihren Schultern. Als sie ihre Liebkosungen rund um seinen Bauchnabel fortsetzte, glitten sie jedoch auf die Decke und schlossen sich zu Fäusten. »Himmel, was hast du vor, Ella?«

»Wonach sieht es denn aus?« Sie leckte mit der Zunge am Rand seiner Shorts entlang und ließ ihre Hand folgen. Dann konnte sie nicht mehr widerstehen und umschloss sein hartes, pulsierendes Glied, das noch unter dem schwarzen Stoff verborgen war.

Jörn stöhnte unwillkürlich auf und griff nach ihr. »Meine Güte, verfluchtes Weib trifft es wirklich perfekt.« Mit einer geschmeidigen Bewegung packte er sie und drehte sich gleichzeitig, sodass diesmal sie unter ihm landete. »Ich wollte mir eigentlich ein bisschen mehr Zeit lassen.«

»Ich aber nicht.« Zeit war das Letzte, was sie gerade verstreichen lassen wollte. Sie wollte ihn spüren. Ganz und gar. Jetzt sofort.

Während sie sich gierig küssten, öffnete er ihren BH und riss ihn beinahe grob fort. Im nächsten Moment war sein Mund wieder an ihren Brüsten, seine Hand wanderte über ihren Bauch hinab zum Rand ihres Höschens, glitt darunter.

Erregt bäumte sie sich auf, als er in sie eintauchte, die feuchte Hitze teilte, streichelte, ertastete. Ihr Atem ging immer schneller, flacher, Wellen von Hitze und Lust mischten sich mit dem Pochen und Pulsieren in ihrer Mitte. Endlich, dachte sie. Jetzt.

Blindlings tastete sie wieder nach ihm, zog und zerrte an den Shorts, bis er sie endlich losgeworden war. Ihr Slip folgte nur Sekunden darauf. »Wo?«, murmelte sie an seinem Mund, der nur für einen Atemzug von ihr abließ.

»Schublade.« Er tastete, ohne hinzusehen, nach dem Nachtschränkchen und fischte die Packung mit den Kondomen hervor.

Sie riss es ihm aus der Hand und öffnete es. Dabei fielen ihr gleich mehrere Präservative entgegen, doch sie fegte einfach alle bis auf eines beiseite. Kaum hatte sie die Verpackung aufgerissen, als er sie ihr auch schon wieder abnahm und sich das Kondom hastig überstreifte. »Jetzt.« Energisch umfasste sie seine Schultern, zog ihn zu sich heran, bis sie sein Gewicht auf sich spürte, und schlang ihre Beine um seine Hüften. »Jetzt!«, forderte sie erneut und spürte bereits im nächsten Moment, wie er in sie eindrang, sie mehr und mehr ausfüllte, dann innehielt, schwer atmend, um Fassung ringend.

Ella stockte der Atem. In ihrem Inneren pochten Lust und Hitze – und noch etwas, was sie nicht zu beschreiben vermochte. Die Muskeln in ihrem Inneren bebten, vibrierten fast, schlossen sich fest um ihn, und ohne dass sie es verhindern konnte, barst in ihr ein erster, beinahe schmerzhafter Orgasmus. Keuchend bäumte sie sich auf, schloss die Augen, riss sie aber gleich wieder auf, als sie hörte, wie Jörn ihren Namen raunte.

✳✳✳

Um Beherrschung ringend, blickte Jörn in Ellas Gesicht. Er spürte genau, wie die Muskeln, die sich fest um ihn geschlossen hatten, zu zucken begannen. Ihr verblüfftes und zugleich lustvolles Stöhnen erregte ihn beinahe mehr, als er ertragen konnte. Als er ihren Namen flüsterte, riss sie die Augen auf und starrte ihn regelrecht erschrocken an.
»Jörn ... ich ...«
»Schsch.« Er verschloss ihre Lippen mit seinen, suchte und fand ihre Zunge, begann sich sehr, sehr langsam in ihr zu bewegen. Alles andere war zu gefährlich. Er wollte nicht, dass es zu schnell endete. Das hier wollte er sich für alle Zeiten einprägen – und genießen.

Ellas Atem ging hart und schnell, ihre Wangen waren gerötet. Ganz kurz entspannte sie sich, doch schon im nächsten Moment spannte sie sich wieder an, äußerlich wie auch innerlich, und vergrub ihre Hände in seinem Haar. »Was machst du mit mir?«

Lächelnd suchte er wieder ihren Blick. »Was immer du willst, mein Schatz.«

Ihre Augen weiteten sich bei diesem Kosenamen; zugleich stahl sich ein Lächeln auf ihre Lippen. »Versprich ja nichts, was du nicht halten kannst.«

»Wie käme ich dazu?« Auch er lächelte, vergaß aber im nächsten Moment, was er noch hätte sagen können, als Ella sich unter ihm zu winden begann. Ihr Becken kreiste fordernd gegen seines, ihre langen Beine umschlangen ihn ebenso wie ihre Arme. Ihre Fingernägel kratzten über seinen Rücken.

Aus der beherrschten Erregung erwuchsen heiße Lust und etwas, das er nur als Gier identifizieren konnte. Sein Verstand schaltete sich ab. Sie rollten auf dem Bett hin und her, bis sie wieder auf ihm landete und ihn umgehend erneut in sich aufnahm. Sich aufrichtete. Ihn an den Rand des Wahnsinns trieb. Und die ganze Zeit konnte er den Blick nicht von ihr abwenden. Ella. Seine Ella. Hoffentlich.

***

Ella schaffte es nicht, ihren Blick von Jörn abzuwenden oder die Augen zu schließen, wie sie es bisher immer beim Sex getan hatte. Um sich gänzlich auf die Lust zu konzentrieren, so hatte sie sich das stets erklärt. Das taten doch viele Frauen und auch Männer. Wozu noch einen weiteren Sinn hinzuschalten und den Spaß dadurch womöglich verwässern?

Doch nun konnte sie nicht anders, als sich von Jörns Blick gefangen nehmen zu lassen, in ihm zu versinken – zu ertrinken und gleichzeitig Halt zu finden, wo sie eigentlich hochgewirbelt werden und danach im freien Fall hätte stürzen müssen. Selbst als sie sich zu ihm hinabbeugte und ihn küsste, blieben ihre Blicke ineinander verschränkt. Dabei geschah etwas mit ihr, für das es keinen Namen gab – oder falls doch, war er ihr entfallen.

Es gab nur noch sie und ihn auf dieser Welt. Nichts und niemanden sonst. Die Zeit stand still, die Welt hatte aufgehört sich zu drehen. Lust brannte zwischen ihnen, dehnte sich aus, waberte um sie herum und hüllte sie in eine Feuersbrunst. Gieriger und gieriger küssten sie sich, fassten sich an, rollten erneut übers Bett, bis Jörn wieder über ihr war. Sie liebte es, wenn er auf und in ihr war. Hart, fordernd, ursprünglich. Wieder schlang sie ihre Beine um seine Hüften, kam ihm bei jedem Stoß entgegen, trieb ihn an, bis er gänzlich die Beherrschung verlor – ebenso wie sie.

Wilde Lustgefühle pulsten durch sie hindurch, und sie

sah – und spürte –, dass es ihm ebenso ging. Ihre Blicke ineinander verhakt, ließen sie sich von dem wilden Strudel hinwegtragen.

✳✳✳

Es dauerte eine geraume Weile, bis sie wieder so weit bei Atem und Verstand war, dass sie sprechen konnte. »Jörn.«

»Ella?« Ein versonnenes Lächeln umspielte seine Lippen. »Noch irgendwelche Fragen?«

Sie schluckte. »Was für Fragen?«

»Oder Zweifel?«

Ein befreites Lachen stieg in ihr auf. »Ich glaube, das muss ich zur Sicherheit noch ein paarmal testen.«

»Gleich ein paarmal?«

»Mindestens. Heute und … in nächster Zeit.« Sie grinste breit. »Aber erst mal will ich die Pizza mit dem Matjessalat.«

»Eine gute Idee.« Zärtlich legte er ihr eine Hand an die Wange. »Mein Magen erinnert sich gerade daran, dass er seit einer halben Ewigkeit leer ist.«

»Dann sollten wir wohl aufstehen und unten etwas essen.«

»Auf gar keinen Fall.« Grinsend entfernte er das Kondom, erhob sich, suchte nach seinen Shorts und streifte sie sich über. »Rühr dich nicht vom Fleck. Ich hole alles, was wir brauchen.«

Ella ließ sich in die Kissen sinken und sah ihm lächelnd nach, wie er zuerst das Bad ansteuerte, um das Kondom zu entsorgen, und dann nach unten verschwand. Sie fühlte sich so leicht und glücklich wie schon seit einer Ewigkeit nicht mehr. Hatte sie diese Mischung aus Gefühlen überhaupt schon einmal erlebt? Nein, ganz sicher nicht. Sie hatte immer darüber gelacht, doch jetzt begriff sie, dass es tatsächlich einen Unterschied machte, wenn man etwas für den Mann empfand, mit dem man Sex hatte. Jörn ging ihr unter die Haut; fast hatte sie das Gefühl gehabt, als sei sie vorhin mit ihm verschmolzen, eins geworden. Und es war gar nicht beängstigend gewesen, sondern berauschend. Es verlangte vehement nach einer Wiederholung. Was sich sonst noch alles hinter den Gefühlen verbarg, die sie geflutet hatten und die immer noch in ihrem Kreislauf vibrierten, darüber wollte sie erst einmal noch nicht so genau nachdenken. Dazu war später auch noch Zeit.

Sie grinste breit, als Jörn wieder in der Schlafzimmertür erschien. Er trug die beiden Salatschalen auf dem Pizzakarton vor sich her. Obenauf thronten, Seite an Seite, eine Küchenrolle und der Funkmeldeempfänger. Unter den linken Arm hatte Jörn sich zwei Halbliterflaschen Cola geklemmt, unter den rechten die orange Hundedecke. Hinter ihm her kam Barnabas ins Zimmer gestrolcht, in der Schnauze einen großen Kauknochen.

Hier seid ihr also. Ich habe mich schon gewundert. Ich glaube, ich lege mich hier in der Ecke gemütlich hin und verspeise dieses leckere Kaudingsbums. Hier bin ich in eurer Nähe und muss mich auch nicht fürchten, wenn es draußen donnert, das tut es nämlich irgendwo in der Ferne, ich hab's genau gehört. Hoffentlich kommt das Gewittermonster nicht näher.

Rasch legte Jörn seine Mitbringsel auf dem Bett ab und breitete für den Hund die Decke aus.

Oh, danke sehr, das ist ja noch viel bequemer. Barnabas drehte sich mehrmals um sich selbst und ließ sich dann schnaufend fallen. Hingebungsvoll begann er, an dem Knochen zu nagen.

»Du hast ja an alles gedacht.« Ella setzte sich auf und riss ein paar Blatt von der Küchenrolle ab, um sie als Unterlage zu nehmen, falls sie kleckerten.

»Wenn wir schon auf das Date im *Seestern* verzichten müssen, dann speisen wir wenigstens absolut nicht stilvoll im Bett.« Lächelnd schob er sich neben sie auf die Matratze, griff nach ihr und zog sie so weit zu sich heran, dass er sie küssen konnte. »Du bist eine unglaubliche Frau, Ella. Jetzt weiß ich erst, wie unglaublich.«

Ihr wurde ganz warm unter seinem intensiven Blick. »Das Kompliment kann ich dir ebenfalls aussprechen. Wenn ich gewusst hätte ...« Sie knabberte kurz an ihrer Unterlippe.

»Was?« Aufmerksam wartete er darauf, dass sie weitersprach.

Rasch schüttelte sie den Kopf. »Nein, das ist Quatsch. Ich hätte niemals ... Du wärst für mich auf immer tabu gewesen, wenn das neulich nicht passiert wäre.« Vergeblich versuchte sie, ihre Gedanken zu ordnen. »Ich verstehe immer noch nicht, was da vor sich gegangen ist. In der einen Minute war alles wie immer, und in der nächsten ...«

»War alles anders, ich weiß.« Jörn rückte näher an sie heran. »Vielleicht sollen wir das gar nicht begreifen. Ich werde mich aber nicht beschweren, denn immerhin hat es dazu geführt, dass eine wunderschöne Frau nackt in meinem Bett sitzt und Matjessalat isst.«

»Mit Pizza.« Sie kicherte. »Da fällt mir etwas ein.« Eilig sprang sie auf und huschte zu der kleinen Tasche, die sie bei ihrer Ankunft früher am Abend bereits neben der Tür deponiert hatte. Sie hob sie auf, ging ins Bad und schlüpfte dort in den sexy rosa Pyjama. Dann kehrte sie ins Schlafzimmer zurück und setzte sich wieder dicht neben Jörn aufs Bett.

»Ich bin zwar nicht prüde, aber ich wollte gerne noch etwas ausprobieren.«

Jörns Blick war ihr gespannt gefolgt; nun grinste er breit. »Was gibt es da auszuprobieren?«

»Wie du auf den hier reagierst.« Sie zupfte an ihrem knappen Oberteil herum, das beinahe mehr verriet als verbarg.

»Du meinst, wie lange ich mich beherrschen kann, bevor ich dir dieses Teil vom Leib reiße?« Seine Stimme hatte einen rauen Ton angenommen, der ihr verriet, dass er durchaus darüber nachdachte, dies sofort zu tun. »Weshalb glaubst du, das testen zu müssen? Ich dachte, ich hätte dir gerade bewiesen, dass ich ziemlich verrückt nach dir bin.«

»Keine Ahnung ...« Sie beäugte die Salatschalen und den Pizzakarton, den Jörn aufgeklappt hatte. Schließlich entschied sie sich, mit der Pizza anzufangen, ebenso wie er, der bereits in eine Ecke hineingebissen hatte. »Ich hatte immer den Eindruck, du wärst gegen so was immun.«

»Gegen so was oder gegen dich?«

»Beides, schätze ich.«

»Tja, jetzt weißt du, dass das ganz offensichtlich nicht der Fall ist.« Lächelnd schob er den schmalen Träger ihres Oberteils über ihre Schulter nach unten, sodass ein Großteil ihrer linken Brust nicht mehr bedeckt war. Er zog den Stoff noch ein bisschen weiter hinunter und beugte sich vor, um mit Lippen und Zunge neckend über ihre Brustwarze zu streichen.

Ein heißes Kribbeln breitete sich in ihr aus, sodass sie scharf einatmete. »Okay ... Ich glaube, das war eine ziemlich gefährliche Idee.«

»Allerdings.« Grinsend richtete Jörn sich wieder auf und griff nach der nächsten Pizzaecke. Ehe er hineinbeißen konnte, plärrte der Funkmeldeempfänger los. »Mist.«

»Oh, oh.« Erschrocken und enttäuscht zugleich beobachtete Ella, wie Jörn das Gerät abstellte und gleichzeitig nach seinem Handy griff, das sich in der Tasche seiner Hose befand. Als er sich wieder aufsetzte, hatte er bereits die Warn-App aufgerufen. Stirnrunzelnd las er die Meldung und wählte gleich darauf eine Nummer im Kurzwahlspeicher. Es dauerte nur Sekunden, bis sich jemand meldete. »Ja, Helge, was ist los? Umgestürzte Bäume an der Oberen Jahnstraße, heißt es. Braucht ihr Hilfe?« Er lauschte konzentriert, dann nickte er. »Okay. Aber wenn etwas ist, sagt ihr mir Bescheid.« Er beendete das Gespräch und legte das Smartphone auf den Nachttisch.

Ella musterte ihn besorgt. »Alles okay? Musst du weg?«

»Nein, Helge sagt, es ist bereits eine Gruppe von sechs Leuten unterwegs. In der Oberen Jahnstraße sind drei Kiefern umgekippt und blockieren die Brücke über den Hanfbach. Das kriegen die schon hin. Sie werden eh nur absichern, bis die Waldarbeiter dort sind, um die Bäume wegzuräumen. Alleine fassen sie sie nicht an, weil da wohl noch ein vierter Baum steht, der umzukippen droht. Das ist zu gefährlich, also müssen Spezialisten ran.«

»Aha, okay.« Aufmerksam sah sie ihn von der Seite an. »Eigentlich möchtest du aber schon hin, oder?«

Er hob die Schultern. »Ich fühle mich nun mal für die Truppe verantwortlich, aber ich habe nicht umsonst bestimmte Regeln eingeführt. Dazu zählt auch der Schichtbetrieb, wenn wir längere Einsätze haben. Ich habe schon eine Doppelschicht hinter mir, also ist es einfach nur sinnvoll, dass ich jetzt pausiere. Helge ist ein guter Stellvertreter. Er macht das schon.«

»Wenn ich eine Aufgabe aus der Hand geben muss, die ich eigentlich selbst erledigen müsste, fühle ich mich auch immer unwohl.« Instinktiv griff sie nach seiner Hand und drückte sie. »Du bist ein guter Wehrführer, das sagen alle.«

»Alle?« Nachdenklich betrachtete er ihre Hand auf seiner.

»Alle, die ich kenne.«

»Ganz so gut vielleicht doch nicht, denn immerhin kommt mir gerade der Gedanke, dass ich froh sein kann, jetzt Pause zu haben. Das bedeutet nämlich, dass ich mich mit der schönsten Frau in Lichterhaven befassen kann.« Beiläufig stellte er die beiden Salatschüsseln ebenfalls auf den Nachttisch und legte die zugeklappte Pizzaschachtel obenauf.

»Befassen?« Eilig raffte sie sie Küchenpapierblätter zusammen und warf sie neben das Bett.

»Oh ja, und zwar sehr ausgiebig.« Schon beugte er sich über sie und half ihr, das Pyjamaoberteil weiter auszuziehen. Das Unterteil folgte nur Augenblicke später. Ella rang nach Atem, als er ihre Schenkel auseinanderschob und sie im nächsten Augenblick bereits seine Zunge spürte, mit der er sie zärtlich koste.

»Ausgiebig klingt gut«, keuchte sie und vergrub ihre Finger in seinen Haaren. Dann sprachen sie für eine geraume Weile nicht mehr.

21. Kapitel

Stöhnend blies Ella sich eine schweißfeuchte Haarsträhne aus dem Gesicht und beeilte sich, aus ihrem Wagen auszusteigen. Trotz Klimaanlage war sie klatschnass geschwitzt, was bei einer Außentemperatur von dreiunddreißig Grad kaum verwunderlich war. Dabei war es bereits kurz nach acht Uhr abends. Die erste richtige Hitzewelle des Jahres hatte das Land im Griff – selbst hier an der Küste. Bis eben hatte sie in Jörns Vorgarten gearbeitet, um ihn, ähnlich wie den Garten, auf Vordermann zu bringen. Sie hatte diesen Ausgleich heute unbedingt gebraucht, nachdem sie die vergangenen vier Wochen fast rund um die Uhr an den Vorbereitungen für das Stadtfest und das Feuerwehrjubiläum gearbeitet hatte, durchmischt von den Catering-Aufträgen, die die *Foodsisters* zusätzlich noch angenommen hatten.

Wie erwartet waren die Wogen zwischen ihr und Jörn mehrmals hochgeschlagen, wenn es um die Details ihrer Pläne ging. Streiten, so hatte sie inzwischen festgestellt, konnten sie sich ganz ausgezeichnet. Ziemlich heftig sogar. Das änderte aber nicht das Geringste an ihren Gefühlen für ihn oder der Tatsache, dass sie seit jenem Orkanwochenende beinahe jede freie Minute miteinander verbracht hatten – bei Tag wie auch bei Nacht. Wenn sie doch einmal mit Hannah und Caroline ausgegangen war oder einen Abend allein verbracht hatte, weil Jörn lange arbeiten musste oder eine Feuerwehrübung abhielt, fehlte er ihr. Sie konnte sich nach wie vor nicht erklären, wie sie sich so Hals über Kopf und offenbar noch dazu unwiderruflich in ihn hatte verlieben können.

Ausgesprochen hatte sie dies ihm gegenüber noch nicht, und auch er schwieg über das Ausmaß der Gefühle, die er ihr entgegenbrachte. Doch in jedem seiner Blicke konnte sie lesen, was er fühlte und sich wünschte. Noch vor zwei Monaten hätte sie das schockiert und in Panik versetzt. Jetzt fragte sie sich, ob dieses Gefühl des Davonlaufen-Müssens sie irgendwann zeitverzögert noch einholen würde oder ob es durch etwas anderes ersetzt worden war, das sie nie für möglich gehalten hätte.

In der Öffentlichkeit hatten sie sich derweil auch noch nicht wirklich zueinander bekannt. Die meisten ihrer engeren Freunde wussten natürlich, dass sie etwas miteinander hatten, äußerten sich aber kaum dazu, so als ob alle Welt abzuwarten schien, ob das gut ging oder ob Ella Jensen doch noch die Flucht ergreifen und Jörn Paulsen das Herz brechen würde.

Würde sie das irgendwann tun? Weil sie so war? Nicht anders konnte? Es war noch nicht allzu lange her, dass sie selbst so über sich gedacht hatte. Inzwischen wuchs die Hoffnung in ihr, dass sie sich geirrt hatte. Denn das hatte sie auch, was Barnabas anging. In den vergangenen Wochen hatte sie sich trotz der vielen Arbeit so viel Zeit wie nur möglich für den Bearded Collie genommen und ihn besser kennengelernt. Die Bindung zwischen ihnen war erstaunlich schnell gewachsen und hatte sich so weit gefestigt, dass er nun beinahe so gut auf sie hörte wie einst auf ihre Großmutter.

»Komm, schnell, hopp aus dem Auto!« Sie hatte die Kofferraumklappe geöffnet und trat einen Schritt beiseite.

Aber hallo, das lasse ich mir nicht zweimal sagen. Mit

einem Satz sprang Barnabas aus dem Auto und schüttelte sich heftig. *Das ist vielleicht eine scheußliche Hitze. Ich komme mit dem Hecheln kaum noch nach. Durst habe ich auch wie verrückt. Kannst du mir bitte, bitte einen Eimer Wasser holen? Wuff?*

»Du hast bestimmt Durst, nicht wahr?« Ella machte sich nicht mehr die Mühe, Barnabas anzuleinen, sondern eilte mit großen Schritten auf die Tür ihres Häuschens zu. »Ich auch. Komm, ich gebe dir gleich was. Und dann möchte ich am liebsten einfach nur noch kalt duschen. Eine Stunde lang.«

Au ja, kann ich da mitmachen? Barnabas wischte an ihr vorbei und setzte sich mit erwartungsvollem Blick vor seinen Wassernapf.

Ella schlüpfte aus ihren Sneakers, damit ihre Füße ein wenig abkühlen konnten, und füllte den Napf randvoll mit frischem Wasser. Dann trank sie umstandslos selbst direkt aus dem Wasserhahn, bis ihr brennender Durst gestillt war, und spritzte sich kaltes Wasser ins Gesicht. »Das tut gut!«

Ich will auch! Wuff. Moment mal, was ist das? Ich höre ein Auto vorfahren. Mal sehen, wer das ist. Mit einem kurzen Bellen sauste Barnabas zur immer noch offen stehenden Tür hinaus.

»Hey, warte mal!« Lachend folgte Ella ihm, trat dabei aber in eine seiner Wasser-Sabber-Pfützen und wäre beinahe ausgerutscht. »Iih, Barnabas! Du bist so ein Ferkel!« Umständlich versuchte sie, die Nässe an ihrem anderen Fuß abzustreifen, während sie zur Tür eilte. Überrascht blieb sie stehen, als sie ihren Besucher erkannte, der von Barnabas freudig begrüßt wurde. »Papa, hallo! Was machst du denn hier? Waren wir etwa verabredet? Falls ja, habe ich es total vergessen.«

»Nein, Ella, wir waren nicht verabredet.« Thomas Jensen trug einen mittelgroßen Umzugskarton an den Griffen vor sich her und stellte ihn direkt vor Ella ab. Dann trat er auf sie zu und gab ihr einen Kuss auf die Stirn. »Ich war nur gerade in Omas Haus, um es weiter auszuräumen. Du weißt ja, dass ich es laut Testament so bald wie möglich an die Stadt abgeben soll, damit das Heimatmuseum darin eingerichtet werden kann.«

Ella nickte. Ihre Großmutter hatte einen recht großen Teil ihrer Ersparnisse für dieses Unterfangen an die Stadt Lichterhaven vererbt, die sich wiederum bereiterklärt hatte, den Rest der Kosten für das Projekt zu tragen. Oma Carlotta hatte, wie sich bei der Testamentseröffnung herausgestellt hatte, schon vor ihrem Tod mit dem Bürgermeister darüber verhandelt und entsprechende Vorverträge abgeschlossen, die nun umgesetzt werden sollten. »Du hättest doch etwas sagen können, dann hätte ich dir geholfen.«

»Ach was, du bist so sehr mit den Vorbereitungen für das Stadtfest beschäftigt, da kann ich dir doch nicht noch mehr aufhalsen. Christa und Matthias haben mir ja geholfen, und deine Mutter und Karina ebenfalls.«

»Und was hast du mir da mitgebracht?« Neugierig beugte Ella sich über den Karton und klappte ihn auf. »Oh!« Entzückt ging sie in die Hocke. »Das sind ja Oma Carlottas wunderschöne alte Ausgaben der Jane-Austen-Romane!«

»Sie hätte bestimmt gewollt, dass du sie bekommst. Im Testament steht zwar nur, dass jeder sich aus ihrem Hausrat nehmen soll, was er will, aber die hier hatte sie dir ganz bestimmt zugedacht.«

»O Mann, die sind so schön!« Liebevoll streichelte sie über die in Leder gebundenen Bücher, die ihre Großmutter vor sehr, sehr langer Zeit von einer Reise nach England mitgebracht hatte. »Und was ist das darunter?«

Ihr Vater räusperte sich. »Ihre Tagebücher. Sie hatte für jedes Jahr ihres Lebens eines, seit sie zehn Jahre alt war. Im Auto habe ich noch einen weiteren Karton. In ein paar habe ich mal kurz reingeschaut, aber ich glaube, sie sind auch eher etwas für dich.«

»Ihre Tagebücher?« Verblüfft zog sie eines der einfachen Notizbücher hervor, auf dem lediglich die Jahreszahl vermerkt war. Die Bücher waren alle gleich groß, aber in den unterschiedlichsten Farben bedruckt, mal einfarbig, mal bunt, mal mit Fotoumschlägen, auf denen Bäume oder Nahaufnahmen von Gräsern zu sehen waren, mal Tierfotos, mal witzige Karikaturen. »Ich wusste überhaupt nicht, dass Oma Carlotta Tagebuch geführt hat. Sie hat mir nie etwas davon erzählt.«

»Mir auch nicht.« Ihr Vater hob die Schultern. »Ich habe die Sammlung in einem ihrer Schränke im Schlafzimmer gefunden. Anscheinend hat sie noch am Abend vor ihrem Tod den letzten Eintrag gemacht.« Er wurde ernst und hüstelte. »Vielleicht liest du dir das zuerst durch. Du wirst darin mehrmals erwähnt.«

»Wirklich?« Eine Gänsehaut rieselte Ella über den Rücken. Sie erhob sich und nahm ihren Vater in die Arme. »Danke, Papa. Sie fehlt mir so sehr.«

»Ja, mir auch.« Der bärenstarke Mann drückte sie liebevoll an sich. »Sie hat dich sehr lieb gehabt.«

»Ich weiß.« Angestrengt blinzelte Ella ein paar Tränchen weg. »Komm, ich helfe dir, die Kartons ins Haus zu tragen. Wo soll ich die bloß unterbringen? Hier ist so wenig Platz ... Aber egal. Möchtest du etwas trinken? Einen Eistee hätte ich noch im Kühlschrank.«

»Das wäre gut.« Thomas Jensen nickte dankbar. »Aber lass mal, ich trage die Kartons. Die sind ziemlich schwer.«

»Okay.« Ella ging zurück ins Haus, dicht gefolgt von Barnabas, der sich gleich darauf der Länge nach auf den Fliesen quer vor der Terrassentür ausstreckte. Sie schenkte zwei Gläser fast randvoll mit Eistee und gab noch ein paar Eiswürfel hinzu.

Ihr Vater trank dankbar in großen Schlucken und setzte sich ihr gegenüber an den kleinen Küchentisch. »Ich hatte gar nicht erwartet, dass du hier bist, sondern wollte eigentlich nur die Kartons vor deiner Tür abstellen. Bist du nicht immer noch mit den letzten Details für das Stadtfest beschäftigt?«

»Heute Abend nicht.« Ella rollte ein wenig mit den Schultern und blickte an sich hinab. Ihre grünen Shorts und das etwas dunklere T-Shirt waren verschmutzt von der Gartenarbeit. »Ich brauchte mal eine Auszeit von dem ganzen Brimborium. Außerdem ist so weit alles fertig und durchgeplant. Viel kann jetzt eigentlich nicht mehr passieren. Es sei denn, Jörn kriegt die Krise, wenn er die Helme sieht, die ich im Internet für die Besatzung des Fünfzigerjahre-Festwagens gefunden habe. Sie sind gestern geliefert worden und total genial. Wie für Comicfiguren gemacht, aber trotzdem perfekt passend zu den Kostümen. »Zum Glück sieht er sie erst am Freitag, wenn er von der Fangfahrt zurückkommt.«

»Er ist diese Woche auf Fangfahrt? Ausgerechnet?« Überrascht runzelte ihr Vater die Stirn.

»Es ging nicht anders. Sein Cousin Holger hat sich bei einem Fahrradunfall das Handgelenk gebrochen, und sein Onkel Richard, der hätte einspringen können, ist noch im Urlaub in Irland und kommt erst am Samstag zurück. Also ist Jörn auf der *Paulsen 1* eingesprungen, und seine Cousine

Nelly übernimmt so lange die Touristenfahrten mit der *Fischerin*.«

»Na, zumindest ist die Paulsen-Sippe groß genug, dass immer jemand einspringen kann.« Ihr Vater trank noch einen großen Schluck und musterte sie dabei eingehend. »Du siehst gut aus, Lütte.«

Ella hob den Kopf. Diesen Kosenamen hatte ihr Vater schon lange nicht mehr benutzt.

Er lächelte ihr zu. »Irgendwie so ... zufrieden. Ausgeglichener als sonst.« Aufmerksam glitt sein Blick über ihr Gesicht. »Du verbringst eine Menge Zeit mit Jörn Paulsen, nicht wahr?«

Sie neigte zustimmend den Kopf. »Das hat sich wohl trotz allem schon herumgesprochen, was?«

»Trotz allem?«

Sie lächelte verlegen. »Na ja, wir wollten es nicht an die große Glocke hängen.«

»Was? Dass ihr ein Paar seid?«

»Wenn du es so nennen willst.«

»Was ist daran denn so geheimnisvoll, dass niemand es wissen soll?«

Sie zuckte mit den Achseln. »Du weißt doch, wie die Leute sind. Sie reden und reden ...«

»Das hat dir doch noch nie etwas ausgemacht.« Er stellte das halb leere Glas auf dem Tisch ab. »Oder ist es einfach nur so etwas Lockeres, dass es sich nicht lohnt, die Leute darüber reden zu lassen?«

»Was?« Sie schluckte. »Nein ... Nein, so ist es nicht.«

»Wie denn dann?« Fragend sah ihr Vater sie an.

Ella seufzte. »Wenn ich das so genau wüsste. Ich meine ... Wir ... schlafen miteinander und sehen uns fast jeden Tag, wenn er nicht rausfahren muss, und ... wir haben ziemlich viel gemeinsam, was mich immer noch verblüfft, weil ich dachte ...«

»Weil du dachtest?«, hakte er nach.

»Na ja, dass es eben nicht so ist. Dass wir viel zu verschieden sind, um zusammenzupassen. Das sind wir auch in vielerlei Hinsicht. Er ist immer so ruhig und bedächtig, und du kannst dir echt manchmal die Haare ausreißen, weil er sich einfach nie mal so richtig aufregen kann. Er ist wie so ein verdammter Fels in der Brandung. Je höher die Wellen schlagen, desto ruhiger wird er. Ich könnte manchmal ...« Sie schüttelte den Kopf. »Sich mit ihm zu streiten ist so was von anstrengend. Bis ich ihn aus der Reserve gelockt habe, habe ich meistens schon wieder vergessen, worum es mir eigentlich ging.«

Ihr Vater schmunzelte, sagte aber nichts, doch das brachte Ella nur noch mehr auf. »Da, bitte, genau wie du! Kannst du dich vielleicht mal mit mir aufregen? Aber nein, natürlich nicht. Du lächelst nur und wartest, bis ich mich abgeregt habe. Das macht er genauso. Ich könnte ihn manchmal dafür erwürgen.«

»Aber er macht dich glücklich.«

Ella hielt inne, lehnte sich auf ihrem Stuhl zurück. »Ja. Es ist verrückt, aber ... ja.«

»Das ist weniger verrückt, als du annimmst, mein Schatz.« Ihr Vater schenkte ihr ein warmes Lächeln. »Ihr mögt verschieden sein, und ich bin mir sicher, er hat es nicht gerade leicht mit dir, aber wenn du mit ihm glücklich bist und er mit dir, dann ist alles andere doch zweitrangig. Schau, deine Mutter und ich mussten das erst lernen, nachdem wir jahrelang versucht haben, eine Beziehung aufrechtzuerhalten, die sich von einem Strohfeuer zu reiner Freundschaft zurückentwickelt hat, wenn man so will. Wir haben beide eine zweite Chance mit neuen Partnern erhalten, diesmal mit den richtigen. Doch zumindest in meinem Fall hat es eine ganze Weile gedauert, bis ich begriffen hatte, dass das Herz will, was das Herz will, und dass der Verstand bei so etwas einfach Sendepause hat. Solange es trotz aller unterschiedlicher Charakterzüge genug Gemeinsamkeiten gibt, auf die ihr sowohl in glücklichen als auch in schwierigen Zeiten zurückfallen könnt, dann ist das mehr wert als alles andere.« Er lachte leise. »Wobei ich mir dich sowieso nicht in einer Partnerschaft vorstellen kann, in der du nicht ab und an mal in die Luft gehst. Du brauchst das einfach, und ich bin mir sicher, dass du Jörn oft genug aus seiner Komfortzone herauslockst.«

Ella schmunzelte bei dieser Wortwahl. »Ja, vielleicht hast du recht.«

»Nicht nur vielleicht. Hör ruhig mal auf deinen alten Vater.«

»So alt bist du nun auch nicht.«

»Aber alt genug, um dir den einen guten Rat zu geben: Lass die Leute reden. Das tun sie so oder so. Du hast immer schon dein eigenes Ding gedreht und bist deinen Weg gegangen. Jetzt hat er den von Jörn gekreuzt, und ich sehe dir an, dass dir das guttut. Aber du musst selbst entscheiden, ob du von hier an deinen Weg weiter allein gehen willst – oder an seiner Seite.«

»Ich weiß.«

»Dann ist es ja gut.« Er trank den Rest des Eistees aus und erhob sich. »Ich muss jetzt weiter. Christa hat heute Spätdienst im Altenheim, was bedeutet, dass ich heute Abend mit Kochen an der Reihe bin, damit Matthias uns nicht vom Fleisch fällt.« Er lachte amüsiert. »Der Junge ist ein Fass ohne Boden. Kein Vergleich zu dir in dem Alter. Zwar hast du zum Glück nie solche verrückten Diäten gemacht, als du ein Teenager warst, aber wie ein Scheunendrescher hast du nie gegessen.«

»Er macht doch aber auch viel Sport«, wandte sie ein. »Das verbraucht eine Menge Kalorien. Und im Wachstum ist er auch.«

»Jaja. Ich sag doch, ein Fass ohne Boden.« Grinsend umarmte er Ella noch einmal und verabschiedete sich.

Ella kehrte an den Küchentisch zurück und beäugte eine ganze Weile von ihrem Sitzplatz aus die beiden Umzugskartons voller Tagebücher. Ob es Oma Carlotta wohl überhaupt recht wäre, wenn sie sie lesen würde? Immerhin hatte sie niemandem erzählt, dass sie überhaupt Tagebuch geführt hatte. Noch dazu für jedes Lebensjahr eines. Das war ein Schatz von unschätzbarem Wert für Ella.

Schließlich ging sie zu den Kartons, öffnete beide und suchte das allerletzte Tagebuch heraus, das ihre Großmutter verfasst hatte. Damit setzte sie sich auf die Couch und schlug die letzte beschriebene Seite auf.

Montag, 31. Mai

Da ist sie nun, die Schnapszahl. Seit gestern bin ich glückliche achtundachtzig Jahre alt. Das muss man auch erst einmal werden, hätte Mutti gesagt. Sie ist ja auch fast neunzig geworden, die Liebe. Anscheinend liegt das hohe Alter in der Familie, und mit jedem Tag, der vergeht und an dem ich mich gesund und zufrieden fühle, begreife ich mehr, welches Geschenk das Leben ist und wie sehr man darauf achten muss, es voll auszukosten und keinen Tag zu vergeuden.

Die Geburtstagsfeier habe ich ja wie immer ausfallen

lassen, obwohl natürlich der Bürgermeister da war und seine Stellvertreterin ebenfalls. Meinen Lieblingslikör haben sie mitgebracht, den sollte ich dann wohl mit den Mädels vom Buchclub pötten, wenn wir mit dem neuen Steven-King-Roman anfangen. Aber auf das ganze Gefeiere mit Kaffee und Kuchen und zig Leuten gleichzeitig kann ich inzwischen gut verzichten. Das ist mir zu viel Trubel und Gedöns um meine Person. Da setze ich mich lieber mal nach und nach mit meinen Lieben einzeln zusammen und beschnacke in Ruhe die neuesten Neuigkeiten.

Am Mittwoch zum Beispiel bin ich mit meiner lieben Ella zum Essen verabredet. Sie war in letzter Zeit so fleißig, zusammen mit ihren beiden Freundinnen, und hat aus ihrer Firma schon richtig was gemacht. Ich bin so stolz auf sie, dass die drei das so geradlinig durchgezogen haben und jetzt sogar von der Stadt engagiert wurden, um das hochheilige Stadtfest mitzugestalten. Das soll den drei Mädchen erst mal jemand nachmachen!

Hach ja, Ella, meine lütte Deern. Ich freue mich jetzt schon darauf, was sie mir alles zu erzählen haben wird. Thomas hat mir schon gesteckt, dass sie zwar über den Auftrag der Stadt glücklich ist, weniger jedoch darüber, dass sie jetzt mit Jörn zusammenarbeiten muss. Die beiden haben sich ja noch nie gut verstanden. Ich bin gespannt, wie sich das entwickeln wird. Immerhin kenne ich den Jungen ziemlich gut und kann mir blendend vorstellen, dass er ebenfalls nicht begeistert von dieser Zwangspartnerschaft ist. Dabei haben die beiden so viel gemeinsam! Sie wissen es bloß nicht, weil sie sich nie die Mühe gemacht haben, sich näher kennenzulernen. Mir fällt das natürlich auf, weil ich mit beiden schon eine Menge Zeit verbracht habe. Vielleicht kann ich Ella ja ein wenig unter die Arme greifen und ihr ein paar Tipps geben, wie sie besser mit Jörn auskommt. Andererseits ist das vielleicht auch keine so gute Idee. Nicht dass sie glaubt, ich wolle sie mit Jörn verkuppeln. Das fehlte noch! Also nicht, dass die beiden kein schönes Paar wären, aber ... Nein! Da halte ich mich doch lieber raus. Ella ist in Sachen Liebe ein ziemlich unbeschriebenes Blatt, und ich möchte sie nicht beeinflussen, nur weil ich Jörn so gerne mag. Die Liebe ist sowieso ein seltsames Pflänzchen und sprießt zumeist genau dann und an Stellen, wo man es am wenigsten erwartet. Ich werde den Teufel tun und da versuchen, Gärtnerin zu spielen. Ihren Weg muss Ella schon selber finden, ganz gleich, wohin er sie führt – oder mit wem.

Aber ich wünsche ihr von Herzen, dass sie eines Tages die Liebe finden wird. So wie ich. Mein guter Gotthard ist jetzt schon so viele Jahre nicht mehr da. Neun werden es in einem Monat. Und immer noch spüre ich seine Liebe in meinem Herzen. Wenn Ella das bei einem Mann finden könnte, wäre einer meiner Herzenswünsche erfüllt. Hoffentlich darf ich es noch erleben, sie bis über beide Ohren verliebt zu sehen. Als Braut womöglich eines Tages. Das würde mir gefallen.

Aber genug von dem rührseligen Kram. Ich sollte heute früh zu Bett gehen, denn morgen früh geht es wie jeden Dienstag mit der Fischerin raus aufs Wasser. Es scheint, als würde das Wetter endlich besser werden. Ich gebe jetzt schnell noch Barnabas sein Abendfutter und schaue die Nachrichten, dann haue ich mich aufs Ohr.

Hier brach der Eintrag ab. In jener Nacht war Oma Carlotta verstorben. Ganz ruhig und selig im Schlaf.

Ella blinzelte heftig, weil ihr schon seit einer Weile die Tränen über die Wangen rannen. Die Worte ihrer Großmutter wühlten sie bis ins Mark auf. Sie konnte geradezu ihre Stimme hören, als würde sie das, was sie geschrieben hatte, Ella bei einer Tasse Pfefferminztee erzählen.

Abrupt schlug Ella das Tagebuch zu und wischte sich die Tränen weg. Plötzlich fühlte sie sich einsam und sehnte sich nach Jörn. Bestimmt würde er sich auch für die Tagebücher interessieren. Immerhin erwähnte Oma Carlotta ihn sogar in ihrem allerletzten Eintrag.

Doch Jörn war bis Freitagfrüh auf Fangfahrt. Nicht einmal telefonisch konnte sie ihn erreichen. Nachdenklich ließ sie ihren Blick durch ihr winziges Domizil wandern, dann stand sie abrupt auf und warf sich die kleine Reisetasche, die inzwischen immer griffbereit neben der Haustür stand, über die Schulter. Sie enthielt Wäsche zum Wechseln, einen Pyjama – auch wenn sie ihn meist gar nicht benötigte – und ein paar Klamotten. Sie stopfte das Tagebuch ihrer Großmutter dazu, und nach einigem Überlegen auch noch ein paar andere. »Komm, Barnabas, wir fahren rüber zu Jörn.«

Wuff? Ich meine, wie? Was? Von dort kommen wir doch gerade erst. Der Bearded Collie stand auf und schüttelte sich verwundert, folgte ihr aber brav, als sie das Haus verließ und die Tür hinter sich abschloss.

Sie parkte ihren Wagen inzwischen nicht mehr an der Straße, sondern direkt vor dem Garagentor. Mit dem Schlüssel, den Jörn ihr gegeben hatte, damit sie sich, wenn sie hier beschäftigt war, im Haus erfrischen und sich außerdem um seine Grünpflanzen kümmern konnte, öffnete sie die Haustür und trat ein. Barnabas drängte sich wie selbstverständlich an ihr vorbei, inspizierte das Erdgeschoss und setzte sich dann mitten ins Wohnzimmer.

Und was jetzt? Jörn ist doch gar nicht hier.

Etwas unschlüssig sah Ella sich um. Abends war sie normalerweise nicht alleine hier, doch das Haus war ihr inzwischen schon vollkommen vertraut. Jeder Winkel, der Geruch, einfach alles. Sie brachte die Tasche nach oben und stellte sie auf dem Bett ab, dann trug sie die leere Mineralwasserflasche, die neben dem Bett auf dem Boden stand, in den Keller und nahm eine volle mit nach oben.

Barnabas folgte ihr auf Schritt und Tritt und rollte sich auf seinem Platz in der Ecke zusammen, als sie sich auszog und es sich, den kleinen Stapel Tagebücher neben sich, auf der linken Betthälfte bequem machte. Nach kurzem Zögern zog sie Jörns Kissen zu sich heran und drückte kurz die Nase hinein. Es roch intensiv nach ihm.

Dann schlug sie das Tagebuch auf, das ihre Großmutter in Ellas Geburtsjahr verfasst hatte, und begann zu lesen.

22. Kapitel

Zum wiederholten Mal blickte Ella in den Rückspiegel ihres Autos und zupfte an ihrem Haar herum. Sie war ein bisschen nervös, aber das war wohl auch kein Wunder, wenn man bedachte, was sie vorhatte. Sie war zu einem Entschluss gekommen, von dem bisher nur Caroline und Hannah erfahren hatten. Und auch diese beiden nur, weil Ella zwei Verbündete gebraucht hatte, die sie moralisch unterstützten – und dafür sorgten, dass niemand von dem zusätzlichen Programmpunkt am heutigen Abend bei den Eröffnungsfeierlichkeiten des Stadtfestes im großen Festzelt erfuhr. Geplant waren offiziell eine Ansprache des Bürgermeisters, eine weitere vom Wehrleiter des Landkreises und zuletzt eine von Jörn als Wehrführer der Freiwilligen Feuerwehr Lichterhaven. Danach würde dann eine Live-Band die Bühne übernehmen, und es durfte getanzt und sich amüsiert werden.

Ella hatte heimlich, still und leise beschlossen, die Zeit zwischen Jörns Rede und dem Beginn der Musik zu nutzen, um die Idee in die Tat umzusetzen, die ihr in der Nacht gekommen war, die sie allein in Jörns Bett verbrachte und in der sie Oma Carlottas Tagebücher gelesen hatte.

Die Gäste strömten bereits ins Festzelt, denn der offizielle Teil würde in Kürze beginnen. Ellas Magen rebellierte ein klein wenig, weil sie so aufgeregt war. Zwar zweifelte sie nicht im Geringsten an der Richtigkeit ihrer Entscheidung, dennoch fürchtete sie sich ein bisschen davor, wie die Leute reagieren würden – und natürlich Jörn.

Rasch zog sie ihr Smartphone aus der kleinen silbernen Abendhandtasche und rief die Kurznachrichten-App auf. Während der Fahrt hierher waren mehrere Nachrichten eingegangen.

Caroline: Sei bloß pünktlich. Hier ist jetzt schon die Hölle los. Nicht, dass wir deinen Sitzplatz noch mit Zähnen und Klauen verteidigen müssen!

Martina: Denkst du bitte daran, morgen Vormittag den Lieferanten von der Gärtnerei einzuweisen? Er ist gegen halb neun da. Bis neun müssen die neuen Blumengestecke im Festzelt verteilt sein.

Hannah: Alles klar bei dir? Bist du schon arg nervös? Caroline hibbelt hier neben mir herum, als ginge es um sie und nicht um dich.

Mama: Weißt du was, Schatz, Karina und ich kommen heute Abend auch ins Festzelt. Bestimmt erwähnt der Bürgermeister dich und Caroline und Hannah in seiner Ansprache. Das wollen wir nicht verpassen. Karina will alles mit dem Handy filmen. Küsschen! Bis später.

Papa: Deine Mutter hat vorhin angerufen und Christa und mich eingeladen, heute mit ins Festzelt zu kommen. Meinst du, wir ergattern einen Tisch mit dir, Hannah und Caroline zusammen? Und wird Jörn auch bei uns sitzen? Matthias will auch mitkommen, sich aber wohl schnell zu seinen Freunden absetzen.

Ellas Herz machte einen heftigen Satz. Ihre Eltern samt Anhang wollten heute Abend auch kommen? Sogleich stieg der Pegel ihrer Nervosität sprunghaft an. Es war eine Sache, ihren Plan in die Tat umzusetzen, eine ganz andere, es vor ihrer versammelten Familie zu tun. Himmel, vielleicht sollte sie es sich doch noch einmal überlegen. Doch das wäre feige, und sie hatte sich vorgenommen, nicht mehr feige zu sein. Sie war es schließlich noch nie gewesen, außer wenn es um diese eine Sache ging.

Also atmete sie tief durch und rief noch kurz aus ihrer Fotogalerie das letzte Bild auf, das sie von Oma Carlotta hatte. Es war ein Selfie, das sie beide Mitte Mai bei Matthias' siebzehntem Geburtstag aufgenommen hatten. Ihre Kehle verengte sich, und ihr Herzschlag pochte genau an dieser Stelle besonders heftig. »Wünsch mir Glück, Oma Carlotta.« Mit der Fingerspitze fuhr sie über das Gesicht ihrer Großmutter. »Und dass ich nicht vor Angst kein Wort herauskriege.«

Fast meinte sie, Oma Carlottas Stimme zu hören, und ihr herzliches Lachen. »*Du schaffst das, Ella-Schatz. Du schaffst alles, das weißt du doch.*«

Ella schluckte hart und schob das Handy hastig zurück in die Handtasche. Dann verließ sie das Auto, zupfte noch einmal ihr neues, rot-silbernes Kleid glatt, dessen fließender Rock nur knapp bis zur Mitte ihrer Oberschenkel reichte. Sexy, sehr, sehr sexy. Mit den farblich passenden Pumps genau richtig für den heutigen Abend.

Sie hatte absichtlich so lange gewartet, bis fast alle Gäste ihre Plätze eingenommen hatten. Auch Jörn war schon da und saß, da er ja Teil des offiziellen Programms war, ganz vorne in der Nähe der Bühne. Erst nach seiner Rede, so hatten sie es telefonisch am Vormittag verabredet, würde er sich zu ihr und ihren Freundinnen an den Tisch gesellen. Nun schien es so, als würde die Runde doch deutlich größer, als sie gedacht hatte, denn schon von Weitem erkannte sie, dass nicht nur ihre Eltern da waren, sondern natürlich auch Jörns, und dass alle an einem langen Tisch saßen, den sie wohl einfach aus zwei einzelnen zusammengeschoben hatten.

So recht wusste Ella nicht, was sie davon halten sollte. Normalerweise machten sich ihre Eltern nicht allzu viel aus solchen Geselligkeiten. Aber natürlich, wenn ihre Tochter vom Bürgermeister lobend erwähnt werden würde – hoffentlich! –, dann mussten sie das live mitbekommen. Das hatte Ella nicht bedacht.

Jörn erhob sich von seinem Stuhl, als er sie erblickte, und wollte schon auf sie zu gehen, wurde aber vom Wehrleiter an der Schulter zurückgehalten und in ein Gespräch verwickelt.

In Ellas Bauch stoben sämtliche verfügbaren Schmetterlinge auf, als sie ihn sah. Lächelnd winkte sie ihm, strebte jedoch dem Tisch zu, an dem sich ihre Freundinnen und Familie versammelt hatten. Wenn sie jetzt mit Jörn redete, würde sie bestimmt noch nervöser und verplapperte sich womöglich sogar.

Sie sah, dass er die Stirn runzelte, weil sie nicht zu ihm kam, doch es blieb keine Gelegenheit mehr für ihn, zu reagieren, da in diesem Moment der Bürgermeister auf die Bühne und ans Rednerpult trat. Die Musiker, die sich etwas abseits postiert hatten, intonierten so etwas wie einen Tusch.

»Wow, Ella, heißes Outfit!« Hannah strahlte sie an und zog sie neben sich auf den freien Stuhl. »Damit haust du alle aus den Socken.«

Ella schluckte gegen ihren wild pochenden Herzschlag an. »Ich hoffe, *ich* bin es nicht, die gleich aus den Socken kippt.«

»Du trägst doch gar keine Socken.« Hannah ergriff ihre Hand. »Das wird schon.«

»Hier, trink eine Cola, der Zucker hält dich schon aufrecht.« Caroline schob ihr ein volles Glas hin.

»Du lieber Himmel, Ella, was hast du denn heute noch vor?« Ihre Mutter, die auf der anderen Seite des Tischs saß, sah sie bewundernd an. »Das ist ja ein zauberhaftes Kleid. Willst du jemanden verführen?«

Ella hätte sich beinahe verschluckt und hustete in ihr Glas.

Glücklicherweise wurde sie einer Antwort enthoben, weil der Bürgermeister nun mit seiner Ansprache begann.

***

Ein heftiger Stich durchfuhr Jörn, als er Ella das Festzelt betreten sah, und sein Herz vollführte einen Salto in seiner Brust. Sie sah einfach umwerfend aus und zog wie magnetisch alle Blicke auf sich. Selbstverständlich vor allem die der Männer. Doch sie schien es, ganz untypisch für sie, gar nicht zu bemerken. Sie winkte ihm mit einem Lächeln zu, das seltsam gezwungen wirkte. Stimmte etwas nicht? Er hatte sie seit fast einer Woche nicht gesehen, weil er wieder einmal auf der *Paulsen 1* hatte einspringen müssen. Am Vormittag hatten sie kurz telefoniert, und sie hatte ihn hinsichtlich der letzten organisatorischen Details auf den neuesten Stand gebracht. Dabei hatten sie sich ein bisschen in die Wolle gekriegt, weil sie ihm von den verrückten Helmen vorgeschwärmt hatte, die sie auf den letzten Drücker noch gefunden und für das Team auf dem Fünfzigerjahre-Festwagen bestellt hatte. Die Fotos, die sie ihm dazu geschickt hatte, waren derart schräg, dass er sich erst einmal hatte setzen müssen. Doch alles in allem hatte er gedacht, dass zwischen ihnen alles in Ordnung sei. Sie hatten verabredet, sich heute Abend im Festzelt zu treffen. Das war ein Date, auch wenn sie es nicht so genannt hatten.

Mittlerweile hatte sich in Lichterhaven natürlich herumgesprochen, dass sie so etwas wie eine Beziehung miteinander führten, doch genau das war der Knackpunkt: *so etwas* wie eine Beziehung. Nichts Halbes und nichts Ganzes. Seit ihrer ersten richtigen gemeinsamen Nacht waren sie praktisch unzertrennlich gewesen, sah man einmal von den Zwangspausen ab, die ihre Jobs ihnen auferlegten. Und je mehr Zeit er mit Ella verbrachte, desto tiefer gingen seine Gefühle für sie. Zwar hatte er den Eindruck gewonnen, dass es ihr ähnlich ging, doch sie sprach nicht darüber. Sie schien sich nach wie vor nicht sicher zu sein, und er wollte sie auf keinen Fall zu sehr drängen und damit vielleicht vertreiben.

Während der Ansprachen des Bürgermeisters und des Wehrleiters behielt Jörn Ella unauffällig im Auge und begann sich zunehmend Sorgen zu machen. Sie blickte nicht ein einziges Mal zu ihm herüber, und ihre Haltung verriet, dass sie angespannt und nervös war. Das konnte nichts Gutes verheißen. Aus dem anfangs noch leisen Ziehen in Jörns Magengrube wurde ein unangenehmes Brennen.

Als er mit seiner Rede an der Reihe war, stieg er jedoch äußerlich vollkommen ruhig auf die Bühne, stellte sich ans Rednerpult und begann zu sprechen. Er hielt sich absichtlich kurz, weil er schon geahnt hatte, dass seine Vorredner ziemlich ausführlich werden würden. Natürlich erwähnte er auch die *Foodsisters* mit lobenden Worten und suchte dabei beharrlich Ellas Blick. Doch immer noch wich sie ihm aus, und als sie schließlich den Kopf hob, wirkte sie seltsam entschlossen. Nur zu was? Sie stand auf und näherte sich der Bühne von der Seite.

Seine Rede wurde von den Gästen, es mochten inzwischen rund zweihundert im Festzelt anwesend sein, mit lautem Applaus bedacht. Von der Jugendfeuerwehr, die sich nahe dem Eingang postiert hatte, kamen sogar Pfiffe und Gejohle. Der Bürgermeister tauchte neben ihm am Rednerpult auf; die Musiker spielten noch einmal einen Tusch. Danach hob Ingolf Rütther beide Hände, um die Aufmerksamkeit auf sich zu lenken.

»Vielen Dank, Jörn, für deine Ausführungen. Ich hoffe, liebe Gäste, Sie haben unserem Feuerwehrboss ebenso gespannt gelauscht wie ich. Die ereignisreiche hundertfünfzigjährige Geschichte unserer freiwilligen Feuerwehr ist wirklich hochinteressant, nicht wahr? Doch nun genug der vielen Worte, denn in Kürze wird der gesellige Teil des Abends beginnen, auf den wir uns alle schon seit Monaten freuen. Ganz kurz möchte ich jedoch noch einmal alle Anwesenden herzlich zu unserem morgigen Festzug einladen. Kommen Sie zahlreich, und bringen Sie so viel gute Laune mit, wie Sie nur können, damit wir mit der Sonne, die uns glücklicherweise zu verwöhnen verspricht, um die Wette strahlen können. Um vierzehn Uhr ist Beginn auf dem Marktplatz, auf dem wir uns hinterher auch wie jedes Jahr zum fröhlichen Beisammensein treffen werden. Wer heute Abend nicht zu lange macht, darf natürlich morgen Vormittag bereits ab zehn Uhr hier im Festzelt zum Frühschoppen einkehren und sich mit munterer Musik von unserem Stadtorchester in gute Laune versetzen lassen.« Er nickte lächelnd, als erneut applaudiert wurde. »Tja, und nun heißt es gleich, das Tanzbein zu schwingen. Zuvor steht jedoch, wie mir gerade zugeflüstert wurde, noch ein weiterer

Programmpunkt auf unserem Plan. Jörn, halt, bleib noch kurz hier.« Er hielt Jörn, der sich hatte zurückziehen wollen, am Arm fest.

»Ein neuer Programmpunkt?« Verblüfft sah Jörn sich um. »Davon weiß ich gar nichts.«

»Ich auch nicht bis eben.« Rütther lachte. »Aber du sollst die Bühne bitte nicht verlassen, sagte man mir. Vielleicht haben deine Kameraden von der Feuerwehr sich noch eine Kleinigkeit für dich ausgedacht.« Damit verließ der Bürgermeister die Bühne, und zwei Helfer bauten geschwind das Rednerpult ab.

Jörn sah sich ein wenig verunsichert um, als er nun allein vor aller Augen zurückblieb. Aus dem Publikum vernahm er Raunen und Getuschel. Sein Magen senkte sich um einige Meter und schnellte im nächsten Moment wieder hoch, als er Ella die Bühne betreten sah. Sie hatte das Mikrofon von Rütther übernommen und wirkte noch nervöser als zuvor – und wild entschlossen. Was zum Teufel ging hier vor?

»Ella? Was wird das?« Er machte einen Schritt auf Ella zu, die sich daraufhin vernehmlich räusperte.

»Ich, ja, also …« Sie warf einen Blick ins Publikum, wo Hannah und Caroline sich erhoben hatten und ihr mit Gesten Mut zuzusprechen schienen.

Plötzlich gingen die Scheinwerfer auf der Bühne aus, und nur ein Spot flammte auf, in dessen Zentrum Ella stand. Sie zuckte ein wenig zusammen und sah sich verwirrt um. Irgendwo johlten wieder die Jugendlichen. Anscheinend hatte sie mit den veränderten Lichtverhältnissen nicht gerechnet, doch sie fing sich wieder und sah ihn an. »Jörn? Würdest du bitte zu mir kommen?«

Mit gerunzelter Stirn trat er auf sie zu und blickte sie fragend an. Sie war nicht bloß nervös, sie bebte regelrecht.

Doch als sich ihre Blicke trafen, schien ihre Verunsicherung von ihr abzufallen, und zum ersten Mal heute lächelte sie ihn in ihrer gewohnt offenen und ein wenig mutwilligen Art an. »Wahrscheinlich fragst du dich gerade, was das hier soll und ob ich vielleicht verrückt geworden bin, weil ich einfach die Bühne gekapert habe. Aber ...« Sie atmete hörbar ein und wieder aus. »Ich möchte dir gerne etwas sagen, und zwar ... vor allen Leuten.«

Das Brennen in seiner Magengrube verwandelte sich wieder in ein warmes Ziehen. Ungläubig blickte er auf sie hinab, als sie weiterredete.

»Erinnerst du dich noch an den Abend vor ein paar Wochen, als wir im Arche Noah zu *Lady in Red* getanzt haben?«

»Natürlich.« Er räusperte sich, weil seine Stimme ein wenig belegt klang.

Sie wandte sich an das Publikum. »Ich wollte eigentlich gar nicht mit ihm tanzen, sondern ... Na ja, jedenfalls nicht mit ihm tanzen. Aber er hat mich herausgefordert und gesagt, ich wäre ein Feigling, wenn ich es nicht täte.«

»Also ganz so war es nicht«, protestierte er, doch sie beachtete ihn nicht, sondern sprach weiterhin zu den Gästen.

»Doch, doch, so ungefähr hast du dich ausgedrückt, und so etwas kann ich natürlich nicht auf mir sitzen lassen. Also haben wir getanzt, und natürlich haben uns alle angestarrt, weil ... Wer mich kennt, weiß, dass ich nichts mit Männern aus Lichterhaven anfange. Das war schon immer so und eine meiner festen Regeln. Deshalb habe ich Jörn dann auch gewarnt, dass ich ihn, falls er vorhaben sollte, mich vor aller Augen zu küssen, gegen das Schienbein treten würde.«

Aus dem Publikum ertönte Gelächter, hier und da ein Pfiff.

Ella wartete, bis es wieder ruhiger wurde. »Geküsst hat er mich später trotzdem – wenn auch nicht vor aller Augen. Und ich habe meine eiserne Regel gebrochen.« Jubel und Applaus wurden laut. Sie warf ihm einen kurzen Seitenblick zu und redete dann weiter. »Es wird sich inzwischen wohl schon herumgesprochen haben, dass wir ... Tja.« Sie ergriff seine Hand und trat dicht an ihn heran, sodass sie den Kopf in den Nacken legen musste, um ihm in die Augen sehen zu können. »Ich hatte anfangs wirklich Angst davor, weil«, sie atmete tief durch, »weil ich noch nie zuvor verliebt war. Schon gar nicht ... so sehr. Wir sind ziemlich verschieden«, jetzt sprach sie wieder in Richtung des Publikums, »und wahrscheinlich werden viele von euch deshalb jetzt denken, das kann nicht gut gehen. Das dachte ich zuerst auch, aber dann habe ich Jörn besser kennengelernt, und er mich, und dabei sind die Gefühle irgendwie immer stärker geworden und ...« Sie stellte sich auf die Zehenspitzen. »Ich wollte dir eigentlich nur sagen, um das ein für alle Mal klarzustellen, dass ich dich nicht mehr treten werde, falls du vorhaben solltest, mich in aller Öffentlichkeit zu küssen.«

Lachen stieg in ihm auf. Er neigte seinen Kopf zu ihr hinab, bis sich ihre Lippen fast berührten. Das Mikrofon schaltete er aus. »Du bist ein verrücktes Huhn, Ella Jensen, weißt du das? Du hast mir einen verfluchten Schrecken eingejagt! Ich dachte schon ...« Lächelnd schüttelte er den Kopf. »Verfluchtes Weib.« Dann küsste er sie, während das Publikum in wilden Jubel ausbrach.

***

Später, sehr viel später an diesem Abend gingen sie Hand in Hand am stillen Watt entlang spazieren, neben sich Barnabas, der den späten Spaziergang sichtlich genoss, weil es um diese Zeit endlich nicht mehr so heiß war.

Ella blickte sinnierend in die Dunkelheit hinaus und blieb schließlich stehen. »Jörn?«

»Ja?« Er hielt ebenfalls an und zog sie in seine Arme.

»Ich musste das tun.«

Er schmunzelte. »Was? Uns für die nächsten sechs Monate zum Stadtgespräch machen, indem du mir mitten auf der Bühne im rappelvollen Festzelt deine Liebe gestehst?«

»Ja.« Sie kicherte. »Nein. Oder doch, irgendwie schon. Ich war feige.«

»Heute Abend? Davon habe ich nichts bemerkt.«

»Nein, davor.« Sie schlang ihre Arme um seine Hüften. »Ich konnte mir einfach nicht vorstellen, dass mir so etwas jemals passieren würde. Und dann ausgerechnet mit dir.«

»Dito.« Er lächelte sie zärtlich an.

Sie zögerte. »Eigentlich habe ich dir gar nicht richtig meine Liebe gestanden. Ich habe dir bloß erlaubt, mich in aller Öffentlichkeit zu küssen, ohne dass ich dich deshalb misshandeln werde.«

»Tja, dann habe ich mich wohl bei dem Part verhört, als du etwas davon sagtest, verliebt zu sein.«

»Nein, hast du nicht.« Sie spürte ihrem wild pochenden Herzschlag und dem warmen Kribbeln in ihrem Bauch nach. »Ich habe das schon so gemeint, aber so richtig gesagt habe ich es dann doch nicht. Deshalb sage ich es jetzt und hier und nicht vor allen Leuten: Ich liebe dich.«

Sanft umfasste Jörn mit beiden Händen ihr Gesicht und hauchte einen Kuss auf ihre Lippen. »Also gut, ganz unter uns: Ich liebe dich auch.«

Eine Gänsehaut rann ihr das Rückgrat hinab, und ihr Herz zuckte heftig in ihrer Brust. »Warum siehst du mich so merkwürdig an?«

Er grinste. »Weil mir gerade eine Idee gekommen ist.«

»Was für eine Idee?«

»Für eine neue Herausforderung. Mal sehen, ob du sie annimmst oder ob ich dich doch noch einen Feigling nennen muss.«

»Was für eine Herausforderung?« Atemlos sah sie zu ihm auf.

»Wenn du mich liebst und ich dich und wir der Ansicht sind, dass das auch so bleiben wird ...«

»Ja?«

»Dann könnte ich dich auf ein Date festnageln.«

Irritiert hob sie die Brauen. »Ein Date?«

»Ja, und zwar exakt heute in einem Jahr genau hier an dieser Stelle.« Kurz sah er sich um. »Merk dir, wo wir sind. Treppe ins Watt direkt bei der Wetterfahne Nummer zwei.«

»Wozu?« Auch Ella blickte sich um.

»Weil wir uns genau hier treffen werden und ich dich fragen werde, ob du meine Frau werden willst. Aber nur, wenn du dazu mutig genug bist.«

Erschrocken und fasziniert zugleich suchte sie in der Dunkelheit seinen Blick. »Und da behaupten die Leute, ich sei die Spontane und Ausgeflippte von uns.«

»Warum?« Er lächelte immer noch breit. »Wir planen das doch ziemlich weit im Voraus.«

»Du willst unsere Verlobung planen?« Sie grinste zurück. »Sollten wir nicht erst mal zusammenziehen ... und all so was?«

»Dazu haben wir ja ein ganzes Jahr Zeit. Abgesehen davon hast du doch bereits einen Hausschlüssel. Du brauchst deinen Krempel nur bei Gelegenheit vorbeizubringen.«

»Meinen Krempel?«

Er wurde wieder ernst und zog sie in seine Arme. »Was sagst du, Ella Jensen? Nimmst du die Herausforderung an?«

Ella schlang die Arme um seinen Hals. »Darauf kannst du wetten, Jörn Paulsen. Meine Tage als Feigling sind gezählt.«

**

Und ich dachte, das wird eine lustige Nachtwanderung. Jetzt machen Ella und Jörn schon wieder dieses Mund auf Mund. Kuss nennt sich das. Muss ja unglaublich toll sein. Dabei würde ich gerne ein bisschen spielen, jetzt, da es nicht mehr so grässlich heiß ist. Tagsüber hält man es ja kaum aus, da liege ich lieber irgendwo im Schatten auf kalten Fliesen.

Also wenn ich das richtig verstanden habe, kriege ich jetzt zu meinem neuen Frauchen auch noch meinen besten guten Kumpel Jörn als Herrchen. Wenn das nicht mal eine tolle Sache ist! Da lasse ich es mir auch gefallen, hier herumsitzen und mich langweilen zu müssen. Spielen können wir dann ja immer noch und ein bisschen herumtoben. Vielleicht sogar im Watt, das ist so schön kühl und matschig. Ob ich das mal ausprobieren soll? Ich könnte mich ja kurz mal die Treppe runterschleichen und mit den Pfoten in den Schlick ...

»Untersteh dich, Barnabas!« Ella schnipste mit den Fingern. »Hiergeblieben. Du saust dich jetzt nicht im Watt ein. Es ist mitten in der Nacht!«

Mist. Jetzt kennt sie inzwischen alle Zeichen und Tricks von Frauchen Carlotta und hat mit mir sogar ein paar neue geübt. Wie das hier mit dem Schnipsen. Das bedeutet, ich soll auf Ella achten, anstatt Unfug zu treiben. Na gut, ich will mal nicht so sein. Auf Ella zu achten ist ja gar nicht so übel, wie ich anfangs dachte. Im Gegenteil, schließlich sind wir jetzt ein tolles Team. Und vielleicht schmeiße ich mich gleich auch einfach da drüben ins Gras und strecke meine vier Pfoten in den Sommerwind, bis wir wieder nach Hause gehen. Wuff allerseits!